中国古代通俗小说序跋题记汇编

萧相恺／辑校

二

人民文学出版社

皇明英烈传

皇明英烈传序

　　夫有一代兴王之君，必有一代兴王之臣。是故尧、舜、禹、汤、文、武兴起于上，而稷、契、皋、夔、伊、传、周、召之属为之奋庸熙亮，彬彬然莫与之京也。降自而下，若汉高之三杰，光武云台之列，唐太宗瀛州之选，亦皆一时际遇之良也。盖君必得是臣，而后翊谋效用有所资；臣必得是君，而后启沃匡辅有所主，此固机之相成，亦数之相遭也。《易》曰：云从龙，风从虎。见其类应之机也。孟子曰：五百年必有王者兴，其间必有名世者见其昌盛之数也。夫有是君有是臣然后有是政，古之君臣或以都俞吁咈于堂陛而成雍熙之化，或以参赞经纶于草昧而成继世之功，或承流宣化于治定功成之日，或戡乱定祸于纷争角逐之时，其所遇之时、所成之事，虽有不同，而所以扶世救民，其功则一也。慨兹季世，君臣昏乱，统业不一，自胡元秽我中夏，衣冠倒置于编发，生民荼毒于腥膻，百年于斯，其乱极矣。彼苍厌怒，生我太祖高皇帝，圣武神文，聪明睿智，实应间出之期也。故倡义于濠梁，而英雄豪杰闻风向慕者，如云斯集，文谟武略，卓然盖世，岂非所谓名世之士也哉。观其一时佐理之功，诛枭雄之友谅，擒淫浊之士诚，缚负固之友定，收奸顽之谷珍，取中原，追北虏。伐蜀夏而明昇系颈，讨南梁而元聱诛夷。肃清山淮，清平辽海，削蜻寇，蕈蛇暴，同心协力，尽瘁鞠躬，积十年而辅成一统。太平之业，封疆之绵广，基业之巩固，诚足以轶商周而陋汉唐矣。是其明良之际遇，固希世之奇逢，而功勋之烜赫，亦亘古之超越者也。然而史册之修记者，或未及昭示，而梓牍之流传者，亦略而不详，则四海之臣民，知所以仰慕圣主贤臣之功业而无以睹其全也。惟是录纂集当时经纬之绩，庶几为备。惜其文辞繁冗，叙事舛错，不足以翊扬其盛而垂典古之实，某故不揣博采昭代之事迹，因旧本而修饰之，补其所遗，文其所陋，正其所讹，集以成编，分为六卷，名之曰《皇明开运传》，盖取明良昌期之意也。因而绣诸梓，使天下得以共悉圣明之盛，而乐讴歌之化云。

说明：上序录自明刻本《新刻皇明开运辑略武功名世英烈传》，原本藏日本日光晃山慈眼堂，上海古籍出版社据以影印行世。首序，不题撰人。次"新刻皇明开运辑略武功名世英烈传首录　太祖高皇帝龙兴混一规模大略"，又次"功臣封爵位次"，凡"元功"十二人、"列侯"五十二人。"元功"中有徐达、常遇春、李善长、刘基、李文忠、邓愈、汤和、沐英、冯胜、郭英、傅友德、廖求忠。正文卷端题"新刻皇明开运辑略武功名世英烈传卷之×"，每卷似又有上下两部，每一部分的前面有七字双联"目录"，除第一卷上部为六联外，馀各五联。全书实为六十一联。半叶十三行，行二十六字。中间有插图，无刊刻年代。

刘兆轩《明版英烈传校笺》谓此本序作者为余应诏。

皇明英武传序

夫天下之势，必定于一，而后成一统之治，所谓一代之兴，必有一代之君，一代之君必有一代之臣，君臣相须以竖帝业之洪者也。自三皇五帝、尧舜禹汤文武，相继而王天下，皆势归于一也。以至周室东迁，列国纷争，秦併一统，汉唐及宋，相绍而王。宋末以来，大元乱夏，百姓涂炭。我太祖高皇帝，不忍苍生无主，奋起淮甸，茂膺景运，拯生民之垫溺，应出昌期；救乱世之勤劻，贤臣辅理。群英云集，刘基等为元勋之佐，文忠等为战将之助，是以东除陈友谅，西灭张士诚，北逐（下阙）

说明：上序录自书林明峰杨氏重梓本《龙兴名世录皇明开运英武传》。此本未见内封，首《皇明英武传序》，因缺叶不全。次"新锲龙兴名世录皇明开运英武传目录"，分"金、石、丝、竹、匏、土、革、禾"八集八卷。正文第一叶卷端题"新锲龙兴名世录皇明开运英武传卷之一　金集　原板南京齐府刊行书林明峰杨氏重梓"，半叶十四行，行二十六字。版心双鱼尾，镌"皇明英武传"、卷次、叶次，下黑口。书末有书牌，分两行，分镌"皇明万历辛卯岁（十九年）""次孟夏月吉旦重刻"。

(演义皇明英烈志传)序

……百姓涂炭,我太祖高皇帝,奋起淮甸,持三尺剑,驱驰中原。猛将如云,谋臣如雨。刘基则运筹帷幄,沐英则决胜于千里,以北逐胡元,东除友谅,□灭士诚,天下始归一统。(功)显哉。太祖之烈,只千古而无两者也。明良会合,猗欤!第事口传而不详,则四海之臣民无以睹其全也。于是纂集当时之事,成《英烈传》,以垂不朽云。

说明:上序录自重刊南京齐府本《全像演义皇明英烈志传》。此本首序,首残,不题撰人。次"全像演义皇明英烈志传目录",凡四卷。正文上图下文。图像两侧有"像目",如"帝星正照 凤阳城中"之属。正文第一叶卷端题"全像演义皇明英烈志传×卷",半叶十四行,行二十三字。按:此为余应诏重刊南京齐府本,藏中国社科院文学所资料室。

云合奇踪序

徐如翰

天地间有奇人始有奇事,有奇事乃有奇文。夫所谓奇者,非奇衺、奇怪、奇诡、奇僻之奇,正惟奇正相生,足为英雄吐气,豪杰壮谈,非若惊世骇俗,咋指而不可方物者。自开辟以来,胡元闰位,溷一华夏,举声名文物之邦,悉化为侏僑左衽,讵非宇宙一大奇厄哉!高皇帝挺生濠泗,提三尺,扫腥膻,当时佐命元勋,云蒸雾变,一时响应,斯其遇真奇矣。稽山文长公,天赋奇质,下笔无所不奇。方肃皇帝中叶,岛夷绎骚,犯我疆圉。新安胡公,抚有浙藩,出奇而歼剪之。维时有白鹿、白兔之祥,文长手二表以献朝廷,大为解颐,至今读之,犹脍炙人口。率土儒绅,于是知有文长也。顾其肮脏之气,无所发抒,而益奇于文,乃举英烈诸公,溯其从来,摭其履历,演为通俗肤谈,而杂以诗歌赋调,辑为二十卷,析为八十则,有若《三国志》《水浒传》,令人一见便解,题曰《云合奇踪》。於都休哉!诚足鼓吹盛明而揄扬圣武者矣。《三国》偏而弗全,《水浒》杂而多秽,孰有若斯之春容博大者哉!

武林诸生孔嘉、李生房陵，以关皇明政绩不小，因发所秘而广之宁宇，问叙于余。余边关圉吏，耳目睹记，皆韬铨介胄之士。三复兹传，精气倍为踊跃，恍惚神游高皇帝之庭，恨生也晚，不能躬为执鞭。矧余越人也，文长又为吾乡之白眉，忍没而无传乎？遂忘其丑拙，僭弁简端，因以告后之好奇者，不必搜奇剔怪，即君臣会合间，而奇踪即在于是。然则高皇帝千古奇造，英烈诸公振世奇猷，非文长奇笔奇思，又恶能阐发奇快如是乎哉！题曰《云合奇踪》，良不诬矣，良不诬矣！时万历岁在柔兆执徐阳月谷旦，赐进士朝列大夫边关备兵观察使者古虞徐如翰伯鹰甫谨撰。

说明：上序录自明万历间坊刊本《京本云合奇踪》，原本藏上海图书馆。此本首有《云合奇踪序》，尾署"时万历岁在柔兆执徐阳月谷旦，赐进士朝列大夫边关备兵观察使者古虞徐如翰伯鹰甫谨撰"，有"徐如翰印""辛丑进士"钤各一方。目录叶题"绣像云合奇踪目次"，凡二十卷八十则。有图像二十叶。正文第一叶卷端题"绣像云合奇踪卷一　稽山徐渭文长甫编　玉茗堂评点"，半叶十行，行二十字。版心单鱼尾上镌"云合奇踪",下镌卷次、叶次。

徐如翰,字伯鹰,号檀燕,浙江上虞(今绍兴市辖区)人。明万历二十九年(1601)进士。初任功曹,升大同参政,任平凉参政,有《檀燕山集》传世。

《云合奇踪》序

东山主人

《英烈传》者,明人会稽徐文长之所排缵而成者也。文长抱奇才,郁郁不得志,其有感于太祖之崛起草莽,扶危戡乱,一时君臣交会之故,而托于贾竖贱人之口,以叙次其踪迹,文长亦惫矣。余尝考,史传正文而外,必有野史、稗史,网罗一时之故实,而私述其是非,如世俗所刻《两汉》《三国》《东西晋》《梁武帝》《隋唐》等书,中间虽杂以滑稽诙谐纤秾秽恶之语,然十才一二,乡党自好之士,既窘于史传正文未能到眼,若取两汉以下群演义而次第观之,其亦可以备古今治乱之详,而贤佞得失,犁然在目,于此而感发惩创,厥功甚伟,而非犹夫游谈无根如《证道书》《五才子》之属,无关于人心风俗,而拖笔累墨，但以供担夫之记诵者也。呜呼！以文长之才而居迁、固、思廉、延寿之地，知必能祖述前贤，为一代君臣添毫点睛，就使之湮闭不得见，徒浪费于故纸堆中，而百年而后，有心如余者，起而按其册，悲其志哉！呜呼！此其可为三叹者。是书板凡数十，盖销蚀磨灭日久，即伤于完好。夏日无事，北窗昼长，余既为校订讹字，付诸剞劂，以供当代之采择，而复叙书之造端托始不同于作伪心劳者如此。东山主人。

说明：上序录自致和堂本《云合奇踪玉茗堂英烈全传》。此本内封上镌"云合奇踪"，下分三栏，由右向左，分题"稽山徐文长先生编""玉茗堂英烈全传""致和堂梓行"。首《序》，尾署"东山主人"，有"东山"阳文、"墨憨"阴文钤各一方。次"新刻玉茗堂英烈全传目录"，凡十卷八十回。有朱太祖像一幅，像赞半叶，署"痴道人书"。正文第一叶卷端题"绣像京本云合奇踪玉茗堂英烈全传卷一"，署"稽山徐渭文长甫编"，半叶十行，行二十一字。另有聚德堂本，内封题"云合奇踪玉鼎英烈传 聚德堂梓"，首《云合奇踪序》，尾署""秣陵朱琦书"，而内容文字与上所录序全同。目录叶题"云合奇踪玉鼎英烈传目录　稽山徐渭文长甫编"。

徐渭(1521—1593)，绍兴府山阴(今属浙江绍兴市)人。初字文清，后改字文长，号青藤老人、青藤道士、天池生、天池山人等，文学家、书画家、戏曲家、军事家。著有《南词叙录》，另有杂剧《四声猿》《歌代啸》等。

东山主人，真实身份、生平事迹待考。

《云合奇踪》序

乐此道人

国朝承宋元之后，提三尺剑，逐鹿中原，游骑如龙，猛将如云，斩刈蓬蒿，间关而有天下，万代弘基，不数载而马上得之。诚不世出之奇绩也。定鼎金陵，混一海宇，克备于内，有捍于外，师济赳桓，比隆丰沛。此真昭代创业之弘规，而诸元勋翊运之公案也。夫天授，非人力。淮阴举以归汉高，而发纵指示，又独归萧鄼，然汉高起泗上之亭长，太祖起淮右之布衣。恭诵御制丰碑，艰难辛苦，备陈不讳。而其间紫云黑龙之祥，更为天意之有在。彼元勋辈，生也有为,出也有期,从龙遇虎,树骏流鸿,又何其流芳百世也哉!于是乎绘而刻之,俾客囊独坐,几案编摹,不乏请缨投笔之思,扫除今日草寇,足当朝廷一面之任可也。时在崇祯癸未之中秋日,乐此道人敬题。

说明:上序录自双红堂文库藏馀古斋本《云合奇踪绣像古本英烈传》。此本内封上镌"云合奇踪",下分三栏,分题"绣像古本""英烈传""馀古斋"。首序,尾署"时在崇祯癸未之中秋日乐此道人敬题",有"乐此道人"阳文、"道此斋"阴文钤各一方。次"玉茗堂精订皇明英烈传目次",凡十二卷八十回。次像二十一叶。正文第一叶卷端题"石渠阁精订皇明英烈传卷一 稽山徐渭文长甫编"。

(云合奇踪)序

艾清标

亘古来,有一代之君,必有一代之臣。窃观唐虞交合,得五臣以致治声,举凡天地人物,莫不为之位序而参赞乎其间。猗欤休哉,不可及已!逮至揖让变为征诛,由是伊吕之徒,往往出耕莘钓渭,相与拨乱世而反之正焉,要其卓然于庸庸万辈中,固所称易地皆然者耶。越汉、唐、宋嗣兴,亦类皆群策群力,取天下如反掌,以登斯世斯民于衽席,读书论古之下,每难更仆数。剧后元季,贼寇峰起,有明起而荡平之,传至三百馀年。我朝既受天命,诏词臣纂修□□,兼及明史,诚有见胜国创业艰难,非一手一足之烈,以示子孙法戒也。顾其辞简而文,藏诸天府,殊弗能家喻户晓,有心者爰别集《英烈志传》,俾人无贵贱,士无智愚,咸得开卷了然,且可一一指而目之曰:某也智谋,某也勇战,某也忠义□王,夫然后恍然于有是君不可无是臣也。虽然,人才之生,自昔不乏矣,非太祖礼贤下士,乌能致英烈如此之甚众,与往古圣帝贤王比隆乎哉?是为序。壬午岁季夏润月,东乡艾清标训将题于听松楼次。

说明:上序据一影印件过录。出自何本,待查核。

艾清标,字训将,东乡(今属江西抚州市)人,馀待考。

大宋中兴通俗演义

序武穆王演义

熊大木

武穆王《精忠录》，原有小说，未及于全文。今得浙之刊本，著述王之事实，甚得其悉。然而意寓文墨，纲由大纪，士大夫以下，遽尔未明乎理者，或有之矣。近因眷连杨子素号涌泉者，挟是书谒于愚曰："敢劳代吾演出辞话，庶使愚夫愚妇亦识其意思之一二。"余自以才不及班、马之万一，顾奚能用广发挥哉？既而恳致再三，义弗获辞，于是不吝臆见，以王本传行状之实迹，按《通鉴纲目》而取义。至于小说与本传互有同异者，两存之以备参考。或谓小说不可紊之以正史，余深服其论。然而稗官野史，实记正史之未备，若使的以事迹显然不泯者得录，则是书竟难以成野史之馀意矣。如西子事，昔人文辞往往及之，而其说不一。《吴越春秋》云：吴亡，西子被杀。则西子之在当时固已死矣。唐宋之问诗云："一朝还旧都，靓妆寻若耶。鸟惊入松网，鱼畏沉荷花。"则西子尝复还会稽矣。杜牧之诗云:"西子下姑苏,一舸遂鸱夷。"是西子甘心于随蠡矣。及观东坡《题范蠡》诗云:"谁遣姑苏有麋鹿,更怜夫子得西施。"则又以为蠡窃西子,而随蠡者,或非其本心也。质是而论之,则史书小说有不同者,无足怪矣。屡易日月,书已告成。锓梓公诸天下,未知览者而以邪说罪予否?时嘉靖三十一年岁在壬子冬十一月望日,建邑书林熊大木钟谷识。

《武穆王演义》凡例七条

一、演义武穆王本传,参诸小说,难以年月前后为限,惟于不断续处录之,惧失旨也。

一、历年宋之将士文臣入事未终本传者,俟续演可见;如事实少者,即于入事中表而出之(如刘光世之类是也)。

一、宋之朝廷纲纪政事,系由实史书载,愚不敢妄议,俱阙文。至于诸人入事,亦只举其大要、有相连武穆者斯录出。

一、大节题目俱依《通鉴纲目》,牵过内诸人文辞理渊难明者,愚则互以野说连之,庶便俗庸易识。

一、宋之人物名字乡贯未及表出者,缘愚未接《宋史》,无所据考,因阙略,俟得《宋史》本传,续次参入。

一、是书演义惟以岳飞为大意,事关他人者,不免录出,是号为中兴也。

一、句法粗俗,言辞俚野,本以便愚庸观览,非敢望于贤君子也。

叙岳鄂武穆王精忠录后

李春芳

天地有正气也,而亦有常数也。数有盈亏,而气无间断也。数有盈亏,故人物之始终,国家之兴废,值其时之若然,而实非人力之所能然也。气无间断,故在天为日星,在地为河岳,在人为忠义。日星有晦明,而忠义无晦明也;河岳有变迁,而忠义无变迁也。是诚有不依形而立,不恃力而行,不待生而存,不随死而亡者矣。是气也,使其值乎数之盈,则宣而为都俞之声,柔怀之政;激而为防风之戮,东山之征。名成于当时,功垂于后世,又何言哉?不幸而数亏焉，山河改色，时事已非。虽假以有为之人，持必为之志，回难为之机，而立见可为之势，然而君非其人也，相非其人也，权奸计行，万事瓦裂矣。是岂天之不佑斯人哉！天之生斯人也，将以发天地之正气也。正气存乎其人，而国脉亦系乎其人，使国而犹可眷也，则数犹可回也。今而君臣皆非矣，数不可回矣。以不可屈之气，而值乎不可回之数，故宁夺其人以完其气，无宁夺其气以完其国，此天之所以处宋岳鄂武穆王者，盖非偶然也。

当夫徽、钦北狩，高宗南渡，华风陵替，夷焰方殷，天柱崩而地维折矣。问其政则坏于熙、丰之党，而继以汪、黄之徒也。茬苒奸邪，恣为欺罔，而昏暗日滋，蒙尘弗振，宋之不亡，仅如一线之引属旒。而王于其时，奋自徒步，应募而起，历登大将，慨然以恢复为己任，小战百馀，大战数十，锋不少挫，而所向无敌。卒之南北群盗望风而降，伪齐随倾，金兵胆落，而其服之之深，至以父称之。及朱仙镇之役，女真几灭矣，宋社几复矣。是何于难为之时，而能立此不世之奇功哉？盖王之忠义勇略，皆得之天，而非人所及。至是，则王之所得于天者不负，而天之所以付于王者不孤，王一全人矣。然王之所受于天者，虽得其全，而宋之所受于天者，已罹乎厄。使其君能知警，犹可为也，而怠惰之隙，奸桧乘焉。奸桧既相，鬼蜮登矣。宋之君臣，天实厌之，岂肯使麟凤受染乎？柄凿不能相入矣，熏莸不可同器矣，舜跖不可同朝矣。故其为班师之计，以挠垂成之功者，非桧能害王也，天以罚宋也。王既死矣，中原之地，自此不可复矣；父兄之仇，自此不可报矣；金自此而益张，宋自此而益替矣；盟自此而遂背，构自此而遂臣矣。王之生，浚何忌也？王之死，浚何喜也？浚至是其喜不喜也。是知天之所以生王者，非偶然也，寄正气于王，以示中华之有人而不可欺也；而终夺王者，亦非偶然也，以宋之君臣不足眷，而数之常不可回也。

论者谓："方郾城战胜而进军，兀术将弃洛而远遁，斯时诏趣班师，使王持以'将在阃外君命有所不受'之义，坚执北伐，俾技穷之虏而灭之，尽收拾故疆，措置已定，然后奏凯班师，归身谢罪，顾不愈于堕奸权之计，受锻炼之祸哉？"此亦一说，而非知王之论也。王之一身，正气之所在也。王知有君，而不知己志之行沮；知有忠，而不知功名之得丧。况专制之义不行久矣。今欲举行，必上有汉孝宣之明，下有魏相之忠，而奸谗不得以间之，然后赵充国可为西羌之举，违诏而伸己志也。彼高宗之去孝宣远矣，奸桧之贼，蒙蔽已深，而张浚之徒，方且瞋视，王欲执此义以行，将何以自白于如簧之舌哉？出乎此，则亦疑于桓温、刘裕之专恣矣，又岂王之所屑为哉？王之节义，于此而益明；王之忠诚，于此而益著；王之正气，于此益久而益不磨。地维至于今立也，天柱至于今尊也，山河至于今流峙也，日月至于今照临也，风霆云雨至于今恒且烈也，麟凤龟龙醴泉芝草至于今祥且异也。正气之在于天地者如此！若夫贼桧之邪，至今视之，一狗彘耳，一虮虱耳，一粪壤耳。纪异者传桧变为牛，而雷碎之，理或然也。何者？邪气之不容于天地也。天地之间，正与邪不两立，故人心之公，好与恶不容已。今之言桧者，辄加唾骂，若污口然。至于王则景仰不替，歆慕益隆，请庙以尊之，祀典以崇之，求额以表之，歌词以咏之，篆石以纪之，历古至今一也。

  王之庙与墓俱焉，在杭之西湖栖霞岭之下，岁久屡修复敝。兹值钦命内官监太监刘公来镇两浙。公素秉忠爱，其为国为民之心，历历见诸政事，而好古笃信之念，尤不倦于讲论，谓岳王南宋第一人也，西湖有岳墓，而湖山增色焉，遂捐俸廪而重修之。殿宇之弘敞，门墙之壮丽，视旧百倍。仍复于庙门之外，通衢之左，鼎建石牌坊一座，榜曰"精忠"，昭圣制也。牌坊以石，垂永久也。而翼然大书，灿然金碧，往来瞻望者，耳目一新矣。他日读王之《精忠录》，辄叹曰："英华所聚，皆正气也，是诚可以激励后人也。"板行已久，颇有脱落。况近有颂王之德，吊王之祠，珠玉相照，皆未得登板，亦缺典也。乃躬为厘正而翻刻之。即其录，观其事，诵其诗，咏其词，王之生气凛凛犹在也。公之此举，一何盛哉！公之心得其好恶之正也。好恶之正，亦正气也。于此益见正气之在天地间，磅礴无间，数何足言哉！宋固逝矣，金亦安在？千古与年俱新者，惟王之墓而已。天之所以全夫王者，至此无馀矣。愚生也晚，方以得谒王之庙，拜王之墓为幸也。而目激于怀者，尚未尽所欲言。兹幸承公之属，遂得尽其所欲云云。正德五年岁次庚午秋八月哉生明，赐进士巡按浙江清戎监察御史海阳李春芳谨序。

说明：上三文录自杨氏清江堂本。原本藏日本内阁文库。此本未见内封。首《序武穆王演义》，尾署"时嘉靖三十一年岁在壬子冬十一月望日，建邑书林熊大木钟谷识"。次凡例七条。复次图像二十四叶。无总目。正文第一叶卷端题"新刊大宋演义中兴英烈传卷之一　鳌峰熊大木编辑　书林清白堂刊行"，半叶十一行，行二十二字。版心上镌"大宋演义"，上鱼尾下镌卷次，下鱼尾下镌叶次。卷二至卷八题"新刊大宋中兴通俗演义"。有评、按。书末有牌记："嘉靖壬子孟冬杨氏清江堂刊。"另有附录二卷曰《汇纂宋岳鄂武穆王精忠录后集》，收录后世褒扬岳飞的文字，署"赐进士巡按浙江监察御史海阳李春芳编辑，书林杨氏清白堂梓行"。有《叙岳鄂武穆王精忠录后》，署"正德五年岁次庚午秋八月哉生明，赐进士巡按浙江清戎监察御史海阳李春芳谨序"。萧按：李春芳的序，实际上移自李春芳整理重版的诗文集《精忠录》，序中有"读王之《精忠录》，辄叹曰：'英华所聚，皆正气也，是诚可以激励后人也。'板行已久，颇有脱落。况近有颂王之德，吊王之祠,珠玉相照,皆未得登板,亦缺典也。乃躬为厘正而翻刻之"数语。

另有天德堂本《武穆精忠传》八卷八十则,不题撰人。内封三栏,分题"李卓吾评""精忠全传""天德堂藏板",首《岳鄂武穆王精忠传叙》,尾署"李春芳谨撰",实移录《叙岳鄂武穆王精忠录后》而成。此书实由《大宋中兴通俗演义》删改而成。

熊大木(约1506—1578),号钟谷、鳌峰后人,福建建阳(今南平市辖区)人,生活于明代嘉靖、万历间。编印有《全汉志传》《唐书志传通俗演义》《大宋中兴通俗演义》等通俗小说。

李春芳,字资元,明弘治十五年(1502)进士,历官江西新建知县,南京四川道御史,浙江道监察御史,广东顺德知府(乾隆《潮州府志·坊表》"台省褒封坊")。与字子实,号石麓,中状元,为首辅的扬州兴化(今属江苏泰州市)人李春芳非同一人。

岳武穆精忠传序

邹元标

从来忠孝名贤、贞烈义士,每不愿存形骸于世宙，留躯壳于人间，则死固奇节也。予独谓岳飞之死尤奇。夫死之途二：有慷慨杀身死者，有从容就义死者；惟岳飞两得之，又两不受之。以为慷慨：但见一生轰烈，所向无前，未尝临阵受挫，何待慷慨？以为从容：方且视恢复中原，扫除金虏，不啻易若反掌，忽为奸桧阴谋，驾言大逆，旦暮间不保首领，奚能从容？然则飞之死殆奇矣，而吾以为正自不奇。盖以飞之死，虽死于桧之手，而实死于己之手也；虽死于立功之日，而实死于刺字之日也。何也？飞若无此矢志，决无此奇功；飞若无此奇功，决无此惨祸。甚而其子云、部将宪满门就戮，冤哉！西汉以下，若韩、彭、绛、灌等将，代不乏人，求其文武全器、仁知并施如岳飞者，更罕矣。史称关云长通《春秋左传》，嘉其能文。飞北伐，军至汴梁之朱仙镇，有诏班师，飞自为表答诏，忠义之言，流出肺腑，真有诸葛孔明之风，而卒死于桧手。盖飞与桧势不两立。使飞得志，则金仇复，宋耻雪，桧必丧身；桧得志，则权奸盛，良将黜，则飞有死而已。嗟嗟！天既生飞，何更生桧？然不生桧，则飞不死，飞不死，虽有功业昭昭在人耳目，安能成此精忠，令千载下犹凛凛有生气哉？晋刘宋杀檀道济，道济下狱，瞋目曰："自坏万里长城。"高宗忍自弃其中原，宜其忍杀一飞也。吉水邹元标撰。

　　说明：上序录自清大文堂刊本《岳武穆精忠传》。原本藏天津图书馆、日本东京大学东洋文化研究所仓石文库。另有本衙藏本，未见。书系据熊大木之《大宋中兴通俗演义》删节归并而成。

　　邹元标（1551—1624），字尔瞻，号南皋。江西吉水人，万历五年（1577）进士，入刑部观察政务，因反对张居正"夺情"，被廷杖，配贵州，万历十一年（1582）任吏部给事中，谪南京吏部员外郎。天启元年（1621）任吏部左侍郎。崇祯元年（1628）追赠太子太保、吏部尚书，谥忠介。有《愿学集》《太平山居疏稿》等。

精忠录肃庙御制序

〔朝〕李焞

　　予常爱宋岳武穆之忠义，既图绘厥像矣，又别幅作赞矣，又合享永清矣。近又得唐板《精忠录》，题诗卷首矣。盖此《精忠》一书，最为详备。观其图而玩其事，贯日之忠，高山之节，凛然乎千载之下，令人不觉起钦。而若夫十二金牌之矫旨，三字傅会而成狱，皆出于奸桧之手，竟使大勋垂成之忠良惨遭屠戮，而虏酋增气，酌酒相贺，卖国之罪，尚忍言哉！古人云：每念岳武穆之冤，直欲吁天而无从。予读斯传，至杀万寿观使事，未尝不掩卷流涕也。是《录》又有写本，即我宣祖大王十七年甲申冬命芸阁印出而广其传者也，其嘉叹奖励之意，实与皇朝同符。於乎，其至矣！惜乎大内独无此印本也。篇之首尾俱有奉教序跋文，复何多言！图写一通讫，秖以旷百世相感之意，识而题之。岁在己丑春正月辛巳序。当宁己丑孟夏崇政大夫行兵曹判书兼知春秋馆事绫恩君臣具允明奉教书。

当宁御制后序

〔朝〕李昑

予于幼时得见一部《精忠录》，逐段有图，首书其文，起于祀周全庙，盖岳武穆学射于周全，而射亦六艺中一故也。其末即十二金牌班师之图，数千载之下，令人毛发直竖。大抵此录虽有于中国，我朝命图者,寔由于褒忠之圣意。猗欤盛哉！岳王以"精忠"二字涅其背,亦以"精忠"二字书其旗,此录之名以"精忠",即此义也。穆庙十七年甲申冬命梓,而首尾俱有序跋文。此昭载于昔年御制中,何敢架叠？一则李山海,一则柳成龙所撰,皆词臣也。噫！我国文献贸贸,若述编所云,明皇诚鉴,今只有谚本。而此《录》士夫家有藏之者,故予于十五岁先见焉。其翌年己丑始为御览。其间即一百二十六年也。其时命图写,而首尾序跋亦令写字官缮写,作为四卷,首题御制序,藏于宝文阁。其本文命给本主。此与其后壬辰春得仁穆御笔,命摸印,仍赐本御笔于本主,同一盛意也。呜呼！不肖十六岁仰睹是事,于今七十六岁,因岭伯李溵状闻,得知故宣传官赵益道家有受赐之本,命取以来,即己丑旧印本之一也。呜呼,六十一年回甲之岁,再见此本,诚是万万料表。已命芸阁图写入梓,序跋亦令活印。而意或有御制,命儒臣敬考,果得而详知。噫！前己丑,今己丑,偶然相符,此正古所云年多则见贵事者也。特命入侍重臣缮写昔年御制序文,复命入侍承旨书予后序文。承旨即溵之弟也,诚亦异矣。前序、后序同载卷首，追慕兴感之心万倍云尔。岁皇朝崇祯戊辰纪元后三己丑孟夏丁丑拜手谨识。通政大夫承政院左副承旨兼经筵参赞官、春秋馆修撰官臣李渷奉教谨书。

精忠录序

陈铨

忠义之节，刚大之气，雄伟豪杰之事功，在天地间不可泯也，虽屈于一时，而伸于万世。奸邪之谋，凶悖之行，梼杌饕餮之恶，在天地间亦不可泯也，虽得志于一时，而遗臭于万世。夫天理之在人心，古今同之。善，孰不知好之；恶，孰不知恶之？有功，孰不知其当赏；有罪，孰不知其当诛？何当时之人，昧而弗察，直有待于后世之人是非之哉？岂得之目击而缪，得之传闻而审哉！呜呼！无道之世，黑白变眩，清浊混淆，盖有不可以理喻者矣。虽有大贤君子怀忧世拯物之志，不过仰屋窃叹而已，亦不敢公倡善恶功罪之义。何者？言不必行而身且为戮，李膺、范滂、孔融、臧洪之俦可鉴已。《易》有"俭德避难，括囊无咎"之训，孔子有"危行言孙"之训。

是故忠义奸恶，必俟后世而后明，然其在当时能几何哉？大者不过数十年，小者五六年、四三年耳，若朝曦之微霜，若劲风之轻烟，若过雨之疾雷，倏焉迹灭，忽焉响绝。而千万世之下，一则如霄汉嵩华之高，如威凤祥麟之美，如神明蓍龟之信；一则如狗彘，如虮虱，如鸱枭鬼蜮，如粪壤污秽，愈久而益彰，千载而恒存。一则崇以庙祀，纪之太常，烨然其光华，蔼然其馨香，子孙享其利，乡党藉其荣；一则言之污口舌，书之污简策，虽数十百世，子孙不得齿于人士之列，曰"此某之后也"，见其姓名则唾之，过其墓则蹴之。是故天下有大赏罚、大劝惩，而华衮之宠、铁钺之威不与焉。

宋之南渡，二帝北狩，中原陆沉，时则有岳鄂武穆王生焉。忠义之节，刚大之气，雄伟豪杰之事功，兼而有之。提强兵，运神谋，奋义勇，削平群寇，直指汴都，摧凶剪暴，复仇雪耻，在此举矣。中原响应，逆虏胆落，不世之勋垂成于外，不测之变潜发于内，天不祚宋，可痛也！而奸桧欺君卖国之罪可胜诛哉！当时人人知之，人人愤之，而不能救之。虽有壮烈如韩世忠，仅一言之，终亦莫之能遂。盖权奸之方得志,左右前后皆其党与,上下四旁皆其网罗,其凶威虐焰足以翻穹壤而倒置,足以排江汉而逆流。所谓否之时,上下不交,天下无邦,小人道长,君子道消者也。武穆之孤忠,奈之何哉!虽然,人之胜天,一日之暂;天之胜人,万世之常。由今日观之,武穆何如哉?奸桧何如哉?

武穆之烈,载在史传,杂出于稗官小说,而《精忠录》一书,则萃百家之言而备之者也。有图,有传,有铭记,有歌诗,海内传诵久矣。奉敕镇守浙江太监麦公,廉静仁恕,以惠一方。当海内承平之时,谓晏安无事之民,易溺于偷惰苟安之习,思有以振起而作兴之。于是,王之墓在杭西湖之栖霞岭,既封治其园茔,崇饰其庙貌,尊严宏丽以耸万民之瞻视者至矣。间尝阅是录而慨然有感,因取而表章之,序其战功列图三十有四,增集古今诗文凡若干篇,刻而传之,以为天下臣子劝,而属铨为之序。展而玩之,武穆之忠义勋烈炳焉烂焉,如日星之明,而江河之流也。公之用心勤矣。且夫日星之在天也,云翳霾蔽若沉晦矣,俄而天开景明,则天下皆仰其照临之功;江河之行地也,隄防障壅若涸竭矣,源泉一决，则浩浩汤汤而放诸四海。王之功盖南渡而震中原，气凌穹苍而贯金石。奸桧之阴翳曲防，何损于万古之日星江河哉！公生于百世之下，乃能纂述而发挥之，盖同心同道则相契相感，有不期而然者矣。明设纲常之教，而默运激劝之方，所以砥砺生民而窒不轨，将使懦夫立志，憸邪胆落，有功于名教，顾不大哉！铨生也晚，仰止王之威灵而掩鼻桧之臭秽非一日矣，第不克执子长之鞭，挥秀实之笏耳。是录之成，而获摅其平生之愤，岂非千古之一快哉！弘治十四年岁次辛酉九月既望，赐进士出身文林郎巡按浙江监察御史永州陈铨序。

精忠录序

〔朝〕李山海

天欲兴人国乎？国之危也，其必生忠义才隽之士，使之竭诚尽瘁，有可以拨乱反正，有可以扶颠持危，则天果欲兴之也。天欲亡人国乎？人之生也，值艰屯之运，任弘济之责，生民之陷溺者赖以拯，宗社之倾覆者赖以安，其身存则国存，其身亡则国亡，而一朝不幸，赍志入地，则天果欲亡之也。呜呼！

生之者天,而夺之者亦天,则是固天之所为,非人所与。而间或天之所生,而人乃戕害之,俾不得保其身,事坏于几就,绩败于垂成,则是天欲兴之而人实亡之也。世之论者或以此并归诸天数,忠臣义士之冤至此益深,而其目将不瞑于地下矣。

臣尝读《宋史》,至岳武穆之死,未尝不掩卷而流涕也。万历甲申冬,我殿下下《精忠录》一帙于芸阁,令印出而广其传,仍命臣山海序之。臣承命,祗慄拜而翻阅,则有像焉,有赞焉,有传焉,有摸画其行迹,有自家著述,有古今人歌咏。以平日掩卷流涕之心,奉玩是录,其何以为怀哉。臣窃惟有百围之木,然后可以扶大厦之倾;有万牛之石,然后可以防沧海之溢;有卓荦杰出之才,然后可以济天下之溺。二帝北狩,高宗南渡,中原文物,半归左衽。于斯时也,天下岌岌乎殆哉!自非出群之智,绝伦之勇,动天之忠,贯日之诚,则难乎有为。而武穆之生也兼有之,岂所谓卓荦杰出者乎。运用存心,行兵有律,以小制众,百胜无前,顶盆争迎,贼虏呼爷,则强寇次第而可平,神州指日而可复。非有萧墙之贼,肺腑之孽,怀凶稔毒,伺衅构祸,则事功之垂就,家国之将兴者，不至于败坏。而又有如秦桧之大奸慝，与武穆接武而比肩，忠邪混迹，薰莸同器，使其君懵然于上，信谗媚贼，藩篱方植而撤毁之，嘉谷方长而拔去之，若有造物小儿玩弄戏剧于其间，天意盖未可知也。至于奉牌班师，哭声振野，兀术遗书，冤狱已成，天地晦盲，日星沦彩，山河动摇，鬼神悲泣。当时之事，尚忍言哉！呜呼！奸桧心乎金者也，日夜之所经营，无非为金谋者，则杀宋之忠臣固无足怪。以堂堂中国，济济衣冠，沐艺祖二百年养育之泽，恬然于君父之仇，相率而臣犬羊，犹恐其或后。见和议之覆国，而无一人奋义抗言；见忠良之就戮，而无一人慷慨讼冤者，抑何故欤？噫！人赋于天，同有是心，孰不知君臣之大伦，孰不知善善而恶恶哉！祇以大奸当国，威福在手，顺之则公侯，逆之则齑粉。计较利害之心，诚迫于中，故本然之天，荡然绝灭，而无复有人道矣。若诛其负君卖国之罪，则宋之诸臣，岂在于奸桧之下哉。窃尝论之，天地之间，昏浊旺而清淑微，奸谗众而忠谠寡。苟非天下有道，圣君在上，明无不照，物莫遁情，则阳必为阴蚀，正必为邪陷。尚矣！忠如武穆，而委身铁锧；奸如秦桧，而老死牖下。善何所勉，恶何所畏，世道何以为防范，人臣何以为监戒！彼苍者天，虽欲不怨，得乎？虽然，不泯者天理，难遏者公议。其或蔽塞壅阏于一时，而终必昭晰沛行于后世。徇国之忠，久而弥彰；滔天之恶，远而愈著。千载之下，闻武穆之名，则无不叹赏而激烈；闻奸桧之名，则无不扼腕瞋目，恨不得磔肉而食之。是奸桧生而不生，武穆死而不死。以此言之，天之生大忠大奸于一世者，未必不为千万世臣子劝惩。或者天之意在此乎？其不在此乎？抑臣窃有所感焉。善人，国之元气。元气馁，则天地尚不能自运，况于国乎！有国者必扶植其善良，使元气无馁可也。而时君世主或不之察，非徒不克护养，又从而斲丧之，自就于颠踣者，相望可哀也已。噫！其能保有而不丧，亦难矣！况冀其委任而亲信之乎？能委任于一时者，固鲜矣，况奖一人而为万人劝，褒前代而为百代效，不待家喻户说，而使天下之人皆相感发兴起，自趋于风动之化，以至壮元气而固国势者，臣邈沿前古，尤未之多见焉。

我太祖高皇帝定鼎之初，首建祠庙以祀忠义之士,武穆先与焉。吁,真知先务矣。厥后,伏节死义之士蔚然辈出者,岂非高皇帝奖励之力也？列圣相承,善继不替,祠庙之作,重新于宣德,赐号于天顺,益恢于弘治。皇朝牖民成俗之方,诚无所不用其极,而豪杰之兴,自此而益盛矣。我殿下之命印是《录》也,虽在闾巷小子,无不拭目而耸睹。对仪容则精爽凛凛,读传纪则终始了了。见兜鍪临阵之状而思勇武之盖世,咏誓心唾手之句而思忠愤之激切。开卷三复,仿佛如置身于武穆之侧,吾东人之鼓舞奋兴者,将无让于中朝。行见忠臣孝子满一国之中,而奸佞之辈不得接迹于朝端,胡虏丑种不得窥觇于边圉。元气之壮,国势之固,有不足言矣。殿下之是举,其与高皇帝旷世之宠典同一揆也。猗欤盛哉！意者天其欲兴我东国乎！万历十三年三月三日,崇政大夫行吏曹判书兼判义禁府事弘文馆大提学艺文馆大提学知经筵春秋馆成均馆事臣李山海奉教谨序。

精忠录后序

赵宽

呜呼！天之生才，为当时计乎？为万世计乎？其果有意乎？其果无所为而出于偶然者乎？愚尝历考史传，俯仰千古，其间贤而诎辱、不肖而尊显、罪而蒙赏、功而受诛者，不可胜纪也。至于陟明黜幽、彰善瘅恶、清浊邪正判焉，殊途之世，盖无几耳。夫人才之生，岂易得哉！锺光岳之英，禀五行之精，或千万人而一人，或数十年或千百年而一人，其器度、其才识、其志义节概，夐然超乎一世之上，可以前无古人。天之生斯人也，将以任世道纲常之责也；人之望斯人也，将以拨一世之乱，拯万民之命也。乃或摈弃之，使不得骋，困阨之，至无所容其身。或垂成而废，或中道而止，甚则殛窜刑戮加焉。上天生才之意固如是耶？吾固谓其不为当世计也，固谓其无所为而出于偶然也。

至于宋岳武穆王之事，则尤可怪骇，尤可痛惜！每读其书，抚其遗迹，未尝不憯然咨嗟，潸焉出涕，不能喻之于怀。夫乱则思治，危则思安，仇思复，耻思雪，人之情也。宋之南渡，事势极矣。君父蒙逆虏之尘，山河变左衽之俗，正世主怒目切齿、不遑寝食之秋也。而豪杰之才出焉，岂非所谓天授？况武穆在当时，文武之全才，忠孝之大节，焜焜赫赫，布宣遐迩！其君高宗初亦非不知而重之，盖尝称之曰"节义忠勇，无愧古人"，曰"有臣如此，顾复何忧"，曰"勇略冠世，忠义绝伦"。又尝手书"精忠"字，制旗赐之矣。又尝召至寝阁，命之曰"中兴之事，一以委卿"矣。其知之不可谓不至，望之不可谓不厚也。谓当如桓公之于管仲，昭王之于乐毅，先主之于武侯，臣主一德，他人莫得而间之，庶几有为于天下。夫何一朝信用贼桧包藏祸心之奸谋，以屈己请和为得计，遂忘逆胡不共戴天之仇，忘父兄俘囚窘辱之耻，不顾神州陆沉之乱，弃恢复垂成之功，而忍于戮忠义勇略、威加强虏之大将，所谓倚枭獍为腹心，视孝子为仇敌，倒持太阿以授人，自撤藩篱以媚盗，是果何为者哉？岂非天之夺其魄乎！不然，不应若是之愚且惑也。盖其平素略无奋励激昂之志，聊以偷目前喘息之安，是以桧之谋易入，而王之忠不复省录也，则亦无怪乎桧之得志而王之死也。虽然，后之君臣可以鉴焉，愚故谓天之生才为万世计也。

镇守浙江太监麦公素秉忠爱，奉公为民之心，恒眷眷焉。慕王之烈，既新其祠墓，又即旧板行《精忠录》，躬为校正而翻刻之。巡按御史陈公序之详矣。宽谓镇守公是举也，立风化之端，励人臣之节，使忠良知所劝，而乱贼知所惩。董仲舒有言："有国者不可以不知《春秋》，前有谗而不见，后有贼而不知。"愚于是《录》亦云。弘治十四年岁次辛酉冬十月，中顺大夫奉敕提学浙江按察司副使吴江赵宽序。

精忠录跋

〔朝〕柳成龙

宋氏南渡以后，中兴之机有三，而皆以小人败。方汴京陷没，金人不能自有，委之而去，郡邑豪杰各守其土以待王师。于是李纲建遣张所收河东、傅亮收河北，两河既收，则天下固宋之天下也；及乎宗泽修葺旧都，招撫群盗以百万数，连请过河，使宋人不为退缩偷安之计，按汴之故，画河以守之，则金虏必不敢蹂躏中原。此二机皆为黄潜善、汪伯彦所沮。最后，武穆以英伟杰出之才，愤不共戴天之仇，从天下忠勇之士,薄伐问罪,兵锋所至,势如风雨,丑虏游魂,逃遁不暇,而赵氏之遗民旧家,日望旌旗,燕山以南已有破竹之势。视前二公之为,事愈难而功过之,恢复之形,盖十八九成。时则有秦桧者,潜为虏间,巧弄萋斐之谮以败之。三机既失,则天下之事遂不可为矣。然李纲终于摈弃,宗泽卒于发疽,而公之得祸尤酷,于二子其不幸又为何如!而秦桧之罪,浮于潜善、伯彦远矣。《诗》曰:"悠悠苍天,此何人哉?"呜呼,痛矣!世谓桧之奸邪难于辨别,故高宗惑之。臣则尝以为,使桧至此者,高宗之心为君亲不诚者有以致之也。夫君臣之义,父子之伦,根于天性,本于民彝,结于人心,而不可解者也。二帝为虏,九庙蒙尘,少有忠义之心者,皆欲北首争死敌,彼高宗独无此心乎便可,即真来救父母之言亦可以少动矣。如武穆者,初亦汤阴之一男子耳。尺剑誓天,而山河动色;四字涅背,而鬼神悲泣。出万死不顾,一生之计,愤愤不已者,其心将欲何为?不过曰"为君父复仇"耳!如使高宗稍有卧薪尝胆、泣血枕戈之志,则鬼蜮之徒虽累千百,何足以眩其明而抵其隙,以坏我长城哉!臣故曰:高宗之失在于不诚,不在于不明。盖诚则明矣。不然,节义之褒,勇略之谕,寝阁之命,精忠之锡,前后丁宁,其知武穆,不为不审。金字之牌,胡为一日十二于郾城之下哉!臣之此言,亦《春秋》微显阐幽之义,而公羊子所谓大居正者是也。近有蔡清者著论,妄议公奉诏不当班师,讥公不知权。噫!使公而果出于此,则愈足以验桧之谗,而益高宗之惑也。世岂有大将主兵于外,君命之还而不还,而可以成功者乎?假令一卒临江以守,而责公专辄,则公之本心何以自白于天下后世耶?古所云"将在军,君命不受"者,非此之谓也。公惟知鞠躬尽瘁,义之与比,以循臣子之节而已。至于成败利钝,则天也,公何固必于其间哉。

万历甲申,有译官来自燕都,以《精忠录》一帙进者。上览之,嘉叹,下书局印出而题跋之。命谬及于愚臣。臣敬取而卒业,则凡公平日所著诗若文,及《宋史》本传,古今人叙述咏歌之辞,裒集无遗,间为画图以象公经历战阵之迹,英姿飒爽,风采飞动,令人不觉发竖冠而目裂眦,继之以流涕也。呜呼,匪忠非臣,匪孝非子,前乎百代之上,后乎万世之下,所以建立人极纲纪栋梁于宇宙间者何?莫非斯道耶。人心无古今之殊,斯道有晦明之异,而国之兴废存亡关焉。今是编也,其意在于课忠责孝,有劝有惩,其感于人心者深矣。况君子尽忠而贾祸,小人以谗而得志,亦岂非来世之龟鉴欤。然则圣上之所以嘉叹斯《录》,而欲广其传者,其为世道虑至矣。后之观者,若但喜其战阵之形,击刺之状,而欲快心于狼居之北,不知以忠孝为之本,则是直卫、霍之事耳,岂足以知武穆哉,而亦非圣上今日印颁是书之意也。万历十三年三月下澣,资宪大夫礼曹判书兼同知经筵春秋馆事弘文馆提学臣柳成龙奉教谨跋。

说明:上序跋等均出朝鲜本《会纂宋岳鄂武穆王精忠录》。崇祯元年(1628)朝鲜芸阁活字印本,四册,有图,十行十八字,四周双边,白口,双鱼尾。前有肃庙(李焞)御制序、当宁(李昑)御制后序、御制永柔县卧龙祠致祭祭文、陈铨序、李山海序,末有赵宽后序、柳成龙跋。

李焞(1661—1720),朝鲜肃宗,幼名龙祥,字明普,1674—1720年在位。曾下令刊行《大明集礼》

并亲制序文，晚年著有《紫宸漫稿》六卷，已佚。《列圣御制》收录其诗文。

李昑（1694—1776），朝鲜英祖，幼名禧寿，字光叔，1724—1776年在位。《列圣御制》收录其诗文。

陈铨，湖南江永人，明成化十七年（1481）进士，曾任文林郎巡按浙江监察御史。馀待考。

李山海（1539—1609），万历间朝鲜崇政大夫、行吏曹判书兼判义禁府事、弘文馆大提学、艺文馆大提学、知经筵春秋馆成均馆事。

赵宽（1457—1505），字栗夫，世居吴江，因号半江。成化十三年（1477）举人，成化十七年（1481）进士。历任刑部郎中、浙江提学副使，卒于广东按察使任上。著有《半江集》。

柳成龙（1542—1607），字而见，号西厓，李氏朝鲜政治家。朝鲜宣祖时任领议政。谥文忠。

隋唐两朝史传

隋唐史传序

杨慎

予尝阅史,至隋唐交禅之际,未尝不掩卷太息也,曰:嗟乎!自古帝王,膺命首出,必有为之肇其端者;及其子孙之不守,亦必有为之致其乱者。是故累代之兴废,虽曰天命,岂非人事哉?夫隋之继陈也以逆取,而唐之继隋也非顺受。若天心不厌残暴,何相报如此之速耶?炀帝乃一代之聪明人杰也,然不以天下国家为事,而独与蛾眉皓齿,日恣乐于曲房隐间之中。剪茧彩为上苑之花,放马谛(蹄)于清夜之□。君臣之分褒,闺闱之伦乱。纵为旷古之奇才,绝世之逸致,毫无裨于治理之规模,徒用心于晏安之鸩毒。致使秦王定计于宫中,李渊蒸后于寝内,变起萧墙,祸生几席,而帝犹罔闻也。及至宇文化及之刀加于好头颈之上而后始悟,则死矣。李渊素靖臣节,绝无剪隋之志。而世民天纵人象,阴行仁恕,天命提属,人心渐移,劝父造谋,胁以必叛。

太祖顾谓曰：今日之役，未可轻举，化家为国由汝，赤族正身亦由汝。而太宗挺身直任而不辞，直以帝王自负。即太祖之遣使于突厥，合军于长安，迎立代王。自履帝位，取天下如破竹，定海内如反掌。向无太宗为之谋主，其能若是乎？太宗智略雄伟，胆气粗浮，自负太高，旁无顾忌，是亦连城之瑕也。即其射猎北印（邙），摧刃同气，彼谓为天下者不顾家，而不知齐家乃可治天下。上天之眷佑，下民之顺从，大器之攸属，宗社之绵延，固已隐然在掌握间矣，而终为欲速之心所累，是千古之遗憾也。及至履至尊，制六合，崇文教，掩武帏，大召名儒，教训天下，黜后宫之怨女，纵积狱之重囚，和气协于万邦，祯祥动于四表，历代帝王之盛，无有过于太宗者。惜其得国之始，胁其父以蒸母后，故递传而下，默关（开）报复之机。武曌之秽乱春宫，玉奴之洗儿受赐，其时总（纵）有忠如遂良，义如仁杰，掺守如许远，苦节如张巡，不能济也。故敬业败兵于孝逸，杲卿委命于禄山，一时义士忠臣死于非命，妇人之祸惨至于此，非天道之好还，而始基之不正乎？虽然，帝唐之主，特懦弱耳，而惨刻暴虐之君，未尝或见，故代多君子为之辅翼,使国祚安于盘石,而三百馀年之太平,天固有以眷之矣。即勇冠如黄巢,其能背天以移唐祚乎?是书阅成而叙其事。西蜀杨慎题。

隋唐志传叙

林瀚

《三国志》罗贯中所编,《水浒传》则钱塘施耐庵集成。二书并行世远矣,逸士无不观之。惟唐一代阙焉,未有以传,予每憾焉。前岁偶寓京师,访有此作,求而阅之,始知实亦罗氏原本。因于暇日,遍阅隋唐之书所载英君、名将、忠臣、义士,凡有关于风化者,悉编为一十二卷,名曰《隋唐志传通俗演义》,盖欲与《三国志》《水浒传》并传于世,则数朝事实,使愚夫愚妇一览可概见耳。予颇好是书,不计年劳,抄录成帙。但传誊既远,未免有鲁鱼亥豕之讹,不犹欲入室而先升堂也。虽然,"饱食终日,无所用心",不若"博弈"而"犹贤乎已"也,予之所好,志于文墨,固非博弈技艺之比,第以后之君子能体予此心,意藏清玩,勿视为纸上之空言。是盖予之至愿也。赐进士第资政大夫南京参赞机务兵部尚书致仕前吏部尚书国子祭酒春坊谕德兼经筵讲官同修国史三山林瀚撰。

牌记：是集自隋公杨坚于陈高宗大建十三年辛丑岁，受周王禅即帝位起，历四世，禅位于唐高祖，以迄僖宗乾符五年戊戌岁，唐将曾元裕剿戮王仙芝止，凡二百九十五年。继此以后，则有《残唐五代志传》详而载焉，读者不可不并为涉猎，以睹全书云。万历己未岁季秋既望，金阊书林龚绍山绣梓。

说明：上二序及牌记，均录自龚绍山绣梓本《镌杨升庵批点隋唐两朝史传》。此本首《隋唐史传序》，尾署"西蜀杨慎题"，有"杨慎"阴文、"太史氏"阳文钤各一方。次《隋唐志传叙》，尾署"赐进士第资政大夫南京参赞机务兵部尚书致仕前吏部尚书国子祭酒春坊谕德兼经筵讲官同修国史三山林瀚撰"。又次，"镌杨升庵批点隋唐两朝史传总目"，凡十二卷一百二十二回，复次"镌杨升庵批点隋唐两朝史传附录"，录两朝君王后妃、文臣武将及"僭伪"人等姓氏。正文卷端题"镌杨升庵批点隋唐两朝史传卷之×　东原贯中罗本编辑　西蜀升庵杨慎批评",半叶九行,行二十字。版心,杨慎序题"隋唐传序",林瀚叙及总目、正文题"隋唐志传",附录题"隋唐史传"。书末有牌记。

　　杨慎(1488—1559),字用修,初号月溪、升庵,又号逸史氏、博南山人、洞天真逸、滇南戍史、金马碧鸡老兵等。四川新都人,祖籍庐陵。正德六年状元及第,官翰林院修撰,经筵讲官。熹宗时谥"文宪",世称"杨文宪"。著有《升庵诗话》《艺林伐山》等,后人辑为《升庵集》。

　　林瀚(1434—1519),字亨大,号泉山,闽县人,明成化二年进士,授庶吉士,编修,历任修撰,南京兵部尚书参赞机务。著有《经筵讲章》《泉山奏议》《泉山集》《隋唐志传通俗演义》等。

　　另有四雪草堂本,其序文与上所录有不同,为便于比较附于次:

隋唐志传通俗演义序

林瀚

　　罗贯中所编《三国志》一书,行于世久矣,逸士无不观之。而隋唐独未有传志，予每憾焉。前寓京师，访有此书，求而阅之，知实亦罗氏原本。第其间尚多阙略，因于退食之暇，遍阅隋唐诸书所载英君、名将、忠臣、义士，凡有关于风化者，悉为编入，名曰《隋唐志传通俗演义》，盖欲与《三国志》并传于世，使两朝事实，愚夫愚妇一览可概见耳。予既不计年劳，抄录成帙，又恐流传久远，未免有鲁鱼亥豕之讹，兹更加订正，付之剞劂，庶几观者无憾。夫"饱食终日，无所用心"，不若"博弈"之"犹贤乎已"，若予之所好在文字，固非博弈技艺之比。后之君子能体予此意，以是编为正史之补，勿第以稗官野乘目之，是盖予之至愿也夫。时正德戊辰仲春花朝后五日，赐进士出身资政大夫南京参赞机务兵部尚书致仕前吏部尚书国子监祭酒左春坊左谕德兼经筵日讲官同修国史三山林瀚撰。

唐书志传通俗演义

唐书演义序

李大年

《唐书演义》,书林熊子锺谷编集。书成以视余。逐首末阅之,似有紊乱《通鉴纲目》之非。人或曰:"若然,则是书不足以行世矣。"余又曰:"虽出其一臆之见,于坊间《三国志》《水浒传》相仿,未必无可取。且词话中诗词檄书颇据文理,使俗人骚客披之,自亦得诸欢慕,岂以其全谬而忽之耶?惜乎全文有欠,历年实迹,未克显明其事实,致善观是书者见哂焉。"或人诺吾言而退。余曰:"使再会熊子,虽以历年事实告之,使其勤渠于斯,迄于五代而止,诚所幸矣。"因援笔识之,以俟知者。时龙飞癸丑年仲秋朔旦,江南散人李大年识,书林杨氏清江堂刊。

说明:上序录自明嘉靖间杨氏清江堂本《唐书志传通俗演义》。此本首《唐书志传序》,尾署"时龙飞癸丑年仲秋朔旦,江南散人李大年识,书林杨氏清江堂刊",有"首引""江南散人"阳文钤各一方。目录叶题"新刊秦王演义卷之一",凡八卷九十节。正文第一叶卷端题"新刊参采史鉴唐书志传通俗演义卷之一　金陵薛居士的本　鳌峰熊锺谷编集",半叶十二行,行二十五字。版心镌"唐史志传"(也有镌"唐国志传")卷次、叶次,书末有牌记,镌"嘉靖癸丑孟秋杨氏清江堂刊"。原本藏北京图书馆、日本内阁文库图书馆。中华书局据内阁文库本影印行世。

李大年,待考。

唐书演义序

陈继儒

往自前后汉、魏、吴、蜀、唐、宋咸有正史,其事文载之不啻详矣,后是则有演义。演义,以通俗为义也者。故今流俗节目不挂司马、班、陈一字,然皆能道赤帝,诧铜马,悲伏龙,凭曹瞒者,则演义之为耳。演义固喻俗书哉,义意远矣!唐创业高祖,然高祖正自木强,是固太宗之发踪,化家为国,则封秦时居多,故俗言小秦王为太宗也。嗟嗟!唐去今几时,然扼腕乡慕即秦,裂眦指发即齐,即太子建成,况当时乎而欲与秦争，此真无异奋其螳臂以当若爵喙，往成啜耳。嗟嗟！太宗用兵，即当时李、魏诸臣不过；论治，即当时房、杜诸臣不过；赋诗染翰，即古之帝王未有，布衣操觚之士不能。往固尝啧啧叹之。新旧《书》备尔矣。载揽演义，亦颇能得意。独其文词，时传正史，于流俗或不尽通；其事实，时采谲狂，于正史或不尽合。因略缀拾其额，为演义题评，亦怂恿光禄之志。书成叙之。吁嗟，歇！正史余尝涉矣，偃蹇糊口，莫之尽其涯涘。稗官小说，既雅非其好，而然献其万舞又强颜说耶？西方美人，余于太宗与何遐思也！岁癸巳（万历二十一年）阳月，书之尺蠖斋中。

说明：上序录自明唐氏世德堂本《唐书志传通俗演义》。此本首有《唐书演义序》，尾署"岁癸巳阳月，书之尺蠖斋中"。目录叶题"新刊秦王演义目录"，凡八卷八十九节。正文第一叶卷端题"新刊出像补订参采史鉴唐书志传通俗演义题评卷之× 姑孰陈氏尺蠖斋评释 绣谷唐氏世德堂校订"，半叶十二行，行二十四字。版心镌"唐史志传"，下端或镌"世德堂"。原本藏北京图书馆。

陈继儒(1558—1639)，字仲醇，号眉公，又号麋公。松江华亭(今上海市松江区)人。工诗文，善书画。为诸生，与董其昌齐名。壮年即隐，布衣终老。有《陈眉公全集》。所辑《宝颜堂秘笈》，保存了不少小说和掌故资料。

唐光禄，待考。陈氏序中提及光禄其人，《西游记》的世德堂本序中也提及唐光禄，两个光禄应系一人，颇值得注意。明代朱邦宪有《寒夜集家兄园居有怀唐光禄三丈》："骑马冲寒共出城，一尊宵宴惬欢情。棋声到树鸟不定，池影入窗人倒行。林满清霜山更瘦，地留残雪月逾明。天涯忽忆离群客，长乐闻钟梦未成。"所咏未知与此处之唐光禄是否一人？

隋唐演义

点校隋唐演义叙

徐渭

自中古而下，事不尽在正史，而多在稗官小说家，故辀轩之纪载，青箱之采掇，所谓求野多获者矣。说者谓非圣之书不可读，矧小说家俚而少文，奚取乎？不知史故整而裁正，如崔珪饰为魏武，雅望非不楚楚，苦无英雄气；而不衫不履，裼裘而来者，风神自王。故欲简编上古人，一一呵活眼前，无如小说诸书为最优也。且今日多演小说为院本，学士大夫往往卜昼卜夜以处众乐，即妄言说鬼，未尝不时时抵掌以耗磨此壮心，而独谓小说之不可读何居？作诗者必求老妤解，作文者即嘻笑怒骂而成，以此读小说可通已。昔不读书而耳顺者，得一人，曰石勒。勒之听人读《汉书》请立六国后，惊起曰："此计当失。"至销，即喜曰："赖有此耳。"此勒之所以雄于世也。多读书而竟解者得二人，曰陶潜、杜甫。潜之读书，不求深解；甫之读书，难字过。此潜之能返自然，甫之能破万卷也。试以此语学究，自扞格不入耳。苏长公云：余幼时听人说《三国》小说，至阿瞒，唯恐其不败；至大耳儿，唯恐不胜。虽好恶在人，千载不泯，亦触吾耳之易也。它日复有听唱小秦王之句，比来《三国演义》盛行，而秦王传见者寡焉。余暇日喜读而点校之，谓此亦正史之鼓吹，庶几附于求野之义，即不然，较之《水浒》《西游》为子虚乌有之言者，不犹贤乎？不犹贤乎？山阴徐渭文长撰。

说明：上叙录自本衙藏板本《新刊徐文长先生批评隋唐演义》。此本内封三栏，分题"徐文长先生批评""增补绣像隋唐演义""本衙藏板"。首《点校隋唐演义叙》，尾署"山阴徐渭文长撰"，有"天池"阳文、"徐渭之印"阴文钤各一方。次"新刊徐文长先生批评隋唐演义目录"，凡十卷一百一十四节。有图三十九叶半，共七十九幅，各有图题，其第四十叶之后半叶为《柳公权笔谏》文一则："大臣事君，必因事纳忠。公权本善书，帝曰：'公何能善书？'公权曰：'心正则笔正。'帝即知其以笔谏也。公权一言，何异魏征《十渐疏》、张韫古《太宝箴》乎？昔齐王为淳于髡曰:'人有徙宅而忘其妻者。'髡曰:'桀、纣乃忘其身。'斯言如出一口。"与回目对照,图有错置现象。正文卷端题"新刊徐文长先生批评隋唐演义卷之×　武林书坊绣梓",半叶十行,行二十一字。版心目录叶及正文题"批评隋唐演义",图题"隋唐演义",单鱼尾下镌卷次、叶次。书末有牌记,内容文字与署杨慎批本的《隋唐两朝史传》书末牌记全同,惟杨本署"万历己未岁季秋既望,金阊书林龚绍山绣梓",此署"武林书坊绣梓"。

徐渭(1521—1593),字文长,号青藤老人、青藤道士、天池生、天池山人、天池渔隐、金垒、金回山人、山阴布衣、白鹇山人、鹅鼻山侬、田丹水、田水月,明代文学家、书画家、军事家,浙江山阴(今绍兴)人。所著有《南词叙录》,另有杂剧《四声猿》《歌代啸》及文集传世。

唐传演义叙

黄士京

一代之兴,必一代之英君开创之,一代之贤臣赞助之。

顾所谓英君尤难也。隋炀之季，鹿失其驭，群逐者畴无获之之心？然义不伸于列辟，泽不加于穷民。偶战胜而骄恣旋生，偶挫折而意志随阻。加以时势不知，贤奸莫辨，此称孤道寡之未几而败亡踵至，桓供凭吊者笑之哀之詈之泣之而已。若太宗以英睿之年，怀改玉改步之想，与裴、刘、武、许辈商確，便毅然以担当宇宙为己任，东征西讨，南除北伐，动有成算，为匪彝所思，居今怀古，当时内而封豕长蛇，如世充、建德之徒，外而魑魅魍魉，如延陀、颉利之类，稍制之无其术，彼奸雄之才智，即乘我隙而投之，一毫差池，竟成败局而已。若非卓识鸿裁如太宗者，孰克当此乎！兹无论其攻城略地者奚若，即其登宝之初，设网陈纪，安夏攘夷，崇谏臣，嘉循吏，慎刑罚，减租税，正学昭明，仁风翔洽，设王、窦等得志，有如此规模乎？

然而贤佐亦不易也。割据者遍海宇，则分阃推毂之任难肩；流离者满疆域，则抚循噢休之责难尽。诸凡辑我边陲，慎我威福，朝夕献善败于寡君，相与兢兢业业，使无坠至治之声问者，盖不知尔时房、李、褚、魏诸君是何如肝胆、何如才识，始能相君，以成此俊伟之业也。所云竭股肱之力,济之以忠贞者,伊何惭乎明良相值,功德彪炳,诚千古一时矣。尝观村学究治必称三代,若禹、汤、文、武之后无其君,伊、皋、周、召之后无其臣。吾谓有如唐之荃宰间,其芳规懿行,盖永永可为后之取则矣。读此演义者可漫以传说视之乎哉!万历庚申秋仲,钱塘黄士京二冯父题。

  说明:上叙录自日本内阁文库藏明书林舒载阳梓本《徐文长先生批评隋唐演义》。此本内封分三栏,分题"徐文长先生批评""隋唐演义""书林舒载阳梓"。首《唐传演义叙》,尾署"万历庚申秋仲,钱塘黄士京二冯父题",有"二冯"阴文、"黄士京印"阳文钤各一方。次"新刊徐文长先生评唐传演义目录",凡八卷九十节。次"新刊徐文长先生评唐传演义总纪"。有图三十三叶六十六幅。正文第一叶卷端题"新刊徐文长先生评唐传演义卷之一 武林藏珠馆绣梓"。正文半叶十行,行二十一字。版心单鱼尾上镌"批评唐传演义",下为卷次、叶次。

  黄士京,待考。

钱塘湖隐济颠禅师语录

无竞斋赞湖隐

非俗非僧,非凡非仙。打开荆棘林,透过金刚圈,眉毛厮结,鼻孔撩天。烧了护身符,落纸如云烟。有时结茅晏坐荒山巅,有时长安市上酒家眠,气吞九州,囊无一钱。时节到来,奄如蜕蝉,涌出舍利,八万四千。赞叹不尽,而说偈言。呜呼,此其所以为济颠者耶?

说明:上赞录自日本内阁文库藏隆庆刊本《钱塘湖隐济颠禅师语录》。此本未见内封,首济颠像,署"毕石子临",后半叶即像赞(见上),无目录,正文卷端题"钱塘湖隐济颠禅师语录 仁和沈孟桦叙述",半叶十一行,行二十一字。版心单鱼尾下镌"济颠语录"、叶次。书末有牌记:"隆庆己巳四香高斋平石监刻。"末题"钱塘湖隐济颠禅师语录终 王龙刊"。

沈孟桦,待考。

全汉志传

叙西汉志传首

遡自西汉,以迄于今,世云代谢矣。然其当年之兴革,人事之可否,则固有可综核而不与世俱代谢。若人于平居,皆曰:我能通今,我能知古。及有人以西汉事询者,乃见其止能应之以断蛇而已,其他如入关约法、收秦图籍、任用贤相、过鲁崇圣等类,此之所以兴并后之所坠,毫莫能言。书林余氏文台有感于目而感于心,遂请名公修辑《西汉志传》一书,加之以相,刊传四方,使懵然者得是书而叹赏曰:西汉之出处如此,我今日有如亲见于西汉世者矣。夫如是,则向之莫能言者,今皆彻于心矣。宁不为世道之一助云尔?是为序。万历十六年秋月,书林余氏克勤斋梓。

题东汉志传序

东汉之有光武,真得间气之所生者欤。何言

之？盖世有千金之家，既见其坠，阙后即有孝子慈孙欲光前绪，尚弗多得，而况天下之大乎。光武，高祖苗裔也。且能振拔有为，以新天命，为东汉之令主，非得间气之所生者，而能若是乎？予暇日间览古至此，不能不为之嘉美，于是援笔而修之。突书林文台余子者，已刊《西汉》，而未得《东汉》，躬求于予。予于是出之，嘱曰：子可如《西汉》增之以相，俾四民俯亲之下，深晓东汉之所以为东汉者如此，毋空我之书可也。余子唯而锓之，以为士君子者观焉。是为序。时万历十六年秋月，书林余氏克勤斋梓。

说明：上二序录自明万历间余氏克勤斋梓行本《全汉志传》。原本藏日本蓬左文库。上海古籍出版社《古本小说集成》据以影印。此本未见内封，西汉部分，首《叙西汉志传首》，尾署"万历十六年秋月，书林余氏克勤斋梓"。次，"全相演义西汉乙卷目录"，凡六卷六十一则。目录叶末尾署"全相演义西汉大全志传目录终"。正文上图下文，图两旁有图题，诸如"文王梦熊""去求贤"之属。首卷卷端题"京本通俗演义按鉴全汉志传卷之一　鳌峰后人

熊钟谷编次　书林文台余世腾梓行"，半叶十四行，行二十二字。版心上镌"西汉×卷"，双鱼尾下镌卷次。东汉部分亦无内封，首《题东汉志传序》，尾署"时万历十六年秋月，书林余氏克勤斋梓"。次"全相演义东汉乙卷目录"，凡六卷五十七则。目录叶末尾署"全相演义东汉大全志传目录终"。正文上图下文，图两旁有图题，诸如"平帝封王""莽为丞相"之属。首卷卷端题"京本通俗演义按鉴全汉志传卷之一　爱日堂继葵刘世忠梓行"。半叶十四行，行二十二字。全书末有"清白堂杨氏梓行"的书牌。

熊钟谷，即熊大木。

余世腾，即余象斗，字仰止（一说名文台，字象斗），号三台山人，又名余文台等，福建建阳（今南平市辖区）人，明代书坊主、小说家。编撰有《皇明诸司廉明奇判公案》《南游记》《北游记》等。

孔圣宗师出身全传

原书无序跋。附录近人跋语两则：

孔圣宗师出身全传跋

冯贞群

《全相孔圣宗师出身全传》平话，四卷，二册。每叶上栏图画，下栏半叶十行，行十七字，单边。书口上间有"孔圣传"三字，鱼尾下列卷数。卷中间有句读墨围，行线亦时有时无。卷首刻作"新锲孔圣宗师出身全传卷之几"。首佚七叶，不详撰人姓氏，据末"圣代源流六十二代闻韶弘治十六年袭封衍圣公"，则是书当刻于弘治间也，明矣。平话者，优人采史事敷衍而口话之之谓也；权舆赵宋，俗谓说书，或称讲史。方今赤俄乱华，人欲横流，视礼法若土梗，疾孔子如蛇蝎，安得起李恺、柳敬亭辈以孔子之道，家喻而户晓之；人心风俗，庶克稍有裨益乎？民国十六年丁卯四月，慈溪冯贞群。

说明：上跋录自《浙江省立图书馆馆刊》第四卷

第三期。

冯贞群(1886—1962),字孟颛,号伏跗居士。浙江慈溪人。清末秀才,辛亥革命后曾任宁波参议员,鄞县文献委员会委员长,《鄞县通志》编纂。编有《鄞县范氏天一阁书目内编》《求恒斋书目》。

《孔圣宗师出身全传》跋

胡适

慈豀冯孟颛先生藏有《新锲孔圣宗师出身全传》四卷,传末记"圣代源流",止于六十二代孔闻韶,是弘治十六年(1503)袭封的,所以冯先生定为弘治间刻本。

我以为此书之刻,至早当在正德时,也许更在正德以后。书中有李东阳的《诗礼堂铭》及《金彩堂铭》,我考《怀麓堂集》,此二文都是弘治十七年(1504)李东阳奉诏代祭阙里孔庙后作的。次年孝宗崩,明年便是正德元年了。所以我认此书之刻成,至早已在正德时了。

此书记衍圣公闻韶,以下皆阙,这是因为书中世系是根据于正德初年刻成的《阙里志》,《阙里志》止于第六十二代，故此书也止于第六十二代，我们未必就可以断定此书成于第六十三代贞幹袭封之前。

　　弘治十七年李东阳发起修《阙里志》，"逾年而成"。李东阳序中说："此书阙于二千年，而成于一旦，不可谓不难矣。"大概因为此志是当时的创举，所以此志流传之后，稍稍引起社会上对于孔子故事的注意。后来有人用此志的材料，编成这部《孔圣出身全传》。编者意在通俗，故每页附图，又每章附加诗词。但编者是一位学究先生，文字不高明，仅仅能抄书，却不能做通俗文字，所以这部书实在不能算作一部平话小说。民国二十年七月二十日夜，胡适。

　　说明：上跋录自明刊本《新锲孔圣宗师出身全传》。原本藏北京图书馆。正文首失佚八叶，故亦未见内封，也未见题撰人，上图下文，图两旁有图题，诸如"币波""迎圣"之属，半叶十行，行十七字，写刻。有胡适的跋，胡适的署名下有"胡适"阴文印一方。

　　另有浙江图书馆藏影抄明刊本。

胡适(1891—1962),曾用名嗣穈,字希疆,学名洪骍,后改名适,字适之。安徽绩溪人,以倡导"白话文"、领导新文化运动闻名于世。曾任北京大学校长。著有《中国哲学史大纲》《尝试集》《白话文学史》和《胡适文存》(四集)等。

南北两宋志传

叙南北两宋传序

余象斗

史以载事传信,如《麟经》《史》《汉》,定褒贬于当年,垂劝惩于来禩,并传不朽矣。第正史事系□常,计切民社,乃始著为后世法,匪是,而纤细之臧否,攻战之胜负,闻脱略之。非不欲详,往事浩烦,势不得不略也。赵宋先都于汴,靖康不竞,乃南渡淮。其国势之隆替,是政之强弱,将材之良窳,臣工之忠佞,昭昭往牒间,亦一代法鉴也。昔大本(木)先生,建邑之博洽士也,遍览群书,涉猎诸史,乃综核宋事,汇成一书,名曰《南北宋两传演义》。事取其真,辞取明,以便士民观览,其用力亦勤矣。是集也,虽非史,而不紊于朝章;虽非传,而不乖于正轨。用以传今古,昭法戒可也,岂徒《史》《汉》之衙官,《麟经》之奴辈哉,则在观者自得之。三台馆山人言。

说明:上序录自三台馆梓行本《南北两宋志

传》。原本藏日本内阁文库。此本内封分上下两栏，上栏为图像，下栏又分三栏，由右向左分署"全像两宋""三台馆梓行""南北志传"。首《叙南北两宋传序》，尾署"三台馆山人言"。次"全像按鉴演义南北两宋志传目录"，凡二十卷。书分南宋（起唐明宗天成元年丙戌岁）、北宋两部分（起宋太祖开宝八年乙亥岁，至宋真宗乾兴元年壬戌岁）。南宋自一卷至十卷，北宋自十一卷至二十卷。正文上图下文，第一叶卷端题"新刻全像按鉴演义南宋志传卷之一　云间眉公陈继儒编次　潭阳书林三台馆梓行"，半叶十三行，行二十三字，版心单鱼尾上镌"全像南宋志传"，下镌卷次、叶次。图两旁有图题，如"明宗升殿""文武朝见"之属。

陈继儒，见前。

三台馆山人当即余象斗，见前。

南宋志传序

织里畸人

史载宋太祖行事，类多儒行翩翩。五代以来，谊主开宋圣，辟亶君王哉！及揽五代传志，太祖于斯，馨同任侠，杀人亡命，作奸犯科，不异鲁朱家之为，于正史乃不尽符。岂帝王微行，故多跅弛，不尽中道，史无称，稍讳哉？《闻见录》曰："太祖即位，方镇多偃蹇不奉法。太祖召舆人，驰一骑，出固子，至大林下马，酌酒引刀，命之曰：'尔辈欲作官家，可杀我。'方镇伏不敢动。"其言方镇，即所谓十弟兄者。传言亦不诬也，史固非信哉。史载有天下之事，传志之所言，布衣之所行也。谀诡谲诳，稗野体哉。然凿撰探奇，奇闻乃隐；凭臆创异，异政未传。此亦叶公之好，非真龙也者。如以余之所闻，混沌真无道士之歌，金猴虎头真龙得位之谣。此谶之奇也，不载。点检宣言，富室逃匿；人情讻讻，丈夫不谋；厨中之姊，面杖引击。此事之奇也，不载。定力设斋，周逮且至，太后不保，蟥蛸扃阁。此亦与反风、冰合之事，异日同符。其奇如此，然亦不载焉。故知帝王征应，神武多奇。一人之见斯狭，一史之据几何？若其失而求之于野，传志可尽薄乎？特拈其奇，弁之简端，以见一斑，且以为好事者佐谭云尔。织里畸人书于玉茗堂。

说明：上序录自金阊叶昆池刊本《新刻玉茗堂

批点绣像南北宋志传》，原本藏日本宫内省图书寮。正文卷端题"新刻玉茗堂批点绣像南北宋传　研石山樵订正　织里畸人批评"，半叶十行，行二十字。南北宋插图各十六叶。末署"织里畸人书于玉茗堂"。陈氏尺蠖斋评释、金陵世德堂本，其序题名"叙锲南宋传志演义"，文字与本序同，唯"特拈其奇"五句作："光禄既取锲之，而质言鄙人。鄙人故拈其奇一二首简以见一斑，且以为好事者佐谭。时癸巳（萧按：万历二十一年）长至，泛雪斋叙。"。

织里畸人，真实身份、生平事迹待考。

北宋金枪全传序

鸳湖废闲主人

北宋太祖没，神武遂微，志传所言则尽杨之事，史鉴俱不载，岂其无关政纪，近于稗官曲说乎？虽然樵叟，然博雅君子，每藉以稽考，而王元美先生近考小史外传，往出于伶官，杨氏尤悉，盖亦为此书一证。美该博玄览，宁尽臆说？彼岂以其稗野之言遗之耶？然《宋史》显著杨业伟绩，至标以"无敌"之名，当时亦岂曲说？独是其一家兄弟妻妹之事，存而弗论，作传者特于此畅言之，则知书有言也，言有志也，志有所寄，言有所托，故天柱地维，托寄君臣；断鳌炼石，托寄四五。不端其本而谬谪其实，我以为妙道之言，而夫子以为孟浪之语，志斯晦耳。彼呼、孟之贼也，五郎之髡也，佘、萧之妇也，宗保之儿也。彼直以为大夫者诟詈也。丈夫不贼不髡，冠履曰夫，而二三其德，则贼也、髡也、儿女子也，又不若焉，故以是为詈。此《金枪传》而犹言之求佘也。时道光壬午岁，鸳湖废闲主人题。

说明：上序录自双红堂文库道光三年博古堂刊本《北宋金枪全传》。此本内封题"道光癸未重镌""绣像金枪演义""博古堂梓行"。首《北宋金枪全传序》，尾署"时道光壬午岁鸳湖废闲主人题"。次"绣像北宋金枪全传目录　江宁研石山樵订正　鸳湖废闲主人校阅"，凡十卷五十回（正文一卷一回，凡五十卷五十回）。又次图像八叶。正文第一叶卷端题"绣像北宋金枪全传卷之一　江宁研石山樵订正　鸳湖废闲主人校阅"，半叶九行，行二十一字，版心单鱼尾上镌"金枪全传"，下镌卷次、叶次。书末记云："道光三年壬午岁次，书于红雨山庄玩月轩中。鸳湖废闲主人识。"按：所谓《北宋金枪传》，实即《南北两宋志传》之《南宋志传》部分，由鸳湖废闲主人在玉茗堂批点本原书的基础上，略加增删而成。此序实即玉茗堂本玉茗主人的序，只改了序末的题署及个别地方。

鸳湖废闲主人，路工先生据弹词《十五贯》废闲主人序末"马永清"的印章，判定他名马永清。鸳湖即嘉兴南湖，马永清当即南湖人，生活于清乾嘉间，著有《十五贯》《麒麟豹》《福寿大红袍》等弹词。

熊龙峰四种小说

本书(熊龙峰四种小说)的介绍

王古鲁

过去研究明刊话本集的同志们,一提到《清平山堂话本集》《雨窗欹枕集》《京本通俗小说》,没有不想看一下"闻名而未得获见"的所谓万历版话本四种(熊龙峰小说四种)的。日本长泽规矩也氏在他的《京本通俗小说与清平山堂》一文中介绍过它们,郑振铎氏在《中国文学论集·明清二代的平话集》文中也提到并转述过长泽氏的文字,他说:

> 我们见到日本内阁文库的汉籍目录中,有别册单行的小说四种:《冯伯玉风月相思小说》《孔淑芳双鱼扇坠传》《苏长公章台柳传》《张生彩鸾灯传》,这四种,我很有幸的都曾见到过。但长泽规矩也君的报告已够说明之,如"版式低质,四册都属相同,四周有边,有界。每半叶七行,行十六字,版口内纵六寸二分或五分,横三寸七八分。略字颇多,各册分量俱

甚少"。

叙述得很正确的。第一,我们必须明了原书是分成四个小册子,每篇成为单行的小册子的。第二,分量确是都很少的,《苏长公章台柳传》只有十叶;《孔淑芳双鱼扇坠传》只有十七叶;《张生彩鸾灯传》只有二十四叶;其中最长的一篇《冯伯玉风月相思小说》也只有二十八叶。第三,这四册因为都是写刻,所以简体字很多,这还可以看出明中叶所习用的简体写法。

这四种小说照片,拿出来排印,可以说是意外的收获。我在日本访书的时候,拍摄全书的标准很严格的,这四种书是没有入选的,所以我脑筋中始终认为只摄取了书影的。在最近期间为了开小型展览会,促使我检点了一下书影底片,在这里边,看到这四种的全书底片,大概因为分量不多的缘故,所以顺手全拍摄了下来。现在发现了,而且看到照片文字还能钞录出来,真是喜出望外,因此决定拿来公诸同好。

关于版式行款,长泽氏介绍得很正确,一看本书就可明了的。而且一如他的《京本通俗小说与清平山堂》文中所指出，只有《张生彩鸾灯传》卷首标明"熊龙峰刊行"字样，其他三种只能从版式行款书型大小完全相同等等来说明它们都是"熊氏所刊行的小说"。长泽氏说："由版式看来，大概系万历时期的俗书"，可是据我看，刊行时期也许可以提前一点，因为假使我们把嘉靖刊行的大字本《三国志演义》的版式字体和它对照着看，不能说不是很相似（尽管模仿得不完全像）的。《三国志演义》既是嘉靖壬午（元年）所刊，所以它有可能在嘉靖年刊行的。上面已经提及过，它们现在保存在日本内阁文库，它们是四册单行独立的小本子。长泽氏说："这四册或为一种丛书的分册，也许在同一时间内，同一个书肆中，为了出版同一种类的书籍起见，所以它们具有这样类似的形式的。"这个看法，大概是不错的。我们只要看明晁氏《宝文堂书目·子杂类》中，不仅记有单本的《风月相思》《失记章台柳》《孔淑芳记》《彩鸾灯记》，外还记着许多单本的题名。在现存的《清平山堂》等集子里看得到的，像《五戒禅师私红莲》《快嘴李翠莲》《简帖和尚》《范张鸡黍死生交》《洛阳三怪》《陈巡检梅岭失妻》《冯唐直谏汉文帝》《李广世号飞将军》等等,记载时并不集在一起而是分散记着的,从这种情况看来,这许多篇目,最初也确是出过一篇一个本子的。

　　四种之中,《冯伯玉风月相思小说》和《清平山堂话本集》中的《风月相思》、《张生彩鸾灯传》和《古今小说》中的《张舜美元宵得丽女》,除了小部分文字相异外,大体可以说相同的。《冯伯玉风月相思小说》和《清平山堂话本》中所收《风月相思》之间,因为相差极少,看不出它们之间的先后和蝉蜕关系,但据此可以校出了《清平山堂话本》中的错简和缺叶,即《风月相思》的第四和第五叶的先后倒置,第十和第十一叶之间,缺了一叶。"错简"部分,如果细心看,还能检查出来,可是缺叶的地方,谁能想得出云琼寄给冯生的诗共有十首(尽管上面有着:"自生别后,有诗十馀首,并录寄赠。……")而且冯生遣家僮往迎云琼的时候,也寄赠了一首"梦魂几度到河阳,……"的诗呢?至于《张生彩鸾灯传》和《古今小说》所收的《张舜美元宵得丽女》之间,不仅刊刻年代有距离,虽说在文字上没有多大变动,但大体也可以看出《古今小说》有过删削和修饰的加工的,这只要拿来对照着一读即可以明瞭的。

其他两种,都是久已失传的小说,写得并不好,正如郑振铎氏所说"像《苏长公章台柳传》风格极为幼稚"。其中当时流传颇广的《孔淑芳双鱼扇坠传》也曾给《古今小说序文》中指摘过:

> 然如《玩江楼》《双鱼坠记》等类,又皆鄙俚浅薄,……

不过这一类"烟粉灵怪"传奇,当时在民间确是很受欢迎的。不仅《古今小说序文》中提及过它,《西湖游览志馀》卷二十中也曾提及:

> 若《红莲》《柳翠》《雷峰塔》《双鱼扇坠》等记,皆杭州异事,或近世所拟作者也。

而且晁氏《宝文堂书目》中也都收入,这是对于了解明代盛行的小说方面,还是很重要的。

末了,还必须再提一下,这是明代中叶写刻的小说,所以中间简体字颇多,因为照片变色关系,不能影印出来,对于采用简体字方面,供一种参考,是可惜的。

　　　　常熟王古鲁　五七·八·一二。

说明：上介绍录自1958年古典文学出版社排印本《熊龙峰四种小说》。

孙楷第《日本东京所见小说书目》云："此明坊刊本小说四种（按指：《冯伯玉风月相思小说》；《孔淑芳双鱼扇坠传》；《苏长公章台柳传》；《张生彩鸾灯传》），并中型，半叶七行，行十六字。行疏字大，显系同时同地所刻者，《张生彩鸾灯传》题云：'熊龙峰刊行'。他本皆无此题，然因其形式全同，知皆熊龙峰一人所刻。"四种原本藏日本内阁文库，王古鲁先生摄回，并加校注，1958年由古典文学出版社排印。

王古鲁（1901—1958），名钟麟，字咏仁、仲廉，江苏常熟人。著有《语言学概论》《王古鲁日本访书记》，翻译过日本青木正儿的《中国近世戏曲史》。

西游记

刊西游记序

陈元之

太史公曰:"天道恢恢,岂不大哉!谭言微中,亦可以解纷。"庄子曰:"道在屎溺。"善乎立言!是故"道恶乎往而不存,言恶乎存而不可",若必以庄雅之言求之,则几乎遗《西游》一书。不知其何人所为?或曰"出今天潢何侯王之国",或曰"出八公之徒",或曰"出王自制"。余览其意近跅弛滑稽之雄,卮言漫衍之为也。旧有叙,余读一过,亦不著其姓氏作者之名,岂嫌其丘里之言与?其叙以为狲,狲也,以为心之神;马,马也,以为意之驰;八戒,其所戒八也,以为肝气之木;沙,流沙,以为肾气之水;三藏,藏神、藏声、藏气之三藏,以为郛郭之主。魔,魔,以为口、耳、鼻、舌、身、意恐怖颠倒幻想之障。故魔以心生,亦以心摄。是故摄心以摄魔,摄魔以还理,还理以归之太初,即心无可摄。此其以为道之成耳。此其书直寓言者哉。彼以为大丹之数也,东生西成，故西以为纪。彼以为浊世不可以庄语也，故委蛇以浮世。委蛇不可以为教也，故微言以中道理。道之言不可以入俗也，故浪谑笑虐以恣肆。笑谑不可以见世也，故流连比类以明意。于是其言始参差，而俶诡可观；谬悠荒唐，无端崖涘，而谭言微中。有作者之心，傲世之意，夫不可没已。

唐光禄既购是书，奇之，益俾好事者为之订校，秩其卷目梓之。凡二十卷数十万言有馀，而充叙于余。余维太史、漆园之意，道之所存，不欲尽废，况中虑者哉？故聊为缀其轶叙叙之。不欲其志之尽湮，而使后之人有览，得其意忘其言也。或曰："此东野之语，非君子所志。以为史则非信，以为子则非伦，以言道则近诬。吾为吾子之辱。"余曰："否！否！不然！子以为子之史皆信邪？子之子皆伦邪？子之子史皆中道邪？一有非信非伦，则子史之诬均；诬均则去此书非远，余何从而定之？故以大道观，皆非所宜有矣。以天地之大观，何所不有哉？故以彼见非者非也，以我见非者非也。人非人之非者，非非人之非；人之非者，又与非者也。是故必兼存之后可。于是兼存焉。"而或者乃亦以为信。属梓成，遂书冠之。时壬辰（萧按：即万历十九年）夏端四日也。

说明：上序录自上海古籍出版社《古本小说集成》影印本"世德堂本《西游记》"（《新刻出像官板大字西游记》）。此本未影印内封。原本藏北京图书馆、日本天理图书馆。据矶部彰介绍："内封框内书三行字，'刻官板全／金陵世德堂校梓／像西游记'。"

影印本首《刊西游记序》，下署"秣陵陈元之撰"，尾署"时壬辰夏端四日也"。次"新刻出像官板大字西游记目录"，分"月到天心处，风来水面时。一般清意味，料得少人知"二十卷，共一百回。正文卷端题"新刻出像官板大字西游记×字卷之×　华阳洞天主人校　金陵世德堂梓行"（卷九、十、十九、二十卷端题"金陵荣寿棠梓行"，卷十六题"书林熊云滨重锲"）。半叶十二行，行二十四字。版心上镌"出像西游记"，单鱼尾下镌卷次、叶次。文中有插图。书应该是三种板子拼成。其绝非万历二十年序刊本的初刊本无疑。

陈元之，待考。

全像西游记序

陈元之

太史公曰："天道恢恢,岂不大哉！谭言微中,亦可以解纷。"庄子曰："道在屎溺。"善乎立言！是故"道恶乎往而不存,言恶乎存而不可"。若必以庄雅之言求之,则几乎遗《西游》一书,不知其何人所为。或曰"出天潢何侯王之国",或曰"出八公之徒",或曰"出王自制"。余览其近意跅弛滑稽之雄,卮言漫衍之为也。旧有叙,余读一过。亦不著其姓氏作者之名,岂嫌其丘里之言与？其叙以为孙,狲也,以为心之神;马,马也,以为意之驰;八戒,其所八戒也,以为肝气之木;沙,流沙,以为肾气之水;三藏,藏神、藏声、藏气之三藏,以为郛郭之主。魔,魔,以为口、耳、鼻、舌、身、意恐怖颠倒幻想之障。故魔以心生,亦以心摄。是故摄心以摄魔,摄魔以还理,还理以归之太初,即心无可摄。(以下至"此其以为道之成耳"一语之前,应放置"史皆中道邪"之前)书,奇之,益俾好事者为之订校,校其卷目梓之。凡二十卷数十万言有馀,而充叙于余。余维太史、漆园之意,道之所存,不欲尽废,况中虑者哉?故聊为缀其轶叙叙之。不欲其志之尽湮,而使后之人有览,得其意忘其言也。或曰:"此东野之语,非君子所志。以为史则非信,以为子则非伦,以言道则近诬。吾为吾子之辱。"余曰:"否!否!不然!子以为子之史皆信邪?子之子皆伦邪?子之子(孙楷第云:三字疑衍文)此其以为道之成耳。此其书直寓言者哉。彼以为大丹之数也,东生西成,故西以为纪。彼以为浊世不可以庄语也,故委蛇以浮世。委蛇不可以为教也,故微言以中道理。道之言不可以入俗也,故浪谑笑虐以恣肆。笑谑不可以见世也,故流连比类以明意。于是其言始参差,而诙诡可观;谬悠荒唐,无端崖涘,而谭言微中。有作者之心,傲世之意,夫不可没也。唐光禄既购是(应接"子之子"后)史皆中道邪?一有非信非伦,则子史之诬均;诬均则去此书则远,余何从而定之?故以大道观,皆非所宜有矣。以天地之大观,何所不有哉?故以彼见非者非也,以我见非者非也。人非人之非者,非非人之非;人之非者,又与非者也。是故必兼存之后可。于是兼存焉。"而或者乃亦以为信。

属梓成,遂书冠之。时癸卯夏念一日也。

　　说明：上序录自杨闽斋本《鼎镌京本全像西游记》。原本藏日本内阁文库,有上海古籍出版社《古本小说集成》本行世。此本内封分上下两栏,上栏为图像,下栏分三格,左右分题"新镌全像""西游记传",中镌"书林杨闽斋梓行"。首《全像西游记序》,下署"秣陵陈元之撰",尾署"时癸卯夏念一日也"。次"新镌京板全像西游记目录",目录叶上部分署"月字一卷""到字二卷"之属(亦为"月到天心处,风来水面时。一般清意味,料得少人知"二十卷),下部分为回目,凡一百回。正文卷端题"鼎镌京板全像西游记卷之×　华阳洞天主人校　闽书林杨闽斋梓",上图下文,图有题如"天地混沌""鸿濛初开"之属,半叶十五行,行二十七字。版心上镌"全像西游记",单鱼尾下镌卷次。杨闽斋本序《全像西游记序》,似是录世德堂本序而成,但有不少读不通的地方,可能是错简所致,其馀文字亦有小异,序末所署时间也不同。孙楷第先生错将此序当作世德堂本序,朱一玄、刘毓忱《西游记资料汇编》又据孙楷第《日本东京所见中国小说书目》转录。

上录两种《西游记》均无无陈光蕊逢灾、江流儿报仇事。

上二序,一署"时壬辰夏端四日",一署"时癸卯夏念一日",壬辰应为万历二十年,癸卯则当系万历三十一年。两种本子都署"华阳洞天主人校""秣陵陈元之序"。华阳洞天在句容茅山,秣陵即南京。世德堂为南京书坊。书坊主人为唐姓。这一点已无疑义。

陈元之序曰:"唐光禄既购是书,……属梓成,遂书冠之。"据序,那唐光禄乃是一个书坊主。或谓唐光禄系托名,唐某不会以"光禄"(官位)为名、字。然"新刊出像补订参采史鉴唐书志传通俗演义题评"《唐书演义序》也提及"光禄"。谓"因略缀拾其额,为演义题评,亦怂恿光禄之志。书成叙之。吁嗟,欷!正史余尝涉矣,偃蹇糊口,莫之尽其涯涘。稗官小说,既雅非其好,而然献其万舞又强颜说耶?"序为尺蠖斋陈氏作。这里提及的"光禄"似即人名而非官位。因为"偃蹇糊口,莫之尽其涯涘"云云,说明陈氏乃是一不得志的穷苦文人。一个穷苦文人绝不会用这种口气谈及一名官员。且若这

"光禄"真是"光禄大夫",似也不会去请一个名不见经传的穷苦文人作序。而况序中清楚地表明这"光禄"也只是个书坊主,故有"怂恿光禄之志"——梓书云云。

《李卓吾先生批评西游记》题辞

幔亭过客

文不幻不文,幻不极不幻。是知天下极幻之事,乃极真之事;极幻之理,乃极真之理。故言真不如言幻,言佛不如言魔。魔非他,即我也。我化为佛,未佛皆魔。魔与佛力齐而位逼,丝发之微,关头匪细。摧挫之极,心性不惊。此《西游》之所以作也。说者以为寓五行生克之理,玄门修炼之道。余谓三教已括于一部,能读是书者,于其变化横生之处引而伸之,何境不通?何道不洽?而必问玄机于玉棲,探禅蕴于龙藏,乃始有得于心也哉?至于文章之妙,《西游》《水浒》实并驰中原。今日雕空凿影,画脂镂冰,呕心沥血,断数茎髭而不得惊人只字者,何如此书驾虚游刃,洋洋洒洒数百万言,而不复一境,不离本宗;日见闻之,厌饫不起;日诵读之,颖悟自开也。故闲居之士，不可一日无此书。幔亭过客。

（李卓吾先生批评西游记）凡例

批着眼处，非性命微言，即身心要语。至若常言如"天下无难事，只怕有心人"十字，亦必拈出，盖开卷有益，不必作者定有此意与否，吾心有契，即可悟人。昔人有读千字文"心动神疲"四字而得长生者，善读书者，政不必典谟、训诰然后为书也。反是，虽典谟训诰日与其人周旋，亦与是人有何交涉哉。

批猴处，只因行者顽皮，出人意表，亦思别寻一字以模拟之，终不若本色猴字为妙，故只以一"猴"字赞之。所云游夏不能赞一辞，非耶？

批趣处，或八戒之呆状可笑，或行者之尖态可喜，又或沙僧之冷语可味，俱以一"趣"字赏之，趣字之妙，袁中郎集中备之矣，兹不复赘。

总评处，皆以痛哭流涕之心，为嘻笑怒骂之语，实与道学诸君子互相表里。若曰嘲弄道学先生，则冤甚矣。真正留心道学者，读去自然晓了，想必不用我饶舌也。

碎评处，谑语什九，正言什一，然谑处亦非平地风波，无端生造，从其正文中言内言外、言前言后而得之也。既可令人捧腹，又能令人沁心，即谓之大藏真言，亦无不可。然则谑语何一而非正言也哉？以为谑语，以为正言，亦随读者之见而已矣，评者亦如之何哉！评者亦如之何哉！

（李卓吾先生批评西游记）
第一回总评

读《西游记》者，不知作者宗旨，定作戏论。余为一一拈出，庶几不埋没了作者之意。即如第一回有无限妙处，若得其意，胜如罄翻一大藏了也。篇中云："释厄传"，见此书读之可释厄也。若读了《西游》，厄仍不释，却不辜负了《西游记》么？何以言"释厄"？只是能解脱便是。又曰："高登王位，将石字儿隐了"，盖猴言心之动也。石言心之刚也。心不刚，斩世缘不断，不可以入道。入道之初，用得刚字着，故显个石字，心终刚。入道味不深，不可以得道；得道之后用刚字不着，故隐了石字。大有微意，何可埋没？又，"不入飞鸟之丛，不从走兽之类"，见得人不为圣贤，即为禽兽。今既登王入圣，便不为禽兽了，所以不入飞鸟之丛，不从走兽之类也。人何可不为圣贤而甘为禽兽乎？又曰：子者，儿男也；系者，婴细也。正合婴儿之本论，即是《庄子》"为婴儿"，《孟子》"失赤子之心"之意。若如"佛与仙与神圣三者，躲过轮回"。又曰：世人都是为名为利之徒，更无一个为身命者。"亦是明白说了也。余不必多为注脚，读者须自知之。

说明：上题辞、凡例及第一回总评，均录自明刊本《李卓吾先生批评西游记》，原本藏日本内阁文库。首"题辞"，尾署"幔亭过客"，后有"白宾"阳文、"字令昭"阴文钤各一方。次《凡例》五则，复次"李卓吾先生批评西游记目录"，凡一百回。再次，图像，每回一叶。图记刻工曰"刘君裕"等。正文卷端题"西游记"，不署撰人。半叶十行，行二十二字。版心由上而下题"西游记"，回次、叶次。有眉批、总批。另中州书画社（中州古籍出版社）有影印本

《李卓吾先生批评西游记》，系用河南省图书馆与中国历史博物馆两残本配补而成。无陈光蕊逢灾、江流儿报仇事。

幔亭过客，即袁于令（1592—1672），初名晋，字韫玉、令昭、凫公，号箨庵、幔亭、白宾、吉衣主人。吴县（今江苏苏州）人，明末为生员。仕清，授荆州府知府（详参《吴门袁氏家谱》）。有杂剧《双莺传》，传奇《西楼记》《金锁记》《玉符记》《珍珠记》《鹔鹴裘》（合称《剑啸阁传奇》），小说《隋史遗文》等。

批点西游记序

秃老

不曰东游，而曰西游，何也？东方无佛无经，西方有佛与经耳。西方何以独有佛有经也？东，生方也，心生种种魔生；西，灭地也，心灭种种魔灭。魔灭然后有佛。有佛然后有经耳。然则东独无魔乎？曰：已说心生种种魔生矣，生则不灭，所以独有魔无佛耳。无佛则无经可知。《记》中原言南赡部洲，乃是口舌凶场、是非恶海，如娶孤女而云挞妇翁，无兄而云盗嫂,皆南赡部洲中事也。此非大魔乎？佛亦如之何哉。经亦如之何哉。此所以不曰"东游"而曰"西游"也。批评中随地而见此意,职须读者具眼耳。秃老。

或曰：自有东胜神州,乃以南赡部洲当之,是木火并作一方矣。或又曰：木生火,举南而东在其中,犹东可概南也。秃老闻之,叹曰：两家都饶舌,且迟他十年看《西游记》可也。

一窾言

《西游记》虽小说也,内有玄门之工夫,佛门之宗旨,实关大道焉。读者急须着眼。

《西游记》说无事真如有事,说假事真如真事,此第一妙手也。文章家如此者甚少。

孙行者非他也,即吾人之心是也；行者之变化非他也,即吾心之变化者是也。人身自有一部真《西游记》,勿向外面寻索可也。

唐三藏亦非他也,即以为吾人之身藏气,气藏精,精藏神,亦无不可,大抵说一藏字,则不许浅露可知也。

　　猪八戒亦非他也，即以为戒吾身之不孝、不弟、不忠、不信、不礼、不义、不廉、不耻亦无不可，大抵说一戒字，则不许放肆可知已。

　　以行者为吾人之心猿，以白马为吾人之意马，亦非牵强之言，总是关属之语。

　　观世音亦不在远，即此心之自在者是也。所以猴头虽千变万化，到底出不得自在二字，不定者终归于定也。语云：谁家屋里没观音。至言也。

　　如来佛亦不在外，即此心之本来是也。行者变化，心之变也；如来佛，心之常也。行者一跟头去十万八千里，只在如来掌中，见得心之变出不得心之常之手也。变终归于常而已矣，语云佛在心头，即此意也。

　　悟空、悟能、悟净三法名，空、净二字，悟之甚易，唯有能字，如何作悟？盖能亦当空之净之。若留一些能在，便不空净矣。悟能二字如此作解，方才不是钝人。不然，又留却许多渣滓矣，如何可以言悟哉！

　　未批评以前之《西游记》，市井之书耳。既批评以后之《西游记》，可供贤士大夫之玩索矣。书不可无批评也如此！

批着眼处，非性命微言，即身心要语。至若常言，如"天下无难事，只怕有心人"十字，亦必拈出，盖开卷有益，不必作者定有此意与否，吾心有契，即可悟入。昔人有读千字文"心动神疲"四字而得长生者，善读书者，政不必典谟、训诂然后为书也。

批猴处，只因行者顽皮，出人意表，亦思别寻一字以模拟之，终不若本色猴字为妙，故只以一"猴"字赞之。

批趣处，或八戒之呆状可笑，或行者之尖态可喜，又或沙僧之冷语可味，俱以一"趣"字赏之。

总评处，皆以痛哭流涕之心，为嘻笑怒骂之语，实与道学诸君子互相表里。若曰嘲弄道学先生，则冤甚矣。

碎评处，谑语什九，正言什一，然谑处亦非平地风波，无端生造，从其正文中言内言外、言前言后而得之也。既可令人捧腹，又能令人沁心，即谓之大藏真言，亦无不可。然则以为谑语，以为正言，亦随读者之见而已，评者亦如之何哉！

说明：上序出明崇祯间建阳闽斋堂刊《新刻增补批评全像西游记》。此本无内封，首《批点西游记序》，末有"秃老批评"阳文、"闽斋堂杨氏居谦校梓"阴文篆体钤两方。次"新刻增补批评全像西游记篆言标题目次"，先列"一篆言"，后半部分（自"批着眼处"起），系删李评本之例言而成。后列"一标题"，目录二十卷一百回。正文第一叶卷端题"新刻增补批评全像西游记卷之一　仿李秃老批评　闽斋堂杨居谦校梓"。又有署"仿李秃老批评　闽斋堂杨懋卿校梓"的，如第二卷、第三卷、第四卷、第七卷、第八卷、第十一卷卷端等。上图下文。半叶十五行，行二十六字。版心单鱼尾上镌"全像西游记"，下镌卷次、叶次。第九卷卷端"新刻增补批评全像西游记卷之九"下有"名越"印。四位藏书人的印鉴。回末有总评。书末有"崇祯辛未岁闽斋堂杨居谦梓"莲牌木记。

杨居谦，字懋卿，其父杨春元，堂号闽斋堂（或即其书坊名）。曾参与李九标辑文言小说《枕书》的编校等工作。《枕书》凡二十卷。

《西游证道书》原序

虞集

余浮湛史馆,鹿鹿丹铅。一日,有衡岳紫琼道人持老友危敬夫手札来谒。余与流连浃月,道人将归,乃出一帙示余,曰:"此国初丘长春真君所纂《西游记》也,敢乞公一序以传。"余受而读之,见书中所载,乃唐伭奘法师取经事迹。夫取经不始于唐也,自汉迄梁咸有之。而唐之伭奘为尤著,其所为跋涉险远,经历艰难,太宗《圣教》一序,言之已悉,无俟后人赘陈。而余窃窥真君之旨,所言者在伭奘而意实不在伭奘;所纪者在取经而志实不在取经,特假此以喻大道耳。

猿马金木,乃吾身自具之阴阳;鬼魅妖邪,亦人世应有之魔障。虽其书离奇浩汗,亡虑数十万言,而大要可以一言敝之,曰收放心而已。盖吾人作魔成佛,皆由此心。此心放则为妄心。妄心一起,则能作魔,其纵横变化,无所不至,如心猿之称王称圣而闹天宫是也。此心收,则为真心。真心一见,则能灭魔,其纵横变化,亦无所不至,如心猿之降妖缚怪而证佛果是也。然则同一心也,放之则其害如彼，收之则其功如此。其神妙非有加于前，而魔与佛则异矣。故学者但患放心之难收，不患正果之难就。真君之谆谆觉世，其大旨宁能外此哉？按：真君在太祖时，曾遣侍臣刘仲禄万里访迎，以野服承圣问，促膝论道，一时大被宠眷，有《玄风庆会录》载之详矣。历朝以来，屡加封号，其所著诗词甚富，无一非见道之言，然未有如是书之鸿肆而灵幻者，宜紫琼道人之宝为枕秘也。乃俗儒不察，或等之《齐谐》稗乘之流，井蛙夏虫，何足深论？夫《大易》皆取象之文，《南华》多寓言之蕴，所由来尚矣。昔之善读书者，聆周兴嗣"性静心动"之句而获长生；诵陆士衡"山晖泽媚"之词而悟大道，又何况是书之深切著明者哉？天历己巳，翰林学士临川邵庵虞集撰。

西游证道书跋

笑苍子

笑苍子与憺漪子订交有年，未尝共事笔墨也。单阏维夏，始邀过蜩寄，出大略堂《西游》古本，属其评正。笑苍子于是书，固童而习之者，因受读而叹曰："古本之较俗本，有三善焉：俗本遗却唐僧出世四难，一也；有意续凫就鹤，半用俚词填凑，二也；篇中多金陵方言，三也。而古本应有者有，应无者无。令人一览了然，岂非文坛快事乎？"

说明：上序、跋录自日本内阁文库藏清刊本《西游证道书》，此本首《原序》，尾署"天历己巳，翰林学士临川邵庵虞集撰"。次《丘长春真君传》，下注"出《广列仙传》及《道书全集》"，又次《炫奘取经事迹》，分两段，一段末注"出《独异志》《唐新语》"，又一段注"出《谭宾录》及《两京记》"。复次，"新镌出像古本西游证道书目录　钟山黄太鸿笑苍子　西陵汪象旭憺漪子同笺评"，凡一百回，有图像十六叶（孙目作十七叶），像、赞各半叶。正文卷端题"镌像古本西游证道书　西陵残梦道人汪憺漪笺评　钟山半非居士黄笑苍印正"。半叶九行，行二十六字。"玄"字避康熙讳作"炫"。书末有跋。跋谓"单阏维夏，始邀过蜩寄，出大略堂《西游》古本，属其评正"，则此书当成于康熙二年，或康熙十四年稍后。而最大可能成于康熙二年稍后。跋中谈到《西游记》的大略堂本，又有元人虞集的原序，疑为假托。

书中始增陈光蕊逢灾、江流儿报仇事。

虞集(1272—1348),字伯生,号道园,世称邵庵先生。祖籍成都仁寿(今四川眉山市辖县),元著名学者、诗人,南宋左丞相虞允文五世孙。曾领修《经世大典》,著有《道园学古录》《道园遗稿》等。

西陵残梦道人汪憺漪,即汪象旭,原名淇,字右子,号憺漪、残梦道人,西陵人。约清世祖顺治、康熙前期在世。曾自称"奉道弟子"。笺注有《济阴纲目》,撰有《保生碎事》,编有《尺牍新语》《吕祖全传》等。

钟山半非居士黄笑苍,即黄兴周,字九烟,又字景明,后更名黄人,字略似,号半非,又号笑苍子。上元人,崇祯十三年(1640)进士,曾任户部主事,入清不仕,三十七岁投水而死。著有《夏为堂集》等(详参2006年《淮海工学院学报》载曹炳建《西游证道书评点文字探考》)。

西游真诠序

尤侗

三教圣人之书，吾皆得而读之矣。东鲁之书，存心养性之学也；函关之书，修心炼性之功也；西竺之书，明心见性之旨也。此心与性，放之则弥于六合，卷之则退藏于密。其揆一也，而莫奇于佛说。吾尝读《华严》一部而惊焉。一天下也，分而为四。一世界也，累而为小千、中千、大千。天一而已，有忉利、夜摩诸名。地一而已，有欢喜、离垢诸名。且有轮围山、香水海、风轮宝焰、日月云雨、宫殿园林、香花鬘盖、金银琉璃、摩尼之类，无数无量无边，至于不可说。不可说，总以一言蔽之曰：一切惟心造而已。后人有《西游记》者，殆《华严》之外篇也。其言虽幻，可以喻大；其事虽奇，可以证真；其意虽游戏三昧，而广大神通具焉。知其说者，三藏即菩萨之化身；行者、八戒、沙僧、龙马，即梵释天王之分体；所遇牛魔、虎力诸物，即阿修罗、迦楼罗、紧那罗、摩睺罗伽之变相。由此观之，十万四千之远，不过一由旬；十四年之久，不过一刹那。八十一难，正五十三参之反对；三十五部，亦四十二字之馀文也。

盖天下无治妖之法,惟有治心之法,心治则妖治。记《西游》者,传《华严》之心法也。虽然,吾于此有疑焉。夫西游取经,如来教之也,而世传为丘长春之作。《元史·丘处机传》称为神仙仙(疑衍一"仙"字)宗伯,何慕乎西游?岂空空玄玄,有殊途同归者耶?然长春微意,引而不发。今有悟一子陈君,起而诠解之,于是钩《参同》之机,抉《悟真》之奥,收六通于三宝,运十度于五行,将见修多罗中有炉鼎焉,优昙钵中有梨枣焉,阿阇黎中有婴儿姹女焉。彼家采战,此家烧丹,皆波旬说,非佛说也。佛说如是奇矣,更有奇者,合二氏之妙而通之于《易》,开以乾坤,交以离坎,乘以姤复,终以既济未济,遂使太极、两仪、四象、八卦、三百八十四爻,皆会归于《西游》一部。一阴一阳,一阖一辟,其为变易也,其为不易也,吾乌乎名之哉?然则奘之名玄也,空、能、静之名悟也,兼佛老之谓也。举夫子之道一以贯之、悟之,所以贞夫一也。然老子曰:"道生一。"佛子曰:"万法归一。"一而三,三而一者也。以悟一之书,告之三教圣人,必有相视而笑者。昌黎有云:"老者曰:'孔子,吾师之弟子也。'佛者曰:'孔子,吾师之弟子也。'"孔子者习闻其说,亦曰"吾师亦尝师之"云尔。吾师乎,吾不知其为谁乎？若悟一者,岂非三教一大弟子乎？吾故曰:能解《西游记》者,圣人之徒也。康熙丙子中秋,西堂老人尤侗撰。

第一百回批语:

悟一子曰:此篇全部收煞,包括金丹大意,只看诗中"五行妙色空还寂,百怪虚名总是空"二语,便了却要领。盖金丹由五行攒簇而成,始虽有为,终则无为。故云:道果完成,自然安静。其诸般险怪,皆属空虚而已。《易》曰:一阴一阳之谓道。阴阳本自一气,一气包涵五行。五行攒簇而阴阳和、天地位、万物育。成始成终,方是至真无上之妙道。若偏阴孤阳,失中乖和,焉能成真？则与天命率性之理违背,而未能悟其同原神化之所在也。按:佛经每卷之首,有耶轮陀、摩候罗者,佛氏未出家时,娶妻曰耶轮陀,生子曰摩候罗;出家十二年,归与妻子复聚。其语送终父母际,甚悲痛;及语射子教诸天神之说,多孝悌忠信等语,是未尝外吾彝伦之教也。按:老子之子名宗,为魏将。宗子注,注子宫;玄孙假,仕汉文帝;假子解,为胶西王太傅。子孙显达于世,俱以忠孝传家。后世不事心体力行,乃强制情缘,谓为离尘捷怨,故其徒皆鳏居而无妻子。岂佛老教哉?外男女之别,废衣冠之正,而徒语心性之学,此施之于面壁闭户之间则可,施之于天下国家,其不大乱者几希!无怪吾儒之得隙而异视之也。晋、梁、唐、宋之间,君相巨卿亦多师事,听其说法,惟昌黎不附。后复与颠僧深友,晚年竟谬饵金石,终未能究其真谛耳。

　　《朱子语录》:或问老氏之无,与佛氏之无何以异?曰:老氏依旧,有如所谓无欲以观其妙,有欲以观其徼是也。若释氏则以天地为幻妄,以四大为假合,则是至无。愚按朱子倒底输黄面老一着。以其为至无,而不知其为至有,如知其为至有,则知与老氏之有合一而无以异。知老释之合一,则知与吾儒同原而亦无以异矣。读篇中"经卷原因配五行"一句,其诸经所说五行之理,与吾儒仁义礼智信之说象有异乎?否耶。"树枝东向而西归",系玄奘取经实迹。即此一节,已见其诚能动物,而天心犹默相其灵也。八大金刚空中叫:"圣僧,自去传了经,即便回来。"三藏历叙三徒出迹,来往功程,正见传经之的旨。"连去连来,恰在八日之内",言只时三五妙道运用之内也。篇中"来东已五日,则归西止三日",来五回三,已分明指示,人自不悟耳。读者谓此等处,俱不可以拟。奈何"三五一都三个字,古今明者实然希"耶。金、紧、禁,不可动念,自然脱去。盖道未成之先,须以法制,金所首用,如念动生根,不可移动;道成之后,安静无念,跳出范围,金为无用,不求脱而自脱,所谓"渡河筏子上天梯,到彼悉皆遗弃"者,此也。长春子丘真人留传此书,本以金丹至道,开示后世,特借玄奘取经故事,宣畅敷演,明三藏之脱壳成真,由尽性而至命;三徒之幻身成真,由修命而尽性。虽各有渐顿安勉之殊,而成功则一,皆大觉金仙也。分而为五,则各成一圣;合而为一,则共成一真:皆真乙金丹也。后人不识为仙家大道,而目为佛氏小说,持心猿意马、心灭魔灭之浮谈,管窥蠡测,失之远矣。

紫阳真人曰:金公本是东家子,送向西邻寄体生。认得唤来归舍养,配将姹女作亲情。又曰:学仙须是学天仙,唯有金丹最的端。二物会时情性合,五行全处虎龙蟠。本因戊巳成媒聘,遂使夫妻镇合欢。只候功成朝北阙,九霞光里驾翔鸾。此径向东土,五圣成真之妙也。人人自有仙佛圣人之灵根,从后天而返先天,成之者,不拘东土、西方,理至简,功至易。修之者宁待来生异世哉?

全部立言,总惟"舍妄成真"而已,此予之所以著真诠之志也。夫予勉之,人勉之,天下后世共勉之。

说明:上序和"第一百回评"均录自上海古籍出版社影印《古本小说集成》之《西游真诠》,据徐朔方在该本的《前言》中介绍,系"据上海古籍出版社所藏乾隆四十五年庚子刊本影印",内封两栏,由右向左题"悟一子批点西游真诠",首《西游真诠序》,尾署"康熙丙子中秋西堂老人尤侗撰"。有"尤侗"阴文、"展成"阳文钤各一方。次,"悟一子西游真诠目录",凡一百回,有绣像二十叶,皆像赞各半叶。赞分别署"玉湖钓叟""紫霞散仙""觉非子记"等。正文卷端题"西游真诠　山阴悟一子陈士斌允生甫诠解",半叶十一行,行二十四字。版心上镌"西游真诠",单鱼尾下镌回次。

尤侗(1618—1704),字展成,一字同人,号三中子,又号悔庵、艮斋、西堂老人、鹤栖老人、梅花道人等,苏州府长洲(今江苏苏州)人。于康熙十八年(1679)举博学鸿儒,授翰林院检讨,与修《明史》,著杂剧《读离骚》《吊琵琶》《桃花源》《黑白卫》《清平调》及传奇《钧天乐》,有《西堂全集》行世。

陈士斌,字允生,号悟一子,浙江绍兴府山阴县人,馀待考。

(新说西游记)自序

张书绅

此书由来已久,读者茫然不知其旨,虽有数家批评,或以为讲禅,或以为谈道,更又以为金丹采炼,多捕风捉影,究非《西游》之正旨。将古人如许之奇文,无边之妙旨,有根有据之学,反目为荒唐无益之谭,良可叹也。予欲以数月之暇,注明指趣,破其迷惘,唤醒将来之学者,此亦往者不可谏,来者犹可追也。不知有当否?西河张书绅题。

西游记总论

张书绅

予幼读《西游记》,见其奇奇怪怪,忽而天宫,忽而海藏,忽说妖魔,忽说仙佛,及所谓心猿、意马、八戒、沙僧者,茫然不知其旨。尝问人曰:"《西游记》何为而作也?"说者曰:"是讲禅也,是谈道也。"心疑其说,而究未明确其旨。及游都中,乃天下人文之汇,高明卓见者,时有其人。及聆其议论,仍不外心猿意马之旧套。至心猿意马之所以,究不可得而知也。迄今十馀年来,予亦自安于不知而不复究论矣。

乙丑年,由都归省,值呈安天会,触目有感,恍然自悟曰:"是矣,是矣。予今而知《西游记》矣。予今而并知作《西游记》者之心矣。"自古圣贤,悲悯后世,为之著书立言,不一其旨,而其心总欲人归于至善也。故孔子之赞《诗》曰:"《诗》三百,一言以蔽之,曰'思无邪'。"予今批《西游记》一百回,亦一言以蔽之曰:"只是教人诚心为学,不要退悔。"此其大略也。至于逐段逐节,皆寓正心修身、黾勉警策、克己复礼之至要,实包罗天地万象,四海九洲、士农工商、三教九流、诸子百家，无非一部《西游记》也。以一人读之，则是一人为一部《西游记》，以士农工商、三教九流、诸子百家，各自读之，各自有一部《西游记》。务必迁善改过，以底于至善而后已。若是乎，《西游》之有裨于天下后世、四海九洲、士农工商、三教九流、诸子百家也，岂浅鲜哉？总之，心不诚者，西天不可到，至善不可止。作者有感于此，而念世人至多，其端又不一，故不能一一耳提面命以教之，又不能各为一书以教之，故作《西游记》，使各自读之，而各自教之也。乾隆戊辰年秋七月，晋西河张书绅题。

新说西游记总批

张书绅

《西游》一书，古人命为证道书，原是证圣贤儒者之道。至谓证仙佛之道，则误矣。何也？如来对三藏云："阎浮之人，不忠不孝，不仁不义，多淫多佞，多欺多诈，此皆拘蔽中事。"彼仙佛门中，何尝有此字样？故前就盂兰会，以及化金蝉，已将作书的题目大旨，一一点明。且不特此也，就如传中黑风山、黄风岭、乌鸡国、火焰山、通天河、朱紫国、凤仙郡,是说道家那一段修仙?是说僧家那一种成佛?又何以见得仙佛同源?金丹大旨,求其注解,恐其不能确然明白指出。真乃强为幻渺,故作支离,不知《西游》者也。长春原念人心不古,身处方外,不能有补,故借此传奇,实寓《春秋》之大义,诛其隐微,引以大道,欲使学业焕然一新。无如学者之不悟也,悲夫!

《西游》又名《释厄传》者何也?诚见夫世人,逐日奔波,徒事无益,竭尽心力,虚度浮生,甚至伤风败俗,灭理犯法,以致身陷罪孽,岂非大厄耶?作者悲悯于此,委曲开明,多方点化,必欲其尽归于正道,不使之复蹈于前愆,非"释厄"而何?

《西游》一书,以言仙佛者,不一而足。初不思佛之一途,清静无为,必至空门寂灭而后成;即仙之一道,虽与不同,然亦不过采炼全真,希徒不死。斯二者,皆远避人世,惟知独善一身,以视斯世斯民之得失,漠不相关。至于仁、义、礼、智之学,"三纲""五伦"之道,更不相涉。此仙佛之事也。今《西游记》是把《大学》诚意正心、克己明德之要,竭力备细,写了一尽,明显易见,确然可据,不过借取经一事,以寓其意耳,亦何有于仙佛之事哉?

《西游记》称为四大奇书之一。观其龙宫海藏、玉阙瑶池、幽冥地府、紫竹雷音,皆奇地也。玉皇、王母、如来、观音、阎罗、龙王、行者、八戒、沙僧,皆奇人也。游地府、闹龙宫、进南瓜、斩业龙、乱蟠桃、反天宫、安天会、盂兰会、取经,皆奇事也。西天十万八千里,筋斗云亦十万八千里;往返十四年,五千零四十八日,取经即五千零四十八卷;开卷以天地之数起,结尾以经藏之数终,真奇想也。诗词歌赋,学贯天人,文绝地记,左右回环,前伏后应,真奇文也。无一不奇,所以谓之奇书。

微子去殷,张良辞汉,施耐庵隐于元,贾阆仙隐于僧。忆邱长春,亦一时之大儒贤者,乃不过托足于方外耳。味其学问文章,品谊心术,无非经时济世,悉本于圣贤至正之道,并无方外的一点积习,盖即当时之水镜、黄石,一隐君子也。

《西游》一书,其事则极幻,其旨又极隐。若再不明白解说,深文浮衍,读者愈疑而莫知从入之处矣。是以开解处,只求明白爽快,即使三尺之童子,读之亦显然易知。方上不负前人之作,下有裨于后之学者也,良多矣。

《西游》一书,是把一个人从受胎成形起,直写至有生以后;又从有生以后,直写到老,方才罢手。分而言之,有唐僧、行者、八戒、沙僧、白马之疏;合而计之,实即一人之四肢五脏全形耳。五圣成真,是人一生之事业已完。有此功德文章,自可以垂千古而不朽。此即长生之学,此即至善之旨也。

仙佛之事,与人世无涉,且幻渺而不可知。人事之常,日用之所不可离,虽愚夫愚妇,莫不共知。若必以人事之所不可知者解之,何得如以人事之所共易知者解之?与其以世事之无益者而强解之,何得如以人生之有益者而顺释之?

《孟子》云:"故天将降大任于是人也,必先苦其心志,劳其筋骨,饿其体肤,空乏其身,行拂乱其所为。所以动心忍性,曾益其所不能。"方才作得将相,方才建得功业,方才成得大圣大贤。是正面写而明言。彼三藏之千魔百怪,备极苦处,历尽艰难,方才到得西天,取得真经,成得正果。是对面写而隐喻之。《孟子》一章,是言纲领指趣;《西游》一部,正是细论条目功夫。把一部《西游记》,即当作《孟子》读亦可。

八百里黄风岭,八百里流沙河,八百里火焰山,八百里通天河,八百里荆棘岭,八百里稀柿洞,八百里狮驼国。问其名皆八,究其处有七,皆人生之大魔障也。

《西游记》当名"遏欲传"。

一洞魔王有一洞魔王的名号,一处山林有一处山林的事件,则必一回有一回的旨趣。古人命名作书,原各有取意。读者不得其解,概以"心猿意马"混过,以妆门面。夫心猿意马,只解得白马、悟空,如何解得山国魔洞?试思平顶山、西梁国,是何解?大力王,伎英洞,是何说?岂亦以心猿意马解之耶?

一部书中,魔怪前后重见者有四:牛魔王、青狮子、奎木狼、赖头鼋。

《南华庄子》是喻言,一部《西游》,亦是喻言。故其言近而指远也。读之不在于能解,全贵乎能悟,惟悟而后能解也。

《西游》一书,本文似亦平平,极其浅近;探其旨趣,实天人性命之源也,处处皆言明心之要,而其理本渊微,故非深心者,不足以语此。

夏日长天,炎暑日夜难禁,窃思有向日都中所序之《西游记》,尚在悬阁。于是以六月二十六日觅本,至七月初九日、十四日夜,草稿粗成。至闰七月二十日,真本笔削初定。是非不能自知,而所谓炎暑者,不知消归何有矣。名为"消魔传",信不诬也。乾隆十三年闰七月,羊城志。

《西游》一书,皆因讲的是和尚取经,且又有心猿意马之旧号,长生不死之名色,人再不作经书之想,又何有于正心诚意之文也?于是或为采炼,或为太极,纷纷议论,惊奇立异,徒为幻渺。岂知差之毫厘,远之千里,而卒至不能贯通,谓非"道在迩而求诸远,事在易而求诸难"也。

古人作书,其旨深奥。唯恐后人之不解,是以批而解之,以告后人。至批解之,而后人仍不明,则此书何贵有此一解?后人何赖有此一解?我又何必多此一解?

前阅数家之批,笔墨富丽,议论风生,超然有高出千古之意。予实庸才,愧不能有此,乃不过平平常常,直捷了当,止将全部的本旨大意注明,前后的脉络线索分清,实一时之草创。至于润色,以待博物之君子。

《西游记》,却从东胜写起,唐僧又在中华,其相隔不知几万千也,如何会合得来?看他一层一层,有经有纬,有理有法,贯串极其神妙,方知第一回落笔之际,全部的大局,早已在其胸中,非是作了一段,又去想出一段也。

或谓孙行者大闹天宫,普天神将尚且不能擒拿;西天路上区区小妖,反又不能取胜,似此荒唐,何乃自相矛盾?初不知断章取义,其中原有至理。即如闹天宫,原是写小人。譬如有一小人,在此横行,即有许多君子,实在亦无法可制,此其一也。又如火云洞,原是讲借债,未借之先,就是铁罗汉,亦不能相强;既借之后,就是李老君,亦不能相抗。此原理之不胜,非力之不胜也。故交战处,原写本题之妙意、人情世事之至理,若真认作刀兵,则误矣。

何谓怪?盖乃非常之谓也。心无物欲,神气自然和平,一有所私,举动各别,面貌非常,此其所以为怪也。

钉钯、棒、杖,乃即人心之主杖,故随心变化,恁意卷舒。独是八戒之钯，非不利而且美，惟其有勾齿，终不如棒、杖之正直，是以贪嘴爱懒，此其所以常想丈人也。

人心物欲多端，则茅柴满腹。钉钯二字，设想绝妙，非是钯地之宝，正是耕心之具，安能尽得八戒之钯，以为人心之一大快也哉？

《西游》一书，以言求放心者不一。夫《西游》固有求放心，然求放心，实不足以尽《西游记》。

一部《西游记》共计一百回，实分三大段。再细分之，三段之内，又分五十二节。每节一个题目，每题一篇文字。其文虽有大小长短之不齐，其旨总不外于明新止至善。

何为三大段？盖自第一回起，至第二十六回止，其中二十二个题目，单引圣经一章，发明《大学》诚意、正心之要，是一段。又自二十七回起，至九十七回止，其间七十一回，共二十七个题目，杂引经书，以见气禀所拘，人欲所蔽，则有时而昏也，是一段。末自九十八回起，至一百回止，共是三回，总结明新止至善，收挽全书之格局，该括一部之大旨，又是一段。

"游"字即是"学"字,人所易知;"西"字即是"大"字,人所罕知。是"西游"二字,实注解"大学"二字,故云《大学》之别名。人必于此二字体会了然,全部文义,则自不难晓矣。

　　每节题目,妙意虽各有不同,不能无彼疆此域之分。然而收挽过接处,其脉联络贯串,实又未尝不是一气。故分而言之,似有三大段、一百回、五十二节之疏;合而计之,始终全部,只是一篇之局。是分有分之奇,合又有合之妙。

　　每章起句,不惟挽清上意,扣定本题,兼且照定结尾,亦并埋伏下传。所以分看是一百回,合看实是一回。但有看出者,亦有看不出者;有批到者,亦有误失者,不可不知。

　　海内相传有四大奇书,其中或有《封神传》,虽其文义深奥不可骤解,观其结尾三回,似与《西游》相合无二,量非无学无识者之所能为也。皆因世远年久,为时淹没,人但闻"四大奇书"之名,实不知四大奇书之实,遂误以《三国志》补之。试思《三国》据实呈情,乃史馆之实录,何得称为奇书?今其数目虽是,惜其名色已非,是否有当,姑留此笔以为异日之一验。

其名曰《西游》,其实却是《大学》之道,已奇。明明写的是魔传,不知却是种种的文章,更奇。然犹未也,最奇妙处全在按定心猿,以及江流出世一段,便腾出许多地步,迨至心猿归正,自然拍合。以下顺手拈来,其书不难成矣。真有旋天转地之手,巧夺乾坤造化之妙,即使天仙设想,恐亦不能再出其右。

定海神针铁,妙不可言。言人心上,原要有针线,又贵如铁石,而外物不能摇动。禅杖,无非死缠活缠,苦向此中求也。

《西游》每笔必寓三意:其事,则取经也;其旨,乃《大学》也;其文,又文章也。是以写取经处,先要照定正旨,又要成其文章。手弹丝弦,目送飞鸿。以一笔写三义已难,以一笔解三义更难,不得不为之逐段逐句细分也。

《西游记》当名"第一奇书"。

人生斯世,各有正业,是即各有所取之经,各有一条西天之路也。或至双叉岭差路,或至宝象国招亲,或为幌金绳牵系,或在木仙庵偷闲。中途半路,即多改行异辙,是以求一到西天者而已寡,又何能返本还元,以见其本来之旧也。

取经一事,何以云西天？盖天高西北,地陷东南,由东至西,以见君子之下学而上达也。况春花秋实,东作西成,此所以东土开花,西天结果,生于东胜,成于西天。笔墨有如天地之造化,文章本于阴阳之自然,真正妙想！真正奇书！

《西游》一书,自始至终,皆言诚意正心之要,明新至善之学,并无半字涉于仙佛邪淫之事。上追洙泗之馀风,下本程朱之正派,而笔墨实在《左传》《南华》之上。言近而指远者,《西游》之谓也,世仅以奇书目之,乌足以尽此书之美也？

凡传奇之书,不过逞笔墨之富丽,争字句之工巧。究竟其文无为,是以读之亦觉无味。《西游》是把理学演成魔传,又由魔传演成文章,一层深似一层,一层奇似一层,其实《西游》又是《西游》,理学又是理学,文章又是文章,三层并行,毫不相背:奇莫奇于此矣。爱理学者,究其渊微;爱热闹者,观其故事;好文墨者,玩其笔意。是岂别种奇书所可得同日而语也？

《西游》凡言菩萨如来处,多指心言。故求菩萨正是行有不得,则反求诸己,正是《西游》的妙处。圣叹不知其中之文义,反笑为《西游》的短处,多见其不知量也。

　　《西游》凡如许的妙论,始终不外一"心"字,是一部《西游》,即是一部《心经》。

　　通人读书,只往通处解,所以愈读愈明;不通人读书,只往不通处解,所以愈读愈不明。即如郑庄公名寤生,此原不过作者下此一字,便好起恶字,以与"后爱段叔"一句,作一文章关照。在读者,不过看通其文意即了,何必定深究其所生?况此不过一乳名,初无甚紧要关系;在为父母者,原无所不命,而当日未必亦于此即有心;在后世就生出许多的议论见解。呜呼!郑国远矣,固不得趋而视之;庄公没矣,又不能起而问之,若必如是解,则晋文公名重耳,岂真两重耳朵耶?曹操名阿瞒,岂又瞒其父之所生耶?诚如是,则世更有以鸡犬牛羊命名者,不知又当作何解?在古人未必有此事,在后世则强要作此解,不过徒以文字之相害耳,乌足以读古人之书?乌足以解古人之书也?

《西游》一书,不唯理学渊源,正见其文法井井。看他章有章法,字有字法,句有句法,且更部有部法;处处埋伏,回回照应,不独深于理,实更精于文也。后之批者,非惟不解其理,亦并没注其文,则有负此书也多矣。

天人性命之学,东山泗水之书已无不道;诗词传赋之文,周秦唐汉之时已无不作。降而稗官、野史之传奇,多系小说,虽极其精工灵巧,亦觉其千手雷同,万章一法,未为千古擅场之极作也。孔子云:"述而不作。"盖上焉者,不敢作;下焉者,又不肯作。回翔审视,几无可下笔之处矣。长春计及于此,所以合三者而兼用之:本孔、孟之深心,周、汉之笔墨,演出传奇锦绣之文章,其中各极其妙,真文境之开山,笔墨之创见。写一天宫,写一地府,写一海藏,写一西天,皆前代之所阁笔,后世之所绝无。信非学贯天人,文绝地记者,乌足以道其只字也?自古学已远,文尚富丽,或以夸多,或以争幻,此不过一大书店、藏经柜耳。五尺之村童,录之有馀,何足以言文?又何足以为奇也?

人生学业不成,皆因物欲多故。外边的魔障,即是内里的私欲,故云:"心生,种种魔生也。"若一直写去,未免腐而无味。看他形容饮食之人,则写出一蝎子精;言非礼之视,则画出一多目怪。写得奇异,状得更奇异。

《西游》自贞观十三年九月望前三日起,一路编年纪月,历叙寒暑。魔怪本于阴阳,克复顺乎四时。此乃以山岳作砚,云霞作笺,长虹为笔,气化为文。读之如入四时寒暑之中,俯仰其间,而莫识风云之奥妙也。

天地以太极生两仪四象,树木以根本发枝叶花果,人以一心生出仁义礼智,一身行出忠孝廉节。是人生在世,如同天地,如同树木。则学问文章,原本天地之自然。不是长春作出天地自然之文章,正是天地自然有此文章,不过假长春之笔墨以为之耳。夫天地至大,却不遍写,起首落笔第一句,先写一东胜神洲,写一花果山。真是妙想天开,奇绝千古。夫东胜紧对西天,神洲紧对佛天。心之精灵无所不通,故曰神洲;身之德行无所不备,故曰佛天。一东一西,一神一佛,以海比地,以西作天,由花结果,从地升天。自心生海岛,树长神洲,以见根深者叶茂,本固者枝荣,莫不本阴阳之气化,至理之本然。是以有天地,即有风云气化;有树木,即有枝叶花果;有人,即有仁义礼智之心,忠孝廉节之事。是风云气化,乃天地自然之文章;枝叶花果,乃树木自然之文章;仁义礼智,忠孝廉节,乃人生自然之文章:此方是夫子之文章。人若不读《西游》之文章,不知《西游》之文章,而欲以笔墨堆砌,强为文章,又乌睹所谓文章者也?

《西游》列传,大半伏于盂兰会,此即百样奇花,千般异果,故云明示根本,指解源流。西梁国,即是口舌凶场;火焰山,谓非是非恶海。贪酒好色,迷失本来之业;争名夺利,何有西天之路?荆棘丛林,不识法门之要;凤仙郡里,怠慢瑜迦之宗。心猿放失,正应不服使唤之文;双鸟失群,却是回照多杀之旨。有师有徒,玉华州原本盂兰会;明德止至善,天竺国已伏化金蝉。白虎岭至精至细,金䰾洞极隐极微。前伏后应,各传说来俱有源由;条目纲领,首尾看去无不关会。全部数十万言,无非一西,无非一游。始终一百回,此即题目,此即部法。

　　心本虚灵不昧,故曰灵台。返本还元,以复其本来之初，故曰如来。言如其本来之旧也，是以说灵山只在心头，可知如来亦并不在心外。凡如许的妙意，皆有生之所未见。

"大学之道，在明明德"，何以却写出许多的妖怪？盖人为气禀所拘，人欲所蔽，则有时而昏，是为不明其德者一翻。于是忠之德不明，则为臣之道有亏；孝之德不明，则子之道有未尽。以至酒色财气，七情六欲，争名夺利，不仁不义，便作出许多的奇形，变出无数的怪状。所以写出各种的妖魔，正是形容各样的毛病。此德不明至善，终不可止，而如来又何以见也？

三藏真经，盖即明德、新民、止至善之三纲领也。而云西天者，盖西方属金，言其大而且明，以此为取，其德日进于高明，故名其书曰《西游》，实即《大学》之别名，明德之宗旨。不唯其书精妙，即此二字，亦见其学问之无穷也。

时艺之文，有一章为一篇者，有一节为一篇者，有数章为一篇者，亦有一字一句为一篇者。而《西游》亦由是也。以全部而言，《西游》为题目，全部实是一篇。以列传言，仁义礼智，酒色财气，忠孝名利，无不各成其一篇。理精义微，起承转合，无不各极其天然之妙。是一部《西游》，可当作时文读，更可当作古文读。人能深通《西游》，不惟立德有本，亦必用笔如神。《西游》《西游》，其有裨于人世也，岂浅鲜哉？

《大学》之数，有三纲领，五指趣，八条目。天地之数，有十二万九千六百岁。经藏之数，有一万五千一百零四十八卷。其中之三百里、六百里、八百里、十万八千里，悉照《大学》之数。故开卷以天地之数起，结尾以经藏之数终。

《大学》之道，至远至久，故要经历十四年，十八万千里，以见其道之至大至高，原非近功浅学者之所能造。是以一路西来，无笔不是《大学》，无处不是学道。讲《大学》之道，尤为精极。

古人作书，凡有一篇妙文，其中必寓一段至理，故世未有无题之文也。后人不审其文，不究其理，概以"好文字"三字混过，不知是祭文、是寿文、是时文、是古文。不知是《出师表》写出老臣之丹心，还是《陈情表》作出孝子之天性。古人作书，原如风云展转，文理相因；后人批书，竟是秦楚各天，毫不相涉。是古人之作书，原自为古人之书，初不计后人之有批；殊不知后人之批书，只自为后人之批，并不问古人之所作也。

《西游》原本，每为后人参改笔削，以自作其聪明，殊不知一字之失实，其理难明，文义不可读矣。安得古本录之，以为人心之一快？

或问《西游记》果为何书？曰：实是一部奇文，一部妙文。其中无题不作，无法不备，乃即长春之一部窗稿，并无别故。但人每以为方外之玄微，而多歧其说，及细究其文艺题目，则亦无可疑议矣。

按邱长春，名楚机，道家北宗有七祖，长春乃其中之一。胜迹皆在东海崂山。时应元祖之聘，与弟子一十八人，居于燕京西南之长春宫，故此又称长春真人，盖即今之白云观也。

元人每作传奇，多摘取中节二十七题，以发明朱注气禀人欲之要，文章局面，似迥不同。不知其中之题目，则无丝毫有异。

"西游"二字，实本《孟子》引《诗》"率西"二字。

物欲不除，气禀不化，其德不明。其德不明，其民亦不新，至善不可止矣。看他先从气禀人欲，转到明德，又由明德，转到新民，然后结到止至善。一层一层写来，方见学问之有功夫，更见文章之有次第。

或问一部《西游记》，为何其中写了多少的妖魔怪物？夫妖魔怪物，盖即朱注所谓气禀人欲之私也。朱注讲的浑含，《西游》实分的详细。什么是个气禀？什么是个人欲？人如何便为气禀所拘，人欲所蔽，而其德便至不明？又必如何方不为气禀所拘，人欲所蔽？迨至不拘不蔽之际，此妖魔之所以尽去，而其德亦不昏矣。是朱注发明圣经，《西游》实又注解朱注。

气禀人欲，共拟二十五条，所以亦引二十五个题目，以明其义。凡人有一于此，皆足为大德之累，而其德已不明，又何以得见本来之所固有，而以止于至善也？

一部《西游记》，若说是文章，人必不信。再说是经书《大学》文章，人更不信。唯其不信，方见此书之奇。

一部《西游记》，三大段，一百回，五十二篇，却首以"大学之道"一句贯头。盖路经十万八千里，时历十四年，莫非《大学》之道，故开卷即将此句提出，实已包括全部，而下文一百回，三大段，五十二篇，俱从此句生出也。

三藏真经，盖即明新止至善，故曰唐三藏。明德即是天理，故曰太白李长庚。《大学》原是大人之学，故云齐天大圣。看他处处抱定，回回提出，实亦文章顾母之法。

三藏真经，何以皆是五千零四十八卷，盖按《大学》之字数而言也。细查《大学》经传朱注字数：圣经二百零五字，十章一千五百四十八字，小注只云一千五百四十六字，不知何故？朱注三千一百三十三字，序文五十六字，章传一百零五字，共合五千零四十七字，尚少一字，其数不符。或计算之差，抑亦古今之异，然亦不可得而知矣。

人心只得一个，道心只有一条，心顾可多耶？然云《密多心经》者何哉？盖密者，静也，闭也，寂默也，圣人以此洗心涤虑，退藏于密也。多心，即气禀人欲之私也。必须将此种心，条条涤洗，件件寂默，其德方明，而至善乃可止。此所以为《密多心经》，实克己之全功也。

一部《心经》，原讲君子存理遏欲之要，何以云色不异空？盖色乃像也，即指名利富贵之可见者而言。此原身外之物，毫无益于身心性命，虽有若无，故曰不异空。又何以云空不异色？盖空即指修己为学之事也。人看是个空的，殊不知道明德立之后，禄位名寿无不在其中，与有者无少间，故曰不异色。由是观之，人以为色者，不知却是空，所谓"金也空，银也空，死后何曾在手中"者是也。人以为空者，不知却是色，所谓"富家不用买良田，书中自有千钟粟；安居不用架高堂，书中自有黄金屋"者是也。再观齐景公，有马千驷，伯夷、叔齐，民到于今称之，孰有孰空？人亦可以概悟矣。玉皇张主，盖言心也；天蓬元帅，实蔽塞此心者也；卷帘大将，开明此心；九齿钉钯，顿开心上之茅塞者也。克己复礼，原是心上的一部功夫，所以降妖捉怪，纯以行者之为首先要务。

《西游》每写一题，源脉必伏于前二章。此乃隔年下种之法，非冒冒而来也。譬如欲写一猪八戒，先写一黑熊精；欲写一铁扇仙，先写一琵琶洞；欲写一宝像国，先写一试禅心。不惟文章与文章接，书理与书理接,而且题目与题目接,妖怪与妖怪接矣。

看他如许一部大书,里面却沉沉静静,并无一字飞扬,齐齐整整,亦无一回长短。养成学问,练就手笔,读之最足以收心养性。

古今典籍多矣,何独《西游》称奇?且缁衣萧寺,深为圣门之所不取,儒流之所迸弃,何况和尚取经,更觉无味,尤属扯淡、平常之甚者也,有何好处,能令海内称奇?予初读之,而不见其奇。继而求之,似有所得,然亦不过谓与世俗之传奇无异。再进而求之,方知有题有目,似一部乡会制艺文字。更加竭力细求,始知是一部圣经《大学》文字。迨知是圣经《大学》文字,其妙不可以言,其苦亦不堪再问矣。

《西游》一书,原是千古疑案,海内一大闷葫芦。但其为文,有据理直书者,有隐寓者,亦有借音借字者,更有止可以意会而不可以言传者。

《西游》一书,原本真西山《大学衍义》而来。但西山止讲格致诚正修齐,未及平治两条;《西游》因之而亦如是。后至明祭酒邱琼山,始续而补之,详见《大学衍义》。盖西山讲的原是一部至精之理学,长春作的却是一部绝妙之文章,其名虽有不同,而其义则一也。

如来住在雷音,大士又住在潮音,其寓意绝妙,总言学者格物致知,返本还元,除诵读之外,再无别法。后人不悟,不求自己之雷音,反求西域之雷音,舍却自己之潮音,转寻南海之潮音,其计亦左矣。

尝言著书难,殊不知解书亦不易。何则?盖少则不明,多则反晦,而言多语失,以致吹毛求疵,不知淹没多少好书,批坏无限奇文,良可惜也!

奇书最难读者,是查,无书可查,问,无人可问,有如一百件无头大案,全要在心上细加研究,非得三二年深功,恐不能读出其中之妙也。

如来何以单要坐莲台?盖莲取其出污泥而不染,以喻学者返本还元,尽性复初,非去其气禀人欲,旧染之污,而不得如其本来也。

夫何以为观音大士?盖士为学者之通称,故曰士;观音乃所以学大人之学者,故称观音大士;此指无位者而言,故又称白衣大士。看他把方外的许多名目,全然附会成一部理学文章,此更觉奇。但不知当原果有此等名号,抑亦后人因作奇书,凭空捏设编造也。

《封神》写的是道士,固奇;《西游》引的是释伽,更奇。细思一部《大学》,其传十章,一字一句,莫非释之之文,却令人读之,再不作此想,方见奇书假借埋藏之妙。

曹溪在广东韶州府东南,内有南华寺,六祖尝演法于此,乃仙境也。

此书不妙在谈天说地,怪异惊人,正妙在循规蹈矩,不背朱注,将一部《大学》,全然借一"释"字脱化出来,再令人意想不到,真正□□(奇绝)。

一部《西游记》以东字起,西字终。始于万花店,结于婆罗蜜。此所以为花果山,而遂名为《西游记》也。

说明:上录自晋省书业公记藏板本《新说西游记》。此本内封上镌"第一奇书",下三栏,由右向左分题"三晋张南熏注""新说西游记""晋省书业公记藏板"。首《自序》,尾署"西河张书绅题",有"张书绅印"阴文;"道存氏""张书绅字道存号南熏三晋古西河人氏"阳文钤各一方。次"全部西游记目录赋",赋下署"张书绅"。又次,总目录,凡一百回。又次,"新说西游记全部经书题目录共五十二篇",署"张书绅"。再次,"中节气禀所拘,人欲所蔽,则有时而昏,目录共计二十七篇"。复次,"西游记总论",尾署"乾隆戊辰年秋七月晋西河张书绅题",有"张书绅印"阴文、"道存"阳文钤各一方。总论后为张书绅自己的总批。书中还有回前回后评和行间评。正文卷端题"新说西游记 晋西河张书绅注",半叶十行,行二十四字,版心上镌"新说西游记",双鱼尾内镌回次、叶次。

张书绅,字道存,号南薰(一作南熏),三晋古西河(今属陕西汾阳)人,生当清康乾间,尝以贡监列仕籍,同知署大埔、龙门知县。所莅有循声。

《通易西游正旨》序

何廷椿

先师张逢源,讳含章,蜀之成都人也。家贫,自力于学,不求闻达于时。学尚简默,潜心性理,尝得异人渊源之授,由是造诣益深。复取周、邵诸书及河洛图解,日夜讨求,务晰其理。因厌城市嚣烦,非可托足,乃徙于峨山下,构斗室居焉,颜其额曰"与善堂"。环堵萧然,优游自得。一时慕道之士,多从之游。平生博涉群籍,探源溯流,以为圣贤仙释,教本贯通,故自六经以至黄老,无不笃志研究,而尤邃于《易》。所著有《原易篇》《遵经易注》。又以道经庞杂,学者罔识所归,故为手辑《道学薪传》四卷,并梓于世。他如遁甲、堪舆、术数诸学,靡不实获于心。每示人趋避,辄多奇验。然其洁身自隐,不妄干人,以故道学粹然,而当时鲜有识者。余虽忝侍丹铅,自愧钝根鲜悟。窃见先师教人入道法门,必以守正却邪为务。且示之曰:"从古言道之书广矣,未有以全体示人者。惟元代邱祖所著《西游》,托幻相以阐精微,力排旁门极弊,诚修持之圭臬,后学之津梁也。"乃就其书手为批注,以明三教一原。书成,授于余。余拜而读之。久欲公诸同好,而未之逮焉。先师年登大耄,含笑而终,今已十稔矣,而当时手泽如新。客秋,袖至锦垣,将付之剞劂。余婿向氏昆季见之,愿为赞襄,共成此举。经半载而工蒇。其书悉遵先师遗稿,第为师门互相传抄日久,亡其底册,不免有亥豕之讹。是在学者会心不远,勿以词害意焉可已。先师志存阐道,弗以沽名,故并隐其姓字。兹刻亦依原式,以承师旨,而其苦心孤诣,有不可终没者,特表而出之。是为序。时道光岁次己亥孟夏既望,记于眉山书舍,受业何廷椿谨识。

西游正旨后跋

无名子

窃拟我祖师托相作《西游》之大义,乃明示三教一源。故以《周易》作骨,以金丹作脉络,以瑜迦之教作无为妙相。何以以《周易》作骨?《周易》以乾坤为万物资生之大父母,至有为而极无为,故将羲图乾坤,变为坎离,以六十四卦之大用皆在坎离也。其为书也,天地开辟之后,即屯以作之君,蒙以作之师。盖以君师者,继天立极施大用之人也。上经首乾坤,终坎离,明大用也;下经首咸恒,亦男女之义,经济未济,仍是坎离之大用。作者准之,故一百回中,首七回,特阐乾元,第八回,即配坤元。福被生民而泽及枯骨者,君也;普度人天而幽冥无怨者,师也。故随演出唐王开科取士,玄奘秉建大会,至后凌云渡一座天生桥可以既济,一只无底船未济终须济,比配亦明。惟是中间似少却坎离二用。不知坎离之用虽二,其实还止一坎。《周易》乾坤之后,屯蒙六卦,皆不离水。故玄奘出世一回中,人名地名数目皆水,及建会之由亦因龙王,同一义也。然其用坎也,非用坎之水,乃用坎中之一阳,乾之元也。乾元能该《周易》三百八十四爻,铁棒能降西天千魔万怪。然资始不息而又无形可执,契所谓二用无爻位,周行游六虚者非欤?

盖世间之法,虽家国羁身,事业纷纭,然总不过审明时位,而善其措施则可济。丹门修持,虽功法精微,非可侥得,然亦不过审明水火,而善为抽添,则先难后获。何以以金丹作脉络?原大道至尊,待人而行。苟非有超凡脱俗之志,岂能擅窥其堂奥?而希立体清虚?故必如悟空之越众勇往,位证侯王,即孟子"人皆可以为尧舜"之义也。及其寻师访道,闻法归来,止由自家水帘洞里,竟造龙宫,取出金箍棒,打上森罗殿,扯碎生死簿,则修持之功了手矣。齐天大圣者,言天亦同此道,非有异也。其闹天宫,乃赞乾元先天而天弗违之义。乾元即道,道即乾元,亦非二也。开首七回,于悟空一人身上,明金丹至秘,非师莫度之旨。第九回,见人有身,而后先天乾坤,已复为后天坎离,必得明法之长老,说明根源,九九功完,然后我之父母团圆,而父母之父母亦团圆。是明文王卦象,业已昭昭,则丹法实非造作。十回至十二回,明离飞火扬神发为知之害。自十三回至二十六回,则于玄奘四众身上,演出攒簇五行以成丹,由人希天,天上天下只有此一法,仙佛虽分门,其道则无异也。自二十七回至七十七回六章,或明真心之不可暂离,或明二气之宜详辨,或明丹道法象于月,或明返魂亦在乎人,或明水火之不宜偏胜,或明旁门之自取殒身,或示真铅一味,或现虚无圈子,总教人善为调济,实力承当,毋生二念,则中枢既立,幻相难扰,外虽和光同尘,内则清浊悉辨,知言养气,钻透阴阳,知至行尽,则金丹自然得手。始于《道德》有身为大患之本,终于《南华》北溟图南,而老庄道中之规矩准绳备矣。七十八至八十八回,乃细论还丹与金丹不同,先气后液,非仅神化,其温养之功亦异。亦如契后之乱辞,孔窍其门。或言授受之宜谨,或言因由之有在,或因前言之不足,而后重言之,或言善之固当为,仍须韬晦之。末三回,则总括全部。其要紧叮咛处,在说中途,说正路,不可歪一歪,渡来渡去总是一味水乡铅,可以发誓。水乡铅者,坎中之一阳,乾之元也,不可错认了丹头。猴王初学道,是孝子指师;玄奘初出门,是孝子引路,及还丹纯熟,脱胎换骨,仍是孝子指往灵山:则孝子者,百行之先,仙佛之根也。学道务先敦伦。其以瑜伽之教作无为妙相者,因乾元浑漠无朕,必于坤现。故以悟空必须佛降为首,九九功完,念念皆佛为终。但中间如来、观音虽亦降伏妖魔,而天上星神、地下灵吉毗蓝等,亦都显神通。则于多寡之间,似不相称。不知自首至终,皆不外一部《多心经》。正如贯珠之线,通盘尽为绾合。盖空中不空者,幻相空而真相不空,无中不无者,无形可执而无物不赖以资始资生,乾之元也。吾故曰明三教之一源也。无名子跋。

通易西游正旨序

无名子

甚哉,先觉救世之心之切也!孟子曰:昔者禹抑洪水而天下平,周公兼夷狄、驱猛兽而百姓宁,孔子成《春秋》而乱臣贼子惧。因时行道，迹虽不同，而救世之心则一也。邵子曰：三皇以道，五帝以德；三王以功，五霸以力。此又时势之推移，虽圣贤亦无可如何者。嗟乎，继力而后，则权诈巧伪，曷可胜言哉？此因果轮回、恬退谦下之教之所以不得不并行于天下也。使小人而知因果轮回，则自私自利之邪行可除；君子而知恬退谦下，则患得患失之贪念可泯。小人无邪行，则比户可封；君子无贪念，则由仁义行。夫如是，朝野之间情通气洽，而斯世有不登于隆古者乎？故曰：因时行道，迹虽不同，而救世之心则一也。

然三教皆有宗传，而历年既多，不能无蔽。李二曲曰：吾儒之教，原以经世为宗。自宗传晦而邪说横，于是一变而为功利之习，再变而为训诂之习，浸假则又以善笔札、工讲诵为儒教之当然。愈趋愈下，而儒之所以为儒，名存而实亡矣。释氏之教，原以圆寂为宗。自宗传晦而诈伪起，于是一变而为枯禅之说，再变而为因果之说，浸假则又以造经像、勤布施为禅教之当然。愈趋愈下，而释之所以为释，名存而实亡矣。老氏之教，原以无为为宗。自宗传晦而怪幻兴,于是一变而为长生之说,再变而为符箓之说,浸假则又以诵经咒、建斋醮为道教之当然。愈趋愈下,而道之所以为道,名存而实亡矣。其怪幻犹甚,而世多喜行者,又莫过于立鼎器、炼炉火。盖二者可以遂庸人贪财好色之心,所以一唱而百和也。推究其故,实原古人因道理深奥,不得不托诸相以取喻;而昧者不察,遂认指为月。

　　故历代得传诸真,莫不各有文集诗歌垂世,以阐精微,以辟邪谬,而从无牛鬼蛇神极其变幻,人心世故曲肖形容,编为传奇,等于稗官者,则《西游》之作也,独何心哉?岂以经传诗文中,人每扞格难入,故恢谐游戏,使人优游于其中,兴观群怨,事父事君,将以仿乎《诗》教耶!抑敬胜怠则吉,怠胜敬则凶,执中有权,将以仿乎《书》教耶!其发乾元,明坤德,成性存存,原始返终,将以仿乎《易》教耶!一百回中,回回具理,十四章内,章章有律。明礼示律,将以仿乎《礼》与《春秋》之教耶!是皆议之而不敢言,拟之而不敢必者也。然因时行道,迹虽不同,而救世之心则一也。第传世既久,其间有各据所见而批读者,如某某之评是也。有有意续凫断鹤者,如

"至哉坤元"上增"大哉乾元",删去玄奘出世数难之类是也。夫各据所见而批读,其浅深得失,有识者尚可分之泾渭;若妄行增减,则面目全非,宁不负作者之心而阻来者之路乎?则今之注句分章,其续凫断鹤耶,亦出于不得已也,是亦不可知者也。至于作者之弘深精详,与管见之是否,全书具在,请细玩之,又何赘焉?无名子自序。

说明:上二序及跋均录清道光十九年(己亥,1839)眉山何氏德馨堂刻本《通易西游正旨》。此书首《序》,尾署"时道光岁次己亥孟夏既望记于眉山书舍,受业何廷椿谨识",有"何廷椿印"篆文钤一方。次《邱长春真人事迹》,复次《西游正旨后跋》,尾署"无名子跋"。再次《通易西游正旨序》,尾署"无名子自序"。有"通易西游正旨目录"。书凡十本,分"砥行碧松石结交青竹枝"。

无名子,即张逢源,讳含章,四川成都人,徙居峨眉山下,构斗室曰"与善堂"以居。著有《原易篇》《遵经易注》。辑有《道学薪传》四卷。

何廷椿,张逢源之弟子,馀待考。

增评西游证道奇书序

野云主人

　　古人往矣。古人不可见而可见古人之心者,唯在于书。顾操觚染翰之家,何时何地,蔑有其书,皆烟飞烬灭,淹没而不传者,必其不足以传者也。其能传者,皆古人之精神光焰,自足以呵护而不朽。或有微言奥义,隐而弗彰,则又赖后有解人,为之阐发而扬榷之。其有言虽奥赜,解者甚鲜,而亦卒不泯灭者,则漆园、御寇之类是也。若夫稗官野乘,不过寄嘻笑怒骂于世俗之中,非有微言奥义,足以不朽,则不过如山鼓一鸣,荧光一耀而已。其旋归于烟飞烬灭者,固其常事。乃有以《齐谐》野乘之书,传之奕祀数百年之久,而竟不至烟烬者,则可知其精神光焰,自有不可泯灭者在,如《西游记》是已。

　　余方稚齿时,得读《西游》,见其谈诡谲怪,初亦诧而为荒唐。然又疑天壤之大,或真有如是之奇人奇事,而吾之闻见局隘,未之或知也。及夷考史策,则影响茫然。询之长老,佥曰:此游戏耳,孺子不足深究也。然余见其书,洋洋洒洒,数十万言,果无其事,则是人者,累笔费墨,祸枣灾梨,亦颇费经营构撰，而成此巨帙，将安用之？又其中之回目提纲及诗歌论赞中，多称心猿意马、金公木母等名，似非无谓而漫云者。既无可与语，唯有中心藏之而已。又数年，既弃制举业，益泛览群籍，见有《黄庭》《二景》《混元》《鸿烈》《抱朴》《鹖冠》《悟真》《参同》诸书，稍加寻绎，虽未测其高深，而天机有勃勃之意。其所论五行徼妙，往往托之神灵男女之间。因忆《西游》之书，得毋与此相关会耶？取而复读之，则见其每有针芥之合。余既不娴修炼，访之道流，又无解者，亦未敢遽信以为必尔也。忽得西陵汪澹漪子评本，题之曰《证道奇书》，多引《参同》《悟真》等书，以为之证，及叹古人亦有先得我心者，第其评语，与余意亦未尽合，因重梓乃为增读法数十则而序之。

　　呜乎！修丹证道而成神仙，自广成、赤精、黄老以降，载在典籍，非尽诬诞，特仙骨难逢，俗情易溺，诚心求道之人，不少概见，而嬴政、汉武、文成、武利之属，上下俱非其人，遂使后人得为口实耳。洪崖先生曰："子不夜行，安知道上有夜行人？"则神仙种子，终亦不绝于世，而火尽薪传，欲求斯道者，仍不能外于笔墨矣。但伯阳、庄、列之书,虽言道妙而无其阶梯,《参同》《悟真》之类,虽有阶梯而语多微奥。全真、云水之辈,且不能识其端倪,况大众乎?

今长春子独以修真之秘,衍为《齐谐》稗乘之文,俾黄童白叟,皆可求讨其度人度世之心,直与乾坤同其不朽,则自元迄明,数百祀中,虽识者未之前闻,而竟亦不至烟烬而泯灭者,岂非其精神光焰,自足以呵护之耶?今既得澹漪子之阐扬,后或更有进而悉其蕴者,则长春子之心,大暴于世,而修丹证道者日益多,则谓此本《西游记》之功,直在五千、七笈、漆园、御寇之上也可。乾隆十五年岁次庚午春二月,金陵野云主人题于支瞬居中。

说明:上序出清九如堂刊本《西游证道奇书》卷首,转录自丁锡根《中国历代小说序跋集》。

野云主人,或即蔡奡,字元放,号野云主人、七都梦夫。江宁(今江苏南京)人,乾隆间在世。好评点小说,有《评水浒后传》、评定本《东周列国志》等。

重刊西游原旨序

瞿家鏊

道莫备于《易》,而《易》始于一画,是道之真谛惟一而已矣。一故真,真故一。天地以此位,圣人以此神。而其学天地圣人者,则必浑一与真于一心。一则勿二勿三,真则必诚必信。元微毫厘之界,非虚无寂灭之教所能识也。

余自束发受书时,窃见尧舜十六字之传,虽归于执中,实本于惟一。尝持此旨观二氏书,非执空之论,即着相之谈,腕(惋)惜者久之。数年前,游护国古寺,志永夏公出《西游》一册示余。偶一披阅,诡异恢奇,惊骇耳目,第视为传奇中之怪诞者。及详阅其注释,言言元妙,字字精微,其间比喻,皆取法于《易》象之旨而成。始知三教同源之论,信不谬也。因询是书之由,盖作于长春邱真人,始注者为悟一子,而继注者则素朴老人悟元子也。夫真人本真以成人,即本真以著书。悟一子之注,固已悟真中之一;素朴老人则更悟真中之元、一中之元也。道之微妙,不如是阐哉?志永夏公,不惮驰驱,越数千里,拜老人门下,携是书归里。意欲翻刻流传,俾学道者皆知正法眼藏。幸得诸善士乐助,勷成盛举。不独作者之心、注者之心,皆赖以长存两间,并使后之览斯书者,诚知道本于真,真本于一,而主吾心以宰之,则谓是书之为十六字也可,即是谓书之为一画也亦可。是为序。时嘉庆二十四年己卯岁长至日,吾山瞿家鳌撰。

悟元子注西游原旨序

苏宁阿

大道传自太古,问答始于黄帝,问道于广成子,言简意该。由汉唐以来,神仙迭出,丹经日广,然皆发明微妙之旨,言理者多,言事者少。若是,既有悟者,即有昧者。长春邱真人,复以事明理,作《西游记》以释厄,欲观者以事明理,俾学人易悟。后人仍有错解,不悟立言之精义者。是书行于世,意尚不彰。幸得悟一子陈先生作解注详细指出,书中之元妙奥义始明。然注中尚有未便直抉其精蕴者,亦有难以笔之于书者。今得悟元子刘先生《原旨》,其所未备者备,其所未明者明,以补陈注之缺,不但悟一子之注即成全璧,而长春真人之本意,亦尽阐发宣露无馀蕴矣。使读《西游记》之学人，合而观之，一刹时间，爽然豁然，惺悟于二悟子之悟矣。予本世之武夫鲁汉，阅之尚觉开心快意，况世之文人墨士，阅之自必有触境入处。是二子之注，功翼《西游》；《西游》之书，功翼宗门道教。自兹以往，悟而成道者，吾不知有恒河几多倍矣。时在嘉庆六年岁次辛酉三月三日，宁夏将军仍兼甘肃提督丰宁苏宁阿。

栖云山悟元道人西游原旨叙

梁联第

《阴符》《清净》《参同契》，丹经也。《西游》一书，为邱真君著作。人皆艳闻乐道，而未有能知其原旨者。其视《西游》也，几等之演义传奇而已。余于戊午之秋，得晤栖云山悟元道人于兰山之金天观。出其《修真辨难》《阴符》《参同》诸经注解，盖以大泄先天之秘，显示还丹之方。最后出其《西游原旨》一书，其序其注，其诗其结，使邱真君微言妙义，昭若日星，沛如江海。乃知《西游》一记，即《阴符》也，即《参同》也，《周易》也，《修真辨难》也。《西游原旨》之书一出，而一书之原还其原，旨归其旨。直使万世之读《西游记》者,亦得旨知其旨,原还其原矣。道人之功夫岂微哉?一灯照幽室,百邪自遁藏。从兹以往,人人读《西游》,人人知原旨;人人知原旨,人人得《西游》。迷津一筏,普渡万生,可以作人,可以作佛,可以作仙。道不远人,其在斯乎!其在斯乎!时嘉庆三年中秋前三日,癸卯举人灵武冰香居士浑然子梁联第一峰甫题。

悟元子西游原旨序

杨春和

尝读《庄子》斫轮之说,而不胜慨然也。圣贤四书六籍,如日月之经天,江河之行地,其为世所童而习、幼而安者,尽人而皆然也,顾安得尽人而领圣贤之精髓乎?审如是也,则龙门邱真人《西游记》一书,又何以读焉?其事怪诞而不经,其言游戏而无纪,读者孰不视为传奇小说乎?虽然,《庄子》抑又有言矣:"筌者,所以得鱼,得鱼而忘筌;蹄者,所以得兔,得兔而忘蹄。"盖欲得鱼兔,舍筌蹄则无所藉手;既得鱼兔,泥筌蹄则何以自然?数百年来,有悟一子之《真诠》,而后读之者,始知《西游记》为修炼性命之书矣。然其中有缺焉而未解，解焉而未详者，则尽美而未尽善也。晋邑悟元子，羽流杰士也。其于《阴符》《道德》《参同》《悟真》，无不究心矣。间尝三复斯书，二十馀年，细玩白文，详味诠注。始也，由象以求言，由言以求意；继也，得意而忘言，得言而忘象。更著《西游原旨》并撰读法，缺者补之，略者详之，发悟一子之所未发，明悟一子之所未明，俾后之读《西游记》者，以为入门之筌蹄可也。即由是而心领神会，以训至于得鱼忘筌，得兔忘蹄焉，亦无不可也。岂必尽如斫轮之说，徒得古人之糟魄已耶！嘉庆己未仲春月，题于龙山书屋，皋邑介庵杨春和。

西游原旨序

刘一明

《西游记》者，元初长春邱真君之所著也。其书阐三教一家之理，传性命双修之道。俗语常言中，暗藏天机；戏谑笑谈处，显露心法。古人所不敢道者，真君道之；古人所不敢泄者，真君泄之。一章一篇，皆从身体力行处写来；一辞一意，俱在真履实践中发出。其造化枢纽,修真窍妙,无不详明且备,可谓拔天根而钻鬼窟,开生门而闭死户,实还元返本之源流,归根复命之阶梯。悟之者,在儒,即可成圣;在释,即可成佛;在道,即可成仙。不待走十万八千之路,而三藏真经可取;不必遭八十一难之苦,而一筋斗云可过;不必用降魔除怪之法,而一金箍捧可毕。盖西天取经,演《法华》《金刚》之三昧;四众白马,发《河洛》《周易》之天机。九九归真,明《参同》《悟真》之奥妙;千魔百怪,劈外道旁门之妄作;穷历异邦,指脚踏实地之工程。三藏收三徒而到西天,能尽性者,必须至命;三徒归三藏而成正果,能了命者,更当修性。贞观十三年上西,十四年回东,贞下有还原之秘要。如来造三藏真经,五圣取一藏传世,三五有合一之神功。全部要旨,正在于此。其有裨于圣道,启发乎后学者,岂浅鲜哉?憺(澹)漪道人汪象旭,未达此义,妄议私猜,仅取一叶半简,以心猿意马,毕其全旨,且注脚每多戏谑之语、狂妄之词。咦!此解一出,不特埋没作者之苦心,亦且大误后世之志士,使千百世不知《西游》为何书者,皆自汪氏始。其后蔡、金之辈,亦遵其说而附和解注之。凡此,其遗害尚可言乎?继此,或目为顽空,或指为执相,或疑为闺丹,或猜为吞咽,千枝百叶,各出其说,凭心造作,奇奇怪怪,不可枚举。此孔子不得不哭麟,卞和不得不泣玉也。自悟一子陈先生《真诠》一出,诸伪显然,数百年埋没之《西游》,至此方得释然矣。但其解虽精,其理虽明,而于次第之间,仍未贯通,使当年原旨,不能尽彰,未免尽美而未尽善耳。予今不揣愚鲁,于每回之下,再三推敲,细微解释。有已经悟一子道破者,兹不复赘,即遗而未解、解而未详者,逐节释出,分晰层次,贯串一气。若包藏卦象、引证经书处,无不一一注明。俾有志于性命之学者,原始要终,一目了然,知此《西游》,乃三教一家之理,性命双修之道,庶不惑于邪说淫辞,误入外道旁门之涂。至于文墨之工拙,则非予之所计也。时在乾隆戊寅孟秋三日,榆中栖云山素朴散人悟元子刘一明自序。

《西游原旨》再序

刘一明

《原旨》一书,脱稿三十馀年矣。其初固镇瑞英谢君即欲刻刊行世,余因其独力难成,故未之许。嘉庆二年,乃郎思孝、思弟,欲了父愿,摘刻读法,并结诗一百首,已编于《指南针》中矣,然其意犹有未足也。丙寅秋月,古浪门人樊立之游宦归里,复议付梓。谢氏兄弟,亦远来送资。时有乌兰毕君尔德、洮阳刘君煜九、阳峰白子玉峰,一时不谋而合,闻风帮助,余亦不得不如其愿。爰是付梓,使初学者阅之,便分邪正,庶不为旁门曲径所误矣。时大清嘉庆十五年岁次庚午春月,素朴散人再叙。

西游原旨读法卷首

刘一明

一、《西游》之书乃历圣口口相传,心心相印之大道。古人不敢言者,丘祖言之;古人不敢道者,丘祖道之。大露天机,所关最重。是书在处,有天神护守。读者须当净手焚香,诚敬开读。如觉闷倦,即合卷高供,不得亵慢。知此者,方可读《西游》。

一、《西游》立言,与禅机颇同,其用意处尽在言外,或藏于俗语常言中,或托于山川人物中,或在一笑一戏里分其邪正,或在一言一字上别其真假,或借假以发真，或从正以劈邪。千变万化，神出鬼没，最难测度。学者须要极深研几，莫在文字上隔靴搔痒。知此者，方可读《西游》。

一、《西游》，神仙之书也，与才子之书不同。才子之书论世道，似真而实假。神仙之书谈天道，似假而实真。才子之书尚其文，词华而理浅。神仙之书尚其意，言淡而理深。知此者，方可读《西游》。

一、《西游》贯通三教一家之理，在释则为《金刚》《法华》，在儒则为《河洛》《周易》，在道则为《参同》《悟真》，故以西天取经发《金刚》《法华》之秘，以九九归真阐《参同》《悟真》之幽，以唐僧师徒演《河洛》《周易》之义。知此者，方可读《西游》。

一、《西游》一案有一案之意，一回有一回之意，一句有一句之意，一字有一字之意。真人言不空发，字不虚下。读者须要行行着意，句句留心，一字不可轻放过去。知此者，方可读《西游》。

一、《西游》世法道法说尽，天时人事说尽，至于学道之法，修行应世之法，无不说尽，乃古今丹经中第一部奇书。知此者，方可读《西游》。

一、《西游》有转生杀之法，窃造化之道，先天而天弗违,后天而奉天时,非一切执心着意,顽空寂灭之事,学者须要不着心猿意马,幻身肉囊,当从无形无象处辨别出个真实妙理来,才不是枉费功夫。知此者,方可读《西游》。

一、《西游》大道,乃先天虚无之学,非一切后天色相之邪术。先将御女闺丹,炉火烧炼劈开,然后穷究正理,方有着落。知此者,方可读《西游》。

一、《西游》每宗公案,或一二回,或三四回,或五六回,多寡不等,其立言主意,皆在公案冠首已明明说出了,若大意过去,未免无头无脑,不特妙义难参,即文辞亦难读看。阅者须要辨清来脉,再看下文,方有着落。知此者,方可读《西游》。

一、《西游》每回妙义,全在提纲二句上。提纲要紧字眼,不过一二字。如首回"灵根育孕源流出,心性修持大道生","灵根"即上句字眼,"心性"即下句字眼,可见灵根是灵根,心性是心性。特用心性修灵根,非修心性即修灵根。何等清亮,何等分明?如次回"悟彻菩提真妙理,断魔归本合元神","悟彻"即上句字眼,"断魔"即下句字眼,先悟后行,悟以通行,行以验悟,知行相需,可以归本合元神矣。篇中千言万语，变化离合，总不外此提纲之义，回回如此，须要着眼。知此者，方可读《西游》。

一、《西游》取真经，即取《西游》之真经，非《西游》之外，别有真经可取，是不过借如来传经，以传《西游》耳。能明《西游》，则如来三藏真经即在是矣。知此者，方可读《西游》。

一、《西游》每宗公案收束处，皆有二句总结，乃全案之骨子。其中无数妙义，皆在此二句上着落，不可轻易放过。知此者，方可读《西游》。

一、《西游》乃三五合一、贞下起元之理，故唐僧贞观十三年登程，路收三徒，十四年回东。此处最要着眼。知此者，方可读《西游》。

一、《西游》通关牒文，乃行道者之执照凭信，为全部之大关目，所以有各国宝印，上西而领，回东而交，始终郑重，须臾不离，大要慎思明辨，方能得真。知此者，方可读《西游》。

一、《西游》大有破绽处，正是大有口诀处。惟有破绽，然后可以起后人之疑心。不疑不能用心思，此是真人用意深处，下笔妙处。如悟空齐天大圣，曾经八卦炉锻炼，已成金刚不坏之躯，何以又被五行山压住？玄奘生于贞观十三年，经十八年报仇，已是贞观三十一年，何以取经时又是贞观十三年？莲花洞悟空已将巴山虎、倚海龙打死，老妖已经识破，何以盗葫芦时又变倚海龙？此等处大要着意。知此者，方可读《西游》。

一、通关牒文有各国宝印，乃《西游》之妙旨，为修行人安身立命之处，即他家不死之方。此等处须要追究出个真正原由来。知此者，方可读《西游》。

一、《西游》每过一难，则必先编年记月，而后叙事，隐寓攒年至月、攒月至日、攒日至时之意，其与取经回东，交还贞观十三年牒文同一机关，所谓贞下起元，一时辰内管丹成也。知此者，方可读《西游》。

一、《西游》有着紧合尖处，莫如芭蕉洞、通天河、朱紫国三案。芭蕉洞言火候次序，至矣尽矣。通天河辨药物斤两，至矣尽矣。朱紫国写招摄作用，至矣尽矣。学者若于此处参入，则金丹大道可得其大半矣。知此者，方可读《西游》。

一、《西游》有合说者，有分说者。首七回合说也，自有为而入无为，由修命而至修性。丹法次序，火候工程，无不俱备。其下九十三回，或言正，或言邪，或言性，或言命，或言性而兼命，或言命而兼性，或言火候之真，或拨火候之差，不过就一事而分晰之，总不出首七回之妙义。知此者，方可读《西游》。

一、《西游》即孔子穷理尽性至命之学。猴王西牛贺洲学道，穷理也；悟彻菩提妙理，穷理也；断魔归本，尽性也；取金箍棒，全身披挂，销生死簿，作齐天大圣，入八卦炉锻炼，至命也。观音度三徒，访取经人，穷理也；唐僧过双叉岭，至两界山，尽性也；收三徒，过流沙河，至命也。以至群历异邦，千山万水，至凌云渡、无底船，无非穷理、尽性、至命之学。知此者，方可读《西游》。

一、《西游》有劈邪归正，有证正劈邪之笔。如女人国配夫妻、天竺国招驸马，证正中劈邪也。狮驼国降三妖、小西天收黄眉、隐雾山除豹子，劈邪归正也。真人一意双关，费尽多少老婆心，盖欲人人成仙，个个作佛耳。知此者，方可读《西游》。

一、《西游》有写正道处，有劈旁门处。诸山洞妖精，劈旁门也。诸国土君王，写正道也。此全部本义。知此者，方可读《西游》。

一、《西游》所称妖精，有正道中妖精，有邪道中妖精。如小西天、狮驼洞等妖，旁门邪道妖也。如牛魔王、罗刹女、灵感大王、赛太岁、玉兔儿，乃正道中未化之妖，与别的妖不同。知此者，方可读《西游》。

一、《西游》演卦象，有重复者，特因一事而发之，虽卦同而意别，各有所指，故不妨重复出之。知此者，方可读《西游》。

一、《西游》有欲示真而先劈假之法。如欲写两界山行者之真虎，而先以双叉岭之凡虎引之。欲写东海龙王之真龙，而先以双叉岭蛇虫引之。欲写行者八戒之真阴真阳，而先以观音之假阴假阳引之。欲写蛇盘山之龙马，而先以唐王之凡马引之。欲写沙僧之真土，而先以黄风妖之假土引之。通部多用此意。知此者，方可读《西游》。

一、《西游》有最难解而极易解者。如三徒已到长生不老之地，何以悟空又被五行山压住，悟能又有错投胎，悟静又贬流沙河，必须皈依佛教，方得正果乎？盖三徒皈依佛教，是就三徒了命不了性者言。五行山、云栈洞、流沙河，是就唐僧了性未了命者言。一笔双写,示修性者不可不修命,修命者不可不修性之义。知此者,方可读《西游》。

一、《西游》有不同而大同者。如《西游记》本为唐僧西天取经而名之,何以将悟空公案著之于前乎?殊不知悟空生身于东胜神洲,如唐僧生身于东土大唐。悟空学道于西牛贺洲,如唐僧取经于西天雷音。悟空明大道而回山,如唐僧得真经而回国。悟空出炉后而入于佛掌,如唐僧传经后而归于西天。事不同而理同,总一《西游》也。知此者,方可读《西游》。

一、《西游》每到极难处,行者即求救于观音,为《西游》之大关目,即为修行人之最要着。盖以性命之学,全在神明觉察之功也。知此者,方可读《西游》。

一、《西游》前七回,由命以及性,自有为而入无为也。后九十三回,由性以及命,自无为而归有为也。通部大义,不过如是。知此者,方可读《西游》。

一、《西游》三藏喻太极之体,三徒喻五行之气。三藏收三徒,太极而统五行也;三徒归三藏,五行而成太极也。知此者,方可读《西游》。

一、《西游》言唐僧师徒处,名讳有二,不可一概而论。如玄奘、悟空、悟能、悟净,言道之体也;三藏、行者、八戒、和尚,言道之用也。体不离用,用不离体,所以一人有二名。知此者,方可读《西游》。

一、《西游》写唐僧师徒,有正用,有借用。如称陈玄奘、唐三藏;孙悟空、孙行者;猪悟能、猪八戒;沙悟净、沙和尚,正用也。称唐僧、行者、呆子、和尚,借用也。正用专言性命之实理,借用兼形世间之学人,不得一例混看。知此者,方可读《西游》。

一、《西游》以三徒喻外五行之大药,属于先天,非后天有形有象之邪行可比,须要辨明源头,不得在肉皮囊上找寻。知此者,方可读《西游》。

一、《西游》写三徒皆具丑相。丑相者,异相也。异相即妙相,正说着丑,行着妙,无我相、人相、众生相、寿者相,所以三徒到处,人多不识,见之惊疑。此等处,须要细心辨别。知此者,方可读《西游》。

一、《西游》写三徒本事不一。沙僧不变,八戒三十六变,行者七十二变,虽说七十二变,其实千变万化,不可以数计。何则?行者为水中金,乃他家之真阳,属命主刚主动,为生物之祖气,统七十二候之要津，无物不包，无物不成，全体大用，一以贯之，所以变化万有，神妙不测。八戒为火中水，乃我家之真阴，属性主柔主静，为幻身之把柄，只能变化后天气质，不能变化先天真宝，变化不全，所以七十二变之中，仅得三十六变也。至于沙僧者，为真土镇位中宫，调和阴阳，所以不变。知此者，方可读《西游》。

一、《西游》写三徒神兵，大有分晓。八戒、沙僧神兵随身而带，惟行者金箍棒变绣花针藏在耳内，用时方可取出。此何以故？夫钉钯、宝杖，虽是法宝，乃以道全形之事，一经师指，自己现成。若金箍棒乃历圣口口相传，附耳低言之旨，系以术延命之法，自虚无中结就，其大无外，其小无内，纵横天地莫遮拦，所以藏在耳内，这些子机密妙用，与钉钯、宝杖天地悬远。知此者，方可读《西游》。

一、《西游》以三徒喻五行之体，以三兵喻五行之用，五行攒簇，体用俱备，所以能保唐僧取真经、见真佛。知此者，方可读《西游》。

一、《西游》写悟空每到极难处拔毫毛变化得胜，但毛不一，变化亦不一。或拔脑后毛，或拔左臂毛,或拔右臂毛,或拔两臂毛,或拔尾上毛,大有分别,不可不细心辨别。知此者,方可读《西游》。

一、《西游》写悟空变人物,有自变者,有以棒变者,有以毫毛变者。自变棒变,真变也;毫毛变,假变也。知此者,方可读《西游》。

一、《西游》称悟空,称大圣,称行者,大有分别,不可一概而论,须要看来脉如何。来脉真则为真,来脉假则为假,万勿以真者作假,假者作真。知此者,方可读《西游》。

一、悟空到处,自称孙外公,又题五百年前公案。孙外公者,内无也。五百年前者,先天也。可知先天之气,自虚无中来,乃他家不死之方,非一己所产之物。知此者,方可读《西游》。

一、《西游》孙悟空成道以后,入水不溺,入火不焚,大闹天宫,诸天神将皆不能胜,何以保唐僧西天取经,每为妖精所困?读者须将此等处先辨分明,方能寻得出实义,若糊涂看去,终无会心处。盖行者之名,系唐僧所起之混名也。混名之名,有以悟的必须行的说者,有以一概修行说者。妖精所困之行者,是就修行人说,莫得指鹿为马。知此者,方可读《西游》。

一、《西游》唐僧师徒每过一国，必要先验过牒文，用过宝印，才肯放行，此是取经第一件要紧大事，须要将这个实义追究出来。知此者，方可读《西游》。

一、《西游》经人注解者，不可胜数，其中佳解，百中无一，惟悟一子《真诠》，为《西游》注解第一家，未免亦有见不到处。读者不可专看注解而略正文，须要在正文上看注解，庶不至有以讹传讹之差。知此者，方可读《西游》。

一、读《西游》当先在正文上用功夫，翻来覆去，极力参悟，不到尝出滋味实有会心处，不肯休歇。如有所会，再看他人注解，扩充自己识见，则他人所解之臧否可辨，而我所悟之是非亦可知。如此用功，久必深造自得。然亦不可自以为是，尤当求师印证，方能真知灼见，不至有似是而非之差。

以上四十五条，皆读《西游》之要法，谨录卷首，以结知音，愿读者留心焉。

西游原旨歌

　　三十年前读《西游》，翻来覆去无根由。自从恩师传口诀，才知其中有丹头。古今多少学仙客，谁把妙义细追求？愿结知音登天汉，泄漏机关再阐幽。先天气，是灵根，大道不离元牝门。悟彻妙理归原本，执两用中命长存。还丹到手温养足，阳极阴生早防惜。趁他一姤夺造化，与天争权鬼神奔。观天道，知消长，阴阳变化凭象罔。收得大药入鼎炉，七返火足出罗网。五行浑化见真如，形神俱妙自在享。性命双修始成真，打破虚空方畅爽。这个理，教外传，药物火候不一般。知的父母生身处，返本还元作佛仙。愚人不识天爵贵，争名夺利入黄泉。怎如作福修功德，访拜名师保天年。修行人，听吾劝，脚踏实地休枝蔓。凡龙凡虎急须除，休将性命作妖饭。翻去五行唤金公，得其一兮可毕万。神明默运察火候，任重道远了心愿。心肾气，非阴阳，金木相应出老庄。除却假土寻真土，复我原本入中黄。原本全凭禅心定，培养灵根寿无疆。不是旁门乱造作，别有自在不死方。肉尸骸，要看破，莫为饥寒废功课。道念一差五行分，戒行两用造化大。不明正理迷真性，五行相克受折剉。腾挪变化消群阴，笑他瞎汉都空过。诸缘灭，见月明，须悟神化是法程。生身毋处问邪正，取坎填离死复生。戒得火性归自在，除去水性任纵横。多少搬运工夫客，谁知三教一家行？三教理，河图道，执中精一口难告。金木同功调阴阳，自有而无要深造。功成自有脱化日，返本还元不老耄。谨防爱欲迷心神，入他圈套失节操。服经粟，采红铅，皆执色相想神仙。谁知大道真寂灭，有体有用是法船。阴阳调和须顺导，水火相济要倒颠。扫尽心田魔归正，五行攒处了万缘。戒荆棘，莫谭诗，口头虚文何益之？稳性清心脱旧染，除病修真是良医。说甚采战与烧炼，尽是迷本灾毒基。更有师心高傲辈，冒听冒传将自欺。防淫辞，息邪说，坏却良心寿夭折。莫教失脚无底洞，全要真阴本性洁。和光混俗运神功，金木扶持隐雾灭。道以德济始全真，屋漏有欺天不悦。道为己，德为人，施法度迷才入神。不似利徒多惑众，自有心传盗道真。假装高明剥民脂，伤天害理总沉沦，阴阳配合金丹诀，依假修真是来因。未离尘，还有难，莫为口腹被人绊。浅露圭角必招凶，显晦不测男儿汉。猿熟马驯见真如，九还七返寿无算。天人浑化了无生，千灵万圣都称赞。学道的，仔细参，《西游》不是野狐禅。劈破一切傍门路，贞下起元指先天。了性了命有无理，成仙成佛造化篇。急访名师求口诀，得意忘言去蹄筌。勇猛精进勤修练，返老还童寿万年。

读西游原旨跋

樊于礼

《西游原旨》者，吾师悟元老人之所注也。老人博通典坟，学贯天人。师事龛谷仙，留得先天性命之秘旨，穷流指源，语一该万。忧悯后学，师授罕觏，遂乃著书立说，以上卫正道，而下启后蒙。婆心独切，故著书最多。若《三易注略》《周易阐真》《道德会义》《参悟直指》《会心集》《指南针》，或作或述，皆期释惑指迷，故言皆直指先天，不复作譬喻之词。业已付剞劂而公诸宇内矣。惟《西游原旨》之作，较诸书最早，因卷帙繁多，工费甚巨，同人每有请之者，师都不许。今诸书既竣，而请者愈众，勷事更多。师不获已，乃重加校勘而付之梓。计生平著述，此书最为原起，而授刻独后，所谓以此始，而亦以此终也。

吾师之言曰："丹经自《参同》而后，显揭其旨者，莫过于《悟真篇》，为字字归元，诚丹经之宗主，大道之航舆也。彼二书者，或微奥而难通，或火候之未备。惟《西游记》一书，借俗语以演大道，其间性命源流，工程次第，与夫火候口诀，无不详明而且备焉。学者苟有志玩索，超凡入圣，无过此书矣。故《原旨》之作，较诸书更加详慎，殚数十年精力，唯恐古人之书，有一字之未悉，又唯恐注释之义，与古人之旨，有一字之不合者，此《原旨》之名所由，自表其用心焉耳。考邱祖道成之后，著《西游记》一书，自元迄明，并未有解出真义者。惟我朝山阴悟一子陈先生，获遇真传，闻道之后，取《西游》而为之注释，名曰《真诠》。其注既行，人始知《西游》之作，非谈天雕龙汗漫成书者比。则凡知《西游》为阐道之书者，大抵自悟一子始。顾其为注，炫于行文而略于晰理，遂至辞胜于义，俾书中真妙，反掩埋而不彰。此《原旨》之注，真有所不得已也。礼读《原旨》之注，而有味乎《西游》之本旨，因并读《真诠》之注，而知《西游》之大旨。然则《原旨》之作，不但有功于《西游》，即悟一子之注，亦足以表其长而补其阙焉。昌黎云："莫为之前，虽美弗传；莫为之后，虽盛弗彰。"《真诠》之注，得《原旨》之注而益彰，不更为异地同心之良友也哉？

　　礼少从孙韦西夫子游，先生不弃凡陋，帖括之馀，微示经籍奥义，心窃慕之。又明告以章句佔毕之学，不足以穷经而明理，必从达人正士游，方足资其学问。且戒勿存畛域，以自限于师资。礼用是得谒吾师于金城之栖云山。拜谒之后，师方以愚明柔强相期。不料担荷不力，竟不克终，学不至谷之训，驰骛功名，萦心利禄，垂二十载。迄今视衰齿暮，毫无所闻。回思两地师恩，俱极高厚，自用暴弃，辜负实深焉。抑有幸者，礼以乡曲猥鄙之材，从韦西先生游，不数年而俗陋渐化，知亲近于有道矣。自谒吾师而后，教以心地用功，廿年以来，渐能事事认真，不苟且于财利，不震慕乎势位，风波场中，颇能自立，勉强之功，少有可以信于心者，皆秉于师训也，所得于师者多矣。人生得从正士游而稍知自爱，以不流于匪僻，谓非庸人之大幸也哉？至于理未能明，学无所获，乃自非其人，非师之有所私秘也。

今因刻《原旨》既竣，跋以芜辞，一以明师教无隐之公，一以志平日废学之过。惟愿读是言者，知著书之劳，用心之苦，不至轻易读过，则私心且有望焉。大抵性命微旨，窍妙真传，非至人口诀，终未易展卷而获。至于读《原旨》之书，足知先天性命之学，原本《太易》《阴符》《道德》诸经，乃圣人穷理尽性至命之学，绝非世间庸夫俗子、文人学士误惑旁门，妄猜私议者可比。则此书之有益后学正复无穷，礼之所及知者此耳，敢以告之同人。天山弟子笠夫樊于礼跋。

西游原旨跋

王阳健

窃闻导河必穷其源，朝宗必入于海，读吾师所释《西游》而恍然矣。《西游》，寓言也。如《易辞》焉，如《南华》焉，弥纶万化，不可方物。苟非达天德者,孰能识其源流哉?迨《原旨》出而天机毕露矣,天机露而《西游》丕显矣。盖道眼单传,心源遥接,以理印理,以法印法,不啻觌面而谭。故将百回奥义,条分缕晰,剥核见仁,而且承上起下,一气贯彻,层次井然。从可知天下无二道,圣人无两心,所谓其序不可乱而功不可缺者,其即取经之要路与?凡我后进,果能于有文字处得《西游》之原旨,更于无言语处见原旨之《西游》,由浅及深,止于至善,各将三藏真经,取诸宫中而用之,庶著者之心慰,释者之愿了矣。榆中门人王阳健沐手谨跋。

西游原旨跋

张阳全

尝思石蕴玉而山辉,水怀珠而川媚,人得丹而天地其壮乎。我悟元老师,胸罗造化,学贯古今,心如太虚,言犹河汉。阐扬北派,拈金莲之七朵;赞咏《西游》,标长春之一枝。注明原旨,解翼《真诠》。揭显数百年埋没之精义,泄露亿万世知音之指南。其源清,其旨远。其注文也,符天人浑化之妙;其解理也,彰天人合发之秘。其发覆也,每于戏谑中而推出天机；其破迷也，专在俗情内而敲开冥枢。至于篇中屡引诗词，证经典，包卦象，藏图书，化板肉之意旨，为神奇之解悟。或演三教一家，或指性命双修，或寓药物斤两，或示火候爻铢。以及法财秘密，颠倒窍妙，招摄作用，下手真诀，无一不条分缕晰而和盘托出。盖欲后之读《西游》者，顿悟本原，渐修妙旨。始也顺而止，既则顺以动，观象辞而玩天宝，使象罔以得伭珠也。而要非学通海天，道应潮星，固未易一二为蠡管辈言也。仆学类井蛙，道犹醯鸡。念三十载之钻研，本欲逃瓮；输一半句之卢都，翻致赢瓶。肯綮之未尝，精髓何敢望？幸久嚼《原旨》，乃徐悦《西游》。窃愿绽骨为笔，研血为墨，而写此书。洮阳门人张阳全谨跋。

西游原旨跋

冯阳贵

原夫《西游》之作，乃长春真人开精一心学之宗，阐三教一家之理，渡学者出洪波而登道岸者也。奈何今人去古益远，知识渐隘，未易入门，艰于参奥，更兼讹传盲引之流，遍充寰宇，以致好学志士，往往误入傍门曲径,到老无成,仁人君子,宁不痛惜而悲悯哉?吾师旨穷一贯,派衍龙门,体真人释厄之婆心,垂慈注释。部首先立读法四十五条,提示要领;每回末结七言绝句一首,会通真谛。一百回中,摈斥傍门,彰明正道。下学上达之工程,炯炯如照;升堂入室之阶级,历历可循。约繁于简,裒难于易。虽太极浩渺,直示人回头便见;即真性涵空,实指我肯心现成。乾坤无非刚柔,坎离即是实虚。阴阳不离动静,造化祗在逆从。纵然玄奥无穷,究竟总归一气。所谓震雷霆之法鼓,聋俗猛惊;张星月之慈灯,迷途乍亮。俾真人之原旨毕露,实吾侪之大幸获读者也。若夫转天枢、回斗柄、和四象、攒五行之神功,智者自能审察,又非余小子末学薄识所可私议妄参者也。而今而后,尊德乐道之士,熟玩则心中顿悟,诚叩则灵窍决开。且也辨大道于歧途,不至入铁围而忘返;显天根于人事,庶几得云路而渐登。志士若果勉力深造,必能自得,不啻吾师觌面授之也。侍侧愚徒冯阳贵跋。

重刊西游原旨跋

夏复恒

夫天地之间,广矣大矣,无非道气存焉。惟祖邱真君《西游》一书,包含万象,内藏天机,数百年来,无人解得。向阅所有解者,或指为炉火烧炼,或指为男女阴阳,或指为御女闺丹,或指为心肾相交,或指为搬运顽空。其所解者,皆未得其解,私议强猜以为是解,不独毁谤圣道,而且埋没古人作书之婆心。幸吾师悟元老人《原旨》一出,则《西游》之妙义显然,始知为古今修道者第一部奇书,可谓一灯照暗室,光华普现矣。复恒因于庚辰年省师甘省栖云山,请师所解《西游》一书,来楚南常郡护国庵,仰体师恩,正欲募化重刻,不期善士集会,各喜乐捐,刊刻全书,以广方来。将见此解一出,而古人作书释厄之婆心,从此彰然矣。楚南门人夏复恒谨跋。

说明:上序跋等均录自清嘉庆间湖南常德府护国庵藏板本《西游原旨》。此本内封上镌"嘉庆二十四年重刊",下三栏,分题"长春邱真君著""西游原旨""素朴刘一明解　湖南常德府　护国庵藏板"。首《重刊西游原旨序》,尾署"时嘉庆二十四年己卯岁长至日,吾山瞿家鳌撰";《悟元子注西游原旨序》,尾署"时在嘉庆六年岁次辛酉三月三日,宁夏将军仍兼甘肃提督丰宁苏宁阿",有"苏宁阿印"阴文、"寿泉"阳文铃各一方;《栖云山悟元道人西游原旨叙》,尾署"时嘉庆三年中秋前三日,癸卯举人灵武冰香居士浑然子梁联第一峰甫题",有"梁联第印"阴文、"一峰"阳文铃各一方;《悟元子西游原旨序》,尾署"嘉庆己未仲春月题于龙山书屋皋邑介庵杨春和";《西游原旨序》,尾署"时在乾隆戊寅孟秋三日榆中栖云山素朴散人悟元子刘一明自序",有"刘明印"阴文、"悟元子"阳文铃各一方;《再序》,尾署"时大清嘉庆十五年岁次庚午春月素朴散人再叙",有"弋明之印"阴文、"悟元子"阳文铃各一方。下有《长春演道教主教真人丘祖本末》,不署撰人;《西游原旨读法》,署"素朴散人悟元子刘一明著";《西游原旨歌》,不题撰人。次,"重刊西游原旨目录",分卷首,列"瞿序四页、苏序四页、梁序三页、杨序四页、自序七页、再序二页、丘祖本末七页、西游读法十页、西游歌二页、原旨目录四页、西游图像八页"。以下二至二十四卷，卷下列回次，无目。回次后列"樊跋、王跋、张跋、冯跋、夏跋"。目次后为图像，值得一提的是，最后两幅画像，一是悟一子心目中的《西游记》作者丘处机——"长春邱祖"，一是悟元子自己。这种情况在中国古代小说中极其少见，只知《蟫史》的原刊本有作者屠绅的画像。正文卷端题"西游原旨　栖云山悟元子刘一明解"。半叶十行，行二十四字。版心上镌"西游原旨"，单鱼尾下镌回次、卷次、叶次。

　　瞿家鏊，字吾山，浏阳人。清嘉庆戊辰（十三年，1808）进士，官馆陶知县。《晚晴簃诗汇》收有其《微雨春草》《山房小草》等。

　　苏宁阿，字寿泉，奉天镶白旗人，嘉庆初，任甘肃提督。曾铸铁牌护林，离任后，张掖百姓为其修建生祠。

　　刘一明（1734—1821），号悟元子，别号素朴散人。山西平阳曲沃县人。全真道龙门派第十一代宗师。著有《周易阐真》《悟真直指》《修真辨难》《象言破疑》《修真九要》《阴符经注》等。

　　樊于礼，字立夫，甘肃古浪人，清乾隆三十九年

(1774)甲午科举人,历任湖南省长沙、清泉等县知县。颇有政声。

冯阳贵,山西人,全真龙门派第十二代弟子。

梁联第、杨春和、王阳健、张阳全、夏复恒,待考。

西游记叙言

雨香

《西游记》无句不真,无句不假。假假真真,随手沾来,头头是道。看之如山阴道上,应接不暇;思之如抽茧剥蕉,层出不穷。解之以诠,如珠喷星汉,攀不可阶;如锦织云霞,梭成无缝。虽有游夏才也莫赞,况区区驽末,向来以悟一子诠是遵,好似一做官人官话。夫记也,奚借乎诠显,且难尽于诠指,抑敢竟以诠泄。必欲诠之,必亲切有味,始令人观之心领神会。倘不以诠明记,而或以诠障记,诠有何味,更何有益?不但无益于目游人,亦何益于《西游记》?是诠之不如无诠,一任《西游》自在虚灵,玲玲珑珑、活活泼泼之为愈也。盖全记渡世慈航,分明指示,能静中参悟之,原非秘藏不露者。入大海捞针，不得针，另摸一针示人，以为即是，不知果是耶否？全记不作一浮谈赘字，怀明记记不全者，略节要旨，方便记半，以私幸坐井观耳。然而捞凡几度，稿凡几易，用心亦太困矣！妄心亦已甚矣！要觅真针是，先须忘妄心。未曾磨铁杵，那得绣花针？是耶否耶？亦只是对月之穿，蹲山之钓，料瀛上仙翁海量，定不以蛙鸣科罪。咸丰七年丁巳重阳后三日庚寅，力农人雨香盥沐谨志。

西游记叙言

任蛟

《西游记》，天书也，奥妙奇方，无般不载，泄诸经之所未泄。《黄庭》乃道德真言，此记加以誓愿宏深，庄严净土，殆本诸娜嬛玉册。特以道传久晦，如果明言直指，却不容全盘托出，虽欲面命耳提，又转恐骇惊凡目，故以戏言寓诸幻笔，使无知愚贤不肖，皆能寓目，以为逍遥游，得有大智慧大因缘人，参以修之悟之，登此慈航，实及至人说法，一片度世慈悲心也，即所谓忠恕心也。诲之谆谆，俱系妙谛，一任听之藐藐，例诸稗官小说为戏言矣。从来诸经皆传秘旨,惟秘也难阐。此记层层说难,难也非难。但以丹法视之,绪缵乎《阴符》《南华》《参同》诸作,不知实准羲皇卦易,春开三十六宫,尧舜授受,心传一十六字乎?以及《大学》经传十一章,《中庸》性命三十三章,《鲁论》十卷,《邹孟》七篇,精微悉载兹编。记如来曰:"虽为我门之龟鉴,实乃三教之源流。"洵非虚语也。是以《圣教序》云:"窥天鉴地,庸愚皆识其端;明阴洞阳,贤哲罕穷其数。"而不免世人疑惑者,只以仙佛异儒,别为一端之说,久梗于胸,由是陷于一偏,泥于拘执,遂莫测其源,竟不能一其指归焉。曰异端者,三教中各有分门,窃其端绪以自成一派,故曰旁门。旁门中亦皆有正果。至于歧途曲径,更不足论,而总非最上一乘夫子言性与天道之端也。尽心知性以知天,存心养性以事天。不知性、不养性,即不能修身以立命,乃获罪于天耳。倘肯豁然胸次,大道担承,信毋偏心,中毋执一,契诸《易》首乾坤,无爻位何以坎离为用?稽诸《书》垂谟典,执两端何以用中于民?印诸《大学》纲领十六字,须会得三"在"实在;证诸《中庸》开章十五字,要晓得三"之"所之。笃信无疑,直接圣贤性命的传，当必有深识三教之本不异端，实同此一端者。怀明愿祈普告同志，开发道心，所谓若有见闻者，悉发菩提心是，幸勿以怀明为私言诳世也见罪。戊午八年元旦戊寅日，曹娥江人任蛟焚香恭赞。

西游记叙言

朱敦毅

《西游记》，性命书也，合三教而其揆一也。人受天地之中以生，性也，有命也；命也，有性也。天命之谓性，无声无臭，至矣。性本善，乃历劫最初之神。当其寂然不动，未发谓之中，于爻为柔，于神为阴，曰月魄，礼由阴生也。性即情之静，以为之经，感而遂通，发皆中节谓之和，于爻为刚，于神为阳，曰日魂，乐由阳作也。情即性之动，以为之纬，魂之与魄，互为室宅，情之与性，转而相与，有情来下种，因地果还生，命以是明，观天命之，则义于是集，智于是立，铅于是白，而为道枢。观天之道，命也，惟精惟一；执天之行，性也，允执厥中。智仁勇，天下之达德也；精神气，丹材之全征也。神，仁也，仁也者，人也。合而言之道，道其形而上者，是以养气在配义与道。成性存存,道义之门。义者,宜也。若但养性不养气,事天也,犹落第二层,未超尽心知性以知天。气,勇也。养气就是养勇,持其志而无害焉。气有主帅。气穴中之浩然者,勃如跃如则塞乎天地之间,推情合性,性光圆灵轮月矣。邵子曰:"手探月窟方知物,脚蹑天根始识人。乾遇巽时观月窟,地逢雷处见天根。"养微阳于此,包初阴于此。复姤之交,消息之机,物之终始,得朋丧朋,至诚无息,诚意慎独,名生死始,法相如是,致知在格物,物格而后知致,其在斯欤? 其在斯欤?《易》曰:"鸣鹤在阴,其子和之。"居其室,出其言,应在千里。是以善养气者能知言,知言者,即养就此物之浩然气,以通万物之客气。所谓口须应心,心心相印,如立竿见影,如呼谷传声。人心道心,惟危惟微,言出乎身,加乎民,君子之枢机也。斯时太阳星西没山根,太阴星东生海峤,浑浑然,灏灏然,空色两忘,有无互包。是故空中无极而太极,是故陈玄奘、悟空、悟能、悟净,声色化民云乎哉? 西游者,浮游规中,明心见性,举东以合西,魂魄自相拘,壹是皆以修身为本,顾諟天之明命,记之所以符性命圭旨。戊午中秋前三日甲寅,学者达斋朱敦毅赘述。

说明:上数叙出自清抄本《〈西游记〉记》,转录自朱一玄、刘毓忱《西游记资料汇编》。

朱敦毅,字达斋,号玉泉,有《老子〈道德经〉参互》《庄子〈南华经〉心印》等。

怀明、雨香、任蛟,待考。

西游记评注自序

含晶子

《西游记》一书,为长春邱真人所著。世传其本,以为游戏之书,人多略之,不知其奥也。孩童喜其平易,多为谈助,予少时亦以为谈天炙輠之流耳。虽有悟一子诠解之本,然辞费矣。费则隐,阅者仍昧然如河汉之渺无津涘也。

予近多读道书,溯源竟委,乃知天地间自有一种道理。近取诸身,尤为切近。道家脉络,原本一气,亦本于吾儒养气之说。能养气者,莫如孟子。孟子受其传于子思,以承道统,再后则遂失矣。河图洛书,流入道教,陈希夷得之,后由此复归于儒,濂溪、康节得之。而道教分为三:一章奏,林灵素等之说也；一符箓，张道陵等之说也；一修炼，则御女烧丹，如秦汉方士文成、五利之辈。其说愈多，其教愈诡，而人陷溺于中者，世难辈数，良可慨也！岂知仙道不外一气，驯而养之，与吾家浩然之气同出异名者也。仙家分南北二宗，北宗最显。邱真人入道最苦，得道最晚，实绍北宗之正派。特著此书，将一生所历各劫，历历举以示人。其不著为道书，而反归诸佛者，以佛主清净，与道较近。道教漓其真久矣，且陷于邪者，习之不正，足以误人而病国。故以佛为依归，而与道书实相表里。此《西游记》所由作也。入道之门，修道之序，成道之功，深切著明，无一毫不告学者，其用心亦良苦矣。所言各物，多从譬喻，惟在读者细心讨取，方得蹄筌。其言太乙金仙，即吾身得气之初最先一物；其言唐僧曰名三藏者，即吾身所备之三才也；其言孙行者曰名悟空者，悟得此空，方是真实；其言猪八戒曰名悟能者，悟得此能，由于受戒；其言沙和尚曰名悟净者，即谓能悟能戒，方是净土，可以做得和尚矣。人能备此三才之秀，再得先天真一之气，以为一心主宰，故行者必用金箍棒。金者，先天之气；棒者，一心主宰也。再能坚持八戒，以为一体清净之全，八戒必用九齿钉钯。九者，老阳也；齿者，坚忍也；钉钯者，种土之具也。再能调和阴阳二气，归于净土之中，则修道已得所仗持矣，故沙僧必用宝杖也。三者不可离也：无行者之金，则东方不长；无八戒之木，则西方不成；无沙僧之土以调剂之，则二气不匀，且反为害。既如是，又须得龙马之脚力，逐日行之，虽十万八千里之程，须臾勿懈，学道而有不成者乎？此全书之大概也。魔者，即心所生也，亦有行道之时，到此一候，即有此一候之魔，不由心造，所谓道高一丈，魔高十尺，与道俱起，不与道俱灭，驯至无声无臭，通于帝载，无所谓魔，亦无所谓道。阅此书者，宜解所未解也。予今读此，全部随所见标而识之，以为此书之助。

道书传世者夥矣，或言之未真，或诠之未深，或有闻而未能行，即将所闻摹之为书，或所闻并未得师，即将其语据以为秘。推究其始，惟老、庄、尹、列诸书，久传于世。此外，《参同》一书，世推丹经之王。再后则张紫阳《悟真篇》，藉藉人口。然《悟真》多隐其词，亦颇误世，故白紫真人谓紫阳传道不广,亦谓托端阴阳,稍为采补家所袭取耳。此书探源《参同》,节取《悟真》,所言系亲历之境,所述皆性命之符。予之诠解,虽未面授真人之旨,而不敢臆造其说,实触类引伸,使人易晓,勿隳迷途,与悟一子之诠,若合若离,而辟邪崇正之心,或较悟一子而更切也。谨序简端,以诏读者。光绪辛卯六月,含晶子自叙。

说明:上序出清光绪十八年壬辰(1892)刊本《邱真人西游记》卷首。转录自朱一玄、刘毓忱《西游记资料汇编》。

含晶子,待考。

新说西游记图像序

王韬

《西游记》一书,出悟一子手,专在养性修真,炼成内丹,以证大道而登仙籍。所历三灾八难,无非外魔。其足以召外魔者,由于六贼;其足以制六贼者,一心而已。一切魔劫,由心生,即由心灭。此其全书之大旨也。唐三藏玄奘法师取经西域,实有其事。此贞观三年仲秋朔旦,褰裳遵路,杖锡遥征,即得经像，薄言旋韧，以十九年春正月达于京邑，谒帝洛阳，曾译《大唐西域记》十二卷，经历一百三十八国，多述佛典因果之事。今以新旧《唐书》核之，所序诸国，皆所不载。盖史所录者，朝贡之邦；《记》所言者，经行之地也。《记》中于俗尚、土风、民情、物产，概在所略。惟是侈陈灵怪，诞漫无稽，儒者病之。后世《西游记》之作，并不以此为蓝本，所历诸国，亦无一同者，即山川道里，亦复各异。诚以作者惟凭意造，自有心得。其所述神仙鬼怪，变幻奇诡，光怪陆离，殊出于见见闻闻之外，伯益所不能穷，夷坚所不能志，能于山经海录中别树一帜，一若宇宙间自有此种异事，俗语不实，流为丹青，至今脍炙人口。演说者又为之推波助澜，于是人人心中皆有孙悟空在，世俗无知，至有为之立庙者，而斗战胜佛，固明明载于佛经也。不知《齐谐》志怪，多属寓言；《洞冥》述奇，半皆臆创。庄周昔日以荒唐之词鸣于楚，鲲鹏变化，椿灵老寿，此等皆是也。《虞初》九百，因之益广已。

  此书旧有刊本而少图像，不能动阅者之目。今余友味潜主人嗜古好奇，谓必使此书别开生面，花样一新,特倩名手为之绘图,计书百回,为图百幅,更益以像二十幅,意态生动,须眉跃然见纸上,固足以尽丹青之能事矣。此书一出,宜乎不胫而走,洛阳为之纸贵。或疑《西游记》为邱处机真人所作,此实非也。元太祖驻兵印度,真人往谒之,于行帐记其所经,书与同名,而实则大相径庭。以蒲柳仙之淹博,尚且误二为一,况其它乎?因序《西游记真诠》而为辨之如此。光绪十有四年岁在戊子春王正月下浣,长洲王韬序于沪上淞隐庐。

说明:上序出清光绪间邗江味潜斋石印本《新说西游记图像》卷首,转录自朱一玄、刘毓忱《西游记资料汇编》。

王韬,见前。

石亭记事续编书西游记后

丁晏

《潜研堂集·跋西游记》云:《长春真人西游记》二卷,其弟子李志常所述,于西域道里风俗,颇足资考证,而世鲜传本。予始于《道藏》钞得之。小说《西游演义》乃明人所作,萧山毛大可据《辍耕录》以为出邱处机之手，真郢书燕说矣。晏案：钱氏谓明人作，甚是。记中如祭赛国之锦衣卫；朱紫国之司礼监；灭法国之东城兵马司；唐太宗之大学士、翰林院、中书科，皆明代官制。邱真人乃元初人，安得有此官？其为明人作无疑也。及考吾郡康熙初旧志《艺文书目》，吴承恩下有《西游记》一种。承恩字汝忠，吾乡人，明嘉靖中岁贡生，官长兴县丞。旧志《文苑传》称：承恩性慧而多敏，博极群书，复善谐剧，所著杂记几种，名震一时，《西游记》即其一也。今记中多吾乡方言，足征其为淮人作。《西游》虽《虞初》之流，然脍炙人口，其推衍五行，颇契道家之旨，故特表而出之，以见吾乡之小说家，尚有明金丹奥旨者，岂第秋夫之针鬼，瞀仙之精算哉？且使别于真人之记，各自为书。钱氏之说，得此证而益明矣。

说明：上"书西游记后"出丁晏《石亭记事续编》，转录自鲁迅《小说旧闻钞》"西游记"。

丁晏（1794—1876），字俭卿，号柘堂，江苏山阳（今属江苏淮安市）人。原籍山东济南。道光元年举人，官至内阁中书。著有《尚书馀论》《石亭纪事续编》等。编有《颐志斋丛书》二十二种。

列国志传

（按鉴演义全像列国评林识语）

余文台

《列国》一书，乃先族叔翁余邵鱼按鉴演义纂集，惟板一付，重刊数次，其板蒙旧。象斗校正重刻，全像批断，以便海内君子一览。买者须认双峰堂牌记。余文台识。

题全像列国志传引

余邵鱼

士林之有野史，其来久矣。盖自《春秋》作而后王法明，自《纲目》作而后人心正。要之，皆以维持世道，激扬民俗也。故董、丘以下，作者叠出。是故三国有《志》，水浒有《传》，原非假设一种孟浪议论，以惑世诬民也。盖骚人墨客，沉郁草莽，故对酒长歌，逸兴每飞云汉，而扪虱谈古，壮心动涉江湖，是以往往有所托而作焉。凡以写其胸中蕴蓄之奇，庶几不至湮没焉耳。奈历代沿革无穷，而杂记笔札有限，故自《三国》《水浒传》外，奇书不复多见。抱朴子性敏强学，故继诸史而作《列国传》，起自武王伐纣，迄今秦并六国。编年取法麟经，记事一据实录。凡英君良将，七雄五霸，平生履历，莫不谨按五经并《左传》、十七史、《纲目》、《通鉴》、《战国策》、《吴越春秋》等书而逐类分纪，且又惧齐民不能悉达经传微辞奥旨，复又改为演义，以便人观览。庶几后生小子，开卷批阅，虽千百年往事，莫不炳若丹青。善则知劝，恶则知戒，其视徒凿为空言以炫人听闻者，信天渊相隔矣。继群史之遐纵者，舍兹传其谁归？时大明万历岁次丙午（三十四年）孟春重刊，后学畏斋余邵鱼谨序。

题列国序

余象斗

粤自混元开辟以来，不无记载，若十七史之作，班班可睹矣。然其序事也或出幻渺，其意义也或至幽晦。何也？世无信史，则疑信之传固其所哉。于是吊古者未免簧鼓而迷惘矣，是传讵可少哉！然列国时，世风愈降，事实愈繁，倘无以统而纪之，序而理之,是犹痛迷惘者不能药砭,复置之幽窔也,不穀深以为惴,于是旁搜列国之事实,载阅诸家之笔记,条之以理,演之以文,编之以序。胤商室之式微,坦周朝之不腊,炯若日星,灿若指掌,譬之治丝者,理绪而分比类而其毫无舛错。是诚诸史之司南,吊古者之鸲鹉也,讵可少哉!讵可少哉!是书著幻渺者跻之光明,幽晦者登之显易,宁复簧鼓迷惘之足患哉,谨序。时大明万历岁次丙午孟春重刊,后学仰止余象斗再拜序。

说明:上识语、引、序,录自三台馆刻本《列国志传》。此本内封花边框,中分上下两栏,上栏为图像,图像两边谓"谨依古板校｜正批点无讹"。下栏中间镌"三台馆刻",其下为识语,识语两边分题"按鉴演义全｜像列国评林"。首《题全像列国志传引》,尾署"时大明万历岁次丙午孟春重刊,后学畏斋余邵鱼谨序"。次《题列国序》,尾署"时大明万历岁次丙午孟春重刊,后学仰止余象斗再拜序"。复次,《列国并吞凡列》。正文卷端题"新锲史纲总会列国志传目录",凡八卷二百二十六节,目录有重复现象。正文每卷卷首有图像一幅。上图下文,图两边有图题，图上间有批语。卷端题"新刊京本春秋五霸七雄全像列国志传卷之×　后学畏斋余邵鱼编集　书林文台余象斗评梓"（第八卷"畏斋"作"思斋"，第七卷"评梓"作"校评"），半叶十三行，行二十字。编、刻都显得仓促粗率。

余邵鱼，字畏斋，福建建阳人，约明世宗嘉靖末前后在世，著《列国志传》八卷。

余文台，见前。

叙列国传

陈继儒

此世宙间一大帐簿也。家将昌，主伯亚旅统于一，巨自田园庐舍，纤至器用什物，其出入登耗之数，莫不有簿，而主享其逸。不则各润私囊，人自为窟，及至卮漏源竭，家业罄然，始考先世之田园几何，庐舍几何，器用什物几何，何及哉？

夫世宙亦何以异是。周自镐京化洽，奄有式廓，卜世卜年，煌煌乎三五再觏哉。代而后乾纲渐解，土宇若分而割焉。五伯递炽，七雄竞长，视周若赘疣然。然而玉步未改，孔子作《春秋》，朱紫阳纂

《纲目》，系王于天，系命于初，明示天下以共主，虽不绝之绪，而衮钺凛如。读其词，绎其旨，令人忠义勃勃。顾以世远人遐，事如棋局。《左》《国》之旧，文彩陆离。中间故实，若存若灭，若晦若明。有学士大夫不及详者，而稗官野史述之；有铜螭木简不及断者，而渔歌牧唱能案之。此不可执经而遗史，信史而略传也。

《列传》始自周某王之某年，迄某王之某年，事核而详，语俚而显。诸如朝会盟誓之期，征讨战攻之数，山川道里之险夷，人物名号之真诞，灿若胪列。即野修无系朝常，巷议难参国是，而循名稽实，亦足补经史之所未赅。譬诸有家者，按其成簿，则先世之产业鳌然，是《列传》亦世宙间之大帐簿也。如是虽与经史并传可也。若其存而不论，论而不议，愿与世宙间开大眼界者共扬榷之。时万历乙卯（四十三年）仲秋，陈继儒书。

列国传题词

朱篁

经以道法胜，史以事词胜，经史之作，有繇来矣。《列传》者，吾不知谁氏子之手笔，乃其搜罗旧闻，摭拾遗事，信手挥成，不藻而文，不蔓而核，观旨睹归，巨细靡遗，真足羽翼经史，尚论者不无低回慨焉。追惟有周，定鼎丰镐，卜世卜年，较之夏商，远过其历。顾以剖符锡壤，是不一姓，数传之后，五霸递兴，七雄竞长。盟会战攻，非其兄弟，则其甥舅。朝而骨肉，莫（暮）而仇敌。甚则蛇豕荐食上国，腥膻蹂躏我圉，纵横捭阖之士，矫命衡行，为天下难首。势若奕棋，黑白互淆，正奇迭变，非具只眼，成败之数，冥焉莫觉。是传也，按像绘图，每有诠次，先揭标显，次叙故实，终列评品，虽时事已非，而位号特严。一篇之中，年月姓氏有纪，主敌裔夏有载，异畛分塍，朝常烂若列眉，就令山农闺妇开卷阅之，亦且兴悲禾黍，睠言杞柚，何况忠臣义士，壮怀激烈，其视请缨问隧者，孰肯分毫借哉？今天下车书大同，肃宫府之体，峻贡市之防，神州赤县，巩于磐石。秉笔君子，综古今得失之林，悼列国之纷争若彼，喜一统之恬熙若此，不惜编摩，惩往毖来，勒为炯鉴。昔孔子作《春秋》，衮钺寄于方册，功高素王，万世为王。《列传》虽稗官野史，未经圣裁，而旁引曲证,义足千秋,未必非素王之功臣也。经世者,请以斯言为公案。万历乙卯(四十三年)秋季,朱篁书于铿铿斋。

列国源流总论

余邵鱼

《春秋列国志传》者,因左氏传记而衍其义也。西周之前,王化尚行,诸侯无衅,是以略举其大纲。殆至东迁之后,王政不行,诸侯多叛,故孔子作《春秋》,起自平王四十九年,鲁隐公之元年也。《春秋》之文,虽是当时史语,但孔子笔削其义,以定褒贬。然非富学之士,不能少达其旨,故左丘明氏,因经而作传,大义明矣,然其数百年间,人物臧否、国势强弱、并吞得失,又非浅夫鄙民如邵鱼者所能尽知也。邵鱼是以不揣寡昧,又因左丘明氏之传,以衍其义。非敢献奇搜异,盖欲使浅夫鄙民,尽知当世之事迹也。然其间国多事繁,难以悉举,姑取其大国为主,小国之政有干大国者,则旁搜引出,若不干于大国者,则置而不录。其大国如秦、如齐、如晋、如楚之类是也。其小国如陈、如蔡、如滕、如薛之类是也。若五伯如齐桓公、晋文公、宋襄公、秦穆公、楚庄王是也。若七雄齐、秦、燕、楚、韩、赵、魏是也。他若吴越交兵,孙庞斗智之类,亦皆备录,直迄秦并一统而止也。今将列国诸侯名目,入于《春秋》之始者,具开于后,以备参考:

鲁,与周同姓姬。隐公(名姑息)元年入春秋,国都山东兖州府。

齐,姜姓,僖公九年入《春秋》,立国都营丘,后徙临淄,即山东青州,今之临清。至康公时,有田和者为齐相,受周安王命,为诸侯,迁康公海滨以死,姜氏遂绝。后为田氏齐也。

晋,周同姓。鄂侯二年入《春秋》,其国都平阳,后徙曲沃,又徙绛,即今山西太原府是也。其国本成王封叔虞,初号唐,后子燮者,更号曰晋。后至哀公战国时,晋三卿:韩氏、赵氏、魏氏强大,分其地,是为三晋。周威烈王时,命三姓为诸侯,姬氏晋遂绝。其详见后韩、赵、魏三国事。

宋,子姓。穆公七年入《春秋》。其国都商丘,即今河南归德府是也。

秦,嬴姓。文公四十四年,始见于《春秋》。其国都咸阳，即今巩昌府所属，西周旧都，平王东迁而并于秦（按："西周"二句，似为后补）。

楚，芈姓，武王十九年入《春秋》。其国都郢州，周封颛帝之后（按："周封颛京之后"似为后补）。后徙寿春，即今湖广荆州府是也。

郑，周同姓。庄公二十二年入《春秋》。其国都西周，徙荥阳，即今河南府是也。

卫，周同姓。桓公十三年入《春秋》，其国都朝歌，徙帝丘，即今直隶冀州所属也。

陈，妫姓。桓公二十三年入《春秋》，其国都苑丘，即今河南商丘县是也，其后有公子名完者奔齐，事于齐，后数世孙名和者，改姓田，灭姜氏齐，即继齐有国。

蔡，周同姓，宣公二十八年入《春秋》。其国都汝宁，即今河南上蔡县是也。

曹，周同姓。桓公三十五年入《春秋》。其国都定陶，即今山东兖州府所属。

吴，周同姓，鲁成公七年入《春秋》。其实吴王寿梦始称王。其国都平江县，今苏州是。

越，姒姓。至允常，在鲁昭公五年始见于《春秋》。其国都会稽，即今绍兴是。

燕，周同姓，至文公时，始见于战国。其国都蓟北，即今真定。

韩，周同姓，其后裔事晋，为韩氏，至战国时，有韩虔者，与赵、魏共分晋地，受威烈王命为诸侯，国号韩。其国都宜阳，后徙荥阳，即今河南所属。

赵，本与秦同姓，其后有造父者，事穆王有功，封赵城侯。后有赵夙者，事晋献公。又数世，有赵籍者，与韩、魏共分晋地，受周烈王命，为诸侯，国号赵。其国都邯郸，即今直隶广平府是也。

魏，本与周同姓，其后裔有毕万者，事晋献公，以魏城赐毕万，因曰魏氏。后数世有桓子者，与韩、赵共分晋地，受周威烈王命，为诸侯，国号魏。其国都安邑，徙大梁，即今河南所属也。

其小国如滕、薛、杞、莒、邾、许之类，国微事少，不能尽录。若非灭亡，则因其大国所灭之由皆载其中，观者自宜详察云。邵鱼谨志。

说明：上叙、题词及总论录自《新镌陈眉公先生批评春秋列国志传》，此本首有《叙列国传》，尾署"时万历乙卯仲秋，陈继儒书"，有"陈继儒"阳文、

"眉公"阴文钤各一方。次,《列国传题词》,尾署"万历乙卯秋季,朱篁书于铿铿斋",有"朱篁之印"、"□父"阴文钤。又次,"新镌陈眉公先生批评列国志传目录　云间陈继儒校正　古吴朱篁参阅",凡十二卷。复次《列国源流总论》,尾署"邵鱼谨志"。正文卷端题署不全一致,多为"新镌陈眉公先生批评春秋列国志传卷之×　云间陈继儒重校　古吴朱篁参阅",亦有只题"云间陈继儒重校"者(卷五)等,半叶十一行,行二十字,版心上镌"春秋列国志传",单鱼尾下镌卷次。卷一至卷四卷首有图像。有眉批及少量行间批注,回末有简短评语。书原本藏国家图书馆,有上海古籍出版社影印本。

另有会文堂藏板本。此本内封上镌"嘉庆元年镌",下分三栏,分题"秣陵蔡元放批""绣像春秋列国　会文堂藏板""新增西周演义"。首《列国志传序》,尾署"云间陈继儒书　乾隆四十九年仲春新镌"。目录页题"新刻史纲总会列国志传目录卷之一",凡十六卷,目录后有"东周列国全志封建地图考"。此本与上所著录的本子不同处有:《叙列国传》作《列国志序》,删去"周自镐京化洽,奄有式廓"以上一大段文字，加上"余阅全史而迄三代，惟自"数字，序末又删去"足补经史之所未赅"至"愿与世宙间"以上一段文字，改"开大眼界也，共扬榷之"为"文人雅士共珍之"。而结尾署"云间陈继儒书"，无"时万历乙卯仲秋"，加署"乾隆四十九年仲春新镌"。

陈继儒（1558—1639），字仲醇，号眉公、麋公，松江华亭人（今上海）。明代文学家、书画家。著有《陈眉公全集》《小窗幽记》《妮古录》等。

朱篁，明代书画家，著有《易邮》七卷、《居易子铿铿斋外稿续集》一卷《杂》一卷。

（列国前编十二朝）识语

斯集为人民不识天开地辟、三皇五帝、夏商诸事迹，皆附相讹传，固不佞搜采各书，如前诸传式，按鉴演义。自天开地辟起，至商王宠妲己止，将天道星象、草木禽兽并天下民用之物、婚配饮食药石等出处始制，今皆实考，所不至于附相传讹，以便观览云。

说明：上识语录自三台馆梓行本《列国前编十二朝传》，此本内封上下分两栏，上栏为识语，下栏分三格，分题"列国前编""三台馆梓行""十二朝传"，无序跋，书凡四卷五十四节，有图像。目录叶题"十二朝列国前编目录"，后有图像九叶。正文上图下文，图有图题，卷端题署为"刻按鉴通俗演义列国前编十二朝卷×　三台山人仰止余象斗编集双峰堂西一三台馆梓行"。书末云"至武王伐纣而有天下，《列国传》上载得明钞可观，四方君子买《列国》一览尽识，此传乃自盘古氏起，传三皇五帝，至纣王丧国止矣。"识语据上海古籍出版社影印本录。徐朔方谓原本藏日本天理图书馆。但据大冢秀高说，天理图书馆藏本首有"《叙列传始末》，署'崇祯二年夏五月□□日书.'云：'但未有天开地辟，三皇五帝，夏商诸朝事迹，今民附相讹传，寥寥无实，惟看鉴士子，亦只识其正要，而更有不于正事者，失录甚多，未入鉴中。今不佞搜采各书，如前书传式，按鉴演义，补入遗漏，自盘古氏分天地起，演至商朝纣王宠妲己止……一一开载明白。使民知有出处，而识其开辟至今，皆有考实，不至于附相讹传矣,故名曰《十二朝列国前编》云'。"而此本无,故大冢秀高以为"不确",似系日本神宫文库藏本,为天理图书馆藏本的同版后印本。

列国志叙

三台山人

小说多琐事,故其节短。自罗贯忠氏《三国志》以国史演为通俗,汪洋百馀回,为世所尚。嗣是因而将《列国》一书,重加辑演,始乎周,迄乎秦,本诸左史,旁及诸书,考核甚详,搜罗极富,虽敷衍不无增添,形容不无润色,而大要不敢尽违其实。凡国家之废兴存亡,行事之是非成毁,人品之好丑贞淫,一一胪列,如指诸掌。是故鉴于褒姒、骊姬而知嬖不可以篡嫡;鉴于子颓、阳生而知庶不可以奸长;鉴于无极、宰嚭而知佞不可以参贤;鉴于囊瓦、郭开而知贪夫之不可与共国;鉴于楚平、屠岸贾、魏颗、豫让而知德怨之必反;鉴于秦野人、楚唐狡、晋里凫须而知襟量之不可以隘;鉴于二姜、崔、庆而知淫风之足以亡身而覆国;鉴于王僚、熊比而知非据之不可幸处;鉴于商鞅、武安君而知惨刻好杀之还以自中;

鉴于晋厉、楚灵、栾黡、智伯而知骄盈之无不覆；鉴于秦武王、南宫万、养叔、庆忌而知勇艺之无全恃；鉴于烛武、甘罗而知老幼之未可量；鉴于越勾践、燕昭、孟明、苏季子而知困衡之玉汝于成；鉴于宋闵公、萧同叔子而知凡戏之无益；鉴于里克、茅焦而知死生之不关于趋避。至于西门豹、尹铎之吏治，郑庄、先轸、二孙、二起、田单、信陵、尉缭子之将略，孔父、仇牧、荀息、王蠋、肥义、屈原之忠义，专诸、要离、聂政、夷门侯生之勇侠，介子推、鲁仲连之高尚，管夷吾、公孙侨之博洽，共姜、叔姬、杞梁妻、昭王夫人之志节，往迹种种，开卷瞭然，披而览之，能令村夫俗子与缙绅学问相参。若引为法诫，其利益亦与六经诸史相垺，宁惟区区稗官野史，资人口吻而已哉！兹编更有功于学者，浸假两汉以下以次成编，与《三国志》汇成一家言，称历代之全书，为雅俗之巨览，即与《二十一史》并列邺架，亦复何愧？余且日夜从臾其成，拭目俟之矣。三台山人仰止子撰。

说明：上叙出金阊五雅堂本《片璧列国志》，此本内封上镌"绣像演义"，下题"李卓吾先生评阅""片璧列国志""金阊五雅堂梓行"，首《列国志叙》，尾署"三台山人仰止子撰",有"仰止子""三台山人"阳文篆体印各一方。序由《新列国志》"吴门可观道人小雅氏"所撰序删改而成,假托"三台山人仰止子"。次"袖珍列国志引首",复次"袖珍列国志目次",凡十卷一百四回,正文实际只分回而不标卷次。又次图像二十五叶,版心有图题。正文卷端题"列国志卷之一",不题撰人,半叶十行,行二十二字,版心上镌"列国志",单鱼尾下镌回次、叶次。

玉鼎列国志识语

　　福省苏杭川板《片璧列国志》刻有数部,已经行世多年,无人班驳。今坊间重刻大板《列国志》,彼云按鉴所作,竟将原本斗宝举鼎一节乃言荒唐之事,尽行删去,本内不载。诸名家传书岂与鉴相同乎?传书与鉴比并乎?乃人间家庭闲下观看,消遣省目耳,岂与鉴辨别乎?本堂重刻《玉鼎列国志》,仍将原本斗宝举鼎刻内,以备全览,可雅俗同观,比辨贤愚不等耳。

　　说明:上识语录自《玉鼎列国志》。此本有陈继儒序，文字与《新镌陈眉公先生评点春秋列国志传》十二卷本之陈序同，不赘。目录同《新列国志》。原本日本东京都立中央图书馆藏。

金瓶梅

金瓶梅词话序

欣欣子

窃谓兰陵笑笑生作《金瓶梅传》，寄意于时俗，盖有谓也。人有七情，忧郁为甚。上智之士，与化俱生，雾散而冰裂，是故不必言矣。次焉者，亦知以理自排，不使为累。惟下焉者，既不出了于心胸，又无诗书道腴可以拨遣，然则不致于坐病者几希！吾友笑笑生为此，爰罄平日所蕴者著斯传，凡一百回。其中语句新奇，脍炙人口，无非明人伦，戒淫奔，分淑慝，化善恶，知盛衰消长之机，取报应轮回之事，如在目前始终，如脉络贯通，如万系迎风而不乱也。使观者庶几可以一哂而忘忧也。其中未免语涉俚俗，气含脂粉。余则曰：不然。《关雎》之作，乐而不淫，哀而不伤。富与贵，人之所慕也，鲜有不至于淫者；哀与怨，人之所恶也，鲜有不至于伤者。吾尝观前代骚人，如卢景晖之《剪灯新话》、元微之之《莺莺传》、赵君弼之《效颦集》、罗贯中之《水浒传》、丘琼山之《钟情丽集》、卢梅湖之《怀春雅集》、周静轩之《秉烛清谈》,其后《如意传》《于湖记》,其间语句文确,读者往往不能畅怀,不至终篇而掩弃之矣。此一传者,虽市井之常谈,闺房之碎语,使三尺童子闻之,如饫天浆而拔鲸牙,洞洞然易晓,虽不比古之集理趣、文墨,绰有可观。其他关系世道风化,惩戒善恶,涤虑洗心,无不小补。譬如房中之事,人皆好之,人皆恶之。人非尧舜圣贤,鲜不为所耽。富贵善良,是以摇动人心,荡其素志。观其高堂大厦,云窗雾阁,何深沉也;金屏绣褥,何美丽也;鬓云斜軃,春酥满胸,何婵娟也;雄凤雌凰迭舞,何殷勤也;锦衣玉食,何侈费也;佳人才子,嘲风咏月,何绸缪也;鸡舌含香,唾圆流玉,何溢度也;一双玉腕绾复绾,两只金莲颠倒颠,何猛浪也。既其乐矣,然乐极必悲生,如离别之机将兴,憔悴之容必见者,所不能免也;折梅逢驿使,尺素寄鱼书,所不能无也;患难迫切之中,颠沛流离之顷,所不能脱也;陷命于刀剑,所不能逃也;阳有王法,幽有鬼神,所不能逭也。至于淫人妻子,妻子淫人,祸因恶积,福缘善庆,种种皆不出循环之机。故天有春夏秋冬,人有悲欢离合，莫怪其然也。合天时者，远则子孙悠久，近则安享终身；逆天时者，身名罹丧，祸不旋踵。人之处世，虽不出乎世运代谢，然不经凶祸，不蒙耻辱者，亦幸矣。吾故曰：笑笑生作此传者，盖有所谓也。欣欣子书于明贤里之轩。

金瓶梅序

弄珠客

《金瓶梅》，秽书也，袁石公亟称之，亦自寄其牢骚耳，非有取于《金瓶梅》也。然作者亦自有意，盖为世戒，非为世劝也。如诸妇多矣，而独以潘金莲、李瓶儿、春梅命名者，亦楚梼杌之意也。盖金莲以奸死，瓶儿以孽死，春梅以淫死，较诸妇为更惨耳。借西门庆以描画世之大净、应伯爵以描画世之小丑、诸淫妇以描画世之丑婆净婆，令人读之汗下。盖为世戒，非为世劝也。余尝曰："读《金瓶梅》而生怜悯心者，菩萨也；生畏惧心者，君子也；生欢喜心者，小人也；生效法心者，乃禽兽耳。余友人褚孝秀偕一少年，同赴歌舞之筵。衍至霸王夜宴，少年垂涎曰："男儿何可不如此！"孝秀曰："也只为这乌江设此一着耳。"同座闻之,叹为有道之言。若有人识得此意,方许他读《金瓶悔》也。不然,石公几为导淫宣欲之尤矣!奉劝世人,勿为西门之后车可也。万历丁巳季冬,东吴弄珠客漫书于金阊道中。

金瓶梅跋

廿公

《金瓶梅传》,为世庙时一钜公寓言,盖有所刺也。然曲尽人间丑态,其亦先师不删郑、卫之旨乎?中间处处埋伏因果,作者亦大慈悲矣。今后流行此书,功德无量矣。不知者竟目为淫书,不惟不知作者之旨,并亦冤却流行者之心矣。特为白之。廿公书。

新刻金瓶梅词话词

词曰:阆苑瀛洲,金谷陵楼,算不如茅舍清幽。野花绣地,莫也风流。也宜春,也宜夏,也宜秋。

酒熟堪酌,客至须留。更无荣无辱无忧。退闲一步,着甚来由。但倦时眠,渴时饮,醉时讴。

短短横墙,矮矮疏窗,忔憎儿小小池塘。高低叠峰,绿水边傍。也有些风,有些月,有些凉。日用家常,竹几藤床。靠眼前水色山光。客来无酒,清话何妨？但细烹茶,热烘盏,浅烧汤。

水竹之居,吾爱吾庐,石磷磷床砌阶除。轩窗随意,小巧规模。却也清幽,也潇洒,也宽舒。懒散无拘,此等何如？倚阑干临水观鱼。风花雪月,赢得工夫。好炷心香,说些话,读些书。

净扫尘埃,惜耳苍苔,任门前红叶铺阶。也堪图画,还也奇哉。有数株松,数竿竹,数支梅。花木栽培,取次教开。明朝事天自安排。知他富贵几时来。且优游,且随分,且开怀。

四贪词

酒

酒损精神破丧家,语言无状闹喧哗。疏亲慢友多由你,背义忘恩尽是他。　切须戒,饮流霞,若能依此实无差。失却万事皆因此,今后逢宾只待茶。

色

休爱绿鬓美朱颜,少贪红粉翠花钿。损身害命多娇态,倾国倾城色更鲜。　莫恋此,养丹田,人能寡欲寿长年。从今罢却闲风月,纸帐梅花独自眠。

财

钱帛金珠笼内收,若非公道少贪求。亲朋道义因财失,父子怀情为利休。　急缩手,且抽头,免使身心昼夜愁。儿孙自有儿孙福,莫与儿孙作远忧。

气

莫使强梁逞技能,挥拳揎袖弄精神。一时怒发无明穴,到后忧煎祸及身。　莫太过,免灾迍,劝君凡事放宽情。合撒手时须撒手,得饶人处且饶人。

说明:上序、跋及词,均录自台北故宫博物院藏《金瓶梅词话》,此本未见内封,首《金瓶梅词话序》,尾署"欣欣子书于明贤里之轩"。次《金瓶梅序》,尾署"万历丁巳季冬东吴弄珠客漫书于金阊道中"。复次《跋》,尾署"廿公书"。又次《新刻金瓶梅词话》词四首,后又有《四贪词》。目录叶题"新刻金瓶梅词话目录",凡一百回。正文第一叶卷端题"新刻金瓶梅词话卷之一",不题撰人,半叶十一行,行二十四字。版心单鱼尾上镌"金瓶梅词话",下卷回次叶次。(赴台北,蒙魏子云先生介绍,得阅故宫博物院所藏万历词话本《金瓶梅》,今子云先生已驾鹤西去,赘此数语,以志怀念之意。)

欣欣子、东吴弄珠客、廿公、褚孝秀,均待考。

金瓶梅跋

谢肇淛

《金瓶梅》一书,不著作者名代。相传永陵中有金吾戚里,凭怙奢汰,淫纵无度,而其门客病之,采摭日逐行事,汇以成编,而托之西门庆也。书凡数百万言,为卷二十,始末不过数年事耳。其中朝野之政务,官私之晋接,闺闼之媟语,市里之猥谈,与夫势交利合之态,心输背笑之局,桑中濮上之期,尊罍枕席之语,驵狯之机械意智,粉黛之自媚争妍,狎客之从臾逢迎,奴怡之稽唇淬语,穷极境象,骋意快心,譬之范工抟泥,妍媸老少,人鬼万殊,不徒肖其貌,且并其神传之,信稗官之上乘,炉锤之妙手也。其不及《水浒传》者,以其猥琐淫媟,无关名理。而或以为过之者,彼犹机轴相放,而此之面目各别,聚有自来,散有自去,读者意想不到,唯恐易尽。此岂可与褒儒俗士见哉。此书向无镂版,抄写流传,参差散失。唯弇州家藏者最为完好。余于袁中郎得其十三,于丘诸城得其十五,稍为厘正,而阙所未备,以俟他日。有嗤余诲淫者,余不敢知。然溱洧之音,圣人不删,则亦中郎帐中必不可无之物也。仿此者有《玉娇丽》,然而乖彝败度,君子无取焉。

说明:上跋出谢肇淛《小草斋文集》卷二十四,转录自侯忠义、王汝梅编《金瓶梅研究资料》。可注意者,谢所阅《金瓶梅》为二十卷本,而非今存之十卷词话本,是十卷本与二十卷本有一段时间曾同时以抄本的形式在社会上流传?这是否亦说明后之二十卷本与词话本非父子关系?

谢肇淛(1567—1624),字在杭,号武林、小草斋主人,晚号山水劳人,福建长乐人,生于钱塘。明万历壬辰(二十年,1592)进士,官至广西右布政使。著有《五杂俎》《麈史》《麈馀》《续麈馀》《居东杂纂》《文海披沙》《百粤风土记》,又有《谢在杭文集》《诗集》《续集》等,凡数十种。

金瓶梅跋

屠本畯

不审古今名饮者,曾见石公所称"逸典"否? 按:《金瓶梅》流传海内甚少,书帙与《水浒传》相埒。相传嘉靖时,有人为陆都督炳诬奏,朝庭籍其家。其人沉冤,托之《金瓶梅》。王大司寇凤洲先生家藏全书,今已失散。往年予过金坛,王太史宇泰出此,云以重赀购抄本二帙。予读之,语句宛似罗贯中笔。复从王徵君百谷家又见抄本二帙,恨不得睹其全。如石公而存是书,不为托之空言也,否则石公未免保面瓮肠。

说明:上序出自屠本畯《山林经济籍·觞政十·掌故》。转录自阿英《小说闲谈》(上海古籍出版社1985年版)。

屠本畯,字田叔,又字豳叟,号汉陂,晚年自称憨先生、乖龙丈人等,鄞县(今属浙江宁波市)人。著有《闽中海错疏》《茗笈》《海味索引》《闽中荔枝谱》《野菜笺》《离骚草木疏补》等。

第一奇书序

谢颐

《金瓶》一书，传为凤洲门人之作也，或云即凤洲手。然缅缅洋洋一百回内，其细针密线，每令观者望洋而叹。今经张子竹坡一批，不特照出作者金针之细，兼使其粉腻香浓，皆如狐穷秦镜，怪窘温犀，无不洞鉴原形，的是浑《艳异》旧手而出之者，信乎为凤洲作无疑也。然后知《艳异》亦淫，以其异而不显其艳；《金瓶》亦艳，以其不异则止觉其淫。故悬鉴燃犀，遂使雪月风花，瓶罄篦梳，陈茎落叶，诸精灵等物，妆娇逞态，以欺世于数百年间，一旦潜形无地，蜂蝶留名，杏梅争色，竹坡其碧眼胡乎！而弄珠客教人生怜悯畏惧心，今后看官睹西门庆等各色幻物，弄影行间，能不怜悯，能不畏惧乎？其视金莲当作敝屣观矣。不特作者解颐而谢，觉今天下失一《金瓶梅》，添一《艳异编》，岂不大奇！时康熙岁次乙亥清明中浣，秦中觉天者谢颐题于皋鹤堂。

第一奇书凡例

一、此书非有意刊行，偶因一时文兴，借此一试目力，且成于十数天内，又非十年精思，故内中其大段结束精意，悉照作者。至于琐碎处，未暇请教当世，幸暂量之。

一、《水浒传》圣叹批，大抵皆腹中小批居多。予书刊数十回后，或以此为言。予笑曰：《水浒》是现成大段毕具的文字，如一百八人各有一传，虽有穿插，实次第分明，故圣叹只批其字句也。若《金瓶》，乃隐大段精采于琐碎之中，只分别字句，细心者皆可为，而反失其大段精采也。然我后数十回内，亦随手补入小批，是故欲知文字纲领者看上半部，欲随目成趣知文字细密者看下半部，亦何不可。

一、此书卷数浩繁，偶尔批成，适有工便，随刊呈世，其内或圈点不齐，或一二讹字，目力不到者，尚容细政，祈读时量之。

一、《金瓶》行世已久，予喜其文之整密，偶为当世同笔墨者闲中解颐。作《金瓶梅》者，或有所指，予则并无寓讽。设有此心,天地君亲其共愆之。

杂录

杂录小引

凡看一书,必看其立架处,如《金瓶梅》内,房屋花园以及使用人等,皆其立架处也。何则?既要写他六房妻小,不得不派他六房居住。然全分开,既难使诸人连合;全合拢,又难使各人的事实入来,且何以见西门豪富?看他妙在将月、楼写在一处,娇儿在隐现之间。后文说挪厢房与大姐住,前又说大姈子见西门庆揭帘子进来,慌的往娇儿那边跑不迭,然则娇儿虽居厢房,却又紧连上房东间,或有门可通者也。雪娥在后院,近厨房。特特将金、瓶、梅三人,放在前边花园内,见得三人虽为侍妾,却似外室,名分不正,赘居其家,反不若李娇儿以娼家聚来,犹为名正言顺,则杀夫夺妻之事,断断非千金买妾之目。而金梅合,又分出瓶儿为一院。分者,理势必然;必紧邻一墙者,为妒宠相争地步。而大姐住前厢，花园在仪门外，又为敬济偷情地步。见得西门庆一味自满托大，意谓惟我可以调弄人家妇女，谁敢狎我家春色，全不想这样妖淫之物，乃令其居于二门之外，墙头红杏，关且关不住，而况于不关也哉！金莲固是冶容诲淫，而西门庆实是慢藏诲盗，然则固不必罪陈敬济也。故云写其房屋，是其间架处，犹欲耍狮子，先立一场，而唱戏先设一台。恐看官混混看过，故为之明白开出，使看官如身入其中，然后好看书内有名人数进进出出，穿穿走走，做这些故事也。他如西门庆的家人妇女，皆书内听用者，亦录出之，令看者先已了了，俟后遇某人做某事，分外眼醒，而西门庆淫过妇人名数，开之足令看者伤心惨目，为之不忍也。若夫金莲，不异夏姬，故于其淫过者，亦录出之，令人知惧。

　　西门庆家人名数：来保（子僧保儿、小舅子刘仓）　来旺　玳安　来兴　平安　来安　书童　画童　琴童　又琴童（天福儿改者）　棋童　来友　王显　春鸿　春燕　王经（系家丁）　来昭（暨铁棍儿）

　　后生：荣海

司茶：郑纪

烧火：刘包

小郎：胡秀

外甥小郎：崔本

看坟：张安

西门庆家人媳妇：来旺媳妇（二，其一则宋蕙莲） 来昭媳妇（一丈青） 来保媳妇（惠祥） 来爵媳妇（惠元） 来兴媳妇（惠秀）

丫环：玉箫 小玉 兰香 小鸾 夏花 元宵儿 迎春 绣春 春梅 秋菊 中秋儿 翠儿 奶子如意儿

西门庆淫过妇女：李娇儿 卓丢儿 孟玉楼 潘金莲 李瓶儿 孙雪娥 春梅 迎春 绣春 兰香 宋蕙莲 来爵媳妇惠元 王六儿 贲四嫂 如意儿 林太太 李桂姐 吴银儿 郑月儿

意中人：何千户娘子蓝氏 王三官娘子黄氏 锦云

外宠：书童 王经 潘金莲 王六儿

潘金莲淫过人目：张大户 西门庆 琴童 陈敬济 王潮儿

意中人:武二郎

外宠:西门庆

恶姻缘:武植

藏春芙蓉镜:郓哥口　和尚耳　春梅秋波　猫儿眼中　铁棍舌畔　秋菊梦内

附对:潘金莲品的箫　西门庆投的壶

西门庆房屋:门面五间,到底七进(后要隔壁子虚房,共作花园)　上房(月娘住)　西厢房(玉楼住)　东厢房(李娇儿住)　堂屋后三间(孙雪娥住)　后院厨房　前院穿堂　大客屋　东厢房(大姐住)　西厢房　仪门

仪门外,则花园也。三间楼一院,潘金莲住;又三间楼一院,李瓶儿住。二人住楼在花园前,过花园方是后边。

花园门在仪门外,后又有角门,通着月娘后边也。

金莲、瓶儿两院两角门,前又有一门,即花园门也。

花园内,后有卷棚,翡翠轩前有山子,山顶上卧云亭,半中间藏春坞雪洞也。

花园外,即印子铺门面也。

门面旁,开大门也。

对门,乃要的乔亲家房子也。

狮子街,乃子虚迁去住者,瓶儿带来,后开绒线铺。又狮子街,即打李外传处也。

内仪门外,甬道旁,乃群房,宋蕙莲等住者也。

竹坡闲话

张竹坡

《金瓶梅》,何为而有此书也哉?曰:此仁人、志士、孝子、悌弟不得于时,上不能问诸天,下不能告诸人,悲愤呜唈而作秽言,以泄其愤也。虽然,上既不可问诸天,下亦不能告诸人,虽作秽言以丑其仇,而吾所谓悲愤呜唈者,未尝便慊然于心,解颐而自快也。夫终不能一畅吾志,是其言愈毒,而心愈悲,所谓含酸抱阮以此。固知玉楼一人,作者之自喻也。然其言既不能以泄吾愤,而终于含酸抱阮,作者何以又必有言哉?曰:作者固仁人也,志士也,孝子、悌弟也。欲无言,而吾亲之仇也,吾何如以处之? 欲无言,而又吾兄之仇也,吾何如以处之? 且也为仇于吾,天下万世也,吾何如以公论之?是吾既不能上告天子,以申其隐,又不能下告士师,以求其平,且不能得急切应手之荆、聂,以济乃事,则吾将止于无可如何而已哉!止于无可如何而已,亦大伤仁人、志士、孝子、悌弟之心矣。展转以思,惟此不律,可以少泄吾愤,是用借西门氏以发之。虽然,我何以知作者必仁人、志士、孝子、悌弟哉?我见作者之以孝哥结也。磨镜一回,皆《蓼莪》遗意,啾啾之声刺人心窝,此其所以为孝子也。至其以十兄弟对峙一亲哥哥,末复以二捣鬼为缓急相需之人,甚矣,《杀狗记》无此亲切也。

　　闲尝论之:天下最真者,莫若伦常;最假者,莫若财色。然而伦常之中,如君臣、朋友、夫妇可合而成;若夫父子、兄弟,如水同源,如木同本,流分枝引,莫不天成,乃竟有假父、假子、假兄、假弟之辈。噫!此而可假,孰不可假!将富贵而假者可真,贫贱而真者亦假。富贵,热也,热则无不真;贫贱,冷也,冷则无不假。不谓"冷""热"二字颠倒真假一至于此!然而冷热亦无定矣。今日冷而明日热,则今日真者假,而明日假者真矣。今日热而明日冷,则今日之真者,悉为明日之假者矣。悲夫!本以嗜欲故,遂迷财色;因财色故,遂成冷热;因冷热故,遂乱真假。因彼之假者欲肆其趋承,使我之真者皆遭其荼毒,所以此书独罪财色也。嗟嗟!假者一人死而百人来,真者一或伤而百难赎。世即有假聚为乐者,亦何必生死人之真骨肉以为乐也哉。

作者不幸,身遭其难,吐之不能,吞之不可,搔抓不得,悲号无益,借此以自泄,其志可悲,其心可悯矣。故其开卷即以"冷热"为言,煞末又以"真假"为言。其中假父子矣,无何而有假母女;假兄弟矣,无何而有假弟妹;假夫妻矣,无何而有假外室;假亲戚矣,无何而有假孝子。满前役役营营,无非于假景中提傀儡。噫!识其假,则可任其冷热;守其真,则可乐吾孝悌。然而吾之亲父子已荼毒矣,则奈何!吾之亲手足已凋零矣,则奈何!上误吾之君,下辱吾之友,且殃及吾之同类,则奈何!是使吾欲孝而已为不孝之人,欲悌而已为不悌之人,欲忠、欲信而已放逐谗间于吾君吾友之侧,日夜咄咄,仰天太息,吾何辜而遭此也哉!曰:以彼之以假相聚故也。噫嘻!彼亦知彼之所以为假者,亦"冷热"中事乎？假子之于假父也，以热故也。假弟、假女、假友，皆以热故也。彼热者，盖亦不知浮云之有聚散也，未几而冰山颓矣，未几而阀阅朽矣。当世驱己之假以残人之真者，不瞬息而己之真者亦飘泊无依，所为假者安在哉？彼于此时，应悔向日为假所误，然而人之真者，已黄土百年。彼留假傀儡，人则有真怨恨。怨恨深而不能吐，日酿一日，苍苍高天，茫茫碧海，吾何日而能忘也哉？眼泪洗面，椎心泣血，即百割此仇，何益于事。是此等酸法，一时一刻，酿成千百万年，死而有知，皆不能坏。此所以玉楼弹阮来，爱姐抱阮去，千秋万岁，此恨绵绵无绝期矣。故用普净以解冤偈结之。夫冤至于不可解之时，转而求其解，则此一刻之酸，当何如含耶？是愤已百二十分，酸又百二十分，不作《金瓶梅》又何以消遣哉！甚矣，仁人、志士、孝子、悌弟，上不能告诸天，下不能告诸人，悲愤呜唈而作秽言以泄其愤，自云含酸，不是撒泼。怀匕囊锤，以报其人，是亦一举。乃作者固自有志，耻作荆、聂，寓复仇之义于百回微言之中，谁为刀笔之利，不杀人于千古哉！此所以有《金瓶梅》也。

然则《金瓶梅》我又何以批之也哉？我喜其文之洋洋一百回，而千针万线同出一丝，又千曲万折不露一线。闲窗独坐，读史、读诸家文，少暇，偶一观之，曰：如此妙文，不为之递出金针，不几辜负作者千秋苦心哉！久之，心恒怯焉，不敢遽操管以从事。盖其书之细如牛毛，乃千万根共具一体，血脉贯通，藏针伏线，千里相牵，少有所见，不禁望洋而退。迩来为穷愁所迫，炎凉所激，于难消遣时，恨不自撰一部世情书，以排遣闷怀。几欲下笔，而前后拮拘，甚费经营，乃搁笔曰：我且将他人炎凉之书，其所以前后经营者，细细算出。一者可以消我闷怀，二者算出古人之书，亦可算我今又经营一书。我虽未有所作，而我所以持往作书之法，不尽备于是乎！然则，我自做我之《金瓶梅》，我何暇与人批《金瓶梅》也哉！

冷热金针

张竹坡

《金瓶》以"冷""热"二字开讲。抑孰不知此二字，为一部之金钥乎？然于其点睛处，则未之知也。

夫点睛处安在？曰：在温秀才、韩夥计。何则？韩者，冷之别名；温者，热之馀气。故韩夥计于加官后即来，是热中之冷信；而温秀才自磨镜后方出，是冷字之先声。是知祸福倚伏，寒暑盗气，天道有然也。虽然，热与寒为匹，冷与温为匹，盖热者温之极，韩者冷之极也。故韩道国，不出于冷局之后，而出热局之先，见热未极而冷已极；温秀才，不来于热场之中，而来于冷局之首，见冷欲盛而热将尽也。噫嘻！一部言冷言热，何啻如花如火，而其点睛处，乃以此二人，而数百年读者，亦不知其所以作韩、温二人之故。是作书者固难，而看书者为尤难，岂不信哉！

金瓶梅寓意说

张竹坡

稗官者，寓言也。其假捏一人，幻造一事，虽为风影之淡，亦必依山点石，借海扬波。故《金瓶》一部，有名人物不下百数，为之寻端竟委，大半皆属寓言。庶因物有名，托名摭事，以成此一百回曲曲折折之书。如西门庆、潘金莲、王婆、武大、武二，《水浒传》中原有之人，《金瓶》因之者无论，然则何以有瓶、梅哉？瓶因庆生也。盖云贪欲嗜恶，百骸枯尽，瓶之罄矣。特特撰出瓶儿，直令千古风流人，同声一哭。因瓶生情，则花瓶而子虚姓花，银瓶而银姐名银。瓶与屏通，窥春必于隙底；屏号芙蓉，玩赏芙蓉亭，盖为瓶儿插笋。而私窥一回，卷首词内必云"绣面芙蓉一笑开"。后玩灯一回，灯赋内"荷花灯、芙蓉灯"，盖金、瓶合传，是因瓶假屏，又因屏假芙蓉，浸淫以入于幻也。屏风二字相连，则冯妈妈必随瓶儿，而当大理屏风，又点睛妙笔矣。芙蓉栽以正月，艳冶于中秋，摇落于九月，故瓶儿必生于九月十五，嫁以八月二十五，后病必于重阳，死以十月，总是芙蓉谱内时候。墙头物去，亲事杳然，瓶儿悔矣，故蒋文蕙将闻悔而来也者。然瓶儿终非所据，必致逐散，故又号竹山，总是瓶儿心事中生出此一人。如意为瓶儿后身，故为熊氏姓张。熊之所贵者，胆也，是如意乃瓶胆一张耳。故瓶儿好倒插花，如意茎露独尝，皆瓶与瓶胆之本色情景。官哥幻其名意，亦皆官窑哥窑，故以雪贼死之。瓶遇猫击，焉能不碎？银瓶坠井，千古伤心。故解衣而瓶儿死，托梦必于何家。银瓶失水矣，竹篮打水，成何益哉？

故用何家蓝氏作意中人，以送西门之死，亦瓶之馀意也。

　　至于梅又因瓶而生。何则？瓶里梅花，春光无几，则瓶罄喻骨髓暗枯，瓶梅又喻衰朽在即。梅雪不相下，故春梅宠而雪娥辱，春梅正位而雪娥愈辱。月为梅花主人，故永福相逢，必云故主。而吴典恩之事，必用春梅襄事。冬梅为奇寒所迫，至春吐气，故不垂别泪，乃作者一腔炎凉痛恨发于笔端。至周、舟同音，春梅归之，为载花舟。秀、臭同音，春梅遗臭，载花舟且作粪舟。而周义乃野渡无人，中流荡漾，故永福寺里，普净座前，必用周义转世为高留住儿，言须一篙留住，方登彼岸。

　　然则金莲，岂无寓意哉？莲与茇类也。陈，旧也，败也。敬、茎同音，败茎茇荷，言莲之下场头。故金莲以敬济而败，侥幸得金莲，茇茎之罪，西门乃打铁棍。铁棍，茇茎影也。舍根而罪影，所谓糊涂。败茎不耐风霜，故至严州，而铁指甲一折即下，幸徐尌相救，风少劲即吹去矣。次后，过街鼠寻风，是真朔风。风利如刀，刀利如风，残枝败叶，安得不摧哉！其父陈洪，已为"露冷莲房坠粉红"。其舅张团练搬去，又"荷尽已无擎雨盖"，留此败茎，支持风雪，总写莲之不堪处，益知夏龙溪为金莲胜时写也。温秀才，积至水秀才，再至倪秀才，再至王潮儿，总言水枯莲榭，唯馀数茎败叶，潦倒污泥，所为风流不堪回首，无非为金莲污辱下贱写也。莲名金莲，瓶亦名金瓶，侍女偷金，莲瓶相妒，斗叶输金，莲花飘萎，芰茎用事矣。他如宋蕙莲、王六儿，亦皆为金莲写也。写一金莲，不足以尽金莲之恶，且不足以尽西门、月娘之恶，故先写一宋蕙莲，再写一王六儿，总与潘金莲一而二，二而三者也。然而蕙莲，荻帘也，望子落帘儿坠，含羞自缢，又为叉竿挑帘一回，重作宣染。至王六儿，又黄芦儿别音，其娘家王母猪，黄芦与黄竹相类；其弟王经，亦黄芦茎之义，芦茎叶皆后空，故王六儿好干后庭花，亦随手成趣。芦亦有影，故看灯夜又用铁棍一觑春风，是芦荻皆莲之副，故曰二人皆为金莲写。此一部写金、写瓶、写梅之大梗概也。

若夫月娘为月，遍照诸花，生于中秋，故有桂儿为之女。扫雪而月娘喜，踏雪而月娘悲，月有阴晴明晦也。且月下吹箫，故用玉箫。月满兔肥，盈已必亏，故小玉成婚，平安即偷镀金钩子到南瓦子里耍。盖月照金钩于南瓦上，其亏可见。后用云里守入梦，月被云遮，小玉随之与兔俱隐，情文明甚。

李娇儿乃桃李春风墙外枝也。其弟李铭，言理明外暗，可发一笑。至贲四嫂与林太太，乃叶落林空，春光已去。贲四嫂姓叶，作带水战，西门庆将至其家，必云吩咐后生王显，是背面落水，显黄一叶也。林太太用文嫂相通，文嫂住捕衙厅前，女名金大姐，乃蜂衙中一黄蜂，所云蜂媒是也。此时爱月初宠，两番赏雪，雪月争寒，空林叶落，所为莲花芙蓉，安能宁耐哉。故瓶死莲辱，独让春梅争香吐艳。而春鸿、春燕，又喻韶光迅速，送鸿迎燕，无有停息。来爵改名来友，见花事阑珊，燕莺遗恨。其妻惠元，三友会于园，看杜鹃啼血矣。内有玉箫勾引春风，外有玳安传消递息。箫有合欢之调，蕙莲、惠元以之。箫有离别之音，故三章约乃阳关声，西门听之，能不动深悲耶？惹草拈花，必用玳安，一曰嬉游蝴蝶巷，再曰密访蜂媒，已明其为蝶使矣。所谓"玳瑁斑花蝴蝶"非欤？书童则因箫而有名，盖篇内写月、写花、写雪，皆定名一人，惟风则止有冯妈妈。太守徐崶，虽亦一人，而非花娇月媚正经脚色，故用书童与玉箫合，而箫疏之风动矣。末必云私挂一帆，可知其用意写风。然又通书为梳，故书童生于苏州府常熟县，字义可思。媚客之唱，必云"画损了掠儿稍"，接手云贲四害怕，"梳子在坐，篦子害怕"，妙绝。《艳异》遗意，为男宠报仇。金莲必云打了象牙，明点牙梳，去必以瓶儿丧内，瓶坠簪折，牙梳零落，萧疏风起，春意阑珊，阳关三叠，大家将散场也。《金瓶》之大概寓言如此。其他剩意，不能殚述，推此观之，笔笔皆然。

至其写玉楼一人，则又作者经济学问，色色自喻皆到。试细细言之。玉楼簪上镌"玉楼人醉杏花天"，来自杨家，后嫁李家，遇薛嫂而受屈，遇陶妈妈而吐气，分明为杏无疑。杏者，幸也。身毁名污，幸此残躯留于人世，而住居臭水巷。盖言无妄之来，遭此荼毒，污辱难忍，故著书以泄愤。嫁于李衙内，而李贵随之，李安往依之。以理为贵，以理为安。归于真定枣强，"真定"，言吾心淡定；"枣强"，言黾勉工夫，所为勿助勿忘，此是作者学问。王杏庵送贫儿于晏公庙任道士为徒。晏，安也，任，与"人"

通，又与"仁"通，言我若得志，必以仁道济天下，使天下匹夫匹妇，皆在晏安之内，以养其生，皆入于人伦之中，以复其性。此作者之经济也。不谓有金道士淫之，又有陈三引之，言为今人声色货利，浸淫已久，我方竭力养之教之，而今道又使其旧性复散，不可救援，相率而至于永福寺内，共作孤魂而后已，是可悲哉。夫永福寺，涌于腹下，此何物也？其内僧人，一曰胡僧，再曰道坚，一肖其形，一美其号。永福寺，真生我之门死我户，故皆于死后，同归于此，见色之利害，而万回长老，其回肠也哉。他如黄龙寺，脾也；相国寺，相火也。拜相国长老，归路避风黄龙，明言相火动而脾风发，故西门死，气如牛吼，已先于东京言之矣。是玉皇庙，心也，二重殿后一重侧门，其心尚可问哉。故有吴道士主持结拜，心既无道，结拜何益？所以将玉皇庙始而永福寺结者，以此。

更有因一事而生数人者，则数名公同一义，如车［扯］淡、管世［事］宽、游守［手］、郝［好］贤［闲］，四人共一寓意也。又如李智［枝］、黄四，梅李尽黄，春光已暮，二人共一寓意也。又如带水战一回,前云聂[捏]两湖、尚[上]小塘、汪北彦[沿],三人共一寓意也。又如安沈[枕]、宋[送]乔年,喻色欲伤生,二人共一寓意也。又有因一人而生数名者,应伯[白]爵[嚼],字光侯[喉],谢希[携]大[带],字子[紫]纯[唇],祝[住]实[十]念[年],孙天化[话],字伯[不]修[羞],常峙[时]节[借],卜[不]志[知]道,吴[无]典恩,云里守[手],字非[飞]去,白赖光,字光荡,贲[背]第[地]传,傅[负]自新[心],甘[干]出身,韩道[捣]国[鬼],因西门庆不肖,生出数名也。又有即物为名者,如吴神仙,乃镜也,名无奭,冰鉴照人无失也。黄真人,土也,瓶坠簪折,黄土伤心,末用楚云一人遥影,正是彩云易散。潘道士,拚也,死孽已成,拚着一做也。又有随手调笑,如西门庆父名达,盖明捏土音,言西门庆之达,即金莲所呼达达之达。设问其母何氏?当必云娘氏矣。桂姐接丁二官,打丁之人也。李[里]外传,取其传话之意。侯林儿,言树倒猢狲散。此皆掉手成趣处。他如张好问、白汝晃[谎]之类,不可枚举,随时会意,皆见作者狡猾之才。

若夫玉楼弹阮,爱姐继其后,抱阮以往湖州何官人家，依二捣鬼以终，是作者穷途，有泪无可洒处，乃于爱河中捣此一篇鬼话，明亦无可如何之中，作书以自遣也。至其以孝哥结入一百回，用普净幻化，言惟孝可以消除万恶，惟孝可以永锡尔类，今使我不能全孝，抑曾反思尔之于尔亲，却是如何？千秋万岁，此恨绵绵。悠悠苍天，曷有其极？悲哉悲哉！

苦孝说

张竹坡

夫人之有身，吾亲与之也，则吾之身，视亲之身为生死矣。若夫亲之血气衰老，归于大造，孝子有痛于中，是凡为人子者所同，而非一人独具之奇冤也。至于生也不幸，其亲为仇所算，则此时此际，以至千百万年，不忍一注目，不敢一存想，一息有知，一息之痛为无已。呜呼，痛哉！痛之不已，酿成奇酸，海枯石烂，其味深长。是故含此酸者，不敢独立默坐；苟独立默坐，则不知吾之身、吾之心、吾之骨肉，何以栗栗焉如刀斯割，如虫斯噬也。悲夫！天下尚有一境焉，能使斯人悦耳目，娱心志，一安其身也哉？苍苍高天，茫茫厚地，无可一安其身，必死乃庶几矣。然吾闻死而有有知之说，则奇痛尚在，是死亦无益于酸也。然则必何如而可哉？必何如而可，意者生而无我，死而亦无我。夫生而无我，死而亦无我，幻化之谓也。推幻化之谓，既不愿为人，又不愿为鬼，并不愿为水石，盖为水为石，犹必流石人之泪矣。呜呼！苍苍高天，茫茫厚地，何故而有我一人，致令幻化之难也。故作《金瓶梅》者，一曰含酸，再曰抱阮，结曰幻化，且必曰幻化孝哥儿。作者之心其有馀痛乎！则《金瓶梅》当名之曰《奇酸志》《苦孝说》。呜呼！孝子孝子，有苦如是！

第一奇书非淫书论

张竹坡

《诗》云："以尔车来，以我贿迁。"此非瓶儿等辈乎？又云："子不我思，岂无他人。"此非金、梅等辈乎？"狂且狡童"，此非西门、敬济等辈乎？乃先师手订，文公细注，岂不曰此淫风也哉？所以云："诗三百，一言以蔽之曰：思无邪。"注云：诗有善有恶，善者起发人之善心，恶者惩创人之逆志。圣贤著书立言之意，固昭然于千古也。今夫《金瓶梅》一书，作者亦是将《蹇裳》《风雨》《萚兮》《子衿》诸诗细为摹仿耳。夫微言之而文人知儆，显言之而流俗知惧。不意世之看者，不以为惩劝之韦弦，反以为行乐之符节，所以目为淫书，不知淫者自见其为淫耳。但目今旧板现在金陵，印刷原本，四处流行买卖。予小子悯作者之苦心，新同志之耳目，批此一书，其《寓意说》内，将其一部奸夫淫妇，悉批作草木幻影；一部淫情艳语，悉批作起伏奇文。至于以悌字起，孝字结，一片天命民彝，殷然慨恻，又以玉楼、杏庵，照出作者学问经纶，使人一览无复有前此之《金瓶》矣。但恐不学风影等辈，借端恐诈，意在骗诈。夫现今通行发卖，原未禁示。小子穷愁著书，亦书生常事，又非借此沽名，本因家无寸土，欲觅蝇头以养生耳。即云奉行禁止，小子非套翻原版，固云我自作我的《金瓶梅》。我的《金瓶梅》上洗淫乱而存孝悌，变帐簿以作文章，直使《金瓶梅》一书冰消瓦解，则算小子劈《金瓶梅》原板亦何不可？夫邪说当辟，而辟邪说者，必就邪说而劈之，其说方息。今我辟邪说而人非之，是非之者，必邪说也。若不预先辨明,恐当世君子为其所惑。况小子年始二十有六,素与人全无恩怨,本非借不律以泄愤懑,又非囊有馀钱,借梨枣以博虚名,不过为糊口计,兰不当门,不锄何害?锄之何益?是用抒诚,以告仁人君子,其予量之。

第一奇书金瓶梅趣谈

提傀儡上场,还少一口气儿哩。

两只脚,还赶不上一张咀哩。

婆儿烧香,当不的老子念佛。

老鼠尾巴生疮儿,有脓也不多。

着紧处,锤把儿也不动。

马蹄刀木杓里切菜,水也不漏。

山核桃,差着一隔儿。

卖粉团的撞见敲板儿蛮子叫冤屈,麻饭纥胆帐。

离城四十里见蜜蜂儿捯屎,出门交癞象绊了一交,原来觑远不觑近。

秃子包网巾,饶这一抿子也罢了。

马回子拜节,来到就是。

腊鸭子煮在锅里,身子烂化了咀儿还硬。

打三个恭,唱两个喏,谁见来?

养虾蟆,得水蛊儿病。

属扭瓜儿糖的,你扭扭儿也是钱,不扭也是钱。

乡里妈妈拜千佛,磕头磕勾了。

羊角葱靠南墙,越发老辣。

球子心肠,滚上滚下。

盖个庙儿,立起个旗杆来,就是谎神爷。

老妈妈睡着吃腊肉,是恁一丝一丝的。

投充了新军,又掇起石头来了。

踩小板凳儿糊险道神,还差着一帽头子哩。

失迷了家乡,那里寻犊儿去?

夹道卖门神,看出来的好画儿。

不说这一声,不当哑狗卖。

玉黄李子,掐了一块儿去了。

好合的刘九儿。

鬼酉上车儿,推丑。

东瓜花儿,丑的没时了。

曹州兵备,管的事儿宽。

屁股大,吊了心。

什么三只腿金刚、两个觭角的象。

太山游到领的衣服。

属面筋的,倒且是有勒道。

老儿不发恨,婆儿没布裙。

坐家的女儿偷皮匠,逢着的就上。

贾瞎子传操,干起了个五更。

隔墙掠肝肠,死心塌地。

兜肚断了带子,没的绊了。

吹杀灯挤眼儿,后来的事看不见。

隔墙掠鬼脸儿,可不把我唬杀。

爱奴儿掇着兽头往城外掠,好个丢丑的孩儿。

唐胖子吊在醋缸里,把你撅酸了。

铜盆撞了铁刷帚。

灯草拐杖,做不得主。

火到猪头烂,钱到公事办。

卖瓜子儿开厢子打嚏喷,琐碎一大堆。

你大拳打了人,这回拿手来摹挲。

春凳折了靠背儿,没的椅了。

王婆子卖了磨,没的推了。

王十九,只吃酒。

小炉匠跟着行香的走,锁碎一浪荡。

出笼的鹌鹑,也是个快斗的。

豆芽菜有甚捆儿?

党太尉吃匾食,照样儿。

猪八戒坐在冷铺中,丑的没对儿。

鸡儿不撒尿,各自有去处。

驴粪球儿面前光,不知里面受佰悽惶。

洒土迷迷后人眼。

妻儿赵迎春,各自寻头奔。

腌韭菜,入不得蹊儿。

腊月萝卜,动了心。

拔了萝卜地皮宽。

六月连阴,想他好情儿。

批评第一奇书金瓶梅读法

张竹坡

劈空撰出金、瓶、梅三个人来,看其如何收拢一块,如何发放开去?看其前半部只做金、瓶,后半部只做春梅。前半人家的金、瓶,被他千方百计弄来;

后半自己的梅花,却轻轻的被人夺去。一

起以玉皇庙,终以水福寺,而一回中,已一齐说出,是大关键处。二

先是吴神仙,总览其盛;后是黄真人,少扶其衰;末是普净师,一洗其业。是此书大照应处。三

冰鉴定终身,是一番结束,然独遗陈敬济;嘻笑卜龟儿,又遗潘金莲,然金莲即从其自己口中补出,是故亦不遗金莲,当独遗西门庆与春梅耳。两番瓶儿托梦,盖又单补西门;而叶头陀相面,才为敬济一番结束也。四

未出金莲,先出瓶儿;既娶金莲,方出春梅;未娶金莲,却先娶玉楼;未娶瓶儿,又先出敬济。文字穿插之妙,不可名言。若夫夹写蕙莲、王六儿、贲四嫂、如意儿诸人,又极尽天工之巧矣。五

会看《金瓶》者,看下半部。亦惟会看者,单看上半部,如生子加官时,唱"韩湘子寻叔""叹浮生犹如一梦"等,不可枚举,细玩方知。六

《金瓶》有板定大章法,如金莲有事生气,必用玉楼在旁,百遍皆然,一丝不易,是其章法老处。他如西门到人家饮酒,临出门时,必用一人或一官来

拜、留坐，此又是生子加官后数十回大章法。七

《金瓶》一百回，到地俱是两对章法，合其目为二百件事。然有一回前后两事，中用一语过节；又有前后两事，暗中一笋过下。如第一回用元坛的虎是也。又有两事两段写者，写了前一事半段，即写后一事半段，再完前半段，再完后半段者。有二事而参伍错综写者，有夹入他事写者。总之，以目中二事为条干，逐回细玩即知。八

《金瓶》一回两事作对，固矣；却又有两回作遥对者。如金莲琵琶、瓶儿象棋作一对，偷壶、偷金作一对等，又不可枚举。九

前半处处冷，令人不耐看；后半处处热，而人又看不出。前半冷，当在写最热处，玩之即知；后半热，看孟玉楼上坟，放笔描清明春色便知。十

内中有最没正经、没要紧的一人，却是最有结果的人，如韩爱姐是也。一部中诸妇人，何可胜数，乃独以爱姐守志结，何哉？作者盖有深意存于其间矣。言爱姐之母为娼，而爱姐自东京归，亦曾迎人献笑，乃一留心敬济，之死靡他，以视瓶儿之于子虚，春梅之于守备，二人固当惭死。若金莲之遇西

门,亦可如爱姐之逢敬济,乃一之于琴童,再之于敬济,且下及王潮儿,何其比回心之娼妓亦不若哉!此所以将爱姐作结,以惭诸妇,且言爱姐以娼女回头,还堪守节,奈之何身居金屋,而不改过悔非,一竟丧廉寡耻,于死路而不返哉!十一

读《金瓶》,须看其大间架处。其大间架处,则分金、梅在一处,分瓶儿在一处;又必合金、瓶、梅在前院一处。金、梅合而瓶儿孤,前院近而金、瓶妒,月娘远而敬济得以下手也。十二

读《金瓶》须看其入笋处,如玉皇庙讲笑话,插入打虎;请子虚,即插入后院紧邻;六回金莲才热,即借嘲骂处插入玉楼;借问伯爵连日那里,即插入桂姐;借盖卷棚,即插入敬济;借翟管家,插入王六儿;借翡翠轩,插入瓶儿生子;借梵僧药,插入瓶儿受病;借碧霞宫,插入普净;借上坟,插入李衙内;借拿皮袄,插入玳安、小玉。诸如此类,不可胜数,盖其用笔不露痕迹处也。其所以不露痕迹处,总之善用曲笔、逆笔;不肯另起头绪,用直笔、顺笔也。夫此书头绪何限,若一一起之,是必不能之数也。我执笔时,亦必想用曲笔、逆笔,但不能如他曲得无

迹、逆得不觉耳。此所以妙也。十三

《金瓶》有节节露破绽处，如窗内淫声，和尚偏听见；私琴童，雪娥偏知道；而裙带葫芦，更属险事；墙头密约，金莲偏看见；蕙莲偷期，金莲偏撞着；翡翠轩，自谓打听瓶儿，葡萄架，早已照入铁棍；才受赃，即动大巡之怒；才乞恩，便有平安之谗；调婿后，西门偏就摸着；烧阴户，胡秀偏就看见。诸如此类，又不可胜数。总之，用险笔以写人情之可畏，而尤妙在既已露破，乃一语即解，绝不费力累赘，此所以为化笔也。十四

《金瓶》有特特起一事、生一人，而来既无端，去亦无谓，如书童是也。不知作者，盖几许经营，而始有书童之一人也。其描写西门淫荡，并及外宠，不必说矣。不知作者盖因一人之出门，而方写此书童也。何以言之？瓶儿与月娘，始疏而终亲；金莲与月娘，始亲而终疏。虽故因逐来昭、解来旺起衅，而未必至撒泼一番之甚也。夫竟至撒泼一番者，有玉箫不惜将月娘底里之言罄尽告之也。玉箫何以告之？曰有三章约在也。三章何以肯受？有书童一节故也。夫玉箫、书童不便突起炉灶，故写藏壶构

衅于前也。然则遥遥写来，必欲其撒泼，何为也哉？必得如此，方于出门时，月娘毫无怜惜，一弃不顾，而金莲乃一败涂地也。谁谓《金瓶》内，有一无谓之笔墨也哉！十五

《金瓶》内正经写六个妇人，而其实只写得四个：月娘、玉楼、金莲、瓶儿是也。然月娘则以大纲，故写之。玉楼虽写，则全以高才被屈，满肚牢骚，故又另出一机轴写之。然则以不得不写，写月娘；以不肯一样写，写玉楼。是全非正写也。其正写者，惟瓶儿、金莲。然而写瓶儿，又每以不言写之。夫以不言写之，是以不写处写之。以不写处写之，是其写处单在金莲也。单写金莲，宜乎金莲之恶冠于众人也。吁！文人之笔，可惧哉！十六

《金瓶》内，有两个人为特特用意写之，其结果亦皆可观。如春梅与玳安儿是也。于同作丫环时，必用几遍笔墨描写春梅心高志大，气象不同；于众小厮内，必用层层笔墨，描写玳安色色可人。后文春梅作夫人，玳安作员外。作者必欲其如此，何哉？见得一部炎凉书中翻案故也。何则？只知眼前作婢，不知即他日之夫人；只知眼前作仆，不知即他年

之员外。不特他人转眼奉承,即月娘且转而以上宾待之,末路依之。然则人之眼边前炎凉,诚何益哉!此是作者特特为人下砭砧也。因要他于污泥中为后文翻案,故不得不先为之抬高身分也。十七

　　李娇儿、孙雪娥,要此二人何哉?写一李娇儿,见其未遇金莲、瓶儿时,早已嘲风弄月,迎宾卖俏,许多不肖事,种种可杀。是写金莲、瓶儿,乃实写西门之恶。写李娇儿,又虚写西门之恶。写出来的,既已如此,未写出来的时,又不知何许恶端、不可问之事于从前也。作者何其深恶西门之如是?至孙雪娥,出身微贱,分不过通房,何其必劳一番笔墨写之哉?又作者菩萨心也。夫以西门庆之恶,不写其妻作娼,何以报恶人?然既立意另一花样写月娘,断断不忍写月娘至于此也。玉楼本是无辜受毒,何忍更令其顶缸受报?李娇儿本是娼家,瓶儿更欲用之孽报于西门生前,而金莲更自有冤家债主在,且使之为娼,于西门何损?于金莲似甚有益,乐此不苦,又何以言报也?故用写雪娥以至于为娼,以总张西门之报,且暗结宋蕙莲一段公案。至于张胜、敬济后事,则又情因文生,随手收拾,不然雪娥为

娼,何以结果哉!十八

又娇儿色中之财,看其在家管库,临去拐财可见;王六儿财中之色,看其与西门交合时,必云做买卖,骗丫头房子,说合苗青,总是借色起端也。十九

书内必写蕙莲,所以深潘金莲之恶于无尽也,所以为后文妒瓶儿时小试行道之端也。何则?蕙莲才蒙爱,偏是他先知,亦如迎春唤猫,金莲睃见也。使春梅送火山洞,何异教西门早娶瓶儿,愿权在一块住也。蕙莲跪求,便尔舒心,且许多牢笼关锁,何异瓶儿来时乘醉说一跳板走的话也;两舌雪娥,使激蕙莲,何异对月娘说瓶儿是非之处也。卒之来旺几死而未死,蕙莲可以不死而竟死,皆金莲为之也。作者特特于瓶儿进门加此一段,所以危瓶儿也。而瓶儿不悟,且亲密之,宜乎其祸不旋踵,后车终覆也。此深著金莲之恶。吾故曰:其小试行道之端,盖作者为不知远害者写一样子。若随手看去,便说西门庆又刮上一家人媳妇子矣。夫西门庆,杀夫夺妻取其财,庇杀主之奴,卖朝廷之法,岂必于此特特撰此一事,以增其罪案哉!然则看官每为作者瞒过了也。二十

后又写如意儿何故哉？又作者明白奈何金莲，见其死蕙莲、死瓶儿之均属无益也。何则？蕙莲才死，金莲可一快，然而官哥生，瓶儿宠矣；及官哥死，瓶儿亦死，金莲又一大快；然而如意口脂，又从灵座生香。丢掉一个又来一个。金莲虽善固宠，巧于制人，于此能不技穷袖手，其奈之何？故作者写如意儿全为金莲写，亦全力蕙莲、瓶儿愤也。二十一

然则写桂姐、银儿、月儿诸妓何哉？此则总写西门无厌，又见其为浮薄立品，市井为习。而于中写桂姐特犯金莲，写银姐特犯瓶儿，又见金、瓶二人，其气味声息，已全通娼家。虽未身为倚门之人，而淫心乱行，实臭味相投，彼娼妇犹步后尘矣。其写月儿，则另用香温玉软之笔，见西门一味粗鄙，虽章台春色，犹不能细心领略，故写月儿，又反衬西门也。二十二

写王六儿、贲四嫂以及林太太何哉？曰：王六儿、贲四嫂、林太太三人是三样写法，三种意思。写王六儿者，专为财能致色一着做出来。你看西门在日，王六儿何等趋承，乃一旦拐财远遁，故知西门于六儿，借财图色，而王六儿亦借色求财。故西门死

必自王六儿家来,究竟财色两空。王六儿遇何官人,究竟借色求财。甚矣,色可以动人,尤未如财之通行无阻,人人皆爱也。然则写六儿,又似单讲财,故竟结入一百回内。至于贲四嫂却为玳安写,盖言西门只知贪滥无厌,不知其左右亲随且上行下效,已浸淫乎欺主之风,而窃玉成婚,已伏线于此矣。若云陪写王六儿,犹是浅看。再至林太太,吾不知作者之用心有何千万愤懑,而于潘金莲发之,不但杀之割之,而并其出身之处、教习之人,皆欲致之死地而方畅也。何则?王招宣府内,固金莲旧时卖入学歌学舞之处也。今看其一腔机诈,丧廉寡耻,若云本自天生,则良心为不可必,而性善为不可据也。吾知其自二三岁时,未必便如此淫荡也。使当日王招宣家,男敦礼义,女尚贞廉,淫声不出于口,淫色不见于目,金莲虽淫荡,亦必化而为贞女。奈何堂堂招宣,不为天子招服远人,宣扬威德,而一裁缝家九岁女孩至其家,即费许多闲情,教其描眉画眼,弄粉涂朱,且教其做张做致,乔模乔样。其待小使女如此,则其仪型妻子可知矣。宜乎三官之不肖荒淫,林氏之荡闲逾矩也,招宣实教之,夫复何尤。然则招宣教一金莲，以遗害无穷，身受其害者，前有武大，后有西门，而林氏为招宣还报，固其宜也。吾故曰：作者盖深恶金莲，而并恶及其出身之处，故写林太太也。然则张大户亦成金莲之恶者，何以不写？曰：张二官顶补西门千户之缺，而伯爵走动说娶娇儿，俨然又一西门，其受报亦必又有不可尽言者。则其不着墨处，又有无限烟波，直欲又藏一部大书于无笔处也。此所谓笔不到而意到者。二十三

《金瓶》写月娘，人人谓西门氏亏此一人内助，不知作者写月娘之罪，纯以隐笔，而人不知也。何则？良人者，妻之所仰望而终身者也。若其夫千金买妾，为宗嗣计，而月娘百依百顺，此诚《关雎》之雅，千古贤妇人也。若西门庆杀人之夫，劫人之妻，此真盗贼之行也。其夫为盗贼之行，而其妻不涕泣而告之，乃依违其间，视为路人，休戚不相关，而且自以好好先生为贤，其为心尚可问哉！至其于陈敬济，则作者已大书特书月娘引贼入室之罪，可胜言哉！至后识破奸情，不知所为分处之计，乃白日关门，便为处此已毕。后之逐敬济，送大姐，请春梅，皆随风弄柁，毫无成见。而听尼宣卷，胡乱烧香，全

非妇女所宜。而后知"不甚读书"四字，误尽西门一生，且误尽月娘一生也。何则？使西门守礼，便能以礼刑其妻，今只为西门不读书，所以月娘虽有为善之资，而亦流于不知大礼，即其家常举动，全无举案之风，而徒多眉眼之处，盖写月娘为一知学好，而不知礼之妇人也。夫知学好矣，而不知礼，犹足遗害无穷，使敬济之恶归罪于己，况不学好者乎！然则敬济之罪，月娘成之；月娘之罪，西门刑于之过也。二十四

文章有加一倍写法，此书则善于加倍写也。如写西门之热，更写蔡、宋二御史，更写六黄太尉，更写蔡太师，更写朝房，此加一倍热也。如写西门之冷，则更写一敬济在冷铺中，更写蔡太师充军，更写徽、钦北狩，真是加一倍冷。要之，加一倍热，更欲写如西门之热者何限，而西门独倚财肆恶；加一倍冷者，正欲写如西门之冷者何穷，而西门乃不早见机也。二十五

写月娘，必写其好佛者，人抑知作者之意乎？作者开讲，早已劝人六根清净，吾知其必以"空"结此"财色"二字也。夫"空"字作结，必为僧乃可。

夫西门不死，必不回头，而西门既死，又谁为僧？使月娘于西门一死，不顾家业，即削发入山，亦何与于西门说法？今必仍令西门自己受持方可。夫西门已死，则奈何？作者几许踟蹰，乃以孝哥儿生于西门死之一刻，卒欲令其回头受我度脱，总以圣贤心发菩萨愿，欲天下无终讳过之人，人无不改之过也。夫人之既死，犹望其改过于来生。然则作者之待西门，何其忠厚恺恻，而劝勉于天下后世之人，何其殷殷不已也。是故既有此段大结束在胸中，若突然于后文生出一普净师幻化了去，无头无绪，一者落寻常窠臼，二者笔墨则脱落痕迹矣。故必先写月娘好佛，一路尸尸闪闪，如草蛇灰线，后又特笔出碧霞宫，方转到雪涧，而又只一影普师，迟至十年，方才复收到永福寺，且于幻影中，将一部中有名人物，花开豆爆出来的，复一一烟消火灭了去。盖生离死别，各人传中，皆自有结，此方是一总大结束。作者直欲使一部千针万线，又尽幻化了，还之于太虚也。然则写月娘好佛，岂泛泛然为吃斋村妇，闲写家常哉？此部书总妙在千里伏脉，不肯作易安之笔，没笋之物也。是故妙绝群书。二十六又月娘好佛，内便隐三个姑子，许多隐谋诡计，教唆他烧夜香，吃药安胎，无所不为，则写好佛，又写月娘之隐恶也，不可不知。二十七

内中独写玉楼有结果，何也？盖劝瓶儿、金莲二妇也。言不幸所天不寿，自己虽不能守，亦且静处金闺，令媒妁说合事成。虽不免扇坟之诮，然犹是孀妇常情。及嫁而纨扇多悲，亦须宽心忍耐，安于数命。此玉楼俏心肠，高诸妇一着。春梅一味托大，玉楼一味胆小，故后日成就，春梅必竟有失身受嗜欲之危，而玉楼则一劳而永逸也。二十八

陈敬济严州一事，岂不蛇足矣？不知作者一笔而三用也。一者为敬济堕落入冷铺作因，二者为大姐一死伏线，三者欲结玉楼实实遇李公子，为百年知己，可偿在西门家三四年之恨也。何以见之？玉楼不为敬济所动，固是心焉李氏；而李公子宁死不舍，天下有宁死不舍之情，非知己之情也哉！可必其无《白头吟》也。观玉楼之风韵嫣然，实是第一个美人，而西门乃独于一滥觞之金莲厚。故写一玉楼，明明说西门为市井之徒，知好淫而且不知好色也。二十九

玉楼来西门家，合婚过礼，以视"偷娶""迎奸赴会"，何啻天壤？其吉凶气象已自不同。其嫁李衙内，则依然合婚，行茶过礼，月娘送亲，以视老鸨争论，夜随来旺，王婆领出，不垂别泪，其明晦气象，又自不同。故知作者，特特写此一位真正美人，为西门庆不知风雅定案也。三十

金莲与瓶儿，进门皆受辱，独玉楼自始至终，无一褒贬。噫，亦有心人哉！三十一

西门是混帐恶人，吴月娘是奸险好人，玉楼是乖人，金莲不是人，瓶儿是痴人，春梅是狂人，敬济是浮浪小人，娇儿是死人，雪娥是蠢人，宋蕙莲是不识高低的人，如意儿是顶缺之人，若王六儿与林太太等，直与李桂姐辈一流，总是不得叫做人。而伯爵、希大辈皆是没良心的人。兼之蔡太师、蔡状元、宋御史，皆是枉为人也。三十二

狮子街乃武松报仇之地，西门几死其处。曾不数日，而子虚又受其害。西门徜徉来往，俟后王六儿偏又为之移居此地。赏灯偏令金莲两遍身历其处，写小人托大忘患，嗜恶不悔，一笔都尽。三十三

《金瓶梅》是一部《史记》。然而《史记》有独

传,有合传,却是分开做的。《金瓶梅》却是一百回共成一传,而千百人总合一传,内却又断断续续,各人自有一传。固知作《金瓶梅》者,必能作《史记》也。何则?既已为其难,又何难为其易。三十四

每见批此书者,必贬他书,以褒此书,不知文章乃公共之物,此文妙,何妨彼文亦妙!我偶就此文之妙者而评之,而彼文之妙,固不掩此文之妙者也。即我自作一文,亦不得谓我之文出,而天下之文皆不妙,且不得谓天下更无妙文妙于此者。奈之何批此人之文,即若据为己有,而必使凡天下之文皆不如之?此其用心偏私狭隘,决做不出好文。夫做不出好文,又何能批人之好文哉!吾所谓《史记》易于《金瓶》,盖谓《史记》分做,而《金瓶》合做,即使龙门复生,亦必不谓予左袒《金瓶》,而予亦并非谓《史记》反不妙于《金瓶》,然而《金瓶》却全得《史记》之妙也。文章得失,惟有心者知之。我只赏其文之妙,何暇论其人之为古人,为后古之人而代彼争论,代彼谦让也哉!三十五

作小说者既不留名,以其各有寓意或暗指某人而作。夫作者既用隐恶扬善之笔,不存其人之姓

名，并不露自己之姓名，乃后人必欲为之寻端竟委，说出名姓，何哉？何其刻薄为怀也！且传闻之说，大都穿凿，不可深信。总之，作者无感慨亦必不著书，一言尽之矣。其所欲说之人，即现在其书内。彼有感慨者，反不忍明言；我没感慨者，反必欲指出，真没搭撒、没要紧也。故"别号东楼""小名庆儿"之说，概置不问，即作书之人，亦只以作者称之。彼既不著名于书，予何多赘哉？近见《七才子书》，满纸王四，虽批者各自有意，而予则谓何不留此闲工，多曲折于其文之起尽也哉！偶记于此，以白当世。三十六

　　《史记》中有年表，《金瓶》亦有时日也。开口之西门庆二十七岁，吴神仙相面则二十九，至临死则三十三岁。而官哥则生于政和四年丙申，卒于政和五年丁酉。夫西门庆二十九岁生子则丙申年，至三十三岁该云庚子，而西门乃卒于戊戌。夫李瓶儿亦该云卒于政和五年，乃云七年。此皆作者故为参差之处。何则？此书独与他小说不同，看其三四年间，却是一日一时，推着数去，无论春秋冷热，即其人生日，某人某月来请酒，某月某日请某人，某日是

某节令,齐齐整整挨去,若再将三五年间甲子次序排得一丝不乱,是真个与西门计帐簿,有如世之无目者所云者也。故特特错乱其年谱,大约三五年间,其繁华如此,则内云某日某节,皆历历生动,不是死板一串铃,可以排头数去,而偏又能使看者五色眯目,真有如挨着一日日过去也。此为神妙之笔。嘻!技至此,亦化矣哉!真千古至文,吾不敢以小说目之也。三十七

一百回是一回,必须放开眼光作一回读,乃知其起尽处。三十八

一百回,不是一日做出,却是一日一刻创成。人想其创造之时,何以至于创成,便知其内许多起尽,费许多经营,许多穿插裁剪也。三十九

看《金瓶》,把他当事实看,便被他瞒过;必须把他当文章看,方不被他瞒过也。四十

看《金瓶》,将来当他的文章看,犹须被他瞒过;必把他当自己的文章读,方不被他瞒过。四十一

将他当自己的文章读,是矣,然又不如将他当自己才去经营的文章,我先将心与之曲折算出,夫而后谓之不能瞒我,方是不能瞒我也。四十二

做文章不过"情理"二字。今做此一篇百回长文,亦只是"情理"二字。于一个人心中,讨出一个人的情理,则一个人的传得矣。虽前后夹杂众人的话,而此一人开口,是此一人的情理。非其开口便得情理,由于讨出这一人的情理,方开口耳。是故写十百千人,皆如写一人,而遂洋洋乎有此一百回大书也。四十三

《金瓶》每于极忙时,偏夹叙他事入内。如正未娶金莲,先插娶孟玉楼。娶玉楼时,即夹叙嫁大姐。生子时,即夹叙吴典恩借债。官哥临危时,乃有谢希大借银。瓶儿死时,乃入玉箫受约。择日出殡,乃有六黄太尉等事。皆于百忙中,故作消闲之笔,非才富一石者,何以能之?外如武松问傅伙计西门庆的话,百忙里说出"二两一月"等文,则又临时用轻笔讨神理,不在此等章法内算也。四十四

《金瓶梅》妙在善用犯笔而不犯也。如写一伯爵,更写一希大,然毕竟伯爵是伯爵,希大是希大,各自的身分,各人的谈吐,一丝不紊。写一金莲,更写一瓶儿,可谓犯矣,然又始终聚散,其言语举动,又各各不乱一丝。写一王六儿,偏又写一贲四嫂;

写一李桂姐,又写一吴银姐、郑月儿;写一王婆,偏又写一薛媒婆、一冯妈妈、一文嫂儿、一陶媒婆;写一薛姑子,偏又写一王姑子、刘姑子。诸如此类,皆妙在特特犯手,却又各各一款,绝不相同也。四十五

《金瓶梅》于西门庆不作一文笔,于月娘不作一显笔,于玉楼则纯用俏笔,于金莲不作一钝笔,于瓶儿不作一深笔,于春梅纯用傲笔,于敬济不作一韵笔,于大姐不作一秀笔,于伯爵不作一呆笔,于玳安儿不着一蠢笔,此所以各各皆到也。四十六

《金瓶梅》起头,放过一男一女,结末又放去一男一女。如卜志道、卓丢儿,是起头放过者;锦云与李安,是结末放去者。夫起头放过去,乃云卜志道是花子虚的署缺者,不肯直出子虚,又不肯明明于十个中只写九个,单留一个缺,去寻子虚顶补,故先着一人,随手去之,以出其缺,而便于出子虚,且于出子虚时,随手出瓶儿也。不然,先出子虚于十人之中,则将出瓶儿时又费笔墨。故卜志道虽为子虚署缺,又为瓶儿做楔子也。既云做楔子,又何有顾忌命名之义,而又必用一名,则只云"不知道"可耳,

故云"卜志道"。至于丢儿,则又玉楼之署缺者。夫未娶玉楼,先娶此人,既娶玉楼,即丢开此人。岂如李瓶儿今日守灵,明朝烧纸,丫环奶子相伴空房,且一番两番托梦也。是诚丢开脑后之人,故云"丢儿"也。是其起头放过者,皆意在放过那人去,放入这人来也。至其结末放去者,曰楚云者,盖为西门家中彩云易散作一影子,又见得美色无穷,人生有限,死到头来,虽有西子、王嫱,于我何涉?则又作者特特为起讲数语作证也。至于李安,则又与韩爱姐同意,而又为作者十二分满许之笔。写一孝子正人义士,以作中流砥柱也。何则?一部书中,上自蔡太师,下至侯林儿等辈,何止百有馀人,并无一个好人,非迎奸卖俏之人,即附势趋炎之辈,使无李安一孝子,不几使良心种子灭绝乎?看其写李安母子相依,其一篇话头,真见得守身如玉、不敢毁伤发肤之孝子,以视西门、敬济辈,真狗猪不如之人也。然则末节放过去的两人,又放不过众人,故特特放过此二人,以深省后人也。四十七

写花子虚,即于开首十人中,何以不便出瓶儿哉?夫作者于提笔时,固先有一瓶儿在其意中也。

先有一瓶儿在其意中,其后如何偷期,如何迎奸,如何另嫁竹山,如何转嫁西门,其着数俱已算就,然后想到其夫,当令何名,夫不过令其应名而已。则将来虽有如无,故名之曰子虚。瓶本为花而有,故即姓花,忽然于出笔时,乃想叙西门氏正传也。于叙西门传中,不出瓶儿,何以入此公案？特叙瓶儿,则叙西门起头时,何以说隔壁一家,姓花名某,其妻姓李名某也？此无头绪之笔,必不能入也。然则俟金莲进门,再叙何如？夫他小说,便有一件件叙去,另起头绪于中,惟《金瓶梅》纯是太史公笔法。夫龙门文字中,岂有于一篇特特着意写之人,且十分有八分写此人之人,而于开卷第一回中,不总出枢纽,如衣之领,如花之蒂,而谓之太史公之文哉！近人作一本传奇,于起头数折,亦必将有名人数点到,况《金瓶梅》为海内奇书哉！然则作者又不能自己另出头绪说,势必借结弟兄时入花子虚也。夫使无伯爵一班人先与西门打热,则弟兄又何由而结？使写子虚亦在十人数内,终朝相见,则于第一回中,西门与伯爵会时,子虚系你知我见之人,何以开口便提起他家二嫂？既提起二嫂,何以忽说与咱院子只隔一墙,而二嫂又何如好也哉?故用写子虚为会外之人,今日拉其入会,而因其邻墙,乃用西门数语,则瓶儿已出,邻墙已明,不言之表,子虚一家皆跃然纸上。因又算到,不用卜志道之死,又何因想起拉子虚入会?作者纯以神工鬼斧之笔行文,故曲曲折折,只令看者迷目,而不令其窥彼金针之一度,吾故曰:纯是龙门文字。每于此等文字,使我悉心其中,曲曲折折为之出入其起尽,何异入五岳三岛,尽览奇胜?我心乐此,不为疲也。四十八

《金瓶》内,即一笑谈,一小曲,皆因时致宜,或直出本回之意,或足前回,或透下回,当于其下,另自分注也。四十九

《金瓶梅》一书于作文之法,无所不备,一时亦难细说,当各于本回前著明之。五十

《金瓶梅》说淫话,只是金莲与王六儿处多,其次则瓶儿,他如月娘、玉楼只一见,而春梅则惟于点染处描写之,何也?写月娘,惟扫雪前一夜,所以丑月娘,丑西门也。写玉楼,惟于含酸一夜,所以表玉楼之屈,而亦以丑西门也。是皆非写其淫荡之本意也。至于春梅,欲留之为炎凉翻案,故不得不留其

身分，而只用影写也。至百般无耻，十分不堪，有桂姐、月儿不能出之于口者，皆自金莲、六儿口中出之，其难堪为何如！此作者深罪西门，见得如此狗彘乃偏喜之，真不是人也。故王六儿、潘金莲，有日一齐动手，西门死矣。此作者之深意也。至于瓶儿，虽能忍耐，乃自讨苦吃，不关人事，而气死子虚，迎奸转嫁，亦去金莲不远，故亦不妨为之驰张丑态。但瓶儿弱而金莲狠，故写瓶儿之淫略较金莲可些，而亦早自丧其命于试药之时，甚言女人贪色，不害人即自害也。吁！可畏哉！若蕙莲、如意辈，有何品行？故不妨唐突。而王招宣府内林太太者，我固云为金莲波及，则欲报应之人，又何妨唐突哉！五十一

《金瓶梅》不可零星看，如零星便只看其淫处也。故必尽数日之间，一气看完，方知作者起伏层次，贯通气脉，为一线穿下来也。五十二

凡人谓《金瓶》是淫书者，想必伊只知看其淫处也。若我看此书，纯是一部史公文字。五十三

做《金瓶梅》之人，若令其做忠臣孝子之文，彼必能又出手眼，摹神肖影，追魂取魄，另做出一篇忠

孝文字也。我何以知之？我于其摹写奸夫淫妇知之。五十四

今有和尚读《金瓶》，人必叱之，彼和尚亦必避人偷看。不知真正和尚，方许他读《金瓶梅》。五十五

今有读书者看《金瓶》，无论其父母师傅禁止之，即其自己亦不敢对人读。不知真正读书者，方能看《金瓶梅》，其避人读者，乃真正看淫书也。五十六

作《金瓶》者，乃善才化身，故能百千解脱，色色皆到，不然，正难梦见。五十七

作《金瓶》者，必能转身证菩萨果。盖其立言处，纯是麟角凤嘴文字故也。五十八

作《金瓶梅》者，必曾于患难穷愁、人情世故一一经历过，入世最深，方能为众脚色摹神也。五十九

作《金瓶梅》若果必待色色历遍，才有此书，则《金瓶梅》又必做不成也。何则？即如诸淫妇偷汉，种种不同，若必待身亲历而后知之，将何以经历哉！故知才子无所不通，专在一心也。六十

一心所通，实又真个现身一番，方说得一番。然则其写诸淫妇，真乃各现淫妇人身，为人说法者也。六十一

其书凡有描写，莫不各尽人情。然则真千百化身，现各色人等，为之说法者也。六十二

其各尽人情，莫不各得天道，即千古算来，天之祸淫福善、颠倒权奸处，确乎如此。读之，似有一人亲曾执笔在清河县前西门家，大大小小，前前后后，碟儿碗儿，一一记之，似真有其事，不敢谓为操笔伸纸做出来的。吾故曰：得天道也。六十三

读《金瓶》当看其白描处。子弟能看其白描处，必能自做出异样省力巧妙文字来也。六十四

读《金瓶》当看其脱卸处。子弟看其脱卸处，必能自出手眼，作过节文字也。六十五

读《金瓶》当看其避难处。子弟看其避难就易处，必能放重笔，拿轻笔，异样使乖脱滑也。六十六

读《金瓶》当看其手闲事忙处。子弟会得，便许作繁衍文字也。六十七

读《金瓶》当看其穿插处。子弟会得，便许他作花团锦簇、五色迷人的文字也。六十八

读《金瓶》当看其结穴发脉、关锁照应处,子弟会得,才许他读《左》《国》《庄》《骚》《史》、"子"也。

六十九

读《金瓶》当知其用意处。夫会得其处处所以用意处,方许他读《金瓶梅》,方许他自言读文字也。

七十

幼年在馆中读文,见窗友为先生夏楚云:"我教你字字想来,不曾教你囫囵吞。"予时尚幼,旁听此言,即深自儆省,于念文时,即一字一字,作昆腔曲,拖长声,调转数四念之,而心中必将此一字念到是我用出的一字方罢,犹记念的是"好古敏以求之"一句的文字。如此不三日,先生出会课题,乃"君子矜而不争",予自觉做时不甚怯力,而文成,先生大惊,以为抄写他人,"不然,何进益之速?"予亦不能白。后先生留心验予动静,见予念文,以头伏桌,一手指文,一字一字唱之,乃大喜曰:"子不我欺。"且回顾同窗辈曰:"尔辈不若也。"今本不通,然思读书之法,断不可成片念过去。岂但读文,即如读《金瓶梅》小说,若连片念去,便味如嚼蜡,只见满篇老婆舌头而已,安能知其为妙文也哉?夫不看其妙文,

然则只要看其妙事乎？是可一大揶揄。七十一

读《金瓶》必静坐三月方可，否则眼光模糊，不能激射得到。七十二

才不高由于心粗，心粗由于气浮，心粗则气浮，气愈浮则心愈粗，岂但做不出好文，并亦看不出好文。遇此等人，切不可将《金瓶梅》与他读。七十三

未读《金瓶梅》，而文字如是；既读《金瓶梅》，而文字犹如是，此人直须焚其笔砚，扶犁耕田为大快活，不必再来弄笔砚自讨苦吃也。七十四

做书者，是诚才子矣。然到底是菩萨学问，不是圣贤学问，盖其专教人空也。若再进一步，到不空的所在，其书便不是这样做也。七十五

《金瓶》以空结，看来亦不是空到地的。看他以孝哥结便知。然则所云幻化，乃是以孝化百恶耳。七十六

《金瓶梅》到底有一种愤懑的气象。然则《金瓶梅》断断是龙门再世。七十七

《金瓶梅》是部改过的书，观其以爱姐结便知，盖欲以三年之艾，治七年之病也。七十八

《金瓶梅》究竟是大彻悟的人做的，故其中将僧

尼之不肖处一一写出,此方是真正菩萨,真正彻悟。七十九

《金瓶梅》倘他当日发心,不做此一篇市井的文字,他必能另出韵笔,作花娇月媚如《西厢》等文字也。八十

《金瓶》必不可使不会做文的人读。夫不会做文字人读,真有如俗云"读了《金瓶梅》"也。会做文字的人,读《金瓶》纯是读《史记》。八十一

《金瓶梅》切不可令妇人看见,世有销金帐底,浅斟低唱之下,念一回于妻妾听者,多多矣。不知男子中尚少知劝戒观感之人,彼女子中能观感者几人哉!少有效法,奈何奈何!至于其文法笔法,又非女子中所能学,亦不必学。即有精通书史者,则当以《左》《国》《风》《雅》、经史与之读也。然则《金瓶梅》是不可看之书也,我又何以批之以误世哉?不知我正以《金瓶》为不可不看之妙文,特为妇人必不可看之书,恐人自不知戒,而反以是咎《金瓶梅》,故先言之,不肯使《金瓶》受过也。然则男子中,少知看书者,谁不看《金瓶梅》。看之而喜者,则《金瓶梅》惧焉,惧其不知所以喜之,而第喜其淫逸

也。如是则《金瓶梅》误人矣。究之非《金瓶》误之,人自误之耳。看之而怪者,则《金瓶梅》悲焉,悲其本不予人以可怪,而人想怪其描写淫逸处也。如是则人误《金瓶》矣。究之非人误之,亦非《金瓶》误之,乃西门庆误之耳。何为《金瓶》误人?不善读书人,粗心浮气,与之经史不能下咽,偏喜读《金瓶梅》,且最不喜读下半本《金瓶梅》,是误人者,《金瓶梅》也。何为人自误之?夫对人说贼,原以示戒,乃听者反因学做贼之术,是非说贼者之过也,彼听说贼者,本自为贼耳,故《金瓶梅》不任受过。何以谓人误《金瓶》?《金瓶梅》写奸夫淫妇、贪官恶仆、帮闲娼妓,皆其通身力量,通身解脱,通身智慧,呕心呕血,写出异样妙文也。今只因自己目无双珠,遂悉令世间将此妙文目为淫书,置之高阁,使前人呕心呕血做这妙文——虽本自娱,实亦欲娱千百世之锦绣才子者——乃为俗人所掩,尽付流水,是谓人误《金瓶》。何以谓西门庆误《金瓶》?使看官不作西门的事读,全以我此日文心,逆取他当日的妙笔,则胜如读一部《史记》。乃无如开卷便只知看西门庆如何如何,全不知作者行文的一片苦心,是故谓之西门庆误《金瓶梅》。然则仍依旧看官误看了西门庆的《金瓶梅》,不知为作者的《金瓶》也。常见一人批《金瓶梅》曰:"此西门之大帐簿。"其两眼无珠,可发一笑。夫伊于甚年月日,见作者雇工于西门庆家写帐簿哉?更有读至敬济弄一得双,乃为西门大愤曰:"何其剖其双珠?"不知先生又错看了也。金莲原非西门所固有,而作者特写一春梅,亦非欲为西门庆所能常有之人而写之也。此自是作者妙笔妙撰以行此妙文,何劳先生为之傍生瞎气哉!故读《金瓶梅》者多,不善读《金瓶梅》者亦多。予因不揣,乃急欲批以请教,虽不敢谓能探作者之底里,然正因作者叫屈不歇,故不择狂瞽,代为争之,且欲使有志作文者,同醒一醒长日睡魔,少补文家之法律也。谁曰不宜?八十二

　　《金瓶》是两半截书,上半截热,下半截冷;上半热中有冷,下半冷中有热。八十三

　　《金瓶梅》因西门庆一分人家,写好几分人家。如武大一家,花子虚一家,乔大户一家,陈洪一家,吴大舅一家,张大户一家,王招宣一家,应伯爵一家,周守备一家,何千户一家,夏提刑一家,他如翟

云峰在东京不算,伙计家以及女眷不往来者不算。凡这几家,大约清河县官员大户,屈指已遍,而因一人写及一县。吁,一元恶大憝矣,且无论此回有几家,全顷其手,深遭荼毒也。可恨可恨! 八十四

《金瓶梅》写西门庆无一亲人,上无父母,下无子孙,中无兄弟,幸而月娘犹不以继室自居。设也月娘因金莲终不通言对面,吾不知西门庆何乐乎为人也! 乃于此不自改过自修,且肆恶无忌,宜乎就死不悔也。八十五

书内写西门庆许多亲戚,通是假的。如乔亲家,假亲家也;翟亲家,愈假之亲家也;杨姑娘,谁氏之姑娘? 愈假之姑娘也;应二哥,假兄弟也;谢子纯,假朋友也。至于花大舅、二舅,更属可笑,真假到没文理处也。敬济两番披麻带孝,假孝子也。至于沈姨夫、韩姨夫,不闻有姨娘来,亦是假姨夫矣。惟吴大舅、二舅,而二舅又如鬼如蜮,吴大舅少可,故后卒得吴大舅略略照应也。彼西门氏并无一人,天之报施亦惨,而文人恶之者亦毒矣。奈何世人于一本九族之亲乃漠然视之,且恨不排挤而去之,是何肺腑? 八十六

《金瓶》何以必写西门庆孤身一人,无一着己亲哉?盖必如此,方见得其起头热得可笑,后文一冷,便冷到彻底,再不能热也。八十七

作者直欲使此清河县之西门氏冷到彻底,并无一人,虽属寓言,然而其恨此等人,直使之千百年后,永不复望一复燃之灰。吁,文人亦狠矣哉!八十八

《金瓶》内有一李安是个孝子,却还有一个王杏庵是个义士,安童是个义仆,黄通判是个益友,曾御史是个忠臣,武二郎是个豪杰悌弟。谁谓一片淫欲世界中,天命民懿为尽灭绝也哉!八十九

《金瓶》虽有许多好人,却都是男人,并无一个好女人,屈指不二色的,要算月娘一个,然却不知妇道以礼持家,往往惹出事端。至于爱姐,晚节固可佳,乃又守得不正经的节,且早年亦难清白。他如葛翠屏,娘家领去,作者固未定其末路,安能必之也哉!甚矣,妇人阴性,虽岂无贞烈者,然而失守者易,且又在各人家教。观于此,可以禀型于之惧矣。齐家者,可不慎哉!九十

《金瓶梅》内,却有两个真人,一尊活佛,然而总

不能救一个妖僧之流毒。妖僧为谁？施春药者也。九十一

　　武大毒药，既出之西门庆家，则西门毒药，固有人现身而来，神仙、真人、活佛，亦安能逆天而救之也哉！九十二

　　读《金瓶》不可呆看，一呆看便错了。九十三

　　读《金瓶》必须置唾壶于侧，庶便于击。九十四

　　读《金瓶》必须列宝剑于右，或可划空泄愤。九十五

　　读《金瓶》必须悬明镜于前，庶能圆满照见。九十六

　　读《金瓶》必置大白于左，庶可痛饮，以消此世情之恶。九十七

　　读《金瓶》必置名香于几，庶可遥谢前人，感其作妙文曲曲折折以娱我。九十八

　　读《金瓶》必须置香茗于案，以奠作者苦心。九十九

　　《金瓶》纯是禅门圆通后做法，我批《金瓶》，亦批其圆通处也。一百

　　《金瓶》亦并不晓得有甚圆通，我亦正批其不晓

有甚圆通处也。百一

《金瓶》以"空"字起结,我亦批其以"空"字起结而已,到底不敢以"空"字诬我圣贤也。百二

《金瓶》处处体贴人情天理,此是其真能悟彻了,此是其不空处也。百三

《金瓶梅》是大手笔,却是极细的心思做出来者。百四

《金瓶梅》是部惩人的书,故谓之戒律亦可。虽然,又云《金瓶梅》是部入世的书,然谓之出世的书亦无不可。百五

"金""瓶""梅"三字连贯者,是作者自喻,此书内虽包藏许多春色,却一朵一朵、一瓣一瓣,费尽春工,当注之金瓶,流香芝室,为千古锦绣才子作案头佳玩,断不可使村夫俗子作枕头物也。噫,夫金瓶梅花,全凭人力以补天工,则又如此书处处以文章夺化工之巧也夫!百六

此书为继《杀狗记》而作,看他随处影写兄弟,如何九之弟何十、杨大郎之弟杨二郎、周秀之弟周宣、韩道国之弟韩二捣鬼。惟西门庆、陈敬济无兄弟可想。百七

以玉楼弹阮起，爱姐抱阮结，乃是作者满肚皮猖狂之泪没处洒落，故以《金瓶梅》为大哭地也。
百八

说明：上序、凡例至读法，均录自本衙藏板本《金瓶梅》。此本内封上镌"彭城张竹坡批评金瓶梅"，中题"第一奇书"，左下镌"本衙藏板翻刻必究"，首《第一奇书序》，尾署"时康熙岁次乙亥清明中浣，秦中觉天者谢颐题于皋鹤堂"。次《凡例》、目录、杂录（有《杂录小引》等）、《竹坡闲话》《冷热金针》《〈金瓶梅〉寓意说》《苦孝说》《第一奇书金瓶梅趣谈》《批评第一奇书〈金瓶梅〉读法》，当皆为张竹坡所作。正文半叶十一行，行二十二字，版心由上而下镌"第一奇书"、回次、叶次。

谢颐，或谓其为张竹坡之化名。张竹坡（1670—1698），名道深，字自德，号竹坡。江苏徐州人。祖籍浙江绍兴，明代中叶迁居徐州，屡试不第。著有诗集《十一草》，曾评点过《东游记》《幽梦影》等书。

满文译本金瓶梅序

试观,大凡编撰故事者,或扬善惩恶,以结祸福;或惧心申德,以昭诗文;或明理论性,譬以他物;或褒正疾邪,以断忠奸,虽属稗官,然无不备善。《三国演义》《水浒传》《西游记》《金瓶梅》等四部书,在平话中称为四大奇书,而《金瓶梅》堪称之最,凡一百回为一百戒,篇篇皆是朋党争斗、钻营告密、亵渎贪饮、荒淫奸情、贪赃豪取、恃强欺凌、构陷诈骗、设计妄杀、穷极逸乐、诬谤倾轧、谗言离间之事耳。然于修身齐家有益社稷之事者无一件。

西门庆鸩毒武大,旋饮潘金莲之药而毙命。潘金莲以药杀夫,终被武松以利刃杀之。至若西门庆奸他人之妻,而其妻妾与其婿、家奴通奸之。吴月娘瞒夫将女婿藏入家中,奸西门庆之妾,家中淫乱。

吴月娘并无廉耻之心,竟恃逞于殷天锡、来保亵渎。而蔡京等人欺君妄上,贿赂公行,仅二十年间身为刑徒,其子亦被正法,奸党皆坐罪而落荒。

西门庆心满意足,一时巧于钻营,然终不免贪欲丧命。西门庆临死之时,有喊叫的,有逃走的,有诈骗的，不啻灯吹火灭，众依附者亦皆如花落木枯而败亡。报应之轻重宛如秤戥权衡多寡，此乃无疑也。西门庆寻欢作乐莫逾五六年，其谄媚钻营、作恶之徒亦可为非二十年，而其恶行竟可致万世鉴戒。

自寻常之夫妻、和尚、道士、姑子、拉麻、命相士、卜卦、方士、乐工、优人、妓女、杂戏、商贾，以至水陆杂物、衣用器具、嘻戏之言、俚曲，无不包罗万象，叙述详尽，栩栩如生，如跃眼前。此书实可谓四奇中之佼佼者。

此书乃明朝闲儒生卢楠为斥严嵩、严世蕃父子所著之说，不知确否？此书劝戒之意，确属清楚，故翻译之。余趁闲暇之时作了修订。观此书者，便知一回一戒，惴惴思惧，笃心而知自省，如是才可谓不悖此书之本意。倘若津津乐道，效法作恶，重者家灭人亡，轻者身残可恶，在所难免，可不慎乎！可不慎乎！至若不惧观污秽淫靡之词者，诚属无禀赋之人，不足道也。如是作序。康熙四十七年五月谷旦序。

（刘厚生译）

说明：上序转录自侯忠义、王汝梅《〈金瓶梅〉

资料汇编》，北京大学出版社1985年版。昭梿《啸亭续录》卷一《翻书房》载："及定鼎后，设翻书房于太和门西廊下，择旗员中谙习清文者充之……有户曹郎中和素者，翻译绝精，其翻《西厢记》《金瓶梅》诸书，疏栉字句，咸中綮肯"，知译者为和素。

和素，字存斋、纯德，完颜氏，清康熙间满洲人，隶属内务府镶黄旗。累官至内阁侍读学士，著名满文翻译家。译著有《左传》《黄石公素经》《太古遗音》(更名《琴谱合璧》，有《四库全书》本)等。又曾译《菜根谭》《西厢记》《金瓶梅》。

绘图真本金瓶梅识

蒋敦艮

曩游禾郡，见书肆架上有抄本《金瓶梅》一书，读之与俗本迥异，为小玲珑山馆藏本(按：小玲珑山馆为淮阳鹾商马氏，藏书极富)，赠大兴舒铁云，因以赠其妻甥王仲瞿者。有考证四则，其妻金氏加以旁注，而元美作书之宗旨，乃揭之以出。书贾索值五百金，乃谋诸应观察，以四百金购得之。此书久列禁书之中，儒林羞道之，实不知其微妙雅训乃尔

（按：此书大约有二本，马本外，惟随园本，曾询诸仓山旧主，据云：幼时犹及见之，洪杨之劫，园既被毁，书亦不知所在云云），用是叹作伪者之心劳日拙，而忠臣孝子之心，卒能皎然自白于天下后世。分宜之富贵，东楼之贪侈，熏灼朝野数十年，已等于飘风之过耳，元美之口诛笔伐，已快于九世之复仇，则此书之得以留遗，经一二名人之护持宝玩，完好如故，未始非天之劝善惩恶，有以阴相之也。此意曾与应观察道及之，拟集众力，付诸剞劂。观察以蒙禁书之嫌，故迟回而未有以应。人之好事，谁不如我，后岂无仲瞿其人乎？吾将完此书以待之。同治三年二月，蒋敦艮识。

说明：上序出自存宝斋印行《绘图真本金瓶梅》，转录自侯忠义、王汝梅《〈金瓶梅〉资料汇编》，北京大学出版社1985年版。

序中提及的王仲瞿（1760—1817），名昙，字仲瞿，浙江嘉兴人，晚年移居吴门。清乾隆举人。有《烟霞万古楼集》六卷，皆骈文，又有《烟霞万古楼诗》。

蒋敦艮，待考。

绘图真本金瓶梅提要

此与列禁书之俗本全异，系扬州马氏小玲珑山馆藏本。秀水王仲瞿有考证四则，其妻金云门有注编者按（《小说大观》"新刊绍介"作"金雪门"。王仲瞿继室字实称"五云"。参见废物《小说谈》注），简首有蒋剑人序。以西门庆影射东楼一生贪欲淫佚，元美目击纪载，极为详尽。按诸正野各史，事事皆可指实，口诛笔伐，劝善惩恶，于是乎在。得此而知俗本之伪托，洵无价值之可言矣。向列禁书，以俗本之多秽语，今雅驯微妙乃尔，始见元美之本来面目矣。特从吴兴藏书家某氏借抄付印，以公同好。

说明：上提要出存宝斋印行《绘图真本金瓶梅》卷首。转录自黄霖《金瓶梅资料汇编》，中华书局1987年版。编者按云："所谓'真本金瓶梅'实系张竹坡评'第一奇书'本的删改本。参见新旧废物《小说谈》注。一九一五年《小说大观》季刊第二集'新刊绍介'栏曾有'原本金瓶梅'广告一则，与此提要内容基本相同,后署'上海存古斋发行。'"

跋金瓶梅后

《金瓶梅》一书,脍炙人口,金圣叹评之详矣。世传凤洲撰文,荆川中毒,分宜《清明上河图》公案,久入覆盆,不得已假荒唐之词,作复仇之计,此殆仁人孝子之用心,有固然无足怪者。至如西门大官人,特不过"子虚""乌有""亡是公"之类耳!乃阅者读其书,想见其为人,如司马之于蔺,长孙之于魏,仰慕无穷,求以身肖,抑又何也?胸中无五千卷书,断不可读稗官小说,虽贯华才子诸书,徒坏人心术耳,何暇论其行文之妙、发始之端哉!市井细人,往往以假托之词,据为典故,其不令人喷饭者鲜矣,是又出不识一丁下也。

说明:上跋出自清道光元年刊本《韵鹤轩杂著》卷下,不题撰人。转录自黄霖《金瓶梅资料汇编》,中华书局1987年版。

《韵鹤轩杂著》,文集名。一名《皆大喜欢》,作者不详。书前有猎微居士、中吴听雪氏序及僻耽山人题辞,皆不知其为何许人。

古本金瓶梅提要

《金瓶梅》一书,明王元美著,原列四大名书之一,而文情两胜,实远出《红楼》《水浒》之上。惟坊间流行之俗本,秽亵俚鄙,不堪卒读,向列入禁书中,昔年已由上海书业公司毁版矣。本书系翠微山房珍藏抄本,与俗本迥异,有秀水王仲瞿考证四则,其妻金云门有旁注(今删)。简首有蒋剑人序,以西门庆影射严嵩子东楼。东楼一生贪淫,为元美所目击,故记载极为详尽,按诸正野各史,事事皆可指实。口诛笔伐,劝善惩恶,于是乎在。得此而知俗本之伪托,洵无价值之可言矣。全书七十万言,雅驯微妙,一气贯串,绝无半丝缺漏,斯见元美之本来面目矣。兹特从藏书家蒋剑人后人,以重价得此抄本,详加校雠,并分段加以新式标点,精印发行,以公世之有同好者。民国十五年四月,卿云图书公司识。

古本金瓶梅考证

王昙

《金瓶梅》一书，相传为明王元美所撰。元美父忬，以滦河失事，为奸臣严嵩搆陷而死。嵩子东楼，实赞成之。东楼喜观小说，元美撰此，以毒药敷纸，冀使传染入口而毙。东楼烛其计，令家人洗去其药，而后翻阅，此书遂以外传。旧说如此，窃有疑焉：元美为一代才人，文品何等峻洁，不应有此秽亵之作；阴险如东楼，既得其情，安肯不为剪草除根之举，明知之而故纵之，尤非东楼之为人。得此古本，而诸疑豁然矣。

曾闻前辈赵瓯北先生云：《金瓶梅》一书，为王元美所作。余尝见其原本（随园老人曾有此本），不似流传之俗本，专铺张床第等秽亵俚鄙之语；纸上敷药以毒东楼，其说支离，尤不足信也。元美当父难发后，兄弟踵嵩门哭吁贳罪，嵩以谩语慰之，而卒陷其父于死。元美与严父有不共戴天之仇，当时奸焰熏灼，呼天莫诉，因作此书，以示口诛笔伐。西门者，影射东楼也；门下客应伯爵等，影射胡植、白启常、王材、唐汝辑诸人也；玳安等仆，射影严年也；

金、瓶、梅影射东楼姬妾也；西门倚假父蔡京之势，影射东楼倚父嵩之势也；西门之盗人遗产，谋人钱财，影射东楼之揽权纳贿，筐筐相望于道也；西门之伤发而死，影射东楼之遭劾而死也；西门死后，一家星散，吴月娘寄居永福寺，剃度孝哥儿，影射东楼服罪，家产籍没，奸嵩老病，寄居墓舍，抑郁以终也。本忠孝而作此书，而顾以淫书目之，此误于俗本，而未观古本之故也。

古本与俗本，有《雅》《郑》之别，古本之发行，投鼠忌器，断不在东楼生前。此书出后，传诵一时，陈眉公《狂夫丛谈》（此书曾于舒铁云处见其抄本）极叹赏之，以为才人之作，即非今之俗本可知。或云李卓吾所作，卓吾即无行，何至留此秽亵文字。大约明季浮浪文人，画蛇添足，自欺欺人，何物圣叹，又从而扇其毒焰，扬其恶潮耳，安得尽举今本而一焚之。（按俗本有圣叹长批，大半俗不可耐，或亦属后人伪托。）

按此古本，乃翠微山房主人所抄录而珍藏者，为大兴舒铁云文所得，慨然见遗，不知与赵瓯北先生所见之本，有无异同？珍珠密字，楷法秀丽，余妻尤爱玩不置，绣馀妆罢，意为之注，颇能唤醒顽恶不浅。拟与舒丈力谋付梓，为元美一雪其冤，未知能否如愿？爰志数语，他日当徐徐图之。

秀水王昙仲瞿识于鉴湖偕隐庐，时乾隆五十九年甲寅十月十日也。

说明：上序出自1926年上海卿云图书公司《古本金瓶梅》，引自丁锡根《中国历代小说序跋集》，人民文学出版社1996年版。

舒铁云，即舒位（1765—1816），字立人，号铁云，乾嘉间诗人、书法家，曾举孝廉，有《瓶水斋诗话》《乾嘉诗坛点将录》。

赵瓯北，即赵翼（1727—1814），字云崧、耘崧，号瓯北，诗人、史学家，乾隆二十六年（1761）进士，授翰林院编修，官至贵西兵备道，与袁枚、蒋士铨并称乾隆三大家。有《廿二史札记》《陔馀丛考》《檐曝杂记》《瓯北诗钞》《瓯北诗话》等。

金瓶梅序

观海道人

客有问于余者曰："子何为而著此《金瓶梅》

者,是殆有说乎?"余曰:"唯唯,否否,子言何谓也?请申言之!"客曰:"余尝闻人言,小说中之有演义,昉于五代北宋,逮南宋金元而始盛,至本朝而极盛。然其所敷陈演布者,率皆为正史中忠孝义烈可泣可歌之事,或加以附会,为之藻饰,或博采兼搜,尽其起讫,其遣词虽多鄙俗,而其主意,则在教孝教忠,善者与之,恶者惩之,报施昭然,因果不爽。一编传出,树之风声,故人之观之者,咸知有所警惕,去不善而迁善。是知此虽小道,其移易风俗,影响固甚大也。今子之撰《金瓶梅》一书也,论事,则于古无征,等齐东之野语;论人,则书中人物,十九皆愆尤丛积,沉溺财色,淫荡邪乱,恣睢暴戾,以若所为,直贼民而蠹国,人神之所共愤,天地之所不容,奈之何尚费此宝贵笔墨,以为之宣述乎!且更绘声绘影,纤细不遗,岂不惧乎人之尤而效之乎?敢问其说。"余曰:"唯唯,否否,子言诚是,然余亦有说焉。天道福善而祸淫,恶者横暴强梁,终必受其祸也。善者修身慎行,终必受其福也。子不观乎书中所纪之人乎?某人者,邪淫昏妄,其受祸终必不免,甚且殃及妻孥子女焉。某人者,温恭笃行,其获福终亦可期,甚且泽及亲邻族党焉。此报施之说,因果昭昭,固尝详举于书中也。至于前之所以举其炽盛繁华者,正所以显其后之凄凉寥寂也;前之所以详其势焰熏天者,正所以证其后之衰败不堪也。一善一恶,一盛一衰,后事前因,历历不爽,此正所以警惕乎恶者,奖劝乎善者也,奈之何子尚惧乎人之尤而效之乎?至若谓事实于古无征,则小说家语,寓言八九,固不烦比附正史以论列。值此熙朝鼎盛,海晏河清,在位多贤,四方率正,轻徭薄敛,万姓乂安,酒后茶馀,夜阑团聚,展此卷而毕读一过,匪仅使人知所戒惧,抑亦可使人怡悦心性焉,奈之何子尚非议之哉!"客闻余毕其辞,乃点首称善而退。客去,坊主人来索序言,遂书以遗之。龙飞大明嘉靖三十七年,岁建戊午,孟夏中浣,观海道人并序。

原本金瓶梅跋

袁枚

余赋性好动,研讨不深,忽忽庸庸,久荒学殖;惟书生故态,尚结想而未忘,搜觅简编,嗜好逾笃。迩来老境渐至,更寝馈于书丛,暇日三馀,亦咸以探讨故贤述作，聊遣岁月。琳琅天禄，秘笈云签，果有见闻，辄不惮竭千里以求访；即说部琐记，殊方晦闻，亦多旁征博采，不使沦没。职是之故，年来收集，颇有可观。朋好宾从，知余嗜痂有癖，亦纷纷撷取缥缃，摹仿善本，书邮投馈，在远不遗。此《金瓶梅》一书，盖即向日心馀太史贻赠之品也。是书作者，世或传为明儒王元美。书中所纪，为一势豪之一生经历，其所述事端，以涉及妇女者为最多。旁及权奸恣肆，朝政不纲，亦皆随事比附，隐加诛伐。而闺阃谐谑，市井俚词，鄙俗之言，殊异之俗，乃能收诸笔下，载诸篇章，口吻逼真，维妙维肖。才一读及，便觉纸上跃然，作者多艺多才，有非佗俗所可几及者。才人文笔，不同凡响，信乎人之钦企弗衰也。独惜此书原刊本，天壤间已少流传，近时坊间所印行者，率为荒佗窜改。乍一展卷，满目尽淫秽之言，以致悬为禁例，毋许刊行。煮鹤焚琴，诟罾猾集，实则原书固非似此荒谬，世俗陋见，徒以厚诬古人，而余之获有此书，更可为昔贤作一有力之辩雪矣。曩日似村公子，亦曾逮见此书，尝怂余重为翻刊，俾更旧案而广流通。顾余终以程功太巨，贫病不堪，岁月悠悠,卒未蒇事。今则故人墓丛宿草,余亦衰朽倍增,感逝怀人,已不禁遐思无已;而盈巅华发,遗卷蒙尘,卓笔书怀,更难禁怆然抚臆矣!时在乾隆四十六年,岁次辛丑,季秋月,简斋袁枚识。

说明:上序、跋均出 1936 年上海新文化书社再版本《古本金瓶梅》,转录自黄霖《金瓶梅资料汇编》,中华书局 1987 年版。所谓"古本"实与存宝斋本为同一系列。"龙飞大明嘉靖三十七年岁建戊午孟夏中浣观海道人""时在乾隆四十六年岁次辛丑季秋月简斋袁枚识"云云,当为假托。袁枚跋中提及的心馀太史即蒋士铨,字心馀;而似村公子,即乾隆朝大学士尹继善第六子尹庆兰之字。上二人,《随园诗话》中多所涉及。

观海道人,待考。

袁枚(1716—1798),字子才,号简斋,晚年自号仓山居士、随园主人、随园老人。钱塘(今浙江省杭州市)人,乾隆四年(1739)进士出身,授翰林院庶吉士。先后于溧水、江宁、江浦、沭阳任县令。著有《小仓山房文集》《随园诗话》及《随园诗话补遗》《随园食单》《子不语》《续子不语》等。

第一奇书钟情传序

闲云山人

秋暮旅居澄江，偶访故友朱君，见案头有《第一奇书钟情传》一部。余窃以为今之小书无足观也，不过见景生情，或叙古人之遗事，或传当世之浮谈，无非说那忠孝节义、死别生离的一番老套，遂弃而不顾焉。友曰："子盍观乎？夫当今之世，石印创行，兹书叠出，皆才子佳人，幽怀密约，固不足以旷吾儒之眼界，而独于《钟情传》一书，与别家迥异，非寻常小说之可比。"遂起身，以"武都头义待大郎兄，潘金莲情钟西门庆"，一一指示了遍，见其寓意之深，用词之达，济困扶危，恋情重义，意味深长，尤足脍炙人口，洵可供文人雅士之观。于是袖之归。每于夜静更阑，亲自校对，付诸梓人，以便有志者舟居旅次，酒罢茶馀，畅怀悦目一览。其实在之名，直可使矇人醒目，顽石点头，爰备述其原委，以供诸君子之有目共赏也可。是为序。光绪二十九年岁次癸卯夏月，闲云山人题于沪上。

说明：上序出自光绪二十五年香港石印本《第

一奇书钟情传》卷首,转录自黄霖《金瓶梅资料汇编》,中华书局1987年版。书名《第一奇书钟情传》,当出张竹坡评本系统。

又见一光绪三十年序刊石印本,此本内封三栏,分题"光绪二十五年菊裘香港依西法石印""第一奇书""云游海外客篆额",首"第一奇书钟情传序",尾署"光绪三十年岁次甲辰孟春之月,岭南逸叟说樵氏题于香港",次目录。凡一百回,有绣像。文字与上所录序多同,惟"兹书叠出"作"藏书叠出","袖之归"作"袖之而还"。

金瓶梅词话跋

施蛰存

凡以《金瓶梅》当作淫书者,从前看旧本《金瓶梅》时,专看其描写男女狎媟之处,而情动,而心痒;闻说《词话》是其祖本,总以为《词话》中描写男女狎媟处,必更有足以动其情、痒其心者。今《词话》全书一百回出齐,吾知此人必大大失望也。盖此书非但原本并无比旧本更淫秽之处,即其同样淫秽处,亦已经恪遵法令,删除净尽。故以淫书看《金瓶梅词话》者，到此必叫冤枉也。或曰："然则《金瓶梅词话》好在何处？"曰："好在文笔细腻，凡说话行事，一切微小关节，《词话》比旧本均为详尽逼真。旧本未尝不好，只是与《词话》一比，便觉得处处都是粗枝大叶，抵不过《词话》之雕镂入骨也。所有人情礼俗，方言小唱，《词话》所载，处处都活现出一个明朝末年浇漓衰落的社会来。若再翻看旧本《金瓶梅》，便觉得有点像雾里看花了。何也？鄙俚之处，改得文雅；拖沓之处，改得简净，反而把好处改掉了也。故以人情小说看《金瓶梅》，宜看此《词话》本。若存心要看淫书，不如改看博士《性史》，为较有时代实感也。"中华民国二十四年十一月，施蛰存书。

说明：上跋原载上海杂志公司1935年10月版《金瓶梅词话》卷末，转录自周钧韬《金瓶梅资料续编》，北京大学出版社1991年版。

金瓶梅英译续志

《金瓶梅》全书英译之消息，已见本刊第五十四期。兹据发售此书之英国Kegan Paul书店（在伦敦

38 Great Rusell St. 此书店以刊行东方书籍闻于世界)报告。该译本今春可出版。原定价英金八磅八先令。在本年三月三十一日以前预购者,只售七磅七先令。现仅印一千部。据云中国小说全本译为西文而不删节者,此为第一次。并举东方学家考狄(H. Cordier)劳佛(B. Laufer)称道此书之言。二人皆以社会人情与文章艺术眼光评此书,较中国一般读《金瓶梅》者之见地为高。劳佛氏谓此书与左拉与易卜生之作,同工写实,而淫诲过之。亦是。以吾人之推测,译文必不完好。盖《金瓶梅》非《西游记》可比。因其并无神话,非想像之笔所能做功。又非《红楼梦》可比。因其虽为写实,而时代久远,人情风俗种种隔阂。即中国人读之亦时有费解处,西人何能深得其味?误会肤浅之弊恐不能免。然如此大书。译者竟能以四年之光阴,一气呵成,亦可佩矣。俟译本出版购到时,当详为评论也。

说明:原载《大公报》文学副刊第 113 期,1930 年 3 月 10 日。转录自周钧韬《金瓶梅资料续编》,北京大学出版社 1991 年版。

浪史

浪史叙

又玄子

天下惟闺房儿女之事，叙之简策，人争传诵，千载不灭。何为乎？情也。盖世界以有情而合，以无情而离，故夫子删《诗》，而存"扶苏""子衿"，不废桑间濮上之章已。今可以兴观，可以群怨，宁非情乎？盖忠臣孝子，未必尽是真情；而儿女切切，十无一假。则《浪史》风月，正使无情者见之，还为有情。情先笃于闺房，扩而充之，为真忠臣，为真孝子，未始不在是。噫，可传也！客曰："俚词粗句，安足以语雅道？"又玄子曰："不，不也，今之人，开卷无味，便生厌心；一见私情比睨之事，便恨其少。况山林野人，不与学士同其眼力。有通俗可以入雅，未有入雅可以通俗。噫，则此书正以是传也。《西游》之放而博，《水浒》之曲而谋，于情无当，总不如《浪史》之情而切也，意可传也。"遂付之梓，以公天下之有情无情者。又玄子题。

浪史凡例

一、小说家何啻千计，凡有诗词，无非袭取旧俗恶套，所以累同者多，深为可厌。是书也，凡诗俱系集唐，间有新词，咸依古韵古体，并不抄窃一字。

一、小说家多载冷淡无聊之事，凑集成册，遂使观者听者懵然睡去。即有一二艳事，亦安能惊醒陈抟之梦耶？此书篇篇艳异，且摹拟形容，色相如生，远过诸书万（下阙）

一、是书再三诵读，风骚极矣，兼有学问，是以文采俗士，相为珍宝。噫，是书一出，当使洛门纸贵，悬之都门，非千金吾不售也。

一、此书疑是元人手笔，以其文情绝韵似《西厢》也。

浪史跋

又玄子

相传梅生元至治人也。梅生千古情人，奇姿亦旷代无两。冶容所以诲淫，梅生之谓矣。虽然，梅生,情人也,亦英雄人也。历遍情痴,满堂风月,绣房中忽作范蠡归湖之计。英雄回首即神仙,梅生回首,是非大英雄又安能为此?更用之匡扶社稷,安知不为盐梅舟楫?意其有见夷狄乱华,奄临中国,举世皆非,不忍屈膝垂首,风月闲吟,宁非陶潜《述酒》之意欤?论者望天下事,尽情为也,梅生有情,不用之忠君济时,仅用之闺房帏幄,咸共惜之。呜呼,是又乌知梅生者,被云文下事已知之矣。宁必吾辈主持是真梅生矣。吾将以此论梅生题,梅生复起,不易吾云也。又玄子跋。

说明:上序、凡例、跋均录自日钞本《浪史》。原本藏大连图书馆。此本首《浪史叙》,尾署"又玄子题"。次《凡例》四则。无总目。正文第一叶卷端署"风月轩又玄子著"。半叶九行,行二十字。中缝署"奚疑斋",殆为抄书者斋名。

又玄子,待考。

《浪史》序言

逍遥子

蒙古入主中原,中国民主主义潜生滋养。或发为诗歌,或著为小说。是书诋毁元人,指摘朝政,字里行间,自然流露。第十三回及廿二回,用"女真主"为回目,第三十七回写铁木朵鲁,尤其明证。大抵此书成于元末明初遗民之手,与《绣榻野史》同出一辙。著者署名"风月轩入玄子",必为喜道家言,故书尾以修道成仙为结束。当时文化思想使然也。袁寒云先生有木榘本,与坊间流传之本迥乎不同,爰假得校勘一过。时为民国十五年十月,逍遥子记。

说明:上序言录自民国间优生学会印行本。原本藏南京图书馆(禁书库)。序中谓书为元人所作,无据。又谓"与《绣榻野史》同出一辙",甚是。(参萧相恺《珍本禁毁小说大观——稗海访书录》该条)特别是序中指明"著者署名'风月轩入玄子',必为喜道家言",与他本的著录不同(他本作"又玄子"),或有所据,值得注意。

逍遥子,待考。

袁寒云,即袁克文(1890—1931),字豹岑,号寒云。河南项城人,昆曲名家,袁世凯之次子。后客居上海,撰有《寒云手写所藏宋本提要廿九种》《古钱随笔》《寒云词集》《寒云诗集》《圭塘唱和诗》等。

绣榻野史

绣榻野史叙

憨憨子

余自少读书成癖,余非书若无以消永日,而书非予亦若无以得知己。尝于家乘野史尤注意焉。盖以正史所载,或以避权贵当时,不敢刺讥,孰知草莽不识忌讳,得抒实录。斯余尚友意也。奚僮不知,偶市《绣榻野史》进余。始谓当出古之脱簪珥、待永巷,有裨声教者类,可以赏心娱目,不意其为谬戾,亦既屏置之矣。逾年,间适书肆中,见冠冕人物与夫学士少年行,往往诹咨不绝。余慨然归,取而评品批抹之,间亦断其略。客有过我者曰:"先生不几诲淫乎?"余曰:"非也,余为世虑深远也。"曰:"云何?"曰:"余将止天下之淫,而天下已趋矣,人必不受;余以诲之者止之,因其势而利导焉,人不必不受也。孔子删诗,不必皆《关雎》《鹊巢》《小星》《樛木》也,虽鹑奔鹊彊、郑风株林,靡不胪列,大抵亦《百篇》皆为'思无邪'而作,俾学士大夫王公巨

卿(下阙)昭(下阙)

　　说明：上叙录自醉眠阁本《绣榻野史》。此本首《绣榻野史叙》，以残，不知撰人。次"李卓吾先生批评绣榻野史传奇目录"，复次图像十叶。正文第一叶卷端题"李卓吾先生批评绣榻野史卷之一　卓吾子李贽批评　醉眠阁憨憨子重梓"。半叶九行，行十八字。版心单鱼尾上镌"批评绣榻野史"，下镌卷次、叶次、"醉眠阁藏板"。

　　憨憨子，未详。王骥德《曲律》卷四云："郁蓝生吕姓，讳天成，字勤之，别号棘津，亦馀姚人。……世所传《绣榻野史》《闲情别传》，皆其少年游戏之笔。""憨憨子"，其吕天成之化名乎？

昭阳趣史

（昭阳趣史识语）

墨庄主人

昭阳者，飞燕、合德所居之殿也。向有《外传》，俱凭虚创，未汇大全，余致恨焉。今博披古史，缉为一编，实费数年之心力，以备一时之胜览。识者不当以宣淫导欲观也。墨庄主人识。

趣史序

墨庄主人

王荆公《字说》谓：人之趣在步履间，随所得而取之，故趣字从走，从取。第随时寓兴，任地寄情，绰趣者也；目遇成色，耳听成声，凑趣者也；见景生情，对面作乐，涉趣者也；心热于中，兴浓于外，知趣者也；形合神驰，魂飞体畅，得趣者也。故趣之一字，无论智愚贤不肖，人人有之，而识趣者寡耳。昔伶玄以己之趣合昭阳之趣，而描写其夜雪露立，待羽林之射鸟者，果无趣而蝉蜕于共被之时乎？帝取入宫，涕交颐下，战慄不迎帝者三日，果无趣而知帝体洪壮，创我甚乎？闻樊嫕养狸之言，笑夷人长生之术，果无趣而谓夷不足污吾绞乎？简宫奴之矫健，歌赤凤之子来，果无趣而合德敢于穿私啮裾乎？情泄于温柔之乡，射鸟者瞠乎居后；兴溢于无方之曲，呼儿者赧而不前，昭阳之趣，真千古无两也。向刻《玉妃媚史》，足为玉妃知己。若不僇工以写昭阳之趣，昭阳于九原，宁不遗恨于君耶？乃爰辑其外纪，题曰《昭趣史》，俾千载而上，灵鬼（下阙）

　　说明：上识语、序，均录自墨庄主人本《昭阳趣史》。此本高罗佩原藏。台湾《中国古艳稀品丛刊》影印，中国社会科学院语言研究所藏此书影印本。内封（影印本未见内封）有识语，已录如上。首《趣史序》，残。审序之口气，序作者殆亦即书作者本人。次"昭阳趣史上卷目"，凡二十八目，又有十一回像目，"昭阳趣史下卷目"凡三十七目，亦有十一回像目。上卷有绣像十一叶。第十一叶背面标"辛酉孟秋写于有况居"。刘廷玑《在园杂志》载《玉妃媚史》，此书之出当在《玉妃媚史》之后。又书不避玄烨讳，也不避朱厚熜讳，则辛酉为天启元年(详参萧相恺《珍本禁毁小说大观——稗海访书录》,1998年版)。下卷绣像十一叶。正文第一叶卷端题"新编出像赵飞燕昭阳趣史卷上　古杭艳艳生编　情痴生批"。艳艳生与墨庄主人似为一人,则既为作者,又系书坊主人。半叶八行,行二十字。版心镌"昭阳趣史"。

古杭艳艳生、情痴生、墨庄主人,均待考。

于少保萃忠传

（于少保萃忠全传叙）

林梓

（予族世居吴山下，与忠肃公同里。先府丞公为公姊婿，得公居乡立朝事甚核。居恒，窃念公勋著天壤，忠塞宇宙。今勿论海内学士大夫，瞻斗杓而仰河岳，即田夫野叟、粉黛笄祎、三尺童竖，语公事业则颜开，谈公冤愤则色变。百世之后，）过公之里，谒公之像，有不且悲且泣，欷歔感动，想见其人者乎？独公生平事迹繁夥，未有完书，四方吊者，往往遗恨。里友孙怀石君，其先为公石交，传其事，与予所闻悬合。因衷采演辑，七历寒暑，为《旌功萃忠录》。夫萃者，聚也，聚公之精神德业，种种丛备，与夫国事及他人之交涉于公者，首尾纪之，而后公之事迹无弗完也。盖雅俗兼焉，庶田夫野叟、粉黛笄祎、三尺童竖一览了了，悲泣感动，行且遍四方矣。

初，孙君之方纂是录也，患疽病亟，公见梦焉，峨冠盛服，如所塑者，抚孙之背曰："吾与若祖故人，来佑汝。"孙疸遂愈。岂公之精爽，预知孙君之意勤而假灵以显其事耶？四方噩梦，一征之公，若左券，不偶然也。孙君附公而名著，其子侄辈为诸生，又藉公之灵而翩翩艺文。孙君之获报，宁有既乎？予嘉而叙诸简首，为翼忠者劝。赐进士第中宪大夫云南按察司副使奉敕整饬金腾等处兵备予告致仕进阶赞治尹钱塘后学林梓书。（原注：林君，嘉靖四十一年进士。）

《于少保萃忠全传》赞

王守仁

尝考于公之释褐也，初授御史，而汉庶人服罪，伸大义也。及抚江右，而平反民冤狱，释无辜也。再抚山西，而拯水旱两灾，恤民生也。后抚河南，而令百弊剔剔，清时政也。英宗北狩，而力言不可，保圣躬也。众劾王振，而扶掖廷喧，肃朝仪也。募义三营，而民夫附集，御不虞也。群议南迁，而恸哭止之，重国本也。移民发粟，而六军坚守，防外撼也。击虏凯旋，而力辞晋秩，惧盈满也。奉迎上皇，而大位安定，正君统也。戡平群盗，而成功不居，身殉国也。力逊赐第,而庐室萧然,砺清节也。被诬受戮,而天心震怒,昭公道也。追谥肃愍,而庙食百世,表忠贞也。呜呼!公有姬旦、诸葛武侯之经济勋劳,而踵伍子胥、岳武穆杀身亡家之祸,神人之所共愤也。卒之两地专祠,四忠并列,子孙荫袭,天悯人钦,冥冥中以报公者,岂其微哉。阳明王守仁题。

(于少保萃忠全传)总断

吴宽

正统己巳之变,于廷益以社稷为重,力排群议,选将练兵,坐挥强虏,先辅中兴,厥功非细。当时天下之人,皆知其以身系安危,功在社稷,而岂虞杀身亡家之祸于后日哉?奈何廷益效用之日,正小人侧目之秋,故事机一变,廷益于是难免矣。程篁墩谓,廷益之受诬,为主于柄臣之心,和于言官之口,裁于法吏之手,斯固公论也。原博吴宽题。

(于少保萃忠全传)凡例

一、《皇明实录》载于公事,俱摘大关系国家者,兹采为骨。

一、《皇明统纪》载于公事，俱摘当时立朝事业，兹采参入。

一、《皇明政要》载于公事，俱摘巡抚时经济功业，兹采入集。

一、《我朝纲鉴》载于公事，俱史官书其不朽大业，兹采入集。

一、《宪章录》载于公事，俱记辅弼大臣贤行，兹采十之二。

一、《献征录》载于公事，止碑记志铭内前书遗者，兹采入集。

一、《皇明奏疏》出于公手裁，系公竭忠尽瘁之言，兹采入集。

一、《列卿传》载于公事，俱摘故老传闻，脍炙人口者，兹采入集。

一、《名臣言行录》载于公事，止摘其生平历履大纲，兹采前书所遗十之二。

一、《吾学编》载于公事，俱收其他书未备者，兹采十之二。

一、《续藏书》载于公事，系李卓翁搜求秘史记事成篇,兹采十之二。

一、《搜古奇编》系薛方山于史职时,记其致君泽民者,兹采入集。

一、《天顺日录》俱记当时北狩复位,监国奉迎事实,兹采入集。

一、《复辟录》俱记于公及徐有贞、石亨权宦谋略,兹采入集。

一、《水东日记》俱系于公未经人耳目睹记者,兹采入集。

一、《菽园杂记》俱系景帝信任于公不听谗口事实,兹采入集。

一、《今说海》俱记于公持身行己、清白不苟事实,兹采入集。

一、《震泽长语》俱守溪王少傅博采群书中于公事,兹采入集。

一、《锁缀录》俱系于公先知卓见、是非公道事,兹采入集。

一、《苏谈》系吴民传颂公德,细微之行,彰彰口吻,兹采入集。

一、《枝山野记》俱系于公幼时举止不凡、信口成章事,兹采入集。

一、《梦占类考》系于公在天有灵,士人祈祷必应异闻,兹采入集。

右二十二种采集者多,其外记闻不能尽述。

说明:上叙、赞、总断、凡例均录自明刊本《于少保萃忠传》,原本藏浙江图书馆。此本未见内封,序之首叶佚,序末署"赐进士第中宪大夫云南按察司副使奉敕整饬金腾等处兵备予告致仕进阶赞治尹钱塘后学林梓书",注云:"林君,嘉靖四十一年进士"。有"壬戌进士""林从吾印"阳文钤各一方。次《赞》,尾署"阳明王守仁题"。复次《总断》,尾署"原博吴宽题"。再次《凡例》二十二则,列本书素材来源。目录叶题"镌于少保萃忠传目录",凡十卷七十回。存图像二十一叶四十一幅。正文第一叶卷端题"镌于少保萃忠传卷之一　钱塘孙高亮明卿父纂述　檇李沈国元飞仲父批评",半叶十行,行二十字。版心单鱼尾上镌"萃忠传",下镌卷次、叶次。

另有一十卷四十回本,一名《旌功萃忠录》,首有于忠肃像、万历辛巳林从吾序,序之文字与上所录几同,惟后署万历辛巳(殆为后人所加)。正文半叶九行,行二十二字,原本藏浙江图书馆。这似是七十回本的一个删节本。此本后又有道光间刻本,林从吾序之外有于公后人跋,详见下。

林梓,字从吾,一字汝林,仁和人,嘉靖壬戌科三甲进士,授中书舍人,改刑部员外,后升云南金腾副使,谢病归。《浙江通志》有传。

王守仁(1472—1529),字伯安,号阳明,浙江馀姚人。因曾筑室于会稽山阳明洞,自号阳明子。陆王心学的集大成者。弘治十二年(1499)进士,官至南京兵部尚书、都察院左都御史。谥文成,故后人又称王文成公。著有《王阳明全集》《传习录》《大学问》《王文成公全书》等。

孙高亮,字明清,又字怀石,号有恒子,钱塘(今浙江杭州)人。

沈国元,字仲飞,更名沈常,字存仲,秀水(今浙江嘉兴)人,明诸生,著有《两朝从信录》《甲申大事记》《再生记异录》等。

《于少保萃忠传》跋

于世灿

灿垂髫时，随先君子归杭省墓，先君子示以先忠肃公遗像及生平事实，相为训诫。迨后稍知文艺，伏读史册家乘，始知先公业炳日星，功侔天地，一旦变生不测，未尝不痛恨于奸臣之陷良误国也。宏惟我先公忠烈常昭，名垂万世，所谓生尔荣，死而不朽者矣。灿不能继先人烈，恒自省察，则凡往训遗言，胪列座右，以示子孙。有石甫孙君所纂《萃忠录》一集，皆载先公行事功绩，宛存手泽之新，可溯遗行之实，不特我子孙足以恪遵，即公诸斯世，亦可想见前型。因旧板已无，急谋重付剞劂，而灿老病颓然，命儿辈亟成之。谨择数语，以志不忘。道光元年岁在辛巳小春谷旦，十一世孙世灿谨志。

《于少保萃忠传》跋

朱增惠

古未有具忠贞之志而奸臣不沮其谋者，亦未有处奸佞之世而志士不罹其毒者。然生而庸庸，不如死而赫赫。若前明于忠肃公，可谓与日月争光者矣。公生而岐嶷，长更英伟，其受知于当路诸公也。襁褓甫脱，观其动容举止，即以名世。自待后出从王事、雪冤囚、免徭役、储边用，所在著有成绩。未几，也先入寇。公指挥叱咤，独运其谋，故前后屡奏肤功。倘英宗不惑于中涓，一意任公，将见洒一腔之热血，不难比隆于太祖，何至不旋踵而有延绥之寇哉！无如以共胆之千奴，撼擎天之一柱，使愁云敝野，毒雾漫空。公之死，虽刚正之不容，实英宗之庸懦有以致之。其后叠闻边警，君臣旰食。吴瑾曰："使于某在，当不至此。"公而有知，当亦饮恨于地下矣。虽然，公亦何恨也哉！公殁后，上怜其忠，赐祠墓旁。至今杭州诸郡，庙貌如新，四时俎豆不绝，以视彼石亨辈、口诛笔伐于万世后者，其荣辱为何如也？

惠母氏，系公十二世孙女，故惠束发受书，即知公为天地间有数人物。后从舅氏处祗谒公像，神明焕若，生气俨然，令人想见侃侃不阿时气象，为之肃然改容者久之。癸巳，惠抱病，杜门禳祷罔效。因念公未遇时，曾于同仁里书名逐祟事，虽涉于小说，然以公之忠义，当时石亨辈见之，无不胆落，岂区区鬼魅，有不为之惕息奔窜哉？因谨悬公像于厅。事未几，病愈。人咸以为公英灵未没云。

公之事，载入正史者，祗忠君爱国数大端，而始终出处，散见于家乘稗史者不可枚举。怀石孙公，景仰前贤，辑公轶事，得若干卷，汇为一编，名曰《萃忠全传》。公之十二世孙元圃舅氏，珍同不世出（之）奇，重谋剞劂。梓成，惠受而读之，悉公颠末，爰仅识数语于后，非敢道扬盛德，亦聊以志百世下兴起之意云尔。道光十有五年岁次乙未子月，申江后学十三世外孙朱增惠拜谨跋。

说明：上二跋录自道光十五年于少保十二世孙于士俊重刊本《于少保萃忠传》，首于忠肃像，有林从吾序，内容文字与前录几同，惟末署"万历辛巳"。《跋》一尾署"道光元年岁在辛巳小春谷旦，十一世孙世灿谨志"。《跋》二尾署"道光十有五年岁在乙未子月，申江后学十三世外孙朱增惠拜谨跋"。

于世灿，于少保十一世孙，馀待考。

朱增惠，于少保十三世外孙，上海人，馀待考。有上海朱增惠春坪氏校刊《妇科玉尺》六卷，时代、地望相及。未知是否同一人，待考。

八仙出处东游记

八仙传引

余象斗

不佞斗自刊《华光》等传,皆出予心胸之编集,其劳鞅掌矣,其费弘钜矣,乃多为射利者刊,甚诸传照本堂样式,践人辙迹而逐人尘后也。今本坊亦有自立者固多,而亦有逐利之无耻,与异方之浪棍、迁徙之逃奴,专欲翻人已成之刻者,袭人唾馀,得无垂首而汗颜无耻之甚乎?故说。三台山人仰止余象斗言。

说明:上引录自日本内阁文库藏明刊本《新刊八仙出处东游记》。书内封上为八仙图,下分三栏,左右两栏分题"全像东游记""上洞八仙传",中题"书林余文台梓"。首《八仙传引》,尾署"三台山人仰止余象斗言",有"余象斗印"阳文钤一方。目录叶分"上卷",凡二十八则;"下卷",凡二十八则。正文上图下文,图两旁有题,如"幽谷""仙境"之属。上卷第一叶正文卷端题"新刊八仙出处东游记

卷之一　兰江吴元泰著　社友凌云龙校";下卷第一叶卷端题"新刊八仙出处东游记卷之下　兰江吴元泰著　书林余氏梓",半叶十行,行十七字。

　　余象斗,见《三国志传评林》条。

包龙图判百家公案

叙百家公案小说

完熙生

《易》之《丰》曰:雷电交至,君子以折狱致刑。旨哉,斯言!可为司理之龟鉴云。夫《易》言刑狱,胡以雷电名耶?雷则震虩奋击,毅然独断;电则迅烁朗彻,倏然□照。惟照惟断,故惟明惟□,□狱可折,刑可致矣。孝肃包公,自天圣以来,剖断疑狱,匪翅两造五词、鄂蔀奸谲,分其枉直皂白,即山花木石之妖,鳞甲羽毛之怪,及冢道伏尸之爽,罔不一一火观,毫无跱嶷,至今人共神之。愚窃恐神之者,知其神而神,不知其不神而所以神也。爰集百家成断,汇为六卷,号曰:公案。猗与都哉!此公案者,岂孝肃公之所留也?孝肃之心,惟冲然太虚而已,湛然止水而已。其□(于?)□(有)讼之时,亦惟以无讼之□□之而已。彼固不知所以讼,又奚知何以断?彼固不知所以断,又奚知何以案?则信乎此公案者,民自以不冤神之耳,记且传之耳。然要其传之之心，民亦不自知也。遡乃谣曰："关节不到，有阎罗包老。"此神之神，民之所以传者。又曰："笑比黄河清。"夫一笑貌且难之乎河清，则包公之声□（身？）两忘，色相俱泯。即《易》之所谓雷若电者，亦过而不留，此不神之神，民之所以传于昔而□□者。故愚亦乐传于今，而□□于不知者也。是为□（"叙"或"序"）。时圣天子御极岁在丁酉（萧按：嘉靖十六年或万历二十五年，后一种可能更大）春王正月，饶安完熙生书于□（三）山万卷楼。

说明：上叙出自万卷楼本《包公演义》（《新锲全像包孝肃百家公案演义》），原本藏韩国奎章阁。万卷楼为金陵的一个书坊名，坊主周姓。此据其影印本（朴在渊影印）录。未见内封。首《叙百家公案小说》，尾署"时圣天子御极岁在丁酉春王正月，饶安完熙生书于□（三）山万卷楼"。次"新锲全像包孝肃百家公案演义目录"，凡六卷一百回。正文半叶十三行，行二十六字。有图像，图像嵌正文中。左右半叶合为一图，有图题，如"当年挥剑斩来兴帝业""此日焚祠除却解民忧"之属。版心镌"全像包公演义"。书缺第三卷（三十至四十八回）。另有万历二十二年书林朱氏与耕堂刊行本,题"钱塘散人安遇时编集",此本收有《国史本传》《包待制出身源流》。《国史本传》不见于《宋史》,附录如次:

国史本传

包拯字希仁,庐州合肥人。天圣五年进士及第,授大理评事,知建昌县。父母春秋高,辞不赴,得监和州税。和与庐虽邻郡而其亲不欲去乡里,遂解官归养。后数年,亲继亡,墓下终丧,犹不思去。里人数劝勉之,出知扬州天长县。有诉盗割牛舌者,拯使归屠其牛鬻之。既而有告私杀牛者,拯曰:"何为割某家牛舌而又告之?"盗者惊伏。徙知端州,权御史中丞王拱辰荐为监察御史里行。未几,改监察御史。建言:国家取士用人不得实、岁赂戎狄非御戎之策,又欲重门下封驳之制,及废锢赃吏、重选守宰、行考试、补荫子弟之法。初诸道转运加按察使以苛察相尚,又疏言:今日奏劾官吏,文案数倍于前,皆捃摭细故,吏有不自安者。于是为罢按察使,使契丹。至神水馆,前使者过,数遇凶怪,如有物击之仆地。拯径入居之,戒从者:虽有怪无得言。至旦亦无所恐。及还,房人令典客谓曰:"雄州新开便门,乃欲诱结叛人,以刺侯疆事乎?"拯毅然曰:"欲知此事,自有正门,何必便门也!此岂尝问涿州开门邪?"房折不复言。为三司户部判官,赐五品服,出为京东转运使。改工部员外郎、直集贤院。徙陕西,诏入见。既行数日,会他路监司,有对自求改章服者,上不悦,国(因)传宣曰:"包拯任陕西,未尝自言也,可赉赐之。"次华阴,换三品服。又徙河北转运使,入为三司户部副使。奏罢奏("奏"字疑衍)陇所科斜谷务造船材木。近塞边郡稍进。诏令近臣,条对御边之策。拯对西北形势山川扼塞,及所以先事选练、稍储之术甚备,遂命往河北调度军食。言:"牧马占邢、洛、赵三州民田万五千顷,漳河沃壤,民不得耕,请悉以赋民。"从之。又往解州经度盐法,请一切通商为便。皇祐二年,擢天章阁待制,知谏院。数论斥大臣,请罢一切内降,奉诏除天下逋欠三千二百馀万。尝写唐魏郑公三疏上之,请置天子座右,及别七条事,大指:明慎听纳、辩别朋党、爱惜人材、不主先入之说、荡去疑法、条责臣下牵录微过。其论甚美。四年,除龙图阁直学士,复为河北转运使。前此,尝建议当无事时徙兵内地,不报;至是,复请罢河北屯驻兵,而分之河南兖、郓、齐、濮、曹、济诸郡,遇警,即发之,宜无后期不及之患。徙知瀛州,悉除一路吏民所负,回易公使钱十余万,仍奏诸州如瀛州,悉禁公使钱,毋得回易。以丧子乞便郡,得知扬州。徙庐州。迁刑部郎中。丕(至)和二年,坐失保任,左授兵部员外郎,知池州。明年复其官如故。徙知江宁府,召权知开封府,除右司郎中。拯立朝纲严肃,闻者皆惮之。至于闾里童稚妇女亦知其名,贵戚宦官为之敛手。旧制:凡讼诉不得入门。拯使径造庭下,自道曲直,吏民不敢欺。京师大水,乃言势家多置园第于惠民河上,岁久堙塞,遂尽毁去。中贵人有侵跨河壖为亭榭者,自言地契若此,验之,乃伪增步数,敕奏之。加(嘉)祐三年,除右谏议大夫,权御史中丞。数请立皇嗣,及陈教养宗室之法,又条责诸路监司,御史府得自举属官,谏言官御史不避二府荐举者,两制得至执政私第,减一岁休假日,皆施行之。张方平为三司使,拯攻罢,而除宋祁代之。拯又疏:"祁前在蜀燕饮过度。"累击之不已。祁既罢，而拯遂为三司副使。翰林学士欧阳修复疏："拯所谓牵牛蹊田而夺之牛，不已甚乎！"拯因家居避命者，久之乃出。其在三司，凡诸管库供上物，旧皆科率外郡，积以困民。拯特为置场和市，民得免其扰。吏负钱帛多缧系，间辄逃去，并械其妻子者，类皆释之。六年，迁给事中，为三司使。数日，拜枢密副使，迁礼部侍郎，辞不受。一日，暴得疾归，遂卒，年六十四。上幸其第临奠，辍视朝一日，赠礼部尚书，谥"孝肃"。拯性不苟合，未尝伪色辞以悦人，平生无私书，至于干请，无故人、亲党，一皆绝之。居家俭约，衣服、器用、饮食，虽贵，如初宦时。少为刘筠所知，尝为奏其族子为筠后，又请还筠家向所没田庐，有"奏议"十五卷。子㵸。

安遇时，号钱塘散人，馀待考。

完熙生，待考。

龙图公案

龙图公案序

陶烺元

眼底臭铜,毕竟万年遗臭;面前香火,怎如半夜焚香。如此数语,真进贤冠公案,而又何有于龙图?夫龙图,非有四手四目也,乃今世遇无头没影事,必曰:待包龙图来。童稚妇女亦知其名,不知龙图之为官也,亦不知龙图之为讳与号也,佥曰龙图、龙图。甚之列以阎罗,比以天师,万世而下,其谓龙图为人乎?为神乎?及阅《宋史》所载,谓其峭直刚毅,与人不苟合,无一毫妄取。平生无私书,故人亲党干谒,一切谢绝之。惟其无妄取,故一段灵慧之性,不为钱神迷;惟其无私书,故一生正直之气,不为分上压倒。宜当时京师为之语曰:关节不到,有阎罗包老。以其笑比黄河清焉。

当事者须略着些精神才好,若一味作马头上公堂帐了事,胸中既满者也之乎,眼里只有七黄八白,阶前三尺从事,案上片纸是凭,吾恐屋角之雀鼠兴,而田中之虞芮顽也。抑吾夫子,尝以片言折狱赞仲由氏。予谓:两造具陈,烦言迭起,不得其情,虽万言亦觉少;苟得其情,虽片言亦为多。《康诰》曰:服念五六日,至于旬。《吕刑》曰:察词于差,非从惟从。曾子之告阳肤又曰:如得其情,则哀矜勿喜。夫子又曰:无情者,不得尽其辞。当思如何是得情,如何是不得尽。此处关头,莫要草草看过。倘处心未必青天白日,遇事漫云行云流水,吾不知于龙图以为何如?虽然,堂上堂下,远于万里,左右蔽之耳。滑吏舞文,积书弄法,吾未如之何也已矣。昔包公尝恶恶(一本无此恶字)吏擅权,民有得重罪者求救于吏。吏曰:"汝当鞫问时,但哀求不已,我自有处。"临刑,民果哀呼不已。吏在旁喝道:"快领罪去,不得在此叫号。"包公恶其侵权,竟与以轻罪而去。夫以包公之明,不免为衙蠹侵权如此,乃今之拟招,多是衙人用事,吾不知弊将安极也。又况操刀而割者,未必龙图乎。愿为民父母者,请焚香读《龙图公案》一过。龙图其真龙也,其真神人也。具知在生为龙图,在阴为阎罗,自是实话,非诞非诞。江左陶烺元乃斌父题于虎丘之悟石轩。

说明：上序录自十竹斋本《龙图公案》。此本内封题"听五斋先生评定""龙图公案""十竹斋梓行"。首《龙图公案序》，尾署"江左陶烺元乃斌父题于虎丘之悟石轩"。目录叶题"龙图公案目录"，凡十卷一百则。有图。正文第一叶卷端题"龙图公案卷之一"，不书撰人。半叶十行，行二十二字。又有一种，序之文字题署与上同，目录叶题"新评龙图神断公案目录"，凡十卷六十二则。有图。此种乃是百则本的删本。有天一出版社影印本行世。

陶烺元，生平事迹待考。

（龙图公案）叙

李西桥

明镜当空，物无不照，片言可折狱也。然理虽一致，事有万变，听讼者于情伪百出之际，而欲明察秋毫难矣。《龙图公案》世传为包公所断之案，尝阅一过，灵思妙想，往往有鬼神所不及觉，而信手拈来，奇幻莫测，人人畏服。所以然者，包公非有异术，不过明与公而已矣。《宋史》所载：包公性峭直，寡色笑，平生无私书，不妄取，不苟合。千古而下，闻风敬畏，遇无头没影之案，即云：非包爷不能决。其见重于世也如是。说者曰："包公为阎罗主。"乃因当时京师有语云："关节不到，有阎罗包老。"以其刚毅无私，遂以神明况之。若以为果任阴司，有是理乎？夫人能如包公之公，则亦必能如包公之明。倘不存一毫正直之气节，左瞻右顾，私意在胸，中明安在哉？故此书不特教人之明，而并教人之公。盖虚伪百出，一断不差，究非理在事外，总由中无执泥，惟求真耳。故视奇异之案，亦属平常之断，一如明镜当空，物自无遁形焉，初非勉强之为，亦非鬼神之说。存是意也，可以读是书。时嘉庆十三年戊辰春月，孝冈李西桥题。

说明：上序录自嘉庆十三年三让堂藏版本《龙图公案》。此本内封三栏，由右向左分题"包孝肃公百断""龙图公案""三让堂藏板"。首《叙》，尾署"时嘉庆十三年戊辰春月，孝冈李西桥题"。正文半叶十一行，行二十六字。原本藏辽宁图书馆。又有乾元堂刊本，首序尾亦署"嘉庆十三年戊辰春月，孝冈李西桥题"，且文字亦与上所录同。

李西桥，待考。

三宝太监西洋记通俗演义

叙西洋记通俗演义

罗懋登

恭惟我皇明,重新宇宙,海外诸番,获睹天日,以莫不梯山航海而重译来朝。文皇帝嘉其忠诚,敕命太监郑公和、大司马王公景弘,泛灵槎,奉使南印度锡兰山国,溯流穷源,直抵西印度忽鲁谟斯及阿丹、天方诸国,极天之西,穷海之湄,此外则非人世矣。历国大小三十馀,番王、酋长匍匐罗拜之,为兢兢罔敢后。中间锄强扶弱,海道一清。归献大廷珠玉、锦罽、珍果、异香并狮、象、驼、骏、猛獒、火鸡之属,礧砢然充后宫,实外囿,贡琛之盛,前此未闻。《书》称猾夏,《诗》曰仇邦,夷且为中国梗,矧匍匐罗拜之罔敢后?周先王甚盛德,肃慎氏止间一入贡,周且颁其赂物,诰语后人,矧举海外大小三十馀国,尽匍匐罗拜之罔敢后!自非圣德际天蟠地,昭揭日月,而胡极天所覆,极地所载,极日月所入,文命诞敷,帖尔效顺,致令二百年馀,借箸请缨之士,卷舌不谈；拥旄授钺之臣，韬戈不试。於都休哉！即碎南山之竹，捐西山之兔，曷足为圣明揄扬万一！稗官野史谓何？此《西洋记》所由作；布帛菽粟谓何？此《西洋记》所由通俗演义。赘庞云乎哉？耳食云乎哉？说者又谓：王者不治荒夷，九重一怒，势必沟血枕尸，背旅敖明教，不几污杀青？余曰：是不然。开辟之主，贵在宣威；守成之君，戒于好大。二者殊科。今日东事倥偬，何如西戎即序；不得比西戎即序，何可令王、郑二公见。当事者尚兴抚髀之思乎？说者唯唯，是为序。时万历丁酉岁菊秋之吉，二南里人罗懋登叙。

　　说明：上叙录自明万历二十五年刊本《三宝太监西洋记通俗演义》。首《叙西洋记通俗演义》，尾署"时万历丁酉岁菊秋之吉，二南里人罗懋登叙"，有"罗懋登印"阳文、"二南里人"阴文钤各一方。次"新刻全像三宝太监西洋记通俗演义目录"，凡二十卷一百回。正文第一叶卷端题"新刻全像三宝太监西洋记通俗演义卷之一　二南里人编次　三山道人绣梓"，半叶十一行，行二十五字。版心单鱼尾上镌"出像西洋记"，下镌卷次、叶次。每两回有图像一叶，图像插正文中。原本藏国家图书馆，上海古籍出版社、台湾天一出版社据以影印行世。另有一种，题署与上全同，惟半叶十二行，行二十五字。亦有天一出版社影印本。

上两种前一种书末有《敕建静海禅寺重修记》（正德十四年岁次己卯夏四月上浣）、《御制弘仁普济天妃宫之碑》、《御制弘仁普济天妃宫重修题名碑记》（正德十三年八月既望赐进士出身工部都水司主事建业黄谦撰文并丹篆额）《□□□非幻庵香火圣像记》（天顺元年岁次丁丑八月十五日中浣）。后一种佚《□□□非幻庵香火圣像记》篇（参天一出版社本）。

罗懋登，字登之，号二南里人，或谓其为明万历间陕西（"二南"地域相当于今陕西、河南之间）人。《西洋记》之外，尚有传奇《香山记》。馀待考。

封神演义

（封神演义识语）

舒冲甫

此书久系传说，苦无善本，语多俚秽，事半荒唐，诬古愚今，名教之所必斥。兹集乃先生考订批评家藏秘册，余不惜重赀，购求锓行，以供海内奇赏。真可羽翼记传，为商周一代信史，非徒宝悦琛瑰而已。识者鉴之。金阊书坊舒冲甫识。

封神演义序

李云翔

古今有可信者，经史《纲鉴》之书是也；有不可信者，《齐谐》《虞初》《山海》之书是也；若可信若不可信者，诸子小说阴阳方技术数之书是也。迨至结绳以后，仓颉成书，宇宙人事始焕，斯文始凿。极天蟠地，无窍不开，其中所以为帝王师相，人物臧否，如经史百家之书，无不假此定其好丑。若所称二帝曰"放勋"，曰"重华"，禹曰"文命敷于四海"，汤曰

"顾諟天之明命",文曰谟,武曰烈,下至曰桀,曰纣,曰幽,曰厉,何在不非史臣亲承之下揣摹则肖之也。孟夫子尚曰"尽信书不如无书",况三代以来,所谓曰文,曰武,曰孝,曰庄,曰敬,曰神,曰懿,曰徽,曰德,种种美词,不过皆史臣为之粉过饰非,写为一代信史。其中可信不可信明甚,又何怪后儒曰:"三代之下无书。"嗟嗟!自《周礼》以小史掌邦国之志,外史掌三皇五帝之书,至周末德衰,不无紊乱。我夫子为之宪章祖述,删繁芟伪,不可不谓斯文之幸。孰意秦火一烈,尺籍无遗矣。虽历汉、魏、晋于五代以至唐宋,不无除挟书之令,求天下之遗书者。有建石室兰台、东观仁寿、崇文秘阁,以藏其典籍者,甚至求录于民间者,可谓盛矣!然而有遭丧乱而焚毁者,有遭迁徙而遗弃者,又有遭运而舟覆于砥柱,航海而尽丧于沧茫者,可胜言哉!幸而天启文明,我国家景运洪开,于斯文独盛,真驾轶千古,而内府、民间,可曰汗牛充栋矣。

俗有姜子牙斩将封神之说,从未有缮本,不过传闻于说词者之口,可谓之信史哉?余友舒冲甫,自楚中重资购有钟伯敬先生批阅《封神》一册,尚未竟其业,乃托余终其事。余不愧续貂,删其荒谬,去其鄙俚,而于每回之后或正词,或反说,或以嘲谑之语以写其忠贞侠烈之品,奸邪顽顿之态,于世道人心不无唤醒耳。语云:"生为大柱国,死作阎罗王。"自古及今,何代无之?而至斩将封神之事,目之为迂诞耶?书成,其可信不可信,又在阅者作如何观,余何言哉?邗江李云翔为霖甫撰。

说明:上识语及序,均录自金阊载阳舒文渊梓行本《封神演义》。原本藏日本内阁文库。此本有识语,署"金阊书坊舒冲甫识",有《封神演义序》,尾署"邗江李云翔为霖甫撰",钤"李云翔印"阳文、"为霖父"阴文印各一方。目录叶题"新刻钟伯敬先生批评封神演义目录",凡一百回。有图五十叶。正文卷端题"新刻钟伯敬先生批评封神演义",惟卷二题"新刻钟伯敬先生批评封神演义　钟山逸叟许仲琳编辑　金阊载阳舒文渊梓行"。半叶十九行,行二十字。版心镌"封神演义"。

李云翔,字为霖,邗江(今属江苏扬州)一带人。编有《诸子拔萃》八卷。

封神演义序

褚人获

孟子曰："太公辟纣，居东海之滨"；"伯夷辟纣，居北海之滨。"何为乎辟纣哉？辟纣之杀戮忠良也。闻文王善养老，二老俱归周。文王之遇太公，载以后车，尊以宾师。文王薨，武王事之亦然。太公与周公，经理天下，周公以文，太公以武。商纣荒淫日甚，宠妲己亡国之妖，设炮烙以杀谏诤之士，开酒池、肉林以糜费物力，聚鹿台之财，敛巨桥之粟，民不聊生，死亡略尽。太公由是佐武王伐纣，救民于水火之中。纣兵七十二万，非不众且强也。太公鹰扬燮伐，前徒倒戈，商纣自焚，斩妲己于纛下，其飞廉、恶来之属，又与周公驱而诛之。太公之勋，岂不赫奕矣乎！

武王既定天下，分封一千八百国，首封太公于齐、周公于鲁，析圭儋爵，位居五等之上。其伐纣也，为堂堂正正之师，何尝有阴谋诡秘之说，如《封神演义》一书所云者？且"怪、力、乱、神"四者，皆夫子所不语，而书中所载，如哪吒、雷震之流，其人既异；土行七十二变之幻，其事更奇。怪诞不经，似当斥于仲尼之门者。

　　或曰："太公导武王伐纣,是以下杀上也,伯夷叩马,直曰'弑君'。当时纣恶虽稔,周德虽著,而守关扼塞之臣,怀才挟术之士,群起而与太公抗。此见汤之明德,尚未泯于人心。使商纣苟能痛革前非,卧薪尝胆,况又闻仲诸贤以佐之,吾未见吕尚之必捷也。子何以右之若是?"余应之曰:"叩马之时,武士欲兵之,太公扶而去之曰:'义士也。'伯夷之志,欲全万世君臣之义;太公之志,欲诛一代残贼之夫。志不同而道同也。且周公之治鲁也,尊贤而亲亲;太公之治齐也,尊贤而尚功。治不同而道同也。太公之本末,彰彰如是。此书直与《水浒》《西游》《平妖》《逸史》一般吊诡,以之消长夏、祛睡魔而已。圣门广大,存而不论可也,又何必究其事之有无哉!"时康熙乙亥午月望后十日,长洲褚人获学稼题于四雪草堂。

封神演义原序

周之标

　　古多阴谋,道家所忌。子牙,阴谋之祖也。其佐武王,纯用杀伐。纠纠乎,桓桓乎,岂不自惧哉!盖当年本以兵事开国,厥用在金,运数所至,不得已,鹰扬鼓励,玄鸟之祚,忽诸而既也。田和为诸侯,姜氏之族,遂如僵禽。甚矣,天道恶阴谋也,乃后世谈兵者,率祖子牙!子牙,八十老翁,钓于磻溪,其胸中出奇运变,从何搜得?一竿自隐,万乘同驱,周家八百年之祚,早于其掌中定之,夫宁无所得而能然欤?

  闻之先辈,子牙得力,全在五行生尅之数。此生彼尅,互生互尅,其奇变无穷,不可测识,以蠡管之见,从此中探讨,什不得六七也。盖五行各有其事,而以土为君,木为观,职在使民;火为明,职在知人;金为武,职在止乱;水为臧,职在终孝。土居中央,而万物以生。得其性,而文教揆,武卫奋,此盛王之治也。不得其性,而各以变鸣,阴或乘阳,阳或变阴。水侵木而木冰,木不直矣。火犯金而金飞,火不炎矣。金不从革而火亦燥;水不润下而木亦枯。群天地间,皆五行所生尅。政失于此,则变见乎彼,犹景之为形,响之应声也。圣人为君为相,则五行不为灾。木出乎震,而万物洁齐;火生于离,而万物相见；金役乎兑，而万物悦战；水止乎坎，而万物成终成始。然俱必以坤为舆也。五行藏于土，万物皆致养焉。貌言视听，总以思为土而宅中，不得其中，何以立万事？而水、火、金、木亦安从运也？纣将灭，妲己宠冠后宫。或以为坤先乎乾，水火交战，而子牙以金应之。在齐、夷以为生乱，在周、召则以为止乱也。六韬九略，各有五行，生生尅尅，奇变存乎中，而莫之或动，何也？阴谋主藏，善藏则善，用纠纠桓桓之士，仍具深静之气，如山如谷，敌人登城睊之，卒不可得。谋诚阴矣哉。是故，天道恶之。后此者，有孙吴为之胤子，妇人行兵，阖庐偶然生此怪想，卒藉孙子以破强楚，威齐晋，所获与爱姬孰多？孙膑学武子兵法，形格势禁，因势利导，刑徒之功名，震熠寰宇，能卫国，不能卫身。天刑者，其智全。人刑者，其术深也。涓自以能不及膑，刖其两足，谓终于刑徒已耳，孰意齐辎车中，竟有解乱救鬪之人乎？此又涓之阴谋反杀其身，以杀太子申者。《易》所云"长子帅师，凶也。"乾不升，离不继，以自贻伊戚也。《封神》一帙，张大其武功，而揆厥祸始，亡商者乃在妲己一妇人。嗟乎！一妇人岂能亡商哉？以阴兆阴，以阴报阴，亡商者子牙也，兴周者妲己也。吾故曰：子牙阴谋之祖也。长洲周之标君建甫题于一线天小兰若。

说明：上序录自清籁阁藏板四雪草堂订证本《封神演义》。此本内封上镌"四雪草堂订证"，下分三栏，由右向左，分题"钟伯敬先生原本""封神演义""清籁阁藏版"。首序二，分别署"时康熙乙亥午月望后十日，长洲褚人获学稼题于四雪草堂""长洲周之标君建甫题于一线天小兰若"。书凡二十卷一百回。有图像五十叶。正文半叶十行，行二十字。卷二题署与金阊载阳舒文渊本不同，作"钟山逸叟许仲林编辑　竟陵伯敬钟惺批评"。原本藏国家图书馆等。

褚人获(1635—1682)，字稼轩，又字学稼，号石农、没世农夫等，江苏长洲(今苏州)人，著有《坚瓠集》《读史随笔》《退佳琐录》《续蟹谱》《圣贤群辅录》《隋唐演义》等。

周之标，见《残唐五代史传》条。

封神诠解序

俞景

　　《封神》一书,传是释氏作。道家因邱祖西游雪山,作《西游》,假佛教阐发丹经,以贻释氏;释氏亦假道教作《封神》,还答邱祖。彼此机锋暗对,心照不宣。然《西游》世知道家手笔,而《封神》名氏泯灭无闻;《西游》有悟一子诠解,而《封神》六百年来,璞质浑然天地间,亦一缺陷事。予究心玄教多年,如堕五里雾中。嘉庆甲丑游京师,晤庞睿谷,蒙彼指示《天仙正理》《仙佛合宗》等书,始得斯道端倪。然金丹大道,最秘者火候。《天仙正理》诸凡和盘托出,独于火候,不敢违天禁例。集历代仙□□□(师一言)半语,汇集成篇,名曰《火经》,要人撅拾自悟,亦复传而不传。□□(疑为"丙寅")夏,蒙授以《火经》,印证《天仙正理》,一一符合。此真莫大之恩也。予虽无室家之累,而亲柩未葬,未便作出世想。庚午,教读□□,馆政之馀,假友人《封神传》作消夏计。细阅之,神道设教之言,皆寓发金丹大道之旨,与《西游》实相表里。其筑基炼已,周天火候,采药过关,服食养胎,移神迁鼎,炼神还虚,又与《天仙正理》一一符合。其寓意立局,有胜《西游》之处者,真仙笔也。予既蒙天地赋以此身,又得亲炙历代仙师之书,况复年力未衰,曷敢偷惰!以予之所得印证处诠解之,使作者六百年后得一知音,未必不点首虚空者也。然古本难得,坊刻者字多舛讹,其挂一漏十之处,尚望同志指示,幸甚。爰赘数言以为序。嘉庆乙亥除夕,仁和俞景序于京都如舟书屋。

(萧按:嘉庆无甲丑,甲丑或乙丑之误。)

删补封神演义诠解序

邹存淦

演义不知起于何时,今所传施耐庵《水浒传》、罗贯中《三国志》似最古,盖施、罗皆元人耳。自此以后,《列国志》《西游记》《平妖传》《金瓶梅》诸书,皆传自明季。《封神传》亦其一也。第《列国》《三国》虽约略正史,疑以传疑,每多杜撰。不知者据为典故,诬古人而误后学,流弊实不可胜言。至《金瓶梅》《水浒传》之诲盗诲淫,更不足论矣。《西游记》之取经西竺,当时实有其事。所不可知者,行者等耳。悟一子《真诠》出,而人始恍然悟为为证道之什,然尚未能知《封神传》之亦含玄理也。咸丰丙辰客杭,寓陈君耀奎溶照家。偶得俞湖隐景《封神诠解》草稿,勾勒涂抹,几难入目。时日长无事,因约略其句读,辑录一过,编为十卷。是亦证道之一种,悟一子视之,定当把臂入林矣。今人心不古,江河日下,读正史者,每不终卷;得小说读之,则津津有味。豆棚瓜架之间,拍手纵谈,自以为博识者有之,然终不免为通人所笑。何不以此为谈柄,庶不致厚诬古人,而转知服食养胎之秘诀,其所得不已多乎!越三十许年,重理旧作,为叙言于卷首。时光绪十年甲申大寒节,海宁三百三十有六甲子老人邹存淦俪笙氏识于白莲花寺前之勤艺堂。

封神诠解序

俞樾

邱长春《西游记》,乃记西域地理者,故钱竹汀《补元史艺文志》入之地理类。世俗所传《西游记衍义》,非邱作也。乃有悟一子者,不知何人,为作《西游真诠》,而此书居然谈道之书矣。《封神传》

荒诞不经,更甚于《西游》,士大夫不屑寓目。然《夷坚志》载程法师能持那吒火球咒,则那吒风火轮事,亦必有本。陶宏景真语《真诰》载"建冢埋圆石"文,云:五方诸神赵公明等,余考之《左传疏》,知即晋侯所梦大厉也,则赵公明亦实有其人。作此书者,殆亦博览古书者欤?仁和有俞君者,名景,自号湖隐,仿悟一子评《西游记》之例,作《封神传诠解》。其设想之奇,会意之巧,与悟一子异曲同工,而此书亦居然谈道之书矣。夫道无所不在也。庄子不云乎,道在蝼蚁,在稊稗,在瓦甓,在屎溺。夫至屎溺犹可以见道,况此洋洋数十万言之文字乎?推而言之,《西厢记》"临去秋波"一语,可以悟禅;"上大人,孔乙己",童子习书做本也,而白云禅师以举示郭功甫;"云淡风轻近午天",儿童所读《千家诗》首篇也,而张界轩谓此诗备阴阳四时之气。然则吾人苟于道有得,随所见而皆有合焉,岂必《参同契》《阴符经》而后可以谈甲边庚内之功,见虎存龙想之妙哉?俞君与余同姓,同为浙人,而余不之知。邹俪笙先生得此书于蟫断灸朽之中,而涂乙几不可辨识,乃以数年之功,董而理之,手自缮写,遂成定本。其哲嗣景叔大令，余门下士也，出以示余。余读一过而归之景叔，俾珍藏焉。方今卮言日出，东西洋新小说风行一时，而颇多离经背道之言。固不如读先生此书，使人悠然而有会矣。德清俞樾。

封神诠解跋

周绍良

右俞曲园先生所作也。此书始终无刻本，当时读《春在堂杂文补遗》，以为或已久不在天壤间矣。今年春，偶得此书于南中，大喜过望。视之，的是邹氏原钞本。因重为装池，并录原序于前。乙未中元，周绍良识于都门。

说明：上数序及跋，均录自邹存淦俪笙氏抄本《封神演义诠解》。原本为周绍良先生所有，今藏天津图书馆。

俞景，自号湖隐，浙江仁和（今杭州）人。

邹存淦（1849—1919），字俪生，号俪笙氏。浙江海宁人。藏书家。有《客居所居堂稿》《己丑曝书记》《修川小志》《田家占候集览》《外治寿世方初编》等。

俞樾(1821—1907),字荫甫,自号曲园居士,浙江德清人。清道光三十年(1850)进士,曾任翰林院编修。所著凡五百馀卷,称《春在堂全书》。《清史稿》有传。

周绍良(1917—2005),文史学家、收藏家。原籍安徽建德(今属东至)人。编著有《敦煌变文汇录》《唐代墓志汇编》《清代名墨谈丛》《蓄墨小言》等。

宋评封神演义序

宋芸子

《封神演义》者,刘伯温之所作也。曲谱传奇始于元,而章回小说始于元末。刘伯温与施耐庵少同学时,相约创为此体。耐庵书先成未出,而元已大乱。伯温佐明帝定鼎,先已久更名,流转江淮,不通闻,耐庵无从知也。及微服访耐庵,出质其所作《水浒》,伯温亦诡言所著已得,容五日记出。耐庵乃大惊,谓其囊括宇宙,必立功业来者,始能道此。而伯温固五日急就,不暇完全组织,参合雅言俗语,为通俗文句(别有"楔子"一篇,详述缘起列后)。故于两军之战甚草草,以赋为证,皆粗浅语,意不在此也。其间有诗为证者,多精理雅言,而亦多参俚句,为求浅学易解也。事后不著其名。伯温以文学子家成大勋,讳言有此书,故朝野罕知其事。

按《六韬》载武王伐纣,雪深丈馀,有五车二马行雪中,无辙迹。武王以问太公。对曰:"此五方之神来受事也。"而古文《泰誓》,且载白鱼跃舟、赤火流乌之异。太公殆受有异术,盖自古道书下藏传来,伯温之所托也。周家八百而刑措者二百馀年,故托于此,以为天人定命之符,上动诸天,星辰易位。据《国语》史苏所言,六百岁周与秦复合,则太平已将六百年,实宇宙间一大事。所谓如来降世,为了生死大事因缘。东迁而时入春秋,孔子生于其际。继衰周为素王,以圣皇之资而别为教主。道家为古原教,即是旧教。孔子修订原教以立修教,即是新教。原教主教帝王以被及万民,故谓之阐教;修教主辅帝王以治定太平,而归重于道德则同,惟致用则异耳。观于孔子亲受学于老子,既自言"窃比于我老彭"(据史就老子、彭祖是一人),而修订六经,专主礼教。系《易》则首提仁义礼为纲领,与老子之言不合,即是与旧教截然分为两宗,故此书名之为截教。阐教贵德而务施,以救民为主,果其为吊民而伐罪,虽征战之事,亦可身预其间。截教主礼而务施报:为之臣者,临难固不得不为其君;为之民者,非无故被戮,亦不得轻叛其国。故此书以夷齐起,以夷齐结,而中间事事牵入比干,为君、为国、为民,兼尽其道,乃人伦之至也。以太公吊伐始,以周公封建终,非此不能致六百年太平,千亿万生民幸福,则诸真安位天宫,诸佛自居净域,何必与人间一代兴亡事乎?所以先提上帝,欲令十二大弟子称臣,于是玉虚门下,道德罢讲,三教乃共立《封神榜》。子牙背榜下山,到人间试场会场考验一次。碧游知其门徒由神道去者居多,故戒门徒以毋多开口。至门徒相争不已,累及祖师亦下灵山。惟西方净教有无净三昧,无计较心,惟因欲度有缘,是其大愿,故亦入红尘,每次必度人以去。如是我闻,一时佛在某国土,即系佛家微旨。为修出世者说,非为入世者言也。学者不明其寓意深,或目为虚荒妄诞、村盲演说,一览弃之。

　　旧有前明钟伯敬评(钟惺亦文人,出于嘉靖时代），纯以常言世情借题作文，殊不足观。坊刻本有褚学稼序一篇，意有可采。今以为学之暇，信笔加评，有嫌其意过深者，因揭全书宗旨为序。庶本此意观之，抑犹有赘者。小说家者流，其源出于稗官。汉使黄衣使者虞初，乘轺传采民间小说，此亦采诗之遗，《两京赋》所云"小说九百，本自虞初"者也。小说不嫌近戏，而要归以动人观感、有裨化俗为主，即通俗教育是矣。评语多引书，或过于典雅，苟能会通其意，摘取回中一段，用白话文诠而说之，是有望于新学界之博闻者补其缺憾焉。是评成于甲寅、乙卯、丙辰间，时有作辍，为被放还山，发心而作。今以付印，先与讲学家正襟危坐而质明之。世界之守旧维新，世间、出世间法，概括略见一斑于此也夫。

说明：上序出自1925年成都刊本《封神演义》。

宋芸子，即宋育仁，字芸子，一字芸芝，晚号道复。四川富顺人。光绪丙戌（1886）举进士，授庶吉士，十五年为翰林院编修。著有《问琴阁丛书》（见王利器《宋评封神演义题解》）。

征播奏捷传通俗演义

刻征播奏捷传引

九一居主人

粤自《春秋》作而后王法明，《纲目》张而后人心正。要之，皆以维持世教，激扬民俗也。则士林之有野史，其来尚矣。故董、丘以下，作者叠出，是故《列国》《三国》有志，《飞虎》《水浒》有传，种种名色，更仆奚数。即我朝传书，尤难擢发。时有《英烈》《忠国》《兵火》《征西》等传，刊行海内。盖非假一种孟浪议论以惑世诬民，乃骚人墨客，澄郁衡茅，故对酒长歌，逸兴每飞云汉；而扪虱谈古，壮心动涉江湖。是以往往有所托而作焉。凡以写夫胸中蕴蕴之奇，庶乃不至湮没焉耳。奈世代沿革无穷，而杂记笔札有限，故自诸志传外，奇书竟厥寥寥。玄真子性敏强为，其才足以挥霍一世，凌驾千秋。每一搦管，则羲经麟史，岐鼓峄碑，冢书枕宝，盲册腐编，湘之《骚》，郢之《辩》，苦县之诠，濠上之旨，石穴之发，包山之秘，以至灵室玉笈之文，珠函贝叶之论，无不扶指麾而走笔下。偶自出庚子征播酋杨应龙事迹始末，辑成一帙，额曰《征播奏捷传》，属予序。予公馀游阅，视其言事论略，皆有根由，实迹悉同之蜀院发刊《平播事略》并秋渊野人《平西凯歌》，道听山人《平播集》等书中来，又非托虚架空者埒。吁，是集也，洵足以昭宣国宪，显扬威灵，绝反萌，褫雄魄，振士气也。岂无关风化之欤？余承虔祝，故不鄙一鸣，弁诸首。时龙飞万历昭阳阕单（按：应为"单阕"，癸卯，三十一年）重光作噩哉生明，九一居主人撰。

西蜀省院刊有《平播事略》，备载敕奏文表，风示天下。道听子记其耳聆目瞩，事之颠末，积成一帙，梓行坊中。不佞因合二书之所述事迹，敷演其义，而以通俗命名，令人之易晓也。即未必言言中綮，事事协真，大抵皆彰善殚恶，非假设一种孟浪议论，以惑世诬民，盖期张天威于塞外，垂大戒于域中，褫奸魄，振士气，使世之为土酋者不敢正视天朝，安常守职，无蹈前车之覆辙云耳。具法眼者谅之，幸毋罪嘤声之妄。癸卯冬，名衢逸狂白。

说明：上序录自巫峡望仙岩藏板重刻本《征播奏捷传通俗演义》。此本内封页上镌"巫峡望仙岩藏板"，下"刻全像音诠征播""奏捷传通俗演义"两行题名中间署"万历癸卯秋佳丽书林谨按原本重镌"，题名左右两侧署"宣慰肆猖獗妄动干戈卒致身夷族灭""总兵扬威武尽捣巢穴始贻国泰民安"。首《刻征播奏捷传引》，尾署"时龙飞万历昭阳阏单重光作噩哉生明，九一居主人撰"。次"新刻全像音诠征播奏捷传通俗演义凡例"，与一般书籍的凡例颇不相同，它不是编纂该书所必须遵守的原则，而是记录播州方舆、杨应龙家史及造反被剿的简要过程、播州官员名目及建制、杨应龙的家属部将姓名、播州的土产及协征杨应龙的官兵名目等。又次，"新刻全像音诠征播奏捷传通俗演义领目"，再次"新刻全像音诠征播奏捷传通俗演义目录"，凡六卷（礼、乐、射、御、书、数）一百回。正文卷端题"新刻全像音诠征播奏捷传通俗演义×集×卷遵依原板刊行　清虚居吉瞻仙客考证　巫峡岩道听野史纪略　栖真斋名衢逸狂演义　凌云阁镇宇儒生音诠"，半叶十一行，行二十二字。书末有牌记，末署

"癸卯冬，名衢逸狂白"。有上海古籍出版社影印本。

九一居主人、清虚居吉瞻仙客、巫峡岩道听野史、栖真斋名衢逸狂、凌云阁镇宇儒生，真实身份、生平事迹均待考。

咒枣记

萨真人咒枣记引

邓志谟

人心径寸尔,念善则仙品,念不善则凡品。仙凡岂蹊径别哉?在自撤其藩篱而已。萨君,五代时人品,蜀西河编籍,昔仙矣。究其自琐琐一刀笔吏,既且易业轩岐。业犹未底三昧,更为法派者流,间关世昧,非以时日计。顾志有所慕,利莫之疚;念有所专,欲莫之荡;神有所独注,险阻莫之沮。此其心纯然古,澹然素,虽儒之仲尼、释之牟尼,相伯仲也。是以功盖六幕,泽流九地,出入幽显,亭毒民物,天部乃陟之隶天枢。嗟嗟!萨君曷尝咽月华,茹日精,咀沆瀣,煅黄煮白,洗髓伐毛为耶?是不过事心焉耳。吾故曰仙凡非蹊径,在自撤其藩篱。藩篱撤,则克念圣;藩篱未撤,则妄念狂。仙之与凡,固人心管钥之欤?余暇日考《搜神》一集,慕萨君之油然仁风,摭其遗事,演以《咒枣记》。"咒枣"云者,举法术一事该其馀也。是匪徒为仙家阐玉笈,亦将为修心者尊神明矣。若以兹为不根论，簧鼓域中，佞甚也，则吾岂敢！则吾岂敢！竹溪散人题，时万历癸卯季秋之吉。

　　说明：上引录自闽书林萃庆堂本《五代萨真人得道咒枣记》。原本藏日本内阁文库。上海古籍出版社、台湾天一出版社等影印行世。无内封，首《萨真人咒枣记引》，尾署"竹溪散人题，时万历癸卯季秋之吉"。次"咒枣记目录"，凡十四回。目后有萨真人像。正文第一叶卷端题"锲五代萨真人得道咒枣记卷之上　安邑竹溪散人邓氏编　闽书林萃庆堂余氏梓"，半叶十一行，行二十四字。单鱼尾上镌"萨真人咒枣记"，下镌卷次、叶次。全书除萨真人像外，有插图三十幅。

　　竹溪散人，即邓志谟，字景南，号竹溪散人、百拙生，饶州安仁（今属江西鹰潭市）人。《安仁县志》卷三《隐逸》有传。著有《山水争奇》《风月争奇》《梅雪争奇》《花鸟争奇》《童婉争奇》《蔬果争奇》《茶酒争奇》，以及《许旌阳得道擒蛟铁树记》《唐代吕纯阳得道飞剑记》《五代萨真人得道咒枣记》《精选故事黄眉》《重刻增补故事白眉》，又有《丽藻》《古事镜》等。约万历中后期在世。

飞剑记

吕祖飞剑记引

纯阳吕祖，唐贞元时魁梧儒也。三举进士，皆落于孙山。既而第，则岁周甲矣。寓长安邸中，邂逅明师，指以玄学，遂澹然世味，芥功名，尘轩冕，兹非翩翩浊世之佳丈夫哉！究且饮沆瀣，咀日精月华，烹铅煮汞，飘然而仙，是吕祖颠末事也，繇唐迄今，八百馀岁，古今殊其时矣。而吕祖每游行寰宇，化度林总，代著彼仙迹，此己欲立立人，己欲达达人，甚盛心也。顾吕祖之为人虽切，而人之自为或疏，矧仙凡异轨，不以精神贯浃之，奚祖之见也？是集拓祖之遗事，而其中诗句，皆祖之口吻吐之。吾以为，诗在即吕祖在也。昔司马子微自谓读《天隐子》三年，而天隐子出焉，授以秘诀。笃于求道者之验，章章可考。世之慕道者，允如司马真人乎？安知吕祖不出而点化之？然慕吕祖以幻想，未若慕吕祖以故实，玩吕祖之事，哦吕祖之诗，则如见吕祖

也。故此集不可不披阅之也。夫集以《飞剑》名……（下阙）

说明：上引录自闽书林萃庆堂本《唐代吕纯阳得道飞剑记》。原本藏日本内阁文库。上海古籍出版社、台湾天一出版社等影印行世。无内封，首《吕祖飞剑记引》，似缺末叶。次"飞剑记目录"，凡十一回（缺十二、十三回）。正文第一叶卷端题"锲唐代吕纯阳得道飞剑记卷之上　安邑竹溪散人邓氏编　闽书林萃庆堂余氏梓"，半叶十一行，行二十四字。单鱼尾上镌"吕纯阳飞剑记"，下镌卷次、叶次。全书应有插图二十八幅，第九回少一幅。

竹溪散人邓氏，见《咒枣记》条。

铁树记

豫章铁树记引

邓志谟

许都仙，江南人也，厥祖累世阴德。都仙以西晋初诞，遡其自，盖玉洞仙降世，岂梦熊梦鸟者说哉！都仙幼颖异，长举孝廉，擢旌阳县令，赫有政声。惟以五胡併乱，遂解簪绅，皭然不染。既归，适蛟螭肆害，将举豫章而汇之。若然，则民而鱼也。都仙乃远投谌母。传以汉兰公玄谱，歼灭殆尽，镇以铁树，俾洪州地脉奠安若磐石然。厥功懋矣，康宁间，合宅上升，则许氏之阴功有报，而玉洞之仙谱为无失者。我明距晋世虽多历，而都仙屡出护国，是当代之铁树奕叶且重光矣。予为之作《记》，匪佞匪佞。时皇明万历癸卯春谷旦，竹溪散人题。

说明：上序录自萃庆堂本《许仙铁树记》。此本内封正中题"许仙铁树记"，左下镌"萃庆堂梓"。首《豫章铁树记引》，尾署"时皇明万历癸卯春谷旦，竹溪散人题"，有阴文印一方，字迹不清，似为

"散人"二字。次"铁树记目录",凡十五回。正文第一叶卷端题"新锲晋代许旌阳得道擒蛟铁树记卷之上　云锦竹溪散人邓氏编　书林萃庆堂余泗泉梓",半叶十一行,行二十四字。版心单鱼尾上镌"许仙铁树记",下镌卷次、叶次。全书有插图三十幅。

真君全传序

汪逢尧

大凡传者,传也,传其事之所有,非传其理之所无。今《真君》一书,搜宇内奇观,汇古来轶事,三教之源流如昨,五常之义理昭然。传观之下,玄妙可通;遐稽之馀,人纲可识。其间如斩蛟、斩龙诸事,似怪非怪,似诞非诞,以其法超群,而专意于崇正黜邪也。岂凡为诡异者所可比欤?盖一十六回之内,大而忠孝节义,细而日用行常,息深深而达亹亹,有原有本,洒洒洋洋。观此者可以消白昼,可以娱暇日。嗣是而真君之精气奇勋,将垂诸奕祀而不朽也。是为序。嘉庆十八年癸酉元月下浣日,海上兰溪居士汪逢尧志。

说明：上序录自清嘉庆间坊刊本《真君传》，即《铁树记》之异名。题"云锦竹溪散人邓氏编"。有《真君传序》，尾署"嘉庆十八年癸酉元月下浣日，海上兰溪居士汪逢尧志"。

汪逢尧，待考。

三教开迷归正演义

三教开迷演义叙

朱之蕃

语云：文章不关世教，虽工无益，故高则成传奇词话云："不关风化体，纵好也徒然。"由斯以观，则书记之贵，关世教风化尚矣；夫书关世教风化，则为作不徒作；作不徒作，则可长久；可长久，则又与世教风化相关，系于不朽。其今《三教破迷正俗演义》之谓乎？夫《三教破迷演义》与《西游解厄传》《忠义水浒传》等书耳，亦等之稗官小说之类耳，何据以足久远？而不知有不然者。《西游》《水浒》皆小说之崇闳者也。然《西游》近荒唐之说，而皆流俗之谈；《水浒》一游侠之事，而皆无状之行，其于世教人心，移风易俗，俄顷神化，何居而得与《破迷正俗演义》相轩轾也。演义者，其取喻在夫人身心性命、四肢百骸、情欲玩好之间，而其究极在天地万物人心底里、毛髓良知之内；其指摘在片言只字、美刺冷软、浮沉深浅、着而不着之际，而其开悟在棘刺微芒、红罏淡浓、有无渍入、知而不知之妙。其立名则若有若无，若真若假；其立言则至虚至实，至快至切；其震撼则崩雷掣电，神鬼俱惊；其和婉则薰风膏雨，髓骨俱醉。称名小，取类大，旨远词文，曲中肆隐，故言之者不觉其披却，而听之者不觉其神移。激则怒发冲冠，裂眦切齿；柔则心旷神怡，筋酥骨懈；嘲笑则捧腹解颐，胡卢雀跃；冷软则汗背颡沘，愧赧入地；讽婉则胆冷心碎，拍奋激昂。酒色财气之徒，不半字而魂消；淫奔浪荡之辈，聆片言而心颤。笑谈而夺千军万马之力，指顾而高华衮斧钺之权。其视锁心猿意马于无影无用之桩，而快恩仇报复于水洼雀泽之境者，不相去万里？而于扶持世教风化，岂曰小补之哉？虽谓是书也为帝王圣贤之羽翼、感化人心之鼓吹、喜起作人之嚆矢、而万世万人迁善改过之法门可也。言言灵药，字字神针，宇宙在乎手，造化本乎身，即观者自行玩味，有一点即化，不觉其瞪目而神快者，自觉此记之妙，又何事乎余之赘言？金陵朱之蕃撰。

三教开迷序

潘镜若

三教道理，其来久矣，乃开迷实自而传耶。盖予先严清溪道人喜谈释，尝与名缁辨难，尘情万种，触境皆迷，谁能剖破？惜予垂髫，未悉其旨。壮而孔门未遂，首为鹰扬拔，淹蹇长安四十馀载，小试锡山，郁郁未展，而马齿衰矣。思今忆昔，四恩未报，百行皆虚。偶与宗儒谈及世法，谓人居尘中，如鱼居水，观水中游，则识尘中景。尘即迷也。非迷不足以见人，非开不足以见道。非深明大儒中庸至理，又孰能开？乃《心经》《道德》，不外中庸，此立传之意，实继先严论迷之志也。传中浪游三吴、齐鲁之区，见履人情物理之事，真实不妄，而慷慨以发宏议，实开诚布讽之私，杂以诙谐，乃驱睡魔，消白昼，真尘世难逢开口笑之意欤？噫！尝读皇明祖训、孝顺等谕，大哉王言，真万世四民进德修业之本。人果念兹，何迷不开？而且以予传为嚣嚣于世，是为序。九华山士潘镜若撰。

三教开迷传凡例（计八款）

潘镜若

一、本传独重吾儒纲常伦理，以严政教，而参合释、道，盖取其见性明心，驱邪荡秽，引善化恶，以助政教。

一、本传指引忠孝之门，发明礼义，下返混元，又是丹经一脉。

一、本传自始至终，血脉联贯，虚实互参，直指过不及之差，而进人大中至正之域，人果能略其虚诞，就其警语，检点旦夕所为，退太过而进不及，自是一心朗照，五体安舒，进乎明矣。

一、本传通俗诗词吟咏，欲人了明，而俗中藏妙，浇处和淳，自未可以工拙论。

一、本传叙事虽琐屑，生平见履者过半。发论若正，固以开迷是良药苦口之喻；寓言若戏，亦以开迷是以酒解醒之说。乃正人君子、忠孝立身者不迷，而且哂喋喋嚣嚣者之迷。

一、本传圈点，非为饰观者目，乃警拔真切处，则加以圈，而其次用点，至如月旦者，落笔更趣，且发作传者未逮。九华山士谨识。

三教开迷传引

顾起鹤

国家崇儒重道,治化綦隆,未尝以释子、黄冠范围黎庶,然亦不废而绝之,为其有裨政教不少。何者?今有挟邪辈,惩以皋陶三尺,彼或巧避倖逃,不若以弥陀一句化,羽士能飞符号召雷霆,人有不畏轰划而涤虑洗心者,几希,则释道之格邪引善,信非诬矣。是传开迷心,归正路,欲以举世尽归王道之中,乃参三教而合一,立意其在兹耶。顾世之演义传记颇多,如《三国》之智,《水浒》之侠,《西游》之幻,皆足以省睡魔而广智虑,然未有提撕警觉世道人心如兹传之刻切者。彼其姓名事迹真实者过半,就中生一派光明正大之规;彼其借事托名立意者十三,其间杂一段诙谐笑傲之趣,是传又堪与《三国》诸传记并美也。而不然者曰:规模狭隘,毛疵罥人。予应之曰:三纲五常,载满帙中;克己复礼,时盈篇内,予其信是传不欺。浙湖居士顾起鹤撰。

三教开迷演义跋

　　余友镜若子潘九华燕居，撰《三教开迷》，其中事迹若虚若实，人名或真或假，且信意而笔，无有定调。余窃怪其泛而杂，乃复爱其委而婉，把世情纷纭变幻，直辨驳在一词句间，乃私询其意旨。渠笑而不答。既而款款指向余说，皆其生平经历所遇，实有其事与人者，除怪诞不根者十之三以妆点作传之花样，其馀借名托姓，总之不扬人恶，亦不隐人善。种种着是迷者，自相警戒焉则可。必欲知其事与人，人可知乎？千百年尚识其人与事乎？我苟不迷，即迷，而自能破，得大利益身心，则斯传亦良饵矣。

　　说明：上诸序、跋及凡例、小引等，均录自万历间白门万卷楼刊本《三教开迷归正演义》。原本藏日本天理图书馆。此本首《三教开迷演义叙》，尾署"金陵朱之蕃撰"，有"元介"阴文、"状元修郎"阳文钤各一方；次《三教开迷序》，尾署"九华山士潘镜若撰"，有"九华山士"阳文、"镜若生"阴阳文钤各一方；次《凡例》八条，署"九华山士谨识"；再次《三教开迷传引》,署"浙湖居士顾起鹤撰"。复次"朱兰嵎批评三教开迷归正演义目录",凡一百回。正文第一叶卷端题"新镌朱兰嵎先生批评三教开迷归正演义卷之一　九华潘镜若编次　兰嵎朱之藩评订　白门万卷楼梓行"。半叶十一行,行二十二字。版心单鱼尾上镌"开迷归正演义",下镌卷次、叶次。书末有《三教开迷演义跋》,不题撰人。

潘镜若,约生于明嘉靖中叶,万历中叶尚在世,号九华山士。壮年弃文从武,三十六岁中武举,曾在无锡做官,晚年不得志(详参上海古籍影印之该书黄毅《前言》)。又自序中说"予先严清溪道人喜谈释",这里提及的清溪道人,未知与作《禅真逸史》《东渡记》的清溪道人是否一人?若是,则谓清溪道人系方汝浩之号则误。

朱之藩(1558—1624),字元升,一作元介,号兰嵎、定觉主人,南直隶上元(今江苏南京)人。万历乙未(1595)状元,授翰林修撰,历官吏部右侍郎,协理詹事府事兼翰林侍读学士。曾奉命出使朝鲜。有《君子林图卷》等。

顾起鹤,待考。

郭青螺六省听讼录新民公案

新民录引

吴迁

我无为,而天下化。太上则然。皋陶为士师,而夏台、羑里、虞芮质成,则知明德新民。子元元者,当刻刻为之并茂也。于公为政,世鲜冤民;阳肤典刑,示以得情勿喜。其视三木囊头、请君入瓮、罗织株蔓语劫民,则何如?曰是新民也,夫谁信之?汉文禁肉刑,唐宗禁笞背,宋祖恤冤狱,宜其当时之民,焕然作新,颙颙向风,较之画地不入、刻木不对,岂不大径庭哉?我吉州青螺郭公,以明德掇巍科,以新莅六省。盖将以明者新之民,而以新者效之君。初任建州,忠信,人不忍欺;明决,人不敢欺。片言折狱,不啻神明。后刺岭表,潮民罔不自以为不冤。自是而三晋无强梁,两川多淳谨,杭严大畏民志,云贵心悦诚服。《传》曰:民之所好好之,民之所恶恶之。此之谓民之父母。既以父母斯民为王道,则新民之体已立,而新民之用大行,区区听讼,仅治功之绪馀耳。但甘棠存召绩，镌石垂不朽，故纪公六省理人之政，每每概揭其一二于篇什，非贡谀也，欲俾公今日新民之公案，为万世牧林总者法程也。有志而喜，于是乎乐谈而镂之剞劂。时大明万历乙巳（三十二年）孟秋中浣之吉，南州延陵还初吴迁拜题。

说明：上引录自日本延亨元年（1744）甲子四月抄本，上海古籍出版社影印本《郭青螺六省听讼录新民公案》。此本未见内封，首《新民录引》，尾署"时大明万历乙巳孟秋中浣之吉南州延陵还初吴迁拜题"。次"新民公案目录"，凡四卷。正文第一叶卷端题"新刻郭青螺六省听讼录新民公案卷之一　建州震晦杨百明发刊　书林仙源金成章绣梓"，首列《郭公出身小传》，半叶十行，行十七字。据其笔迹，知前后抄录者为两人。书末署"延亨元年甲子四月"。

吴迁，字还初，号南州散人，明万历时延陵人，一谓豫章人（明文萃堂刊《新刻全像五鼠闹东京》卷端题"新刻全像五鼠闹东京一卷　豫章还初吴迁编　书林文萃堂梓"）。有《天妃娘妈传》《五鼠闹东京》等。小说《新民公案》似亦吴迁所作,复有《金匮要略》吴迁钞本传世。

海刚峰先生居官公案

新刻刚峰先生居官公案传序

李春芳

海刚峰先生,直谏人也。当肃皇帝末年,斋居静摄,惟时方士陶仲文等,导以斋醮引年之术,群臣将顺,莫有言其非者。刚峰先生时为比部郎,无言责之任,乃奋然起曰:"是尚可以缄默为乎?"乃抗疏,反复累千言,大指欲反其昔日之误,置其身于尧、舜、禹、汤之上。肃皇帝大为感悟,日取读数过,惜未及施行,不幸宾天。穆皇帝甫继大宝,即首出先生于狱,擢为大理寺丞,盖承先皇帝之志,知先生为最深也。先生益自感愤。其理冤狱,拔幽滞,诸所称腊肉干肺者,悉以先生为归,人称为神明。昔人云:"关节不通,有阎罗包老。"先生之风大类是。累功历官至都御史。虽其所行,宁便于民而不便于缙绅,诸言事者,摘其过端上之。穆皇帝素知先生之为人,未尝一加罪焉。先生历事三朝,其直声在朝廷,其实惠在黎庶,其清风在宇内,其公论在人心。先生盖钟扶舆之淑气，而为熙朝之名臣矣乎！先生生于濒海之外，前有丘琼山先生以文章著海内，后有海刚峰先生以直声震朝野。后先继美，非圣朝作人弘化，讵能于濒海外得人亦若斯盛乎？且所称谏者，不贵从，而贵改；不贵说，而贵绎。先生之于穆皇帝盖不徒改而绎者。穆皇帝首擢召用，俾得见诸实事。驯至今上，犹能大为擢拔，使得二三臣如先生者，布列中外，何患天下之不治平哉？然而决狱惟明，口碑载道，人莫不喜谭之。时有好事者，以耳目所睹记，即其历官所案，为之传其颠末。余偶过金陵，虚舟生为予道其事若此，欲付诸梓而乞言于予。余亦建言得罪者，忽有感于中，因喜而为之序。万历丙午岁夏月之吉，晋人羲斋李春芳书于万卷楼中。

说明：上序录自万历丙午万卷楼刊本《海刚峰先生居官公案》，首《新刻刚峰先生居官公案传序》，尾署"万历丙午（三十三年）岁夏月之吉，晋人羲斋李春芳书于万卷楼中"，有"皇庭过客"阴文、"李春芳印"阳文钤各一方。次"新锲全像海忠介公居官公案目录"，凡四卷七十一回。复次"海公遗像"，正文第一叶卷端题"新刻全像海刚峰先生居官公案卷之一　晋人羲斋李春芳编次　金陵万卷楼虚舟生镌"，题署与序所叙似不同。半叶十二行，行二十三字。版心单鱼尾上镌"刚峰公案"书名，下镌卷次、叶次。开头冠《皇明都御史忠介公海刚峰传》，《传》后方为小说正文。藏北京图书馆、北大图书馆。

李春芳，字羲斋，山西人，似曾短暂为官，馀待考。

但此书作者李春芳绝非字子实，号石麓，扬州兴化（今属泰州）人，曾中状元，为首辅的李春芳，上所录李序作于万历三十三年，而此李春芳万历十三年已故世。

杨家府世代忠勇演义志传

杨家通俗演义序

秦淮墨客

尝读将传,三代尚矣。秦、汉来,其间负百战之勇,以驱戎马于疆场、请长缨于阙下者,盖如云如雨,第全躯者,为身不为君;保妻子者,为家不为国。求忠肝义胆,争光日月,而震动乾坤,不啻麟角凤毛也。盖非勇之难,忠而勇者实难。宋起鼎沸之后,一时韬钤介胄之士,师师济济,忠勇如杨令公者,盖举世不一见云。令公投矢降太宗,公尔忘私,业以许国。狼牙一战,愤不顾身,英风劲气,真足寒其心而褫之魄。使其将相调和,中外合应,岂不足树威华夏?奈何三捷未效,而掣肘于宵人之中制,竟使生还玉关之身,徒为死报陛下之血,良可惜哉!良可惜哉!虽然,公亦足自慰也:丈夫泯泯而生,不若烈烈而死,故不忧其身之死,而忧其后之无人。自令公以忠勇传家,嗣是而子继子、孙继孙,如六郎之两下三擒,文广之东除西荡;即妇人女子之流,无不摧强锋劲敌以敌忾沙漠,怀赤心白意以报效天子,云仍奕叶,世囗(世)相承。噫!则令公于是乎为不死。彼全躯保妻子者,生无补于君,死无开于子孙,千载而下,直令仁人义士笔诛其魂,手刃其魄,是与草木同朽腐者耳,安能凛凛生气荣施之若此哉!故君子观于太行之上,谓怀玉之知机勇退,富贵浮云,而亦伤宋事之日非矣。嗟嗟!贤才出处,关国运盛衰,不佞于斯传不三致慨云?剞劂告成,敬掇俚语于简首,以遗世之博古者。时万历丙午(三十三年)长至日,秦淮墨客书序。

　　说明:上序录自该书之天德堂本。此本原藏台湾"中央图书馆"。首《杨家通俗演义序》,尾署"时万历丙午长至日,秦淮墨客书序",有"纪氏振伦""春华"阳文钤各一方。次"新编全相杨家府世代忠勇通俗演义目录",凡八卷五十八则。正文第一叶卷端题"镌出像杨家府世代忠勇演义志传一卷　秦淮墨客校阅　参订"。半叶十行,行二十字,版心鱼尾上镌"杨家府演义",下镌卷次。卷二则题"新刻全像杨家府世代忠勇通俗演义志传",署"秦淮墨客校正　烟波钓叟参订"。另有卧松阁本,藏北京图书馆、北大图书馆。两种本子版式行款全同,其一当为重印本,天德堂本似早出。另有玉茗堂本,有万历四十六年玉茗堂主人序,藏台湾"中央图书馆"。

秦淮墨客,据序后"纪氏振伦""春华"两阳文钤可知,秦淮墨客即纪振伦,字春华,号秦淮墨客,明江宁(今江苏南京)人。《杨家通俗演义》等之外,编辑戏曲选集《陶真选粹乐府红珊》,校订传奇七种:《三桂记》《七胜记》《折桂记》《西湖记》《双杯记》《葵花记》《霞笺记》。

海陵佚史

《海陵佚史》叙

醉憨居士

赤族之诛夷,亦知夷虏之凶残狼戾、无君臣父子夫妇兄弟之伦者乎?曷不观金之废帝完颜亮。夫亮,非直抵江南,思"立马吴山第一峰"者耶?《金史》载其强狠狡猾,淫荡无度。当时无论臣民妇女,受其淫虐,即五服至亲,亦皆率意蒸嬲,莫知忌讳。而诸妇女中,虽蒲速碗正色力拒,亦必遭其毒手。惟乌林答氏缢死道中,幸免其辱。其馀俱靦颜就淫,恬不羞涩。信哉,瞅如龟,恋如狗,聚如麀,贪如鸰,沐猴冠冕,牛马襟裾也!其诸妇女之夫,非遣之上京,即置之死地,徒有侧目,孰敢怨言?直至侵宋北归,其臣耶律元宜等弑之江上,箭入腹中,手足俱断,差足偿其暴恶。吁,晚矣!夷虏之行若此,彼愚夫者或未知耶,抑知之而谓其妻女未尝丑夷之味,特邀其来,以畅若妻女之欲耶?道人不胜其忿也,爰作《海陵佚史》。佚者,淫也。淫何可训,而道人乃辑之为书，且绘之为图，毋亦明彰夷虏淫毒之惨，以为通虏者警耳？则是史也，实与李氏《贻臭录》同不朽矣，岂宣淫者俦哉。愚奴者醒也，当弗作佚史观。醉憨居士题。

说明：上叙录自《思无邪汇宝》本《海陵佚史》。据出版说明，上海图书馆存此书之微卷。题"无遮道人编次　醉憨居士批评"。大约成书于万历四十八年前后。

无遮道人、醉憨居士，待考。

新刻续三国志后传

新刻续编三国志序

粤自书契肇兴,而纪勋纪言,代不乏史。唐虞已前尚矣。若左闻人之《内外传》,战国士之纵横语,马、班之两汉纪,瓌玮瑰丽,耀人心目,博士家业,已沉酣浸灌其间。顾其古调奇辞,员机奥理,可以赏知音,不可以入俚耳。于是好事者往往敷衍其义,显浅其词,形容妆点,俾间巷颛蒙,皆得窥古人一斑,且与涂歌俗谚,并著口实,亦牖民一机也。矧人才之盛,古称三国。方党锢之英既烬,卯金之炎方熸,拥州邑者,人藏问鼎之奸;伏尘埃者,士怀奋翼之志。龙蛇争竞,豺虎同哮,一时英雄豪杰,相与借箸挥戈,而成败利钝,百年万状,亦当世得失之林也。乃陈寿所志六十五篇,简质遒劲,虽足步武前史,而正统未明,权衡未确,其间进退与夺,不无谬戾。涑水编其年,而细微之事则略;新安挈其纲,而褒贬之义则微。所藉以诛奸雄,阐潜德,彰暧昧,志奇幻，俾古人心迹，炳若日星，即庸夫俗子，鄙薄懦顽，罔不若目睹其事，而感发惩创，阅之靡靡忘倦者，《演义》一书不可无也。顾坊刻种种，鲁鱼亥豕，几眩人目。且其所演说，容有未厌人心处，故复为之校雠，为之增损。摹神写景，务肖妍媸；扫叶拂尘，几费膏晷。且复以《晋书》始事，略撰数首续之，所以大一统也。比授梓，分为一十卷，通计一百卅九回，聊当野史，以供耳食，非敢污博雅之目也。然于酒力乍醒，午梦方回，焚香啜茗，转卷垂青，未必非挥麈之一资也。较诸《世说》《丛谭》等书，岂遽多让云。时万历岁次己酉（三十三年）嘉平月谷旦。

（新刻续编三国志）引

夫小说者，乃坊间通俗之说，固非国史正纲，无过消遣于长夜永昼，或解闷于烦剧忧愁，以豁一时之情怀耳。今世所刻通俗列传，并梓《西游》《水浒》等书，皆不过取快一时之耳目。及观《三国演义》至末卷，见汉刘衰弱，曹魏僭移，往往皆掩卷不怿者众矣。又见关、张、葛、赵诸忠良，反居一隅，不能恢复汉业,愤叹扼腕,何止一人?及观汉后主复为司马氏所并,而诸忠良之后,杳灭无闻,诚为千载之遗恨。及见刘渊父子,因人心思汉,乃崛起西北,叙檄历汉之诏,遣使迎孝怀帝,而兵民景从云集,遂改称炎汉,建都立国,重兴继绝。虽建国不永,亦快人心。今是书之编,无过欲泄愤一时,取快千载,以显后关、赵诸位忠良也。其思欲显耀前忠,非借刘汉则不能以显扬后世,以泄万世苍生之大愤。突会刘渊,亦借秦汉馀,以警后世奸雄,不过劝惩来世,戒叱凶顽尔。其视《西游》《西洋》《北游》《华光》等传不根诸说远矣。虽使曹魏扞力诸臣有知,亦难自免事伪助逆之咎矣。客或有言曰:书固可快一时,但事迹欠实,不无虚诳渺茫之议?予曰:世不见传奇戏剧乎?人间日演而不厌,内百无一真,何人悦而众艳也?但不过取悦一时,结尾有成,终始有就尔。诚所谓乌有先生之乌有者哉。大抵观是书者,宜作小说而览,毋执正史而观,虽不能比翼前书,亦有感追踪前传,以解颐世间一时之通畅,并豁人世之感怀君子云。

说明:上序和引,均录自上海图书馆藏明刊本《新刻续三国志后传》。此本无内封,首《新刻续编三国志序》,尾署"时万历岁次己酉嘉平月谷旦",次《引》,不署撰人。复次,"新镌全像通俗演义续三国志目录",凡十卷一百四十回(第一百四十回的回目是据正文补抄上去的)。复次题"并刻各主建都郡国细开于图后""一西晋建都洛阳,今河南府是也;东晋建都建鄴,即应天府;汉主刘渊建都平阳府,即今属山西省……"中夹地图,图后又记"姚秦自秦州据都长安……"正文卷端题"新刻续编三国志后传一卷　晋平阳侯陈寿史馀杂纪　西蜀酉阳野史编次",半叶十二行,行二十七字。版心单鱼尾上镌"续三国志",下镌卷次、叶次。有图像,图像插正文间。全书仅第一、二回标回次。前人孙楷第、谭正璧等著录每有错误处(参萧相恺《珍本禁毁小说大观——稗海访书录》,中州古籍出版社1992年版)。书之末尾谓:"此书原本共计二十卷,今分作二集而刊,庶使刻者易完,而买者轻易,以成两便。观书君子看此完毕,再买下集,自十一卷至二十卷,以视晋汉兴亡,睹前后终始,方合全观。幸为毋吝青蚨而弃后史也。"惜二集不得见。

　　酉阳野史,四川人,真实身份、生平事迹待考。

西汉通俗演义

西汉通俗演义序

甄伟

西汉有马迁《史》，辞简义古，为千载良史，天下古今诵之，予又何以通俗为耶？俗不可通，则义不必演矣。义不必演，则此书亦不必作矣。又何以楚、汉二十年事，敷演数万言以为书耶？盖迁《史》诚不可易也，予为通俗演义者，非敢传远示后，补史所未尽也，不过因闲居无聊，偶阅西汉卷，见其间多牵强附会，支离鄙俚，未足以发明楚、汉故事，遂因略以致详，考史以广义。越岁，编次成书。言虽俗而不失其正，义虽浅而不乖于理。诏表辞赋，模仿汉作；诗文论断，随题取义。使刘、项之强弱，楚、汉之兴亡，一展卷而悉在目中。此通俗演义所由作也。

然好事者或取予书而读之，始而爱乐以遣兴，既而缘史以求义，终而博物以通志，则资读适意，较之稗官小说，此书未必无小补也。若谓字字句句与史尽合,则此书又不必作矣。书成,识者争相传录,不便观览,先辈乃命工锓梓,以与四方好事者共之。请予小叙以冠卷首,遂援笔书此。欲人知余编次之初意云耳。万历壬子岁春月之吉,钟山甄伟撰。

说明:上序录自金陵周氏大业堂本《西汉通俗演义》。此本标"重刻西汉通俗演义",书凡八卷一〇一则。首《西汉通俗演义序》,尾署"万历壬子(四十年)岁春月之吉,钟山甄伟撰"。正文第一叶卷端题"钟山居士建业甄伟演义　绣谷后学敬弦周世用订讹　金陵书林敬素周希旦校锓",半叶十四行,行三十字。原本藏日本宫内厅书陵部。

甄伟,字不详,号钟山居士,金陵人。馀待考。

周世用,字敬弦,馀待考。有明万历九年修《弋阳县志》,署明程有守、周世用纂修,未知是否一人?

周希旦,字敬素。馀待考。

东西汉演义

东西汉演义序

袁宏道

汉家四百馀年天下,其间主之圣愚,臣之贤奸,载在正史及杂见于稗官小说者详矣。兹演义一书,胡为而刻?又胡为而评?中郎氏曰:是未明于通俗之义者也。里中有好读书者,缄嘿十年,忽一日,拍案狂叫曰:异哉!卓吾老子吾师乎。客惊问其故。曰:人言《水浒传》奇,果奇。予每捡十三经或二十一史,一展卷,即忽忽欲睡去,未有若《水浒》之明白晓畅,语语家常,使我捧玩不能释手者也。若无卓老揭出一段精神,则作者与读者千古俱成梦境。今天下自衣冠以至村哥里妇,自七十老翁以至三尺童子,谈及刘季起丰沛、项羽不渡乌江、王莽篡位、光武中兴等事,无不能悉数颠末,详其姓氏里居。自朝至暮,自昏彻旦,几忘食忘寝,聚讼言之不倦。及举《汉书》《汉史》示人,毋论不能解,即解亦多不能竟,几使听者垂头,见者却步。噫!今古茫茫,大率尔尔，真可怪也，可痛也。则《两汉演义》之所为继《水浒》而刻也。文不能通，而俗可通，则又通俗演义之所由名也。虽然，吾安得起龙湖老子于九原，借彼舌根，通人慧性；假彼手腕，开人心胸，使天下共以信卓老者，信演义；爱卓老者，爱演义也。不得已，聊为拈出，以供天下之好读书。公安袁宏道题。

说明：上序录自宝华楼刊本《东西汉全传》，原本藏北大图书馆，上海古籍出版社据以影印。此本内封题三栏，左栏题"钟伯敬先生评"，中栏题"绣像东西汉"，右栏题"全传　宝华楼梓行"。首《东西汉演义序》，尾署"公安袁宏道题"，有"袁宏道印"阴文钤一方。次"全像按鉴演义东西汉志传目次"，西汉凡九卷，东汉凡五卷，计一十四卷。正文上图下文，图两旁有题，如"文王画卦""演作周易"之属，文之卷端题"新刻按鉴编集二十四帝通俗演义全汉志传卷之一　汉史臣蔡邕伯喈汇编　明潭阳三台馆元素订梓"，卷二则题"新刊京本编集二十四帝通俗演义前汉志传卷之二"，卷三又题"新刊京本编集二十四帝通俗演义西汉志传卷之三"，以下西汉部分题皆同卷三，但卷二以下多不署编订者，惟卷九署"明潭阳三台馆主人鉴定"。十卷起为东汉部分，卷端题不尽相同，首一卷（即全书第十卷）题"京本通俗按鉴演义东西汉志传卷之十"，以下或题"京本通俗演义按鉴东西汉志传卷之十一"，或题"京本通俗演义按鉴全汉志传卷之十二"，皆不题编订者。半叶十三行，行二十三字。版心镌卷次。

　　袁宏道(1568—1610)，字中郎，又字无学，号石公，又号六休。湖广公安人。万历二十年(1592)进士，著有《袁中郎全集》《徐文长传》等，为公安派的代表人物。

东西两晋志传

《东西两晋志传》序

杨尔曾

一代肇兴,必有一代之史,而有信史、有野史。好事者蘘取而演之,以通俗谕人,名曰演义,盖自罗贯中《水浒传》《三国传》始也。罗氏生不逢时,才郁而不得展,始作《水浒传》以抒其不平之鸣。其间描写人情世态、宦况闺思种种,度越人表,迨其子孙三世皆哑,人以为口业之报。而后之作《金瓶梅》《痴婆子》等传者,天且未尝报之。何罗氏之不幸至此极也!良亦尼父恶作俑意耳。

今年仲夏,溽暑蒸人,窨居甚苦,偶过泰和堂主人。主人者,貂蝉世胄,纨绮名家,秘窥二酉之藏,业擅五车之富。射雕献技,倚马呈奇,而尚义任侠,施予然诺,淄渑不爽。时以醇醪浇其胸中块磊之气,故其座常满,其尊不空,诚翩翩佳公子也。是日以白堕迟我,觥筹交错,丙夜不休。迨醉眠,鸡鼓翼再鸣矣。主人语我曰:"某欲刻《东西两晋传》而力有未逮，得君为我商订，庶乎有成。"余曰："某非董狐也，子盍谋之外史氏乎？"主人曰："昔弇州氏以高才硕抱，不得入史馆秉史笔，故著述几亿万言。今君颠毛种种，仕路犹赊，宁不疾殁世而名不称乎？且是编也，严华裔之防，尊君臣之分，标统系之正闰，声猾夏之罪愆，当与《三国演义》并传，非若《水浒传》之指摘朝纲，《金瓶梅》之借事含讽，《痴婆子》之痴里撒奸也。君何辞焉？"余爰是标题甲乙，稍加铅椠，迨秋仲而杀青斯竟。间有姓氏之错谬，岁月之参差，郡邑之变更，官爵之诖误，先后之倒置，章法之紊乱，皆非我意也，仍旧文而稍加润色耳。知我者幸毋以莺鸠见哂。雉衡山人题。

说明：上序录自清初带月楼重刊明周氏大业堂本《东西两晋志传》，原本藏北京大学图书馆。图嵌正文中，记绘工曰"王少怀写像"，半叶十二行，行二十四字。

另有陈氏尺蠖斋本，藏南京图书馆，亦有此序，序之文字与此书序全同，然不题撰人。

雉衡山人，即杨尔曾，字圣鲁，浙江钱塘（今杭州）人，号雉衡山人、夷白道人、卧游道人、草玄居士。此书之外，又有《韩湘子全传》《海内奇观》等。

续英烈传

《续英烈传》叙

秦淮墨客

胸贯三长,而后可以定一朝之实录;识破千古,而后可以论一代之是非。故修史难,而读史亦匪易也。古学士擢身兰台,从容簪笔,得以伸其鸿才卓见于藜光之下,当今不幸而伏处山林,沉观世故,枚举缕述,时存披览,则野乘之流传,亦足为考古之先资也。

有明元(文)长徐先辈,负轶才,郁郁不得志,有感于太祖以布衣定天下,一时佐命之英,景从云合,明良交会,号称极盛,著《英烈传》一书。顾吾思明代运会之隆,未有如太祖龙兴时也;其事变之奇而幻,则未有如靖难时也。比而观之,始知相传仅数十年,其间一治一乱,较然悬绝,虽曰人事,岂非天命乎?窃尝综建文、永乐故实,汇为《续传》,阅是书者,其于盛衰顺逆之故,平坡往复之机,亦可瞭如指掌矣。然词取达意,固不敢自附于野史之例,而事必摭实,或亦免于续貂之诮欤?秦淮墨客。

　　说明:上叙录自励园书室本《续英烈传》,原本藏大连图书馆、北京大学图书馆等。此本内封分三栏,由右向左,分题"秦淮墨客编辑""续英烈传""玉茗堂评点　励园书室梓"。首《叙》,尾署"秦淮墨客"。次"续英烈传目录",凡五卷三十四回。有绣像六叶十二幅。正文第一叶卷端题"续英烈传卷之一　空谷老人编次",半叶九行,行二十一字。版心单鱼尾上镌"续英烈传",下镌卷次、回次、叶次。此书为清代作品,玉茗堂批点云云,乃假托耳。另有六宜堂刊本,原本藏法国巴黎国家图书馆。内封题"绣像永乐定鼎全志",署"六宜堂梓",实际并无图像。首《叙》,草体,尾署"秦淮墨客",正文行款与上所录本同。

　　空谷老人,据序"窃尝综建文、永乐故实,汇为《续传》"语,空谷老人似即序作者秦淮墨客,而纪振纶号空谷老人,待考。

　　秦淮墨客,见《杨家府世代忠勇演义志传》条。

东汉十二帝通俗演义

《东汉十二帝通俗演义》序

陈继儒

……有好事者为之演义,名之曰《东汉志传》,颇为世赏鉴。奈岁久字湮,不便览阅。唐贞子复梓而新之,且属不佞稍增评释。其中有称谓不协及字句讹舛者,亦悉为之改窜焉。或可无亥豕帝虎之误,而览者亦庶免于攒眉赘齿之苦云。……

说明:上序录自明周氏大业堂本《东汉十二帝通俗演义》,原本藏日本宫内厅书陵部。转录自《中国古代小说总目·通俗卷》该条。此本内封上镌"陈眉公增评",题"东汉十二帝通俗演义",署"大业堂重校梓",首《序》,尾署"云间眉公陈继儒书于白石樵"。正文卷端署"金川西湖谢诏编集""金陵州市大业堂评订",十卷一百四十则,半叶十二行,行二十八字。

谢诏,赣州人。明万历二年(1574)进士。历任颍川知府,刑部员外郎,后为陕西清吏司郎中。著有《虔台志》《赣郡志》《玉房山集》等。时代倒是相及,但此书之题署曰"金川西湖",金川西湖一在金昌,一在今南昌,未知是否即著此书之谢诏。

东汉演义评

东汉演义序

清远道人

阛阓杂沓,侈谈往事。胪兴衰之迹,疏治乱之本,使闻之者如生乎其时,亲见乎其事,倏而喜,倏而悲,无关世情,自合理趣,殊觉胸怀为之开爽,故因事触机,辄投所好,娓娓不倦。

夫一代之君明臣良,百度修举,百世之下,使人欣欣生爱慕。及其贤愚倒植,纲颓纽解,又复使人感愤太息,不自能已。何哉?曰:此人之性情本乎天者也。昔马伏波善述前世行事,每言及三辅长者,下至闾里少年,皆可观听,自皇太子诸王侍者,闻之莫不属耳忘倦。此公深意,心窃慕之。间者,客有述《桃花源记》于坐中者。余曰:此泉(渊)明寓言也。陶公胸次,在羲皇以上,故云"不知有汉,何论魏晋""世无问津"云者,其慨世之深心也。不然,徒矜奇异,世岂乏刘子骥其人哉?遂连类及汉世事,有以光武骑红牛脱难为问者。余曰:光武起宛，初骑牛杀新野尉，乃得马，无所谓红牛事。客取《东汉演义》津津言之。演义，通俗者也。汉俗犹为近古，故足资博览而挽薄俗，恶可捏不经之说，颠倒史事，以惑人心目？因为敷说大端，正其荒谬。初言元后之启奸，孔相之颂德，客多裂眦怒视，拍案而起。及莽哭天于南郊，悬首于宛市，始皆眉飞色喜，贴然就坐。余复为指数战功，历陈政治，至冯寇破河内，延耸平梁齐、收陇蜀、定三边，岑彭遇刺，伏波遘谗，则坐中诸客，鼓舞未既，而继之以叹且泣矣。因共怂恿，重为编次其事，敦促至再，爰是摭拾史事，系以末识，离为八卷。友人南宾生见之，谓曰：比事提要，了然贯串，《绎史》之俦亚，曷不别自为书，顾自溷于稗官为哉？余笑曰：郑氏少赣不云乎？兴，从俗者也（萧按：郑氏少赣即郑兴，字少赣，名兴）。曰：然则子特自写性情，而好恶因人者与？夫岂其然？时岁在旃蒙大渊献竹秋，清远道人书。

说明：上序录自同文堂刊本《东汉演义评》。此本未见内封，首《东汉演义序》，尾署"时岁在旃蒙大渊献竹秋清远道人书"。次"东汉演义评目次"，署"珊城清远道人重编"，凡八卷三十二回。复次，图像十五叶。正文卷端题"新刻批评东汉演义卷之×　珊城清远道人重编"。半叶十一行,行二十六字。版心上镌"东汉演义评",下镌卷次、叶次,"同文堂"之书坊号。原本藏南京图书馆。

叙署"岁在旃蒙大渊献竹秋",太岁在乙曰旃蒙,在亥曰大渊献,竹秋指农历三月。"岁在旃蒙大渊献竹秋"即岁在乙亥年三月。此乙亥可能是崇祯乙亥(八年)、康熙乙亥(三十四)年,也可能是乾隆乙亥(二十年)。后两个年份的可能最大。

珊城清远道人,珊城在江西金溪,元明清均属抚州。清远道人的真实身份、生平事迹待考。汤显祖有号曰清远道人,虽与此书作者无涉,但金溪、临川同属抚州。此清远道人是否与汤显祖有某种联系呢?

古今小说

（古今小说识语）

小说如《三国志》《水浒传》，称巨观矣。其有一人一事，可资谈笑者，犹杂剧之于传奇，不可偏废也。本斋购得古今名人演义一百二十种，先以三之一为初刻云。天许斋藏板。

（古今小说）叙

绿天馆主人

史统散而小说兴。始乎周季，盛于唐，而浸淫于宋。韩非、列御寇诸人，小说之祖也。《吴越春秋》等书，虽出炎汉，然秦火之后，著述犹希。迨开元以降，而文人之笔横矣。若通俗演义，不知何昉。按南宋供奉局有说话人，如今说书之流，其文必通俗，其作者莫可考。泥马倦勤，以太上享天下之养。仁寿清暇，喜阅话本，命内珰日进一帙，当意，则以金钱厚酬。于是内珰辈广求先代奇迹及闾里新闻，倩人敷演进御，以怡天颜。然一览辄置，卒多浮沉内庭，其传布民间者，什不一二耳。然如《玩江楼》《双鱼坠记》等类，又皆鄙俚浅薄，齿牙弗馨焉。暨施、罗两公鼓吹胡元，而《三国志》《水浒》《平妖》诸传，遂成巨观。要以韫玉违时，销镕岁月，非龙见之日所暇也。

皇明文治既郁，靡流不波，即演义一斑，往往有远过宋人者。而或以为恨乏唐人风致，谬矣。食桃者不费杏，缔縠毳锦，惟时所适。以唐说律宋，将有以汉说律唐，以春秋、战国说律汉，不至于尽扫羲圣之一画不止。可若何？大抵唐人选言，入于文心；宋人通俗，谐于里耳。天下之文心少而里耳多，则小说之资于选言者少，而资于通俗者多。试令说话人当场描写，可喜可愕，可悲可涕，可歌可舞；再欲捉刀，再欲下拜，再欲决脰，再欲捐金；怯者勇，淫者贞，薄者敦，顽钝者汗下。虽日诵《孝经》《论语》，其感人未必如是之捷且深也。噫！不通俗而能之乎？茂苑野史氏，家藏古今通俗小说甚富，因贾人之请，抽其可以嘉惠里耳者，凡四十种，畀为一刻。余顾而乐之，因索笔而弁其首。

绿天馆主人题。

说明：上识语及叙均录自天许斋本《古今小说》。此本内封分两栏，右栏题"全像古今小说"，左栏为识语，首《叙》，尾署"绿天馆主人题"，有阳文"绿天馆"篆体印一方。后"古今小说一刻总目"，署"绿天馆主人评次"，凡四十卷。每卷卷首有图一叶。正文半叶十行，行二十字。版心上镌"古今小说"，下镌简目、叶次。天许斋本原本藏日本内阁文库，上海古籍出版社据以影印行世，孙楷第《中国通俗小说书目》谓图有"素明刊"（即刘素明）字样。

天许斋，书坊名。或谓天许斋、绿天馆主人即冯梦龙，缺乏可靠证据。

茂苑野史氏，即此书作者冯梦龙。冯梦龙（1574—1646），字犹龙，又字子犹，号龙子犹、墨憨斋主人、詹詹外史、七乐生、顾曲散人、吴下词奴、姑苏词奴、前周柱史（陇西君与陇西张无咎、平平阁主人也有可能是冯梦龙的托名或号，然目前尚缺乏可靠证据）等，长洲（今江苏苏州）人。明代文学家、戏曲家。编著有"三言"、《新列国志》《增补三遂平妖传》《广笑府》《智囊》《古今谈概》《太平广记钞》《情史》及戏曲《双雄记》《万事足》《墨憨斋定本传奇》等。

韩湘子全传

韩湘子叙

烟霞外史

方玄黄之剖也，混元一气，酝酿开先。天地得之以贞观，日月得之以贞明，星辰得之以贞朗，雷霆得之以发声，霞云电火得之以流光，草木得之以华实，鸟兽得之以为声音毛质，虫鱼得之以为鳞介蠕动。或骞而飞，或妥而行，或五色绚耀而八音鸣和，以至龟以善息，历世长存；鹤以藻神，冲霄遐举。非是气，孰能使之哉？然山以是而恒峙，水以是而恒流，而山水时有崩陨溢涸者，以气时有滞郁而不通也。人得是气，并生两间，有以御之，则玄都配极，绛节高居。若失其御，则如丧将之兵，朝霞之雾，委顿枯槁，薾而且死，欲望长生，得乎？故曰：共工不触山，娲皇不补天。乃世有号为神仙者，聪明得气之先，玄微穷气之妙。机含化化，浑万象以冥观；道极生生，控六龙而灵矫。觉广劫之大梦，辟群愚之重昏。是以翱翔九有，苦海静滔天之波；容与八埏，疑山息炎崐之火。乘翠凤于丹丘，踪神奇而超世；驭斑麟于玄圃，迹希有而越人。朝游圆海，夕宴方诸。绝粒茹芝，后天不老。辟如峰峦岭岛，木耸翠而不凋；苑囿园林，草长荣而秀植也。爰稽赤牒，发金记于五图；夷考紫文，泄丹经于九籥。

有仙湘子，系出昌黎。际唐宪宗之盛时，为韩文公之犹子。术解三真，方明八石，外珍五耀，内守九精。云装解骖，驯登无上之仙梯；烟驾飞凫，圆证一真之道果。第名不载于家乘，事不列于传纪。阅公之文集，有《祭十二郎》文而无其人；参公之题咏，有"云横秦岭"句而虚其目。只以矇师瞽叟，执简高歌；道扮狂讴，一唱三叹。悠悠然慊愚氓村妪之心，洋洋乎入学究蒙童之耳。而章法庞杂舛错，谈词诘屈聱牙。以之当榜客鼓枻之歌，虽听者忘疲；以之登骚卿鉴赏之坛，则观者闭目。今之传湘子者，岂有得于神气之奥，因驾长年之永辙，而托湘子以宣泄其梗概耶？抑果有是湘子，而借其事以吐胸中之奇耶？仿模外史，引用方言，编辑成书，扬榷故实。阅历疏窗，三载搜罗。传往迹，标分残帙，如干目次；布新编，文章奇诡，笔纵意宏。识记博洽，锋豪藻振。溯灵毓于雉衡山，源原有自；夺胎气于白鹤侣，化育无穷。脱轮回而名高星相，强合卺而永证无生。洒金桥候城门，头头见道；砍芙蓉化美女，在在传神。真火戡妖魔，知丹炉之能守；牧童识神仙，见道情之动人。点化石狮，祈求瑞雪，显神通之广大；手招龙圣，足驾祥云，昭变幻之周圆。善养元阳，雪地鼾眠非浪迹；逍遥地府，情缘摆脱是良因。迎佛骨于禁中，如来显化；渡爱河于半路，美女醒迷。卜身世之吉凶，驱鳄鱼之凶暴。苦修行而有益，归故里以还真。托梦求亲，一枕黄粱犹未熟；假公报怨，三人成虎竟罹灾。幸主仆之重逢，木公引路；喜姑媳之交勖，金母调情。人熊皈心听命，妖獐脱厄成神。析卓韦沐目之秘文，穷人天水陆之幻境。阐道德性命之奥旨，昭幽明神鬼之异闻。分合不相牴牾，首尾不为矛盾。有《三国志》之森严，《水浒传》之奇变；无《西游记》之谑虐，《金瓶梅》之亵淫。谓非龙门兰台之遗文不可及也。工竟杀青，简堪缥绿。国门悬赏，洛邑蜚声。时天启癸亥季夏朔日，烟霞外史题于泰和堂。

说明：上序录自九如堂本《韩湘子全传》。原本藏国家图书馆、辽宁省图书馆等。此本内封上三栏，由右向左分题"新镌绣像""韩湘子全传""金陵九如堂藏板"。首《韩湘子叙》，尾署"时天启癸亥季夏朔日，烟霞外史题于泰和堂"，有"烟霞外史"阳文、"一片冰心在玉壶"阴文钤各一方。次"韩湘子目录"，凡三十回。又次图十六叶。正文第一叶卷端题"新镌批评出相韩湘子　钱塘雉衡山人编次　武林泰和仙客评阅"，半叶十行，行二十二字。版心单鱼尾上镌"韩湘子"，下镌回次、叶次。

雉衡山人，即杨尔曾，见《东西晋演义》条。

警世通言

（警世通言识语）

自昔博洽鸿儒，兼采稗官野史，而通俗演义一种，尤便于下里之耳目。奈射利者耑取淫词，大伤雅道。本坊耻之。兹刻出自平平阁主人手授，非警世劝俗之语，不敢滥入，庶几木铎老人之遗意，或亦士君□□（子所？）不弃也。金陵兼善堂谨识。

（警世通言）叙

无碍居士

野史尽真乎？曰：不必也。尽赝乎？曰：不必也。然则去其赝而存其真乎？曰：不必也。《六经》《语》《孟》，谭者纷如，归于令人为忠臣，为孝子，为贤牧，为良友，为义夫，为节妇，为树德之士，为积善之家，如是而已矣。经书著其理，史传述其事，其揆一也。理著而世不皆切磋之彦，事述而世不皆博雅之儒，于是乎村夫稚子，里妇估儿，以甲是乙非为喜怒，以前因后果为劝惩，以道听途说为学问，而通俗演义一种，遂足以佐经书史传之穷。而或者曰：村醪市脯，不入宾筵，乌用是《齐东》娓娓者为？呜乎，《大人》《子虚》，曲终奏雅，顾其旨何如耳！人不必有其事，事不必丽其人。其真者可以补金匮石室之遗，而赝者亦必有一番激扬劝诱、悲歌感慨之意。事真而理不赝，即事赝而理亦真，不害于风化，不谬于圣贤，不戾于诗书经史，若此者其可废乎？里中儿代庖而创其指，不呼痛，或怪之。曰：吾顷从玄妙观听说《三国志》来，关云长刮骨疗毒且谈笑自若，我何痛为？夫能使里中儿顿有刮骨疗毒之勇，推此说孝而孝，说忠而忠，说节义而节义，触性性通，导情情出。视彼切磋之彦，貌而不情；博雅之儒，文而丧质，所得竟未知孰赝而孰真也。

　　陇西君海内畸士，与余相遇于栖霞山房，倾盖莫逆，各叙旅况。因出其新刻数卷佐酒。且曰：尚未成书，子盍先为我命名？余阅之，大抵如僧家因果说法度世之语，譬如村醪市脯，所济者众，遂名之曰《警世通言》，而从臾其成。时天启甲子腊月，豫章无碍居士题。

说明：上序和识语出之金陵兼善堂本《警世通言》。此本内封镌"警世通言"，书名左侧为识语，署"金陵兼善堂谨识"，首《叙》，尾署"时天启甲子腊月，豫章无碍居士题"，有"公鱼(?)父"阳文、"无碍居士"阴文钤各一方。次，"警世通言目次"，署"可一主人评　无碍居士较"，凡四十卷。每卷卷首有图一叶。正文半叶十行，行二十字。版心上镌"警世通言"，单鱼尾下镌卷次。间有眉批。

豫章无碍居士，真实身份、生平事迹待考。

可一主人，或谓即可一居士，均系冯梦龙之号，尚无实证(《醒世恒言》序署陇西可一居士，或陇西张无咎、陇西君为一人，若能证明张无咎就是冯梦龙的托名，则可一居士亦为冯梦龙)。又或谓可一主人、可一居士为张献翼。献翼，字幼于，后更名敉。长洲(今江苏苏州)人。自谓"不可无一，不可有二，因号'可一居士'"。(详参《玉剑尊闻》卷二"言语")。著有《文起堂集》《读易纪闻》《纨绮集》等，文起堂即张献翼之故居。张献翼为张凤翼之弟，凤翼卒于崇祯九年，献翼与冯梦龙同时代、同乡，其为"可一主人"的可能性较大。

七曜平妖全传

平妖全传序

文光斗

自古治乱相循,如圜转玑,旋五百年,王者兴,此治乱之常也。其间若春秋战国,五季互击,五代迭更,有甲子未旋而治乱者,有履极而以治乱终者,此又治乱中之治乱也。国家自削平僭乱,五百年之治乱也。然而天顺北辕,仁宗南狩;日本之犯,海国播黎。自溃藩篱,刘贼之逆,红罗之倡。近如□□(此处系挖版)之横、奢夷之暴,李王萌于留都,曒生光伏于天府,此又治乱中之治乱也。乃若白莲之祟起自中原,为心膂之患,屠残士女,暴掠娇痴,餐刀饲戟者,几千万人矣,而叛逆自坑者,又几二三十万矣。徐、兖、郓、巨之间,自邹及滕界峄、临、费,纵横数千里,烟火鸢绝。黄河东西,大江南北,势已莫支。若非沈大将军桓桓虎臣,许参将赳赳武夫,赵开府命将之宜,八道诸君子之赞襄,徐有贤守而徐若金汤,鲁有贤王而鲁如磐石,此又一省一岁治乱中之治乱也。

　　吾友会极，目睹其颠末而视奕者也，乃为之传，以纪其治乱之由，寓褒贬于美刺之中。设宿以灭祟，用术以平妖，此又以幻易幻，藉假发真之义也。会极，吴兴氏，为淮南十洲沈太史公孙，浪游湖海，笑傲乾坤，笥百家于内，会性命于中，物外人也。乃携是编，属叙于余。余读之曰：有是哉！布帛菽粟之纪也。布帛菽粟，谓之通俗演义，非赝矣。是编之操纵阖阖，连如贯珠，散若洒璧。秉史氏之笔，而错以时务，参以运筹，观是书者，不徒得白莲为祟之梗概，而所以维世匡时，感发惩创，所系不浅矣。余因序而弁诸首云。时天启甲子（天启四年）春月上浣序，友人文光斗撰。

　　说明：上序录自郑振铎藏本《七曜平妖全传》，今归国家图书馆。此本未见内封，首《平妖全传序》，尾署"时天启甲子春月上浣序，友人文光斗撰"。次"新编皇明通俗演义七曜平妖全传目录"，凡七十二回。又次"新镌皇明通俗演义七曜平妖全传总纲入话"。复次图像八叶（缺第四叶）。正文第一叶卷端题"新编皇明通俗演义七曜平妖后全卷

之一 吴兴会极清隐道士编次 洪都瀛海懒仙居士参阅 彭城双龙延平处士订证",半叶十行,行二十字。版心上镌"平妖"二字,下镌卷次、叶次。此书有多处挖板现象,所挖词语,有的应系避清讳,如序中"红罗之倡。近如□□之横",挖去两字应为"鞑子"或"东夷"之属。说明序虽署"天启甲子",但印行时已入清无疑。

清隐道士、懒仙居士、延平处士、文光斗,均待考。

醒世恒言

《醒世恒言》叙

可一居士

六经、国史而外，凡著述皆小说也。而尚理或病于艰深，修词或伤于藻绘，则不足以触里耳而振恒心，此《醒世恒言》四十种所以继《明言》《通言》而刻也。明者，取其可以导愚也；通者，取其可以适俗也；恒，则习之而不厌，传之而可久：三刻殊名，其义一耳。夫人居恒动作言语不甚相悬，一旦弄酒，则叫号踯躅，视堑如沟，度城如槛。何则？酒浊其神也。然而斟酌有时，虽毕吏部、刘太常，未有时时如滥泥者，岂非醒者恒而醉者暂乎？繇此推之，惕孺为醒，下石为醉；却嘑为醒，食嗟为醉；剖玉为醒，题石为醉。又推之，忠孝为醒，而悖逆为醉；节检为醒，而淫荡为醉；耳和目章，口顺心贞为醒，而即聋从昧，与顽用嚚为醉。人之恒心，亦可思已。从恒者吉，背恒者凶。心恒心，言恒言，行恒行，入夫妇而不惊，质天地而无怍，下之巫医可作，而上之善人、君子、圣人亦可见。恒之时义大矣哉！自昔浊乱之世，谓之天醉。天不自醉人醉之，则天不自醒人醒之。以醒天之权与人，而以醒人之权与言，言恒而人恒，人恒而天亦得其恒。万世太平之福，其可量乎？则兹刻者，虽与《康衢》《击壤》之歌并传不朽可矣。崇儒之代，不废二教，亦谓导愚适俗，或有藉焉，以二教为儒之辅可也。以《明言》《通言》《恒言》为六经、国史之辅，不亦可乎？若夫淫谭亵语，取快一时，贻秽百世，夫先自醉也，而又以狂药饮人，吾不知视此"三言"者得失何如也？天启丁卯中秋，陇西可一居士题于白下之栖霞山房。

说明：上叙出自金阊叶敬池本《醒世恒言》，有缺叶。原本藏日本内阁文库，上海古籍出版社据以影印行世，所缺卷十三第二十一、二十二，卷二十六第十八叶，谓系李田意据衍庆堂本配补。此本内封分三栏，右栏题"绘像古今小说"，中栏题"醒世恒言"，左栏题"金阊叶敬池梓"。首《叙》，尾署"天启丁卯中秋，陇西可一居士题于白下之栖霞山房"，有"可一居士"阳文、"理学名家"阴文钤各一方。次，"醒世恒言目次"，署"可一居士评　墨浪主人较"，凡四十卷。除卷三、二十一、三十三外，每卷卷首有图一叶。某些图有"郭卓然镌""郭卓然刻"字样。正文半叶十行，行二十字。版心单鱼尾上镌"醒世恒言"，下镌卷次、叶次。此外尚有叶敬溪梓本及衍庆堂本。叶本似系叶敬池本的重印本，其中图也缺图三叶，所缺与叶敬池本正同，而其中正文缺二十四至二十六卷，由衍庆堂本配补。衍庆堂本分四十卷足本和四十卷非足本（删去第二十三卷《金海陵纵欲亡身》，将原第二十卷《张廷秀逃生救父》析为二卷，仍为四十卷本）两种。

陇西可一居士，见《警世通言》条。墨浪主人或谓即冯梦龙，待有实证方能确定。

（醒世恒言识语）

本坊重价购求古今通俗演义一百二十种，初刻为《喻世明言》，二刻为《警世通言》，海内均奉为邺架珍玩矣。兹三刻为《醒世恒言》。种种典实，事事奇观，总取木铎醒世之意。并前刻共成完璧云。艺林衍庆堂谨识。

说明：上识语出自明衍庆堂刻本《醒世恒言》，原本藏北京大学图书馆、日本东京大学东洋文化研究所双红堂文库。据孙楷第《中国通俗小说书目》：此本首天启丁卯可一居士序，序之文字与上所录金阊叶敬池本同。正文半叶十二行，行二十二字。题"可一居士评　墨浪主人较"。

墨浪主人，真实身份、生平事迹待考。

喻世明言

（喻世明言识语）

绿天馆初刻古今小说□十种，见者佥为奇观，闻者争为击节。而流传未广，阁置可惜。今板归本坊，重加校订，刊误补遗，题曰《喻世明言》，取其明白显易，可以开□（启？）□（人）心，相劝于善，未必非世道之一助也。艺林衍庆堂谨识。

说明：《喻世明言》或谓四十回，但已佚未见，究竟有多少回，尚难遽定。今存明衍庆堂刊本，二十四卷，书取《古今小说》二十一卷，另加《警世通言》一卷（卷二十七《假神仙大闹华光庙》）、《醒世恒言》二卷（卷十九《白玉娘忍苦成夫》、卷二十《张廷秀逃生救父》）而成。原本藏日本内阁文库。内封三栏，由右向左分题"重刻增补古今小说""喻世明言"及"艺林衍庆堂谨识"的识语。首叙，与《古今小说》绿天馆主人叙同，略。次目录。题"可一居士评　墨浪主人较"。有图二十四叶。上识语即出自该本。又有马隅卿藏本存卷四至卷六共三卷,卷五《范巨卿鸡黍死生交》为衍庆堂本所无。

可一居士,见《警世通言》条。

墨浪主人,真实身份、生平事迹待考。

警世阴阳梦

（警世阴阳梦识语）

是编长安道人所述。道破魏珰奸伪，死生归一大梦。荣华富贵，真如过隙白驹；谄媚炎凉，枉自丧心塗面。魏监微时，极与道人莫逆。权倖之日，不听道人提诲。瞥眼六年受用，转头万事皆空，是云阳梦。及至既服天刑，大彰公道，道人复梦游阴府，见此一党权奸，杻械锁枷，遍历诸般地狱，锉烧舂磨，惨逾百倍人间，是云阴梦。演说以警世人，以学至人无梦。

（警世阴阳梦）醒言

元九

天地一梦境也，古今一戏局也，生人一幻泡也。荣枯得丧，生死吉凶，一影现也。惨为凄风愁雨，舒为景星庆云。泰则小往大来，亢则阴疑阳战。遍恒河沙界，历千百亿劫。其间昏昏浊浊，如痴如醉，总为造化小儿所播弄。

农夫野老、樵牧竖、山林长,无亢天之权。饱眠饥饭,问月寻花,忽然长啸数声,忽然痛哭一顿。任它匠心笑啼,尽自受用,此梦中恬适世界也。想无颠倒,神无驰逐,魂魄自有安顿去处。成仙作佛,证菩萨道,定在此等辈中,断不受轮回饿鬼诸恶趣。有一人焉,欲以蝘蜓而撼铁柱,欲以燕雀而学鹏飞,遂致杀气弥天,忠魂涂地,九原之鬼夜哭,六月之霜昼飞。漫漫荡荡宇宙,结成凄凄惨惨长夜不旦之乾坤。人拑舌,路重足,小儿止啼。五六年来,恍入幽冥道中,使人生几不知有何生趣,此又梦中惊怖世界也。

天心仁爱,明圣当阳,群险露消,英雄雷奋。不啻天半霹雳,震起人睡梦。搔首碧翁,岂真无意斯人哉!生百魏忠贤,以乱一时忠佞之局,正生一魏忠贤,以定千秋忠佞之案。烟销焰灭,骨解肉飞,一转瞬间,历尽荣华寂寞、生杀烦恼、出尔反尔诸业报。嗟嗟!忠贤不足惜,彼似忠贤者,可复从梦中说梦哉!长安道人,知忠贤颠末,详志其可羞可鄙、可畏可恨、可痛可怜情事,演作阴阳二梦,并摹其图像以发诸丑，使见者闻者，人人惕励其良心，则是刻不止为忠贤点化，实野史之醒语也。今而后华胥子可蘧然高枕矣。戊辰六月，砚山樵元九题于独醒轩。

　　说明：上识语及醒言均录自大连图书馆藏本《警世阴阳梦》。此本内封两栏，分署"警世阴阳梦"及识语。次《醒言》，尾署"戊辰六月砚山樵元九题于独醒轩"，有"砚山樵""元九"阳文钤各一方。次"警世阴阳梦目次"，凡"阳梦"八卷三十回，"阴梦"两卷十回，共四十回。复次图像八叶。正文第一叶卷端题"新镌警世阴阳梦卷之（原本无"一"字）　长安道人国清编次"，半叶八行，行十八字。版心无鱼尾，由上而下题"阴阳梦""引首"（后则为回次）、叶次。

　　长安道人国清、砚山樵元九，均待考。

魏忠贤小说斥奸书

《魏忠贤小说斥奸书》叙

盐官木强人

獬豸触邪,岂在樊之兽;屈轶指佞,乃挺生之枝。动植尚具直肠,齿发宁无血性?铜螭载笔,固争可否于一时;草莽摘词,亦备是非于千禩。况大奸盗柄,视窃国如窃钩;群小阿私,等望尘于望岁。帷中借箸,头囊三木,竟坑剖柱之英雄;幕内牵衣,身备五刑,尽是梧丘之冤骨。宿干旌于鹤禁,肘腋藏奸;假节钺于貂珰,边陲胎祸。罗钳吉网,易一廷之肝膈而飞鸟依人;舜德禹功,倒天下之耳目而浮云障日。浪思九锡,几欲以国化家;尽据三公,直将极富且贵。搴金四海,犹涎垂紫禁珍珠;痛毒九围,更下石朱宫嫔御。空中山之颖,颖秃而罪尚堪书;决东溟之涛,涛竭而奸终难洗。纵弹章仅可殚其万一,即案牍殊未诛其二三。丈夫负意气,何妨以直笔钩其隐肠;匹夫蓄忠肝,自须借新词掀其积秽。时挈君子心度小人腹,每作肮脏语写忠直肠。雕龙绣虎，非肯从争艳斗绮者后，自堕马腹泥犁；刻鹜糊鸢，直愿与裵奸剔蠹者群，窃比牛矶犀炬。此草莽臣不惜呕心肝而研此铁案，予木强人宁敢惜齿牙而奖其苦心。嗣此耕夫牧竖，得戟手而问奸雄；野老村氓，至反唇而讥彪虎。所为肃清朝宁，沛德寰区，则惟圣天子之威，群直臣之功。至于鼓醒草莱，提撕后世，则惟《斥奸书》之灵，草莽臣之力。彼固忘其罪我，予则窃附知音云。崇祯首元牛女渡河之夕，盐官木强人书于燕子矶头。

（魏忠贤小说斥奸书）自叙

吴越草莽臣

予少负劲骨，棱棱不受折抑。更有肠若火，一郁勃，殊不可以水沃。故每览古今事，遇忠孝困于谗，辄湥湥泪落，有只字片语，必志之以存其人。至奸雄得志，又不禁短发支髾立也。

甲子，偶阅邸报，见杨太洪先生《劾忠贤疏》，曰："嗟乎！蚁漏至于岸圻矣，乃思塞之乎！"犹恨佐之无愚公，使杨公徒作精卫。不意虞部且以杖毙，抚宁亦以直言夺糈，曰：奸亦神矣。未几，杨公入网罹,而当日佐斗诸君,亦复骈首狗之。而复奸于植党,虎彪柔骨而就鞭箠;奸于钳制,台省俯首而受驱逐。置乳媪为耳目之奸,招忠勇为肘腋之奸,增镇守为拊背之奸,差河储为扼吭之奸,贵干子为喉舌之奸。太阿倒持,元首虚拥,徒扼腕于奸之成,而国事几莫可为。乃天福我国家,潜夺奸人之魄。龙飞九五,若禹鼎成而妖魑形现。雷霆一震,荡然若粉齑,而当日之奸,皆为虚设。越在草莽,不胜欣快;终以在草莽,不获出一言暴其奸,良有隐恨。然使大奸既拔,又何必斥之自我?唯次其奸状,传之海隅,以易称功颂德者之口。更次其奸之府辜,以著我圣天子之英明,神于除奸;诸臣工之忠鲠,勇于击奸。俾奸谀之徒缩舌,知奸之不可为,则犹之持一疏而扣阙下也。是则予立言之意。崇祯元年午月午日,吴越草莽臣题于丹阳道中。

斥奸书说

颖水赤憨

奸已磔矣,斥之云何?盖奸生于贪,名利之薰心构之;贪生于习,父师之训课成之。古来课业,所读圣贤书,所行圣贤事,故奸亦罕出。今人则童习时便诱之以黄金、车马、美女、万钟种种富贵,从此贪恋之心渐入肠肺,那得不见速化功名之地,便捱身进入,颜厚腰折,而甘作奸状哉。兹者,奸所由斥,自有圣主贤臣;奸之斥有书,具在爰书章奏。则奸诚磔矣,斥之云何?亦惟朝庙之词,必庄、必简。庄则俚俗所不能解,简则村鄙所不能畅。且四海蒙其毒矣,未必悉其奸;寰宇快其败矣,未必详其斥。因役研墨作白舍人诗焉,岂以佐白简之未逮,夫亦为谏疏之鼓吹。文人墨士,知必奉为一代信书;即村估(姑)稚童,目中识丁与不识丁者,出口入耳,罔不知斥奸有成局,则因而或以奸惩创其子弟,因而或子弟之自惩创其奸。是书之所以名斥者,正未必有逊于诗云子曰之训也。故不敢附之谓记、谓传、谓志,而表之以书,亦谓斥奸在书,聊以异于稗官野说云耳。崇祯龙飞中元日,颖水赤憨书于嶒霄馆。

斥奸书凡例

峥霄主人

一、是书纪自忠贤生长之时,而终于忠贤结案之日。其间纪各有序，事各有伦，宜详者详，宜略者略，盖将以信一代之耳目，非以炫一时之听闻。

一、是书不敢言君德，为尊讳也；不敢及鬼神，杜诞妄也；不敢言帷薄，戒亵昵也；不敢滥及，存厚道也。

一、是书自春狙秋，历三时而始成，阅过邸报自万历四十八年至崇祯元年，不下丈许，且朝野之史，如正续《清朝圣政》两集、《太平洪业》《三朝要典》《钦颁爰书》《玉镜新谈》凡数十种，一本之见闻，非敢妄意点缀，以坠于绮语之戒。

一、是书动关政务，半系章疏，故不学《水浒》之组织世态，不效《西游》之布置幻境，不习《金瓶梅》之闺情，不祖《三国》诸志之机诈。

一、是书得自金陵游客，其自号曰草莽臣，不愿以姓氏见知。曾忆昔年有《头巾赋》《三正录》，秀才有上御史之书，御史有拜秀才之牍。金陵固异士薮也。读是书者，幸勿作寻常笔墨观。峥霄主人识。

《魏忠贤小说斥奸书》叙

罗刹狂人

宇宙有两权，赏罚是非而已。赏罚乘权乃灵，是非惟公则重。上古有赏罚而无是非，岂无清议哉，朝廷之赏罚即是非也。周纲解，素王兴，借笔舌为衮钺，赏罚乃化而为是非矣。嗣前以降，彰瘅明则物议息，魁柄擅则月旦尊，虽狡如莽，狠如卓，鬼蜮如操、懿，能夺天子之威灵，而不能窃士林之题品。朝廷有权，草茅有口，不相假也。

明兴，刍荛狂瞽，咸资宸断，而是非遂并归于赏罚。二百年来，不畏黜陟，而畏公评，诚以为圣朝赏罚之所从出耳。自魏崔煽害，朋奸罔上，而明廷之劝惩，只以快私门之喜怒，且以门户为囮，三案为阱，而史臣之议论，再以饬奸宄之爱憎。赏罚是非，几不在上而在下。向非圣明天纵，立殄大憝，亦虽能以五刑五用，快直道之民心，五服五台，著兴王之令甲哉。然如纶如绖，多为金匮石室之藏，章奏爰书，难入道路里闾之耳，赏罚是非，明于朝而晦于野，非所以著新猷而惩奸慝，此《斥奸书》所为作也。俾览此书者，睹忠贞之受祸，则涕泗欲零；见奸恶之横行，则目眦几裂；见天道之好还，圣明之惩劝，则欲鼓欲舞，欲笑欲歌。提本来共具之良心，消屋漏欲萌之戁志，是则草莽臣以是非济赏罚之最于前，而因赏罚昭是非之公于后意也。至于借草茅之笔舌，彰庙□之神讨，直令薄海内外知赏罚是非，原在上而不在下，则岂徒激扬黎庶，实以黼黻皇灵，斯又窃附尊王之意云。戊辰仲秋朔日，罗刹狂人题。

说明：上叙、说、凡例，均录自北京大学图书馆藏本《魏忠贤小说斥奸书》，原为马隅卿旧藏。此本首《叙》，尾署"崇祯首元牛女渡河之夕，盐官木强人书于燕子矶头"，次《自叙》，尾署"崇祯元年午月午日，吴越草莽臣题于丹阳道中"。复次《斥奸书说》，尾署"崇祯龙飞中元日，颖水赤憨书于峥霄馆"，再次《斥奸书凡例》，尾署"峥霄主人识"，并有"戊辰仲秋朔日罗刹狂人题"之《叙》及图二十叶。目录叶题"新镌出像通俗演义魏忠贤小说斥奸书目录"，凡八卷四十回。正文第一叶卷端题"峥霄馆评定出像通俗演义魏忠贤小说斥奸书卷一　第一回　吴越草莽臣撰"，版心由上而下分镌"斥奸书"、回次、叶次。

盐官木强人，待考，有《梨花月静》二十三回，亦盐官木强人撰，未知是否一人。

吴越草莽臣、峥霄馆主人，即陆云龙（1587—1666），字雨侯，号蜕庵，浙江钱塘（今杭州）人，诸生。吴越草莽臣为其自称，以未尝仕进也。峥霄馆为其书坊名，亦称翠娱阁。此书之外，曾刊刻评校《型世言》《禅真后史》《袁小修先生小品》《翠娱阁评选十六名家小品》《合刻繁露太玄大戴礼记》《翠娱阁评选钟伯敬先生合集》等。或谓《辽海丹忠录》八卷四十回亦云龙所作，误。

颍水赤憨、罗刹狂人，真实身份、生平事迹待考。或谓盐官木强人、罗刹狂人、颍水赤憨皆陆云龙之号，尚缺实证。

长安道人国清、砚山樵元九，均待考。

禅真逸史

（禅真逸史识语）

此南北朝秘笈，爽阁主人而得之，精梓以公海内，刀笔既工，雠勘更密，文犀夜光，世所共赏，嗣此续刻种种奇书，皆脍炙人口。傥有棍徒，滥翻射利，虽远必治，断不假贷，具眼者当自鉴之。本衙爽阁藏板。

题奇侠禅真逸史

徐良辅

六朝固多奇迹，而传灯法，未数见焉，岂逃禅者尽陋，不足录欤？兹于南北史得奇侠禅真帙，醇心侠骨，表表亭亭，谓禅可，谓非禅可，幻而真，殊异俗之落障魔而耽空寂者。于品总成其为逸民，于书洵成其为逸史。其间挽回主张，寓有微意，只当会于帙外，不可泥于辞中也。余署润州，簿书之暇，大为击节，谨以数言弁首，作一指禅。奉政大夫工部都水清吏司郎中提督通惠河道古越徐良辅撰。

读禅真逸史

傅奕

夫佛者,拂人之性。无父无君,夷教也,不容于尧舜之世。崇之,是戮民也。予读禅真集,见彝伦攸秩,节义侃凛。使其人,援其道而施于国,何倾弗定。顾重抑之,俾不获申,悲夫!其功业稍著于门人,然亦深自韬晦。若澹然者,逃禅者也,非溺禅者也。唐太史令傅奕撰。

奇侠禅真逸史序

诸允修

禅家以人死而精神不灭,随复受形,故贵修道以练精神。练而不已,以至无生得佛道。是修真练性,即是禅宗,而修练,又不是三昧空寂。粗定五戒,则去杀、盗、淫、妄言、饮酒,而大有与儒家仁、义、礼、智、信同精。究根源,则唯以智慧刀割断烦恼,用光明拳打破痴迷。节烈豪雄,便是禅真正面目。但世人浮沉世谛,西绊东牵,恍如蛛网粘蝇,愈求脱而愈为缠扰。侠之不有,何处得真?真之不修,从何得佛?此《佛地论》曰:佛者觉也,觉一切种智,致能开觉有情,如梦惺觉名佛道焉。若澹然者,正大刚直,卒至归西。杜、薛、张闻李世民兴,共偕学道,是迷途顿觉,尘劫归空,修练皆真,精神不灭。禅家要旨宁有二耶?以奇侠而合以禅真,即所谓广颡屠儿与鸠肉长老,更不必说苦说空,而徒沦寂灭耳。导迷开世,在在津梁,又何烦棒喝哉!此书行,禅真之真面目见矣。赐进士第通奉大夫云南布政使司左布政司前奉敕整饬行都司提督五卫学政建昌兵粮道仁和诸允修题于静见堂。

禅真逸史凡例(八条)

夏履先

一、是书虽逸史,而大异小说稗编。事有据,言有伦,主持风教,范围人心。两朝隆替兴亡,昭如指掌,而一代舆图土宇,灿若列眉。乃史氏之董狐,允词家之班马。

一、书称通俗演义,非故谐谑以伤雅道。理奥则难解,辞葩则不真,欲期警世,奚取艰深?旧本意晦词古，不入里耳。兹演为四十回，回分八卷。卷胪八卦，刊落陈诠，独标新异。

一、史中圣主贤臣，庸君媚子，义夫节妇，恶棍淫娼，清廉婞直，贪鄙奸邪，盖世英雄，么（妖）麽（魔）小丑，真机将略，诈力阴谋，释道儒风，幽期密约，以至世运转移，人情翻覆，天文地理之征符，牛鬼蛇神之变幻，靡不毕具。而描写精工，形容婉切，处处咸伏劝惩，在在都寓因果，实堪砭世，非止解颐。

一、史中吟咏讴歌，笑谭科诨，颇颇嘲尽人情，摹穷世态。虽千头万绪，出色争奇，而针线密缝，血脉流贯，首尾呼吸，联络尖巧，无纤毫遗漏，洵为先朝名笔，非挽世效颦可到。缕析条分，总成就澹然三子禅真一事。

一、图像似作儿态。然史中炎凉好丑，辞绘之；辞所不到，图绘之。昔人云：诗中有画。余亦云：画中有诗。俾观者展卷，而人情物理，城市山林，胜败穷通，皇畿野店，无不一览而尽。其间仿景必真，传神必肖，可称写照妙手，奚徒铅椠为工。

一、此书旧本出自内府，多方重购始得。今编订,当与《水浒传》《三国演义》并垂不朽。《西游》《金瓶梅》等方之,劣矣。故其剞劂也,取梨极精,染纸极洁,镌刻必抡高手,雠勘必悉虎鱼,诚海内之奇观,国门之赤帜也。具眼当自识之,毋为鸱鸣垄断者所瞽。

一、爽阁主人素嗜奇,稍涉牙后辄弃去。清溪道人以此见示,读之如啖哀梨,自不能释,遂相与编次、评订付梓。嗣有古文华札,丽曲新声,脍炙人口者若干卷,未行于世,并欲灾木,以公同好,先以此试一脔云。

一、史中圈点,岂曰饰观,特为阐奥。其关目照应、血脉联络、过接印证、典核要害之处,则用"○";或清新俊逸、秀雅透露、菁华奇幻、摹写有趣之处,则用"。";或明醒警拔、恰适条妥、有致动人处,则用"、"。至于品题揭旁通之妙、批评总月旦之精,乃理窟抽灵,非寻常剿袭。古杭爽阁主人履先甫识。

说明:上序及凡例等均录自本衙爽阁藏板本《禅真逸史》。原本藏大连图书馆、浙江图书馆等。此本内封三栏,由右向左分题"批评通俗演义""禅真逸史"及识语。次《题奇侠禅真逸史》,尾署"奉政大夫工部都水清吏司郎中提督通惠河道古越徐良辅撰",有"徐良辅印"阴文钤一方。次《读禅真逸史》,署"唐太史令傅奕撰"。复次《奇侠禅真逸史序》,尾署"赐进士第通奉大夫云南布政使司左布政司前奉敕整饬行都司提督五卫学政建昌兵粮道仁和诸允修题于静见堂"。再次《禅真逸史凡例八条》,尾署"古杭爽阁主人履先甫识",有"夏履先印"阴文、"爽阁"阳文钤各一方。目录叶题"新镌批评出像通俗奇侠禅真逸史总目",凡四十回。正文第一叶卷端题"新镌批评出像通俗奇侠禅真逸史乾集卷之一　清溪道人编次　心心仙侣评订",半叶九行,行二十二字。版心由上而下分镌"禅真逸史"、回次、叶次。实未有图像。

清溪道人,即方汝浩,号清溪道人,尚著有《东渡记》《禅真后史》等。一谓其为洛阳、郑州一带人。又或谓其为潊水人,古属吴郡。

心心仙侣,路工以为是杭州人履先甫。

徐良辅,古越人,尝任奉政大夫工部都水清吏司郎中提督通惠河道。馀待考。

唐太史令傅奕,《唐书》有传,相州邺县人,精通天文历法，为太史令。此为托名。

诸允修，字安所，由馀姚徙仁和，万历辛丑（二十九年，1601）进士，授襄城知县，入为工部主事，督理通惠河。三迁云南左布政使。天启七年（1627）以南光禄寺卿致仕（详参《杭州府志》）。

据路工《访书闻见录》载，此书有天启间杭州爽阁主人履先甫原刊本，有图八十叶，亦半叶九行，行二十二字，首有傅弈、诸允修、徐良辅、李蕃、施途原、翁立环、陈台辉、徐良翰、阎宗圣、谢王邻、李文卿、李隽卿、夏礼、夏之日及作者序十五篇。此本未见，待访查，尤其是作者自叙，更须亟为访求。

拍案惊奇

（拍案惊奇识语）

安少云

即空观主人胸中磊块，故须斗酒浇之；腹底芳腴，时露一脔之味。见举世盛行小说，遂寸管独发新裁，摭拾奇衷，演敷快畅。原欲作规箴之善物，矢不为风雅之罪人。本坊购求，不啻拱璧。览者赏鉴，何异藏珠？金阊安少云梓行。

拍案惊奇序

即空观主人

语有之：少所见，多所怪。今之人，但知耳目之外牛鬼蛇神之为奇，而不知耳目之内日用起居，其为谲诡幻怪，非可以常理测者固多也。昔华人至异域，异域咤以牛粪金。随诘华之异者，则曰："有虫蠕蠕，而吐为彩缋锦绮，衣被天下。"彼舌挢而不信，乃华人未之或奇也，则所谓必向耳目之外索谲诡幻怪以为奇，赘矣。

宋元时有小说家一种，多采闾巷新事，为宫闱承应谈资。语多俚近，意存劝讽。虽非博雅之派，要亦小道可观。

近世承平日久，民佚志淫。一二轻薄恶少，初学拈笔，便思污蔑世界，广摭诬造，非荒诞不足信，则亵秽不忍闻。得罪名教，种业来生，莫此为甚。而且纸为之贵，无翼飞，不胫走。有识者为世道忧之，以功令厉禁，宜其然也。

独龙子犹氏所辑《喻世》等诸言，颇存雅道，时著良规，一破今时陋习。而宋元旧种，亦被搜括殆尽。肆中人见其行世颇捷，意余当别有秘本，图出而衡之。不知一二遗者，皆其沟中之断，芜略不足陈已。因取古今来杂碎事，可新听睹、佐谈谐者，演而畅之，得若干卷。其事之真与饰，名之实与赝，各参半。文不足征，意殊有属。凡耳目前怪怪奇奇，当亦无所不有，总以言之者无罪，闻之者足以为戒，则可谓云尔已矣。若谓此非今小史家所奇，则是舍吐丝蚕而问粪金牛，吾恶乎从罔象索之？即空观主人题于浮樽。

拍案惊奇凡例（计五则）

即空观主人

一、每回有题，旧小说造句皆妙，故元人即以之为剧。今《太和正音谱》所载剧名，半犹小说句也。近来必欲取两回之不侔者，比而偶之，遂不免窜削旧题，亦是点金成铁，今每回用二句自相对偶，仿《水浒》《西游》旧例。

一、是编矢不为风雅罪人，故回中非无语涉风情，然止存其事之有者，蕴藉数语，人自了了，绝不作肉麻秽口，伤风化，损元气，此自笔墨雅道当然，非迂腐道学态也。

一、小说中诗词等类，谓之蒜酪，强半出自新构；间有采用旧者，取一时切景而及之，亦小说家旧例，勿嫌剽窃。

一、事类多近人情日用，不甚及鬼怪虚诞，正以画犬马难，画鬼魅易，不欲为其易而不足征耳。亦有一二涉于神鬼幽冥，要是切近可信，与一味驾空说谎、必无是事者不同。

一、是编主于劝戒，故每回之中，三致意焉，观者自得之，不能一一标出。崇祯戊辰（元年）初冬，即空观主人识。

说明：上序和凡例录自本衙藏板本《拍案惊奇》。此本内封分三栏，右栏题"即空观主人手定"，中栏题"拍案惊奇"，左栏题"本衙藏板翻刻必究"。首《拍案惊奇序》，尾署"即空观主人题于浮樽"。次"拍案惊奇凡例（计五则）"，尾署"崇祯戊辰初冬即空观主人识"。复次"拍案惊奇目录"，凡三十九卷。与尚友堂四十卷本比，第二十三卷《大姊游魂完宿愿　小妹病起续前缘》，被换作原四十卷本的第四十卷《华阴道独逢异客　江陵郡三拆仙书》。有图六十幅。正文卷端题"拍案惊奇卷之×"，半叶十行，行二十字。版心上镌"拍案惊奇"，单鱼尾下镌卷次，最下方镌"尚友堂"三字。有上海古籍出版社曾影印行世。识语则录自据尚友堂本影印的中华书局《古本小说从刊》本，尚友堂原本藏日本日光轮王寺慈眼堂，为初刊本，内封右题"即空观评阅出像小说"，中题"拍案惊奇"，左为识语，凡四十卷，图八十幅。

即空观主人，即凌濛初（1580—1644），字玄房，号初成，别号即空观主人。乌程（今浙江湖州）人。

十八岁补廪膳生，此后科场失意，屡试不中。崇祯中，以副贡授上海县丞。崇祯十五年（1642），擢徐州通判。著有《初刻拍案惊奇》和《二刻拍案惊奇》。

又有光绪间石印本。封面题"绘图拍案惊奇续今古奇观"，内封正面题"绘图拍案惊奇　光绪丙申瀛园旧主书"，背面方框上题"光绪丙申"，方框内题"增图续今古奇观"。首《序》，与即空观主人序文字大致相同，惟尾署"光绪丙申仲春月清明后三日，瀛园旧主撰并书"，有"景云"篆体印一方。次"绘图拍案惊奇目录"六卷三十回。复次图像十五叶三十幅。正文第一叶卷端题"绘图拍案惊奇卷一"，半叶十七行，行三十八字。版心上镌"绘图拍案惊奇"，下镌卷次、回目、叶次。

瀛园旧主，即施世守，著有《木兰奇女传》《唐著写信必读》，馀待考。

禅真后史

禅真后史序

翠娱阁主人

糜公有言,佛为朝廷养济院,有功于国,则亦取其真实际,非必捐妻肉之累。饭藜茹藿,膜拜燃香,吟梵唱偈,作净土津梁,乃俗子扬其波,儒流亦且导其澜。祈悟门于贝叶琅函,不复问拯世乂民实事。翻阅参求间,一腔热心已消矣。暨出寡建竖,投老林壑,又拾传灯馀烬,与二三黄面髡相诘难,依皈拱卫,胥老稚投礼空王。噫!真在是乎?不知大根器人,何尝不从仙释中觳转,何尝不向仙释中归根。其间一段真功行,良善可庇,疲癃可起,奸逆可锄,魑魅可扫。慈悲肝胆、侠烈心肠具备,不尽惨然眉低断弩目态也。则煦煦谭矜恤者伪,而柔刚互运者真;拘拘明心性者伪,而晦蒙不蚀者真;汲汲事焚修者伪,而践履沉实者真。即如薛仙,身膺天箓,已入圣而脱凡,犹必再试之时艰,以补昔日罅漏,可识真之旨矣。然不指迷真之幻影,世且认贼作子,来金吾党氏，俱可身上金台；不指寻真之竟究，世且丧志望洋，秋侠士耿郎，胡得立地成佛？揉叛盗于忠良，祛奸慝于禁近，《后史》皆所以补《逸史》未备，所为继之而起也。若夫清溪道人，试提醒于前茅，已作南车之指；猛钳锤于后劲，允为暗室之灯。衷以屡注而逾热，识以久历而逾沉，奇以弥触而弥吐。禹鼎不足铭其怪，溟海不足方其灏，时花不足斗其艳，朝霞不足侔其鲜。人各具眼，应尽悸目拃舌相惊赏，毋饶不佞笔舌也。时崇祯己巳（二年）兰盆日，翠娱阁主人题。

禅真后史源流

真土真铅真汞，元神元气元精。三元合一药方成，个是全真上品。　动静虚灵不昧，混全实道圆明。形神俱妙乐无生，直谒虚皇绝境。

这一首词，名《西江月》。乃一隐士与潘炼师讲道，作此赠之。大率修炼之术，离不的这个圈子。又闻广成子真语云：有阴德者，径补仙宫。故知修真成道者，不独在乎导引胎息、烹鼎吐纳之功，全重那一点灵台的良善，积德累仁，以成至道。就如那《禅真逸史》所记，一释三真，都归正果。林澹然在渤海王高欢麾下为将时，长刀大戟，杀人如麻，似与如来戒杀之训相悖。及后猛省回头，披缁削发，虽逃梁复魏，不免许多魔障，而内心不损，外行不回，终证菩提上果。门下如杜伏威、薛举、张善相三贤，除奸剔蠹，济世利民，年逾耳顺，弃位苦修，俱相继霞举，此亦一念真心，发为功行，极圆极满，乃能如是也。后来，唐高祖武德年间，敕赠林澹然为通玄护法仁明灵圣大禅师，赠杜伏威为正一静教诚德普化真人，赠薛举为正一五显仁德普利真人，赠张善相为正一咸宁淳德普济真人。则修于寂者彰于显，自是本根上一脉精光，不可磨灭。前史已悉大意，而今复辑《后史》一书，与前史源流相接，不过是禅、真二字。谨按：唐太宗贞观二十三年，饥馑流离，盗贼蜂起。太宗皇帝听了李太史之言，令叶法师发檄祈请，极其诚恳，遂有真人降生阳世，征番灭寇，拯溺扶危，逐鬼荡魔，利民济物，只在三十年之间，做成了许多因果。只为着这个真人下界，提挈了几个道友同上天堂，又引出无数希奇古怪的事来，正是：
欲修紫府清虚教，还本儒宗礼义心。

　　说明：上序和"源流"，录自钱塘金衙梓本《禅真后史》。此本原藏上海图书馆、辽宁省图书馆等。内封三栏，由右向左，分题"清溪道人批评演义""禅真后史""用公同志　识者鉴之　钱塘金衙梓"。首《禅真后史序》，尾署"时崇祯己巳兰盆日，翠娱阁主人题"，有"翠娱阁主人"阳文、"雨侯"阴文钤各一方。次《禅真后史源流》。复次，"禅真后史目录"，凡六十回。又次图像二十叶。正文第一叶卷端镌"新镌批评出像通俗演义禅真后史□集卷之一　清溪道人编次　冲和居士评校"，半叶九行，行二十字。版心上镌"禅真后史"，中镌回次，下卷叶次。此书最早刻本为峥霄馆刊本，而金衙本为其覆刻本。又有同人堂本等，上所录序中不清楚的地方，俱用同人堂本补出。复有五十三回删节本，藏辽宁图书馆。

　　清溪道人，见《禅真逸史》条。

　　翠娱阁主人，见《魏忠贤小说斥奸书》条。

皇明中兴圣烈传

皇明中兴圣烈传小言

乐舜日

我《圣烈传》，西湖野臣之所辑也。宋文正公曰："在国则忧其民，在野则忧其君。"野臣切在野之忧也久矣：忧君侧之奸逆，忧灾变之沓至，每思埋轮，分蹈越俎，乃圣天子在上，公道顿明，倏而豺狼剪除，倏而狐狸屏迹，倏而花妖月怪消形。读邸报，雀跃扬休，即湖上烟景，顿增清明气象矣。逆珰恶迹，罄竹难尽，特从邸报中与一二旧闻，演成小传，以通世俗，使庸夫凡民，亦能披阅而识其事，共畅快奸逆之殛，歌舞尧舜之天矣。野臣乐舜日薰沐叩首题。

说明：上序录自明刊本《皇明中兴圣烈传》，原本藏日本长泽规矩也处，现归东洋文化研究所双红堂文库，中华书局、上海古籍出版社据以影印。此本未见内封，首《皇明中兴圣烈传小言》，尾署"野臣乐舜日薰沐叩首题"。序文"圣烈""圣天子""尧舜"均顶格，而其馀则低两格。次"皇明中兴圣烈传目"，凡五卷四十八则。总目与正文之目每有不同。复次图像五叶十幅。有三幅图出自《警世通言》（孙楷第《〈日本东京所见小说书目〉》）。正文卷端题"皇明中兴圣烈传　西湖义士述"，半叶八行，行二十字，凡于"圣"字之类，皆顶格，馀则低一格。版心镌"圣烈传"、卷次、叶次。

另有光绪三十二年上海种新书局排印本。此本内封上题"内府秘传"，下分两行，题"魏忠贤轶事五十则"。首《明内府钞本魏忠贤轶事原序》，尾署"西湖野臣乐舜日薰沐叩首"，次"内府秘传魏忠贤轶事五十则目录"凡二卷。正文第一叶卷端题"内府秘传魏忠贤轶事五十则卷上　明西湖野臣原著　河间赵云书辑录"，半叶十一行，行二十五字。原本藏南京图书馆。此书实即《皇明中兴圣烈传》，序之文字亦几同。

又有《魏忠贤逸事》抄本一种，藏吉林省图书馆。有"崇祯乙亥年菊月，乐舜日题于武林客舍"序。

乐舜日，自称西湖义士，亦称西湖野臣，杭州人。馀待考。

弁而钗

弁而钗题辞

奈何天呵呵道人

心风月主人,风流拓落,不殊摩云(天?);修文备武,依稀六翮。而命奇数奇,则云天章是其小像;挥洒任侠,匡人佽又其(萧按:此处似有衍夺)行乐无限,深情对西子湖,勃勃不能忍,几欲乘风飞去,撞开天门,对玉皇大帝诉其怨怀。为二三好友拽之不放,遂拈三寸管,见广大毫光,幻出三千大千世界。倏而结□(绶)弹冠,倏而风云龙虎,倏而泥蟠天飞,倏而故革新鼎。笔之所至,人境顿空。文矣而且武,神矣而又仙。离离奇奇,怪怪诞诞,俱不作一寒酸面孔相造,但生心荣枯在我,纳须弥于芥子,弄乾坤于掌股,此中岂止藏千万狮子吼,甚矣,快矣。虽然英雄□(不?)□(遇),八股无灵,而至托乎小史□(以)行世,谨其怨抑,抒其壮怀。此固荆卿燕市云(之)行歌,其所以异,独知之契者何如?予同病相怜,勉题数语,自附渐离之筑音云。孰是田先生一见而倾倒乎。咳！奈何天呵呵道人书。

弁而钗自序

醉西湖心月主人

客有嘲予者曰："丈夫负不羁之才,抱旷世之志,时乎未遇,固宜立言表见于世。然贞奇侠烈,自可阐扬,何必借卯孙伸佈其说,海世淫姱,似非持世之道乎?"余曰："嘻！客言是矣,而第未知夫时也。今时则乌纱帽、红绣鞋、玉唾壶用事之时。语之以势焰淫姱,则津津忘倦；告之以正心诚意,则目盲耳聋,昏昏欲睡。贞且谓固矣,侠且谓狂矣,烈与奇且谓之腐而不经矣。予活泼泼一腔热情,将谁洒之人间世,偶借卯孙之所无,一洩余胸中之所有。哲士茹其精华,世人得其糟粕,亦汤临川以《牡丹亭》诸传奇□(讲)学意也。而善读者观其始终,按其行事一节,终身□(至)死靡变,遂使天下无情人,并卯孙也做不得。感激而尤效之,事父事君,交友应世,一归于侠烈贞奇,则忠臣孝子、信友仁人,盈宇内矣。虽稗官野史,余之所以挽江河于日下者,大矣。即谓此为持世之书也可。"醉西湖心月主人书于笔耕山房解嘲。

弁而钗情奇小引

醉西湖心月主人

天下事不奇不传,传所以传其奇也。而奇孰有奇于李谪凡者哉。为父而失身南院,奇于孝也;感恩而易粉为女,奇于报也;存孤而入籍为尼,奇于贞也;恩酬而不辞长往,奇于隐也;投宿而顿悟前因,奇于仙也。而吾总约其奇曰"情"。噫!世尽情人,余之愿也。醉西湖心月主人题于笔耕山房。

弁而钗情侠小引

侠亦多术哉。而惟情侠为第一,不贪荣,不受贿,可生可死而不可夺。相知在毛裏之中,投契在利禄之外。识斯言也,可与论情侠。古无其人,吾以(下阙)

弁而钗情烈小引

醉西湖心月主人

人之言曰："儿女情长，英雄气短。"此言殊不然，夫情之所钟，正在我辈。而世之所谓情，非情也，欲也。若文生之于天章，之生而死，又之死而生，生生死死而不以间。其于情也，斯得矣。颂其诗词而按其作用，虽真英雄不过是，安得以而儿女诮之。死生亦大矣，可无纪乎？醉西湖心月主人题于笔耕山房。

说明：上题词等均录自日本东京都立中央图书馆藏本《弁而钗》。《弁而钗自序》《弁而钗情奇小引》《弁而钗情烈小引》均署"醉西湖心月主人"，后有"醉西湖"阳文、"心月主人"阴文钤各一方。

醉西湖心月主人，奈何天呵呵道人，真实身份、生平事迹待考。

醋葫芦

《醋葫芦》序

醉西湖心月主人

余尝慨世之男子,甘为妇人之行,而不能妇人其心。妇人以一夫终,外畏公议,内顾名行。男十色不谓淫,女过二便为辱。苦矣,身之女矣!吾身畴氏,而以人之颦笑为颦笑,颜和声随,有奚愉?况乃所乐只争是一线,一线之乐,又寄于夫子,非色足以媚之,才足以制之,弗得也。一夫一妇,为欢几何?中有生老病死,所去者半;声问缘觉,所去者又半;饮食息起,所去者半;悲欢离合,所去者又半之半。总令美满百秋,括计不过数载。若乃复杂以僻邪,媚乎外室、青楼,静言屈指,寂禁涕泗交横。妇人又乌能不妒?故妇人之心真。至于而真,更无漏其一种忐忑、龃龉龃龉龌龊,无可奈何之衷。将为贤妇,又恐割爱;将为妒妇,又惜名称。至事势临颈,腆颜不顾,譬兹醋国,扇乃牝风,阴氛弥填区寓,阳明遂失坚刚。纵横在我,笑骂繇他。信谁不爱名，甘任不肖，亶可悼矣。令天下亲友臣子，以兹为心，则三王无难四，五帝无难六。弑父弑君，不载《春秋》；刖足按剑，不载《列传》。不复有商、周，安知有末流乎？奈何孤矫之僻，独钟妇人；劳辞彦晞，虚费笔墨。扼腕哉！

前有《狮吼》，继有《怕婆》，而伏雌教主，今又为之昌明其说。男子阅之，喜斯悦矣；妾妇闻之，能不自毁尽葫芦中之一滴？不乃若都飙飙肆毒，冷姬生奸，即胎生妒妇，亦当拔剑而起，斩断妒根，为莽男儿开方便法门，顿一面之网，普无生之福，因以露洒杨枝，莲开并蒂，则世之获福，不既多乎？兹集虽足绘妒，实以救世矣。诸凡甘婆心而稔怕婆者，虔请一卷，迎二三高衲，对其乃正，焚香恭诵，礼拜忏悔，不必白面玉皇，黑脸阎老，旃檀香横，法界花飞，有妒无妒，一时同超醋海。笔耕山房醉西湖心月主人题。

醋葫芦说原

且笑广主人

都氏者，言天下之妇人，都如是也。妇人秉阴霾之性，习狐媚之妆，能窃男子之意旨以为用，男子堕落其中，至死不觉，亘古及今，以至蛮貊，无不皆然，故曰都也。虽然，情不足以联其夫不得妒；才不足以凌其夫不能妒；智识不足以驾驭其夫，虽欲妒，夫亦不受其妒。试观都氏举止，其才情智识，自是太原异人。孔明以巾帼遗仲达，退丈夫为女子；余读《怕婆经》，进女子为丈夫。世有都氏，吾愿事以箕帚。

成珪者，成规也。言天下之男子，未有不怕婆而能为丈夫，如公输不能拙规矩而成方员。不怕则争，争则不和。夫妇不和，天地随之愆尤。盖怕之道，精言之为柔，直言之则为怕。然则怕婆又何必为丈夫讳？揭一种新花样，定万世大规模，孰是慧男子，秉成规而善用之。

三握三吐，姬旦负扆之周；七擒七纵，诸葛薄代之智。悍妇不殊强虏，非智宁能驭伏；保孤无异幼主，不周恶乎能全？鞠躬尽瘁，以忠臣行。良臣之心，任怨任劳。以巧人甘拙人之事，斯其为周智也。飚者何？犬之类也。以继子而作难，何异疯犬，天下之生乎一体而怀二者，冷著甚矣，故冷姬继都飚而得矣。且笑广主人识。

说明：上序录自笔耕山房本《醋葫芦》。此本无内封，首《序》，尾署"笔耕山房醉西湖心月主人题"，有"但使封侯龙额贵，讵随中妇凤楼寒"阴文、"笔耕山房醉西湖心月主人印"阳文钤各一方。次"且笑广演评醋葫芦小说目录"，凡二十回（正文分四卷，卷五回）。复次《说原》，尾署"且笑广主人识"，有"且笑广""明月照我吟"阴文钤各一方。有图二十叶。第一回图署"项南洲刊""陆书清写"，有"陆阑之印"阳文印章。正文第一叶卷端题"新撰醋葫芦小说卷之一　西子湖伏雌教主编　且笑广芙蓉癖者评"。半叶九行，行十九字。版心由上而下，分镌"醋葫芦"、卷次、回次、叶次。第二、三、四卷分题"伏雌教主编　心月主人评""大堤游冶评""弄月主人　竹醉山人同评"。醉西湖心月主人尚有《弁而钗》《宜春香质》，评者也为且笑广主人。书引吴炳《疗妒羹》，且谓"簇簇新编"，又提及《禅真后史》，且《弁而钗》《宜春香质》出明末（参《明代小说集刊》《弁而钗》《宜春香质》"前言"），则此书之出亦当在明末。

醉西湖心月主人、西子湖伏雌教主、且笑广芙蓉癖者、大堤游冶、弄月主人、竹醉山人,真实身份、生平事迹均待考。

近报丛谭平虏传

近报丛谭平虏传(序)

吟啸主人

余坐南都燕子矶上，阅邸报，奴因越辽犯蓟，连陷数城，抱杞忧甚矣。凡遇客闻自燕来者，辄(辄?)促膝问之，言与报同。第民间之义士、烈女，报人视为细故不录者，予闻之更实获我心焉。忠孝节义兼之矣，而安得无录？今奴贼已遁，海晏可俟，因纪邸报中事之关系者，与海内共。欣逢见上之仁明智勇，间就燕客丛谭，详为纪录，以见天下民间，亦有此之忠孝节义而已。传成，或曰：风闻得，真假参半乎？予曰：苟有补于人心世道者，即微讹何妨？有坏于人心世道者，虽真亦置。所愿者，内有济川之舟楫，外有细柳之旌旗。衣垂神甸，云拥万国冠裳；气夺鬼方，风摇两阶干羽而已。兹集出，使阅者亦识虏酋之无能，可制梃以挞之也。因名曰：《近报丛谭平虏传》。近报者，邸报；丛谭者，传闻语也。吟啸主人书于燕子矶上。

说明：上序录自上海古籍出版社影印本《近报丛谭平虏传》。首序，却不以序名，而只题书名《近报丛谭平虏传》。尾署"吟啸主人书于燕子矶上"。次"近报丛谭平虏传目次卷之一"，凡十则，此为第一卷目。第二卷目录叶题"近报丛谭平虏传目次卷之二"，亦凡十则。各卷目后都有图一叶半。正文第一叶卷端题"近报丛谭平虏传卷之一"，半叶八行，行二十字。版心无鱼尾，由上而下分镌"平虏传"、卷次、叶次。书出于明崇祯间。所叙为崇祯二、三年事。

吟啸主人，无考，殆为南京人或寓居于南京。

隋炀帝艳史

隋炀帝艳史叙

笑痴子

古君天下以艳称者，无如汉武、唐玄，一以伤悼之赋，一以长恨之歌，至今令人神往，固也。虽然，君天下者，何求弗得，而沾沾于协律之弟、杨氏之儿哉？倘少君、方士之术不灵，有若新垣平者，则欹歔郁抑，两君必将憔悴以死，曾五石粟田舍翁之不若，而乌乎称艳！是知问艳于四时，要不在于溽暑严寒也；征艳于卉草，要不在于苍松劲柏也；乞艳于姿华，要不在于籧篨戚施也。故有惊而称艳，喜而称艳，异而称艳，犹有妒而称艳者。夫事所共快，事共快，每恨先我而为之，则有妒。虽志不合于古先，为淫为荒，然不妨于我身而偶一为之，则有异。种种媚人，种种合趣，种种创万祀之奇，种种无道学气，无措大气，亦无儿女子气，并无天子气者，则孰非可惊可喜而称艳者乎？试问古今来，孰有如隋之炀帝者？试问炀帝之何以艳称？请君试读炀帝之艳史。

笑痴子书于咄咄居。

艳史序

野史主人

阿摩特亡国俘耳,二郎一举,五体堕地。吊古者谓开皇、仁寿间,潜贻大业之憾。讵五子同母,幼无姬媵,辄足亘那罗延不拔之统。或有罪摩以土木者,咎摩以穷黩者,谴摩以善属文辞者。君子曰:不然。土木莫过嬴秦,穷黩孰逾炎汉。而天语琳琅,地掷金玉,智主圣明,维臣莫及,亦自古记之,又空以彰其罪恶为!将毋太原留守一诏,失策于舅哉,何迟之后欤!曰:非也,此天意也。曷地震青宫,风飓南郊,识者已有杞忧。而叔德袭爵,日角龙迹占王气者,预卜长安天子,独怪夫令狐行达,擒无愁天子而甘心焉?而三十有九之引镜,外人图侬,遽成四十回之公案,传示哉兹矣。虽然,独孤一误,爱短杨祚。藉令弭锐抑奢,悔厥前愆,取彼裴矩,投畀豺虎,岂遂无以广为口实,而漫无惭德云。同心一结,宣华纵力能拒之,而旦出之衣虽更,小金之笥畴启,手书数牒,谬厕文考之庭;述岩片纸,空遗出阁之系。乃至尽遣后宫,出就别室;矫诏创勇,而不置一嗣。惨刻至此,罪恶滔天。外此而种种淫肆,正所谓不戢自焚,多行速毙耳。今者灾八百木,以亿万迷楼之现身,固将令天下串一牟尼珠,尽抵掌百口,阿摩以垂一大果报也。史告成,客有谯呵之者曰:此污蔑传也,不可为经。解之者曰:此述也,不可云作。春秋二百四十馀年,亡国七十二,弑君三十六,宣尼父亦何忍飑其丑哉!知我罪我,其姑听之。崇祯辛未岁清和月,野史主人漫书于虚白堂。

艳史题辞

委蛇居士

小传之来尚矣,易世而其风滋盛。果取振励世俗之故欤?抑主娱悦耳目而然欤?识者多谓挈空捉影,吹波助澜,奇其事以猎观,巧其名以渔利。嗟乎!曾是一传出,费几许推求,用几许结撰,区区作此种生涯,不亦悲夫!

余友东方裔也,素饶侠烈,复富才艺,托姓借字,构《艳史》一编,盖即隋代炀帝事而详谱之云。其间描写情态,布置景物,不能无靡丽悒淫、荡心佚志之处,而要知极张阿摩之侈政,以暗伤隋祀之绝,暗伤隋祀之绝,还以明彰世人之鉴。见乐不可极,用不可纵,言不可盈,父子兄弟之伦,尤不可灭裂如斯也。则固非野史诐经之捏造讹传,亦岂情案春词之长欲导淫乎?有关世俗,大裨风教,余竟不揣亟谋剞劂,愿有目者共赏焉。时崇祯辛未朱明既望,槜李友人委蛇居士识于陶陶馆中。

艳史凡例

一、稗编小说,盖欲演正史之文,而家喻户晓之。近之野史诸书,乃捕风捉影,以眩市井耳目。孰知杜撰无稽,反乱人观听。今《艳史》一书,虽云小说,然引用故实,悉遵正史,并不巧借一事,妄设一语,以滋世人之惑。故有源有委,可征可据,不独脍炙一时,允足传信千古。

一、著书立言,无论大小,必有关于人心世道者为贵。《艳史》虽穷极荒淫奢侈之事,而其中微言冷语,与夫诗词之类,皆寓讥讽规谏之意,使读者一览,知酒色所以丧身,土木所以亡国,则兹编之为殷鉴,有裨于风化者岂鲜哉!方之宣淫等书,不啻天壤。

一、历代明君贤相,与夫昏主佞臣,皆有小史,或扬其芳,或播其秽,以劝惩后世。如《列国》《三国》《东西晋》《水浒》《西游》诸书,与廿一史并传不朽,可谓备矣。独隋炀帝繁华一世,所行皆可惊可喜之事,反未有传述,殊为缺典。故爰集其详,汇成是帙,庶使吊古者得快睹其全云。

一、隋朝事迹甚多,今单录炀帝奇艳之事,故始于炀帝生,而终于炀帝死,其馀文帝国政,一概不载。

一、炀帝为千古风流天子,其一举一动,无非娱耳悦目,为人艳羡之事,故名其篇曰《艳史》。

一、炀帝繁华佳丽之事甚多,然必有幽情雅韵者,方采入。如三幸辽东、避暑汾阳等事,平平无奇,故略而不载。

一、风流小说,最忌淫亵等语,以伤风雅;然平铺直叙,又失当时亲昵情景。兹编无一字淫哇,而意中妙境,尽婉转逗出。作者苦心,临编自见。

一、坊间绣像,不过略似人形,止供儿童把玩。

兹编特恳名笔妙手,传神阿堵,曲尽其妙,一展卷,而奇情艳态勃勃如生,不啻顾虎头、吴道子之对面,岂非词家韵事、案头珍赏哉?

一、绣像每幅,皆选集古人佳句与事符合者,以为题咏证左,妙在个中,趣在言外,诚海内诸书所未有也。

一、诗句皆制锦为栏,如薛涛乌丝等式,以见精工郑重之意。

一、锦栏之式,其制皆与绣像关合。如调戏宣华则用藤缠,赐同心则用连环,剪彩则用剪春罗,会花荫则用交枝,自缢则用落花,唱歌则用行云,献开河谋则用狐媚,盗小儿则用人参果,选殿脚女则用蛾眉,斩佞则用三尺,玩月则用蟾蜍,照艳则用疏影,引谏则用葵心,对镜则用菱花,死节则用竹节,宇文谋君则用荆棘,贵儿骂贼则用傲霜枝,弑炀帝则用冰裂:无一不各得其宜。虽云小史,取义实深。

一、诗句书写,皆海内名公巨笔。虽不轻标姓字,识者当自辨焉。

一、卷分为八,回列四十。所谓未能免俗,聊复尔尔。

《隋炀帝艳史》总评

两京虽被盗贼,炀帝若肯依李桐客之奏,因将士思归,拥兵而还,则天子威令所至,人心自怯,天下事尚未可知。奈何竟置之度外,唯催治丹阳宫,以为避兵之计,亦何愚也。

繁华富贵日,样样摄得;及至衰败时,便难为情。如双果摇散,宫人歌声,杨梅枯死,鲤鱼化龙飞去,吴公台后主献诗,袁充奏天文太恶:恶光景相逼而来。任炀帝荒淫成性,到此田地,亦殊苦矣。故往往悲歌不止,"好头项"一语,不觉见乎辞矣。

隋家臣子不少,到死国难时,止有许善心、独孤盛、独孤开远、王义、朱贵儿数人,何忠义之薄也?最可羞而可耻者,封德彝与萧后耳,苏威次之。宇文化及一班逆贼,万世骂名,又不足论矣。

炀帝受用一十三年,何等繁华富贵,谁知下场头至于如此。虽荒淫之报,亦惨极矣,痛哉!

说明:上叙、序、题辞、凡例、总评,均录自人瑞堂本《隋炀帝艳史》。原本藏日本内阁文库、上海图书馆、南京图书馆、大连图书馆等,上海古籍出版社《古本小说集成》、中华书局《古本小说从刊》影印行世。此本内封三栏,由右向左,分题"绣像批评""艳史""人瑞堂梓"。首《隋炀帝艳史叙》,尾署"笑痴子书于呥呥居",有"笑痴子"阳文钤一方,次《艳史序》,尾署"崇祯辛未岁清和月,野史主人漫书于虚白堂",有"野史主人"阳文钤一方,复次《艳史题辞》,尾署"时崇祯辛未朱明既望,槜李友人委蛇居士识于陶陶馆中",有"委蛇居士"阴文钤一方,又次《艳史凡例》,再次"隋艳史爵里姓氏"。有图像八十叶,皆像、赞各半叶。目录页题"隋炀帝艳史",正文第一叶卷端题"新镌全像通俗演义隋炀帝艳史卷一　齐东野人编演　不经先生批评",半叶九行,行二十字。版心单鱼尾上镌"艳史",下镌回次、叶次。书末有总评。

　　齐东野人、不经先生、笑痴子、槜李友人委蛇居士、野史主人,均待考。

《风流天子传》序

集益主人

世传廿一史演义,类皆荒诞不经,惟《三国演义》及《隋史》为最胜。第《三国演义》久已风行,而《隋史》流传较少。近向友人处借观一部,其中事实与正史相合,且福善祸淫,果报不爽,而人每以淫书目之,亦未免贵耳而贱目矣。兹集益主人觅得旧藏善本,付之石印,并附图说。中有暗藏春色者,一概删去,易其名曰《风流天子传》,为隋炀帝纪实也。愿世之好博览者,家置一编,俾雨窗月夕,翻阅一过,与正史相参观,未始不可开拓万古之心胸,推倒一时之豪杰也。光绪乙未(二十一年)秋仲,集益主人读并识。

说明:上序录自清末石印本《风流天子传》。原本藏天津图书馆。此本首集益主人序,次原序,又次凡例。凡例文字略有异同,多"一、原图八十幅,系仇十洲手笔,但以当时风行海内,木板浸漶已久,兹特妙选画家,悉照原本临摹上石,庶不负名人遗迹,阅者亦足以悦目而赏心"一则;缺"一、诗句皆制锦为栏"至"聊复尔尔"。且凡例在题词之前,上所录题词之后,才是"崇祯辛未清和月野史主人涂书于虚白堂"之序。委蛇居士题词,野史主人题词,文字与上所录亦略有异同。书末有总评。

集益主人,真实身份、生平事迹待考。

鼓掌绝尘

鼓掌绝尘题辞

闭户先生

方今一人当头,万民鼓掌。逆珰传首,叛焕划肠。乐哉化日光天,无事听闲人说鬼;嗒矣北窗南面,有时向知己征歌。歌何所云乎?世事短如春梦,人情薄似秋云。淡哉斯言。无过向此滚滚红尘中,叹翻掌之狂缘,笑轩渠之变态耳。好事家因于酒酣耳热之际,掀我之髯,按君之剑,弄笔墨而谱风流,写宫商而翻情致。传觞啜茗之馀,色飞流艳;倾耳醉目之下,魂动异情。无意撩人,有心嘲世。漫说三千粉黛,无过此一片骚酸;休言百二山河,总是他万般痴蠢。奸内奸而盗内盗,诈内诈而伪内伪兮,臣实于今一中之;酒上酒而色上色,财上财而气上气乎,君特未知其趣耳。馋涎饿虎,油额花狐,嚼残红骨而呼尽白脂,痴心汉耽为极乐国;南粪熏熏,北风泼泼,嗅干尿袋而咬碎糟囊,知心哥躲在骷髅冢。钱神顶尖似绣花针,直钻空三十三天;醋瓶口大比洞庭湖,真浸透九十九地。管取精奇古怪,装成一世话柸下场头;何妨周吴郑王,借作千古风流俊俏眼。热如火,艳似花,他爱我,我爱他,不觉汞走而铅飞;喉似管,眼如箕,尔为尔,我为我,就是张三而李四。掀翻面糊盆,洁洁净净,云在青天水在瓶;打破酸齑瓮,燥燥干干,桃花能红李能白。看到心花开绽处,笔歌墨舞,世上如今半是君;想来泪血迸流时,玉悴香消,此曲只应天上有。开襟大笑,梁尘落尽砚池香;岸帻豪吟,麈尾敲残茶灶冷。吾为鼓掌,香韵金瓶之梅;君试拂尘,味共梁山之水。崇祯辛未岁(四年)之元旦,闭户先生书于咫园之烹天馆。

鼓掌绝尘叙

临海逸叟

余主人龚君,延选经文诗画,嗣后房稿行世,因海内共赏选叙,索《鼓掌绝尘》小引一篇。

余素沉酣经史,咀嚼贤臣,风流荡宕,靡不爱焉。于花前月下之趣,摈而不录久矣。归鞭尚速,马蹄厥疾,无暇览焉。主人取将竣之帙于手中,一展卷,皆天地间花柳也。花红柳绿,飘拂牵游,即老成端重之儒,无不快睹而欣焉。乃知老成端重,其貌尤假;风花雪月,其情最真也。人心一天地。春夏秋冬,天地之时也,则首春,非春不足以宰发育收藏之妙;喜怒哀乐,人心之情,则鼎喜,非喜无以胚悲愤欢畅之根。天地和调,则万物昭苏;人心悦恺,则四体睟盎。风光艳丽,不独千古同情,天地人心所不可死之性理也。夫小道可观,职此故耳。况《秋波传》《诗媒记》《红梅》《桃花》,梨园盛传,幽香喷人,宇内融融,兹帙可媲而美焉者。倘谓淫邪贼正,视为污蠹之物,桑间濮上,宣尼父何不一笔削去之,其中盖有说焉。不惟淫欲炽而情态丑,足堤千秋之邪窦,即合耆野而白发贞,亦足愧万古之负心。嗣有穴隙钻而龙门跃,阳台为飞腾之基矣;逾墙从而六翮凌,超越成鹏搏之遥矣。或一念幽情,开箕裘冠冕;片时佳会,结绝代芳声。舍此一途而不赏者谁?此余草书慕孙娘之舞,遐文欣苏小之歌也耶。

  兹吴君纂其篇,开帙则满幅香浮,掩卷而馀香钩引,入手不能释者什九,遂名之《鼓掌绝尘》云。

虽然，经目者以之适情则可，以之留情则不可。赤城临海逸叟题。

佳会绝句

临海逸叟

情似胶漆味正好，风吹纸窗忌人俏。两人绸缪不可言，又恐丫鬟高声叫。

欲吐深情兴转浓，匆匆钝了舌边锋。梦想魂灵飞不迭，一世光风在眼中。

秋波对着不瞑眸，红桃含吞鱼上钩。形骸化作一块儿，灵犀融结上眉头。

不知此景是何景，惊跃壁间银缸影。欢了方觉从前苦，愁极今宵梦未醒。临海逸叟醉笔。

鼓掌绝尘风集

闭户先生

风来水面，宛绣瀫之盈眸；风度谷心，恍笙簧之聒耳。二十四番花信，妃子开颜；一百八日寒思，幽人破驾。顾安得猛士，慰我雄威；且喜共佳人，同吾把酒。兰膏桂馥，偏从此处过来香；柳暗榆阴，不意如何吹出冷。秋风瑟瑟，肠断佳人为玉箫；晓风离离，只恐夜深花睡去。那知风起水涌，蓝桥倒淹影里之情郎；何意风送歌声，阳台畔想画中之爱宠。流酸溅齿，狮子吼出杨梅干；虚溺沾唇，猱儿惊坠芙蓉帐。风伯多情首肯，风流不坠斯编。是为《鼓掌》风集。闭户先生题。

鼓掌绝尘花集

闭户先生

花当春暖，醉陌上之流莺；花遇秋深，飘月中之飞兔。香梦沉沉未晓，银烛高烧；芳魂寂寂无言，绛纱低护。顾封家众妹，偏惜惺惺；若阆苑群仙，独怜楚楚。隋宫汉囿，逞不了富贵娇姿；金谷梁园，谁并若芳菲丽质。花浓洒酽，莫厌伤多酒入唇；莺老花残，且看欲尽花经眼。试问花飞水面，我将乘桃浪快击三千；且喜花压帽檐，吾欲驾鲸波雄飞九万。贪之不满，无如生死伴花眠；惜而蚤起，只为流连作花癖。花神不必叹声，花前共观兹录。是为《鼓掌》花集。闭户先生题。

鼓掌绝尘雪集

闭户先生

雪意催诗,清瘦桥边驴子;雪情付酒,肥蒸帐底羔儿。林下美人徐来,暗香袭我;山中高士政卧,清气逼人。顾觉家垆畔,腹负将军;而谢氏闺中,絮飞儿女。随风夜半,到窗纸动数声清;映日晓来,射牖帘通何处洁?雪斜梅整,光摇银海炫生花;雪暮诗成,冻合玉楼寒起粟。宁知雪魂非另,嫁向孤山之疏影横斜;定交雪友成双,好伴逋仙之暗香浮动。争春不已,红英欺我树搓牙;阁笔多时,绿萼让他香扑鼻。雪儿故自可人,雪案且须开卷。是为《鼓掌》雪集。闭户先生题。

鼓掌绝尘月集

闭户先生

月明似昼,女郎结珮游仙;月满如围,侠客携镡访友。大地山河微影,共到清虚;九天风露无声,坐来碧落。顾霓裳曲奏,羽衣翩翩;乃灵药悔偷,姮娥夜夜。尘心未断,仁看雾气湿瑶台;俗缘尚牵,且敛霞踪临洛浦。月满杯中,今人不见古时月;杯空月落,今月曾经照古人。看取月光如水,照年年不了捣素流黄;何期月驭如飞,送人人无数鬓丝眉锁。春复秋兮,为问我此生此夜;圆还缺也,那管他明月明年。月娥不惜金罇,月夜且终残帙。是为《鼓掌》月集。闭户先生题。

  说明:上题辞及序等均录自本衙藏板本《鼓掌绝尘》,原本藏大连图书馆。此本内封题"出像批评通俗小说""鼓掌绝尘"。首《鼓掌绝尘题辞》,尾署"崇祯辛未岁之元旦,闭户先生书于咫园之烹天馆",有"咫园"阳文、"闭户先生"阴文钤各一方。次《鼓掌绝尘叙》,尾署"赤城临海逸叟题",有"王宇章印"阳文、"敛华氏"阴文钤各一方。又次《佳会绝句》,尾署"临海逸叟醉笔"。又有风、花、雪、月叙各一篇,皆署"闭户先生"题,均有"咫园""闭户先生"印两方。有风、花、雪、月各集目录,每集十回,共四十回,题"新镌出像批评通俗小说鼓掌绝尘×集"。每回有图像一叶,共四十叶。正文卷端题"新镌出像批评通俗演义鼓掌绝尘风集　古吴金木散人编　永兴清心居士校"。半叶九行,行二十字。版心由上而下分题"鼓掌绝尘"、回次、叶次。

古吴金木散人、永兴清心居士、闭户先生、赤城临海逸叟,真实身份、生平事迹均待考。

二刻拍案惊奇

二刻拍案惊奇序

睡乡居士

尝记《博物志》云:"汉刘褒画云汉图,见者觉热;又画北风图,见者觉寒。"窃疑画本非真,何缘至是?然犹曰人之见为之也。甚而僧繇点睛,雷电破壁;吴道玄画殿内五龙,大雨辄生烟雾。是将执画为真,则既不可,若云赝也,不已胜于真者乎?然则操觚之家,亦若是焉则已矣。

今小说之行世者无虑百种,然而失真之病,起于好奇。知奇之为奇,而不知无奇之所以为奇。舍目前可纪之事,而驰骛于不论不议之乡,如画家之不图犬马而图鬼魅者,曰:吾以骇听而止耳。夫刘越石清啸吹笳,尚能使群胡流涕,解围而去,今举物态人情,恣其点染,而不能使人欲歌欲泣于其间,此其奇与非奇,固不待智者而后知之也。则为之解曰:"文自《南华》《冲虚》,已多寓言,下至非有先生、凭虚公子,安所得其真者而寻之?"不知此以文胜,非以事胜也。至演义一家,幻易而真难,固不可相衡而论矣。即如《西游》一记,怪诞不经,读者皆知其谬。然据其所载,师弟四人,各一性情,各一动止,试摘取其一言一事,遂使暗中摹索,亦知其出自何人。则正以幻中有真,乃为传神阿堵,而已有不如《水浒》之讥。岂非真不真之关,固奇不奇之大较也哉!

即空观主人者,其人奇,其文奇,其遇亦奇。因取其抑塞磊落之才,出绪馀以为传奇,又降而为演义,此《拍案惊奇》之所以两刻也。其所捃摭,大都真切可据。即间及神天鬼怪,故如史迁纪事,摹写逼真。而龙之踞腹,蛇之当道,鬼神之理,远而非无,不妨点缀域外之观,以破俗儒之隅见耳。若夫妖艳风流一种,集中亦所必存。唯污蔑世界之谈,则戞戞乎其务去。鹿门子常怪宋广平之为人,意其铁心石肠,而为《梅花赋》,则清便艳发,得南朝徐、庾体。繇此观之,凡托于椎陋以眩世,殆有不足信者夫。主人之言固曰:"使世有能得吾说者,以为忠臣孝子无难;而不能者,不至为宣淫而已矣。"此则作者之苦心,又出于平平奇奇之外者也。时剞劂告成,而主人薄游未返,肆中急欲行世,征言于余。余未知搦管,毋乃"刻画无盐,唐突西子"哉!亦曰"簸之扬之,糠秕在前"云尔。壬申冬日睡乡居士题并书。

二刻拍案惊奇小引

即空观主人

丁卯之秋事,附肤落毛,失诸正鹄,迟回白门。偶戏取古今所闻一二奇局可纪者,演而成说,聊舒胸中磊块。非曰行之可远,姑以游戏为快意耳。同侪过从者索阅一篇竟,必拍案曰:奇哉所闻乎!为书贾所侦,因以梓传请。遂为钞撮成编,得四十种。支言俚说,不足供酱瓿,而翼飞胫走,较捻髭呕血,笔冢研穿者,售不售反霄壤隔也。嗟乎,文讵有定价乎!

贾人一试之而效,谋再试之。余笑谓:一之已甚!顾逸事新语,可佐谈资者,乃先是所罗而未及付之梓墨,其为柏梁馀材、武昌剩竹,颇亦不少。意不能恝,聊复缀为四十则。其间说鬼说梦,亦真亦诞。然意存劝戒,不为风雅罪人,后先一指也。竺乾氏以此等亦为绮语障。作如是观,虽现稗官身为说法,恐维摩居士知贡举,又不免驳放耳!崇祯壬申(五年)冬日,即空观主人题于玉光斋中。

  说明:上序、小引,录自尚友堂本《二刻拍案惊奇》。原本藏日本内阁文库,上海古籍出版社有影印本行世。此本首《二刻拍案惊奇序》,尾署"壬申(崇祯五年)冬日睡乡居士题并书"。次,《二刻拍案惊奇小引》,尾署"崇祯壬申冬日即空观主人题于玉光斋中"。复次,"二刻拍案惊奇目录",凡四十卷。第四十卷为《宋公明闹元宵杂剧》,实有小说三十九篇,而第二十三卷又与《拍案惊奇》的二十三卷同,为《大姊游魂完宿愿 小妹病起续前缘》。或谓此非初刻全本,全本当有小说四十卷,此只三十八卷,所据殆为《小引》中有谓:"……遂为钞撮成编,得四十种。"然无版本及小说文本实证,也无其他文献证实。

  即空观主人,即凌濛初,见《拍案惊奇》条。

龙阳逸史

龙阳逸史题辞

闻之前鱼之涕,骚泪满龙阳之船;余桃之甘,爱我唻弥瑕之口。是以黄泉可试,安陵乐共驱蚁;断袖惊眠,董贤少参驸马。秦宫一生花底活,孙寿争春;子都调笑酒家胡,霍光癖夜。金丸落飞鸟,骑驰视兽,韩嫣之副车乘乎;金貂应让侬,册汝为后,子高之两雄并矣。青油幕下,王韶之昔为幼童;双飞紫宫,容冲之终酬曩好。襄国优童之郑,名艳樱桃;河东都尉之侯,贵钦张放。曹肇兮御帐,丁期兮回盘。延年之爵为协律,善变新声;黄头之富擅铜山,谨身媚上。是皆惊魂摄魄,啧啧妒杀前人;因而剩醋馀骚,嘿嘿暗传今日。木樨洞里,不嫌淹瘗英雄;金汁行中,何惜染污好汉?爰有三癖,生彼四痴;庶几三英,慰吾双美。知音君子,此番大展风流;个中解人,一段钟情佳话。乃若垂髫结契,守同穴之盟言;坐卧不离,忘通家之礼禁。癖为破老。至于银神拨置，笑挥方孔之钱；酒鬼追随，怒灌无瓶之醋。癖为认真。更有解衣温饱，半生权室夫妻；情变须臾，一旦豪门密友。癖为夺趣。是以狡童得计，高噫后庭之花；年少多娇，血搭相知之肺。是名骗痴。星前说誓，妆成百态千腔；枕上调情，多少拿班做势。是名者痴。入眼便索，无论金缯银钱；到手都休，那管青黄皂白。是名油痴。千般做扮，薰成沉速奇南；一意膏塗，俏到发肤鞋袜。是名妖痴。信痴矣顽童，薰风荡矣；真癖哉浪子，情趣何生？虽然，老子于此，兴复不浅，再笑谱千古风光；臣实于今，时一中之，敢艳绘另机锦绣？香生舌底，璧人态有馀妍；花绽笔尖，我辈情无他夺。非文英乎？丰神不减，暗中摸索亦知；臭味自亲，粗服乱头皆好。非韵英乎？噫嘻，佳人难再，浪传国色天香；男子多情，不数柳眉星眼。美在七情之系，须知吾意自怜才；美同一榻之栖，不对人言唯独笑。联兹双美，不负三生，眷我二英，真成三妙。楼头坐月，那数他钩肩搭背、牵衣扯袖的轻薄少年；书室焚香，生酸杀傅粉涂朱、叠被铺床的温柔娘子。管领春风九十，不惹浪蝶狂蜂；主盟花信三千，羞杀闲花野草。张官李舍，晦气的染成梦遗白浊吐血病；钱标赵嫩，弄坏了变成便毒痔漏杨梅疮。下场头帽子网巾，悔杀从前颠倒；上大人铜钱银子，收拾难觅分文。枉流传话笑多人，只落得丑添自己。从今打叠香风味，再休卖俏招奸；管交闲却臭皮筒，不许朝抽暮掣。为问当今子弟，几个能消受龙阳之名？说与及时小官，那处不相肖鸡奸之传？高贤载酒，把臂共谈，鼓掌掀髯，乃契斯语。时为崇祯壬申阳月阳至日，蔗道人题于菖芨中。

《龙阳逸史》叙

程侠

余友人，宇内一奇豪也。生平磊落不羁，每结客于少年场中，慨自龆龄，遂相盟订。年来轶宕多狂，不能与之沉酣文章经史，聊共消磨雪月风花。窃见现前大半为腌臜世界，大可悲复大可骇。怪夫馋涎饿虎，偌大藉以资生，乔作妖妍艳冶，乘时竞出，使彼抹粉涂脂，倚门献笑者，久绝云雨之欢，复受鞭笞之苦。时而玉筋落，翠蛾愁，冤冤莫控，岂非千古来一大不平事？余是深有感焉，遂延吾友相商,构室于南屏之左。日夕闻啼鸟,玩落花,优游山水之间。既而墨酣笔舞,不逾日,神工告竣。展卷则满纸烟波浩渺,水光山色,精奇百出,尽属天地间虚无玄幻景象。虽然,唾玉挥珠,还留待聪明才俊;焚香煮茗,且搜寻风月主人。寓目者适可以之怡情,幸勿以之赘念。崇祯壬申仲秋望前二日,新安程侠题于南屏山房。

说明:上题辞及叙均录自日本佐伯文库本《龙阳逸史》。此本无内封,不知刻书堂号及刊刻时间。首《龙阳逸史题辞》,尾署"崇祯壬申(五年,1632)阳月阳至日,蔗道人题于菖芨中",有"菖芨"阳文铃、"蔗道人"阴文铃各一方。次《叙》,尾署"崇祯壬申仲秋望前二日新安程侠题于南屏山居",有"程侠""士先氏"铃两方。复次"新镌出像批评通俗小说龙阳逸史标目"。又次图像二十幅,每回一幅。图像后半叶为赞。赞均系每一回卷首的开场诗词,置圆圈中,但第三、六、七、十二、十四、十七回的赞后又署作者姓名,未知何故。第一回署刻工洪国良。正文卷端题"新镌出像批评龙阳逸史""京江醉竹居士浪编",半叶九行,行二十字。版心上镌

"龙阳逸史",下镌回次、叶次。台湾所出《思无邪汇宝》丛书中收有此书。

隋史遗文

隋史遗文序

吉衣主人

史以遗名者何？所以辅正史也。正史以纪事，纪事者何？传信也。遗史以搜逸，搜逸者何？传奇也。传信者贵真：为子死孝，为臣死忠，摹圣贤心事，如道子写生，面面逼肖。传奇者贵幻：忽焉怒发，忽焉嘻笑，英雄本色，如阳羡书生，恍惚不可方物。苟有正史而无逸史，则勋名事业，彪炳天壤者，固属不磨；而奇情侠气，逸韵英风，史不胜书者，卒多湮没无闻。纵大忠义，而与昭代忤者，略已。挂一漏万，罕睹其全。悲夫！烈士雄心，不关朝宇；壮夫意气，笃于朋友。侃侃论足惊人，同范增之不用，硕画与烟草俱沉；落落才堪一世，似项羽之无成，伟业与云霞共泯。良用惜焉！即其功已冠凌烟矣，名已传汗简矣，生平节概，如颖之在囊，所为义不图报，忠不谋身，才奇招嫉，运阨多艰，不获已，作飞鸟依人，复作风之随虎，谁能向百千年里闲中询问？

且也金马石渠之彦,眼眶如黍,不解烛材;胸次如杯,未能容物;有手如挛,未能写照。重之好憎在心,雌黄信口,安得貌英雄留之奕世哉?

向为《隋史遗文》,盖以著秦国于微,更旁及其一时恩怨,共事之人,为出其侠烈之肠,肮脏之骨,坎壈之遇,感恩知己之报,料敌致胜之奇,摧坚陷阵之壮。凛凛生气,溢于毫楮,什之七皆史所未备者,已足纸贵一时。顾个中有慷慨足惊里耳,而不必谐于情;奇幻足快俗人,而不必根于理。袭传闻之陋,过于诬人;创妖艳之说,过于凭己。悉为更易,可仍则仍,可削则削,宜增者大为增之。盖本意原以补史之遗,原不必与史背驰也。窃以润色附史之文,删削同史之缺,亦存其作者之初念也,相成岂以相病哉?至其忠荩者亟为褒嘉,奸回者亟为诛摈,悼豪杰之失足,表骄侈之丧□,无往非昭好去恶,提醒颟蒙,原不欲同图己也。试叩四方侠客,千载才人,得无相视而笑?英雄所见略同,或于正史之意不无补云。崇祯癸酉(六年)玄月无射日,吉衣主人题于西湖冶园。

说明:上序录自名山聚藏板本《隋史遗文》。此本原本藏日本东京帝国图书馆,上海古籍出版社有影印本。内封三栏,由右向左,分题"新镌绣像批评""隋史遗文""名山聚藏板"。首《隋史遗文序》,尾署"崇祯癸酉玄月无射日吉衣主人题于西湖冶园",有"令昭氏"阳文、"吉衣主人"阴文钤各一方。次"剑啸阁批评出像隋史遗文目次",凡六十回。次图像三十叶,每叶版心均有图题。正文卷端题"剑啸阁批评秘本出像隋史遗文卷之×"(亦有无"秘本"字样者),不题撰人,半叶九行,行十九字。版心镌"隋唐"、卷次、回次、叶次。这个本子的第十四回回首诗后有一段话:"人生最难得离乱之中,骨肉重聚,总是天南地北,物换时移,经几遍凶荒战斗,怕不是萍飘梗泛,弱肉强会,那得聚头。但是天佑忠良,就如明朝东平侯花云……"这里称"明"为"明朝",而不称"大明"或"我明"等,据此,有人以为此书成于清初。但书中不少地方对"明"还是以"我朝"之类相称的,比如第三十九回"我朝陈眉公道"等。书成于明末的结论不能遽然否定。这种情况,最多也只能说明,此本的刻印可能已经入清而已。此本有不少挖改的地方,比如第五卷第二十五回末挖去"出像隋史遗文卷之五"中的"史遗文"三字，版心的题署也有不同，除题"隋唐"外，亦有或作"隋"，或全题"隋史遗文"的。

吉衣主人，即袁于令，见《李卓吾先生批评西游记》条。

一片情

《一片情》序

沛国挎仙

予偶阅一片情说,而深有得乎作者之心。伊何心哉?彼见夫世之钟情者,汩而不返也,迷而不悟也,沉而不醒也,荡而不节也,滔滔而不知止也,芒芒而不知归也,如食之甘口,如衣之适体,如花之娱目,如酒之醉心,更如奇珍异玩之怡神悦志,而隋珠赵璧之易肺涤肠,问其即焉而于衷无染,触焉而于意无系,停焉而于目无碍,过焉而于心无着,任其来,任其去,任其变幻,任其弥漫,任其奇丽,任其炫耀,视为太空之浮影,等为山岫之幻迹,而绝无留恋者,几人哉?此《一片情》所为作也。但惜作者不讽人以正,而讽人以邪,岂正之感人缓,不若邪之感人深,使其目击利害之说,风波之险,变故之奇,翻覆之捷,强之不可,挠之不能,从而警心剔目焉?其得书之益,宁有既乎?予阅之而不忍嘿,特为之说,以讽世之观云者,当有得于斯欤。沛国挎仙题于西湖舟次。

说明：上序录自日本东东京大学东洋文化研究所双红堂文库藏顺治好德堂刊本《一片情》。此本首《序》，尾署"沛国挎仙题于西湖舟次"，有"一段云"阴文、"好德堂印"阳文铃各一方。次"新镌绣像小说一片情目次"，凡四卷十四回。正文卷端题"新镌绣像小说一片情卷之×"，半叶八行，行十八字。版心单鱼尾上镌该回之简目，如"钻云眼"（第一回）之属，下镌回次、叶次。未见图像。所叙故事，晚至"弘光"（第十二回开头），又不避康熙讳。另见中央美术学院图书馆藏啸花轩藏本板，凡九回，残存三回，无序，不冠"绣像"二字，系上所述本子的一个选本（一、二、三、四、五、八、九、十、十二回）。

沛国挎仙，待考。

肉蒲团

(肉蒲团)序

如如居士

壶天尺地耳,此中日月,别具晶莹,前人握金乌,持玉杵,痛群人之漆漆黑黑也,于是借三藏西游事,洪敷汪衍,笔笔丹砂,言言金石(石髓),世人蓬蓬诩诩,谓此小说奇品,读至闹天赫地,弄鬼屠妖,筋斗腾四天之下,金箍撞百怪之顾(颅),便伫目凝神,掀髯咋舌:世间有此孙悟空,神通滑溜,一至于此!余从旁睨之,合掌叹息曰:佛,佛!错认了也,唐僧那得真经?即此便是迦叶撰文、昙花密谛,熟读《西游》,何必再诵《参同契》也?

乃今情隐先生,通身具眼,百孔飞香,取日膏月汁,烧成五彩于万卷破烂之馀,自跃自舞。一日拍案大叫,以为糟粕,原属神奇。迷川即是宝筏,不必头上加头,屋尖添屋。一笑千金,便是三乘七宝;香闺绣闼,可仝慈室慧门。逾垣即能飞锡,穿穴自会乘杯。睚眦不忌,确确真如不二;请谢勿见,的的戒律无讹。于是捉笔镂空,呼唇布架,写而为《肉蒲团》。施、罗大不得于有生之事,发挥之以盗;情隐大有得于无生之理,抒写之以贼。铁围高迥,铁船无渡;关锁重重,何处通霄一线?不是饥鹰搏兔,饿虎抢羊乎,那得见金乌东耀,玉杵西辉?其夜未央,却被此贼劈个天明地朗。且崑仑为诸山之祖,参之则更上之。孤峰寂寂,可投得在皮布袋否也?余则进一偈曰:众贼自窃家宝,孤峰撞碎崑仑。今日双丸照破,方知贼是家亲。噫,读此书者,犹作《西游》小说观,却又是行者腾空,相去八万四千里之外矣。癸酉夏五之望,西陵如如居士题。

　　说明:上序录自哈佛大学图书馆藏本《肉蒲团》。首序,尾署"癸酉夏五之望,西陵如如居士题"。次"肉蒲图小说一名觉后禅目录",凡六卷二十回。复次孤峰禅师像一幅。另有清刊活字本,原本藏南京图书馆等处。内封上署"情隐先生编次",下分三栏,由右向左,分题"天道祸淫此说原为淫者戒""肉蒲团""吾心本善斯书传与善人看",首序,尾署"癸酉夏五之望,西陵如如居士题"。正文卷端"觉后禅卷一　情痴反正道人编次　情死还魂社友批评"。无总目,无绣像。全书凡六卷二十回,分标"花落家童未扫",半叶十二行,行二十一字。序文字内容与上所录仅小异,如"抢羊"作"擒羊"、"乘杯"作"乘槎"。

情痴反正道人、情死还魂社友,均待考。或谓书为李渔著,尚无实证。

肉蒲团序

倚翠楼主人

多情书伴青心阁主人者,携这本而来,乞译,其意盖欲梓之,以使普天下好色之人,大悟奸淫必报之明彰,止弃妻妾而钻后隙,舍旧而求新之事情也。噫!夫男子不走邪路,则女子亦从而重节操,自然夫妇和谐,而齐家治国之妙训,而二南之化,亦不外是矣。主人又恐世间正正方方君子,猥为邪淫诞妄、劝人宣淫之书,不敢买而读。呜呼,是亦何等多情也哉!予尝读一校本之评曰:"吾知书成后,普天之下,无一人不买,无一人不读,所不买不读者,惟道学先生耳。然而真道学先生,未有不买、不读者;独有一种假道学先生,要以方正欺人,不敢买去读耳。抑又有说：彼虽不敢自买，未必不倩人代买；虽不敢明读，未必不背人私读耳。"是乃做这部小说者之语，而为多情书伴之最可尸祝尊者之说，遂书而与之。宝永乙酉桂秋，倚翠楼主人撰于五里雾中人家。

《肉蒲团》跋

柳花亭漫叟

野史稗官皆寓言，而要不过劝惩世间子弟之婆心也。其既曰"寓"，则自徒为摊繁，小忠节义，而倦眼引睡之事业，不如布列风流谐谑之话，而看者皆津津有味之时，忽下针砭点化之语，以醒心耳之胜也。盖偎说多矣，而未有如此书妙至穷极处者。今夫此书一出，天下无愁人矣。洛阳纸价，奚止腾百倍哉。柳花亭漫叟题。

说明：上序、跋均录自日本宝永二年（1705）青心阁刻本。此本内封上镌"天下第一风流小说"，下分三栏，由右向左，分题"明情隐先生编次　日本倚翠楼主人译"　"肉蒲团　一名觉后禅　全四册"　"宝永乙酉秋上梓　青心阁发兑"。首《肉蒲团序》,尾署"宝永乙酉桂秋,倚翠楼主人撰于五里雾中人家"。次"肉蒲团一名觉后禅目录",凡二十回。正文各卷卷端题"肉蒲团一名觉后禅",半叶十行,行二十一字。版心镌"肉蒲团"、卷次。书末有《跋》,尾署"柳花亭漫叟题"。

(民国写春园排印本肉蒲团)识语

《肉蒲团》作者,自称得力于《孟子》。但《孟子》"钻穴隙相窥,逾墙相从"二语,实为千古淫书惟一之骨干。明人行文,无处不含有八股气。作者拈出一题,如能嚼出汁浆,起承转合,切实发挥,即是一篇绝妙八股文字。《肉蒲团》者,一篇"钻穴逾墙"八股文字而已。推而至于《水浒》《金瓶梅》,亦何独不然?与其斥《肉蒲团》为淫书,无宁认《肉蒲团》为孟艺,于时代上,于文学上,俱有相当之价值。孟子当日寥寥二语,经八股家代孟子立言,不蔓不支,笔有馀妍,题无剩义,宜其脍炙人口,入人肝脾。中间虽经若干酸腐头巾,严气正性,烧毁消灭,终能薪尽火传,愈久愈显,虽欲盖而弥彰,如扬汤而止沸。洎乎近世，隐然有牛耳文坛之势。推原所自，不能不归美于命题之言简意赅。然则孟子虽有泰山岩岩之气象，而偶然罕譬，竟开千古不传之秘，适成诲淫之鼻祖，比之郑卫风诗，更有日月经天之力，更可见孟子当日之风气：男女相悦，并不讳言。比斤斤于大醇小疵之宋儒，目光如豆，又乌乎知之？

　　书中于寺人阉者，有宜僚弄丸、项庄舞剑之势，综覈作意，似以此辈为放矢之的，而与反覆无常之伪君子，抨击尤不遗馀力。殆客魏肆虐，阉党横行时，侧目禁声者寓意之作。改造一段，似指魏阉食人脑重生阳具等事而言。草蛇灰线，颇有踪影之可寻，花晨或即影射客氏。读者疑吾言乎？试检明季诸家野稗阅之，当可失笑。

　　近代盛行谈性之作，大抵导源于故籍，而参以外文，以语体行文，往往剌取此等书之一二段，衍绎而成巨制，甚而累牍连篇，剿袭雷同，不标出处。少年不察，矜为创获，固无足怪，乃有缙绅先生，须髯如戟，津津乐道，询以出自何书，则亦茫然莫知所对。此固曩时社会家庭严重禁绝之结果，乃至有此放饭齿决之笑柄。所尤不可解者，于《金瓶梅》则畏之如蛇蝎，于《红楼梦》则家弦户诵，与《女孝经》《列女传》等量齐观。彼《红楼梦》出自《金瓶梅》之说，陈义较高，姑勿置论。即《红楼梦》中猥亵明文，亦不一而足，何以熟视无睹，诩为意淫，而口角流沫，齿颊馀芬邪？吾恐起前辈老先生于九原而问之，亦将无词以对。

此书久无善本，海内每以活字本相矜尚，不能确指其时代。余所见活字本为六卷本，每半页十一行，每行二十一字，有癸酉夏五如如居士序。第一回回目为"情痴反正道人编次、情死还魂社友批评"十六字。此尚是元明人传奇开场楔子第一回不入正传格式。于今本不同。第十六回引《老门生三世报恩》，事出《今古奇观》。原文称正统年间云云，知作者必在正统以后。又第一回所引《本草纲目》，系万历二十四年进呈，三十一年初刻，又知作者亦必在万历中叶以后，或天崇之间。此活字本既有癸酉年号，明正统后之癸酉为景泰四年、正德八年、万历元年、崇祯六年。景泰、正德、万历均在成书以前，似以崇祯癸酉为合理。又封面标出"情痴道人编次"字样，不书朝代，盖以明代自居。十二回唐玄宗之"玄"不避讳，故可定为明崇祯活字本。

　　日本有宝永乙酉写刻四卷本，每半页十行，每行二十一字，行间旁注日本假名读法。宝永乙酉，当我康熙四十四年，距今二百三十八年，版本精雅，但多删节，即如每回开场诗词，只留第一、第六、第十一、第十六四回四首，列为每卷首回，馀皆删去。又每回后之评语，亦或有或无，又文字中间，往往节去若干字，细审之，却似非全无意识者所为。但与明活字本相较，严正多矣。即如第二十回，较活字本多至二百馀字，语意充畅，其他亦多类此。或者所据之本较为精审，亦未可知。至分卷数目不同，第一回回目不同，封面"情痴道人编次"之上加一"明"字，暨全部不列批评人名姓，皆足证活字本之前，有青胜于蓝之美，且知中日两本，不能成一系统。

　　本书先就坊间缩印小本放大抄写，与明活字及日本刻本参互勘校，成此足本。仍以五回为一卷，至一名觉后禅，即明活字本即已有之。

　　明活字本卷首，有孤峰禅师、未央生、书筒、铁扉道人、玉香、如意、赛昆仑、权老实、艳芳、香云、瑞珠、瑞玉、花晨等十三人画像,每人一幅,或坐或立,不用背景,而以什物为之识别,如孤峰之皮布袋、香云之扇、瑞珠之花名册、花晨之酒牌等等,足见明人小说本来面目。别有画册,则与隋唐《艳史》《金瓶梅》等图同一作风,背景分明,点染衬托,横看侧看,互相印证,于记事内容,表现深切,当摹印入册,以助读者之观感。

说明:上识语录自写春园铅排印本《肉蒲团》。此本四册,不署出版时地。首《识语》,后有图像十三幅。次目录,计二十四,不分卷。正文分四卷,每卷五回为一册,各卷前有插图。正文半叶十三行,行二十五字,版心单鱼尾下"肉蒲团"卷次、叶次、"写春园"。

(绣像野史奇缘钟情录序)

枕江仙史

高天厚地,其中之日月,别具晶莹,前人握金乌,持玉杵,痛世人之漆漆黑黑也,于是藉天罗西游事,洪敷汪衍,蓬蓬诩诩,至于闹天赫地,弄鬼屠妖,筋斗腾四天之下,金箍撞百怪之奇即是,便是迦叶撰文,曇华妙谛,何必定参玉局禅也？今乃情隐先生,通身具眼,百孔飞香,具日膏月精,烧成五彩,于万卷破烂之馀,自跃自舞。一日,拍案大叫:以为糟粕,原属神奇。迷川即是宝筏,遂提笔镂空,呼唇布架,写而为《觉世传》,施大罗天,不得于有生之事发挥之,乃于无生之埋漫写之,睚眦示意,跃跃真如。噫！读是书者,犹作《西游》小说观,却又行者腾空于八万四千里之外矣。光绪甲午年秋九月之吉,枕江仙史书。

说明:上序录自《绣像野史奇缘钟情录》,书凡四卷二十回。原本藏哈佛大学图书馆。此本首序,尾署"光绪甲午年秋九月之吉,枕江仙史书"。目录叶题"绣像野叟奇语钟情录目次",正文第一叶卷端题"绣像野叟奇语钟情录","第一回"三字下题"情痴反正道人编次、情死还社友批评",系石印本。

僧尼孽海

僧尼孽海题词

唐寅

混沌之分也,男子生而有孽根,女子生而有孽窟。以孽投孽,孽积而不可解脱。积壤成山,积流成海,积孽讵无所极乎?太甲曰:"天作孽,犹可违;自作孽,不可活。"是孽匪徒不可积,亦不可作也。昔我如来,悯世之作孽而不可活,于是以出世法为救世法,而苾刍、苾刍尼出焉。夫且谓持珠念佛乎?是丛集成书,题曰:《僧尼孽海》。又虑世以为余造口孽也,且藏之海岸沙堤,俟水溢堤崩,入我同志之手,出之以为孽鉴。吴趋唐寅字子畏撰。

说明:上题词录自一坊刊本《僧尼孽海》,不全。此本首有《僧尼孽海题词》,署"吴趋唐寅字子畏撰"。有图像,皆像赞各半叶。未见总目,凡二集。正文卷端题"新镌出像批评僧尼孽海 南陵风魔解元唐伯虎选辑",半叶八行,行十八字。书中有万历己丑、乙未、丁酉的纪年,而唐伯虎卒于嘉靖癸未,唐伯虎选辑云云，纯系假托。书藏日本佐伯文库，大连图书馆藏此书的一个抄本，全，可补此本之残缺。复有一日抄本，题"顽石居士训译"，亦有题词，文字内容均与所录几同。天一出版社据以影印行世。

欢喜冤家

欢喜冤家叙

西湖渔隐主人

喜谈天者,放志乎乾坤之表;作小说者,游心于风月之乡。庚辰春王遇闰,瑞雪连朝,慷当以慨,咸有余情,遂起舞而言曰:世俗俚词,偏入名贤之目;有怀倩笔,能舒幽怨之心。记载极博,讵是浮声?竹素游思,岂同捕影?演说二十四回,以纪一年节序,名曰《欢喜冤家》。有客问曰:既已欢喜,又称冤家,何欤?予笑而应之曰:人情以一字适合,片语投机,谊成刎颈,盟结金兰。一日三秋,恨相见之晚;倏时九转,识爱恋之新。甚至契协情孚,形于寤寐,欢喜无量,复何说哉?一旦情溢意满,猜忌旋生,和蔼顿消,怨气突起,弃掷前情,酿成积愤。逞凶烈性,遇煽而狂焰如飚;蓄毒虺心,恣意而冤成若雾。使受者不堪,而报者更甚。况积憾一发,决若川流,汹涌而不能遏也。张陈凶终,萧先隙末,岂非冤乎?非欢喜不成冤家,非冤家不成欢喜。居今溯昔,大抵皆然。其间嬉笑怒骂，离合悲欢，《庄》《列》所不备，屈、宋所未传。使慧者读之，可资谈柄；愚者读之，可涤腐肠；稚者读之，可知世情；壮者读之，可知变态。致趣无穷，足驾唐人杂说；恢谐有窍，不让晋士清谈。使蕙风发响，入松壑而弥清；流水成音，泻盘石而转韵。圣人不除郑卫之风，太史亦采谣咏之奏。公之世人，唤醒大梦。重九日，西湖渔隐主人题于山水邻。

说明：上叙录自"重九日西湖渔隐主人题于山水邻"叙刊本《欢喜冤家》。此本南京图书馆等许多图书馆都收藏。无内封，首《欢喜冤家叙》，尾署"重九日西湖渔隐主人题于山水邻"。有"西湖渔隐"阳文钤一方。次图像十二叶，每半叶两幅，共二十四幅，前集、续集各十二幅。复次为前集总目，十二回。前集后为续集总目，亦十二回。前集正文第一叶卷端题"欢喜冤家"，版心单鱼尾上镌"欢喜冤家"，下镌回次、叶次。续集正文卷端、版心均无题署，但总目叶题"贪欢报续集"。半叶十行，行二十二字。回有总评，间有行间批。《中国通俗小说书目》著录山水邻刊本，可能就是这个本子。书成于明末、这个刻本也出明末。书中称明朝为"我朝",署"嘉靖""万历"而不加"明",书中写及天启初年事,序中又有"庚辰春王遇闰"字样,而崇祯庚辰正是闰年,则叙中"庚辰"当即崇祯十三年无疑(详参萧相恺《〈欢喜冤家〉考论》,《中国古典通俗小说史论》,南京出版社 1994 年版)。另一种名《贪欢报本》,首亦为《欢喜冤家叙》,内容文字题署均与上同。

西湖渔隐主人,待考。

扫魅敦伦东度记

扫魅敦伦东度记序

世裕堂主人

粤稽禅家，历代通载，见南印度国，有不如密多尊者，继达摩老祖，发愿普度众生，阐扬宗教，自南而东，化及有情，靡非欲人克复本来，一归善道。又稽晋魏崔寇，偏纵己私，不忠君父，报恶昭彰。异哉！乃始谓世法，作善者不降之以祥，作恶者不降之以殃，则于"天道恢恢，疏而不失"之语，谬矣，信乎？要知前世因，今生受者是；要知后世因，今生作者是。顾作者一言，从何地生根，自何门入室？大哉圣学，有天地，有君亲，有师长，有兹名教，便有兹实践，从此实践中生根入室，思过半矣。清溪道人喜谈禅，乐劝善，虽于尽虚空界昭然，无色相处解悟。然解悟者，明心之宗教；而立意者，有情之世法，人岂能尽离世法？故道人假圣僧东度，而发明人伦。昔人撰《西游》，借金公木母、意马心猿之义。而此记，借酒色财气、逞邪弄怪之谈。一魅恣，则以一伦扫,扫魅还伦,尽归实理。人曰圣僧之教不言,余曰道人说魅扫魅。观者有感,愿为忠良,愿为孝友,莫谓天道人伦不孚,试看善人获福。至于编中,征诸通载者一,矢谈无稽者九,总皆描写人情,发明因果,以期砭世,勿谓设于牛鬼蛇神之诞,信为劝善之一助云。崇祯乙亥岁立夏前一日,世裕堂主人题。

扫魅敦伦东度记引

华山九九老人

清溪道人,下愚先人,喜谈禅而好行善事,尝云:晋魏间禅家,如密多尊者,洎达磨老祖自南印度而东土度人,所度者何若? 曰:见性明心,成佛作祖。噫! 说之理奥,愚者未明,智者过揣,度得者又几何? 总来谈空说妙,不知范围世法,而指人道实理。克尽斯理,超乘而上,全兹男子身,自可成佛道。第世事深言则晦,实言有几? 而世多好奇信诞,故于深言处设为浅诞云("云"字疑衍)语,以引人敦伦作善。夫善心萌而阳生。阳生而吉祥获福。谁谓斯记不感发兴起,为劝惩之一机耶。崇祯乙亥年夏月，华山九九老人撰。

阅东度记八法

不厌伦理正道，便是忠孝传家；
任其铺叙错综，只顾本来题目；
莫云僧道玄言，实关纲常正理；
虽说荒唐不经，却有禅家宗旨；
尊者教本无言，暂借师徒发奥；
中间妖魔邪魅，不过装饰闹观；
总来直关风化，不避高明指摘；
若能提警善心，便遂作记鄙意。

说明：上序、引等，均录自北京大学图书馆藏崇祯序本《扫魅敦伦东度记》，有上海古籍出版影印本行世。未见内封，首《扫魅敦伦东度记序》，尾署"崇祯乙亥岁立夏前一日，世裕堂主人题"，有"世裕主人"阳文、"□□□□"阴文钤各一方。世裕堂殆即书坊名或藏书人的堂号。次《扫魅敦伦东度记引》，尾署"崇祯乙亥年夏月，华山九九老人撰"，有"九九老人""解元之章"阳文钤各一方。复次《阅东游记八法》，不题撰人。目录叶题"扫魅敦伦东度记目录"，凡一百回。正文第一叶卷端镌"扫魅敦伦东度记卷一　荥阳清溪道人著　华山九九老人述"。半叶十行，行二十二字。版心单鱼尾上镌"东度记"，下镌卷次、叶次。另有清云林刊本，有《扫魅敦伦东度记序》，尾署"康熙己酉岁立夏前一日，世裕堂主人题"。序之内容文字与世裕堂主人本同，书藏上海图书馆、大连图书馆等。

　　荥阳清溪道人，未知与作《禅真逸史》之清溪道人是否一人？或谓华山九九老人提及的清溪道人为潘若镜，与方汝浩不是同一人。

开辟衍绎通俗志传

开辟衍绎叙

王黉

《开辟衍绎》者,古未有是书,今刻行之,以公宇内。名之开辟者何?譬喻云尔。如盘古氏者,首开辟也。天、地、人三皇,次开辟也。伏羲、神农、黄帝、尧、舜,又开辟也。夏禹继五帝而王,又一开辟也。商汤放桀灭夏,又一开辟也。周文三分天下有其二,以服事殷;武王克纣,伐罪吊民,则有《列国志》,是又一开辟也。汉高定秦楚之乱,光武灭莽中兴,则有《西东汉传》,是又一开辟也。又有《三国志》《两晋传》《南北史》,隋杨坚混一南北,唐太宗平隋之乱,则有《隋唐传》,是又一开辟也。宋祖定五代之乱,则有《南北宋传》,是又一开辟也。其间又有《水浒传》《岳王传》。我太祖一统华夏,则有《英烈传》,是又一大开辟也。

自古天生圣君,历代帝王创业,而有一代开辟之君,必有一代开辟之臣。如伏羲之有苍颉,黄帝之有风后，尧有舜佐，舜有臣五人而天下治，禹、弃、契、皋陶、伯益，又有八元、八凯，禹有治水之功而兴夏，汤得伊尹以祚商，武丁之于傅说，文王之于吕望，汉有三杰，蜀有孔明，晋有王、谢，唐有房、杜，宋有韩、范是也。至于篡逆乱臣贼子，忠贞贤明节孝，悉采载之传中。今人得而观之，岂无爽心而有浩然之气者？诚美矣。然未有开天辟地、三皇、五帝、夏、商、周诸代事迹，因民附相讹传，寥寥无实。惟看鉴士子，亦只识其大略。更有不干正事者，未入鉴中，失录甚多。今搜辑各书，若各传式，按鉴参演，补入遗阙。但上古尚未有文法，故皆老成朴实言语。自盘古氏分天地起，至武王伐纣止，将天象、日月、山川、草木、禽兽及民用器物、婚配、饮食、药石、礼法、圣主、贤臣、孝子、节妇，一一载得明白，知有出处，而识开辟至今有所考，使民不至于互相讹传矣。故名曰《开辟衍绎》云。崇祯岁在旃蒙大渊献春王正月人日，靖竹居士王黉子承父书于柳浪轩。

(开辟衍绎通俗志传)
附录乩仙天地判说

昔有一士子求问乩仙：天地如何开辟？乩仙降笔云：你说天地合闭，像个什么？就像个大西瓜，合得团团圆圆的，包罗万物在内，计一万零八百年。凡一切诸物，皆溶化其中矣。止有金、木、水、火、土五者，混于其间，硬者如瓜子，软者若瓜瓤，内有青、黄、赤、白、黑五色，亦溶化其中。合闭已久，欲开不得开，却得一个盘古氏，左手执凿，右手执斧，犹如剖瓜相似，劈为两半。上半渐高为天，含青、黄、赤、白、黑，为五色祥云；下半渐低为地，亦含青、黄、赤、白、黑，为五色石泥。硬者带去上天，人观之为星，地下为石。星石总是一物。若不信，今有星落地下者，人掘而观之，皆同地下之石。然天上亦有泉水，泉水无积处，流来人间，而注大海。前贤云：黄河之水天上来。今黄河中水是也。地下有泉水，今井中水是也。此水以应人间之万物。惟金、木、水、火、土五者，逢劫不劫，逢害不害。你说天上人间不一般？总皆是一般，毫无差别。但长短不同，人间五百年，天上一昼夜。惟下界与天上、人间大不相同。天上人呼人间曰中界，呼幽冥曰下界。惟有下界□（不？）似人间天上。公直之人，死入为神，轮流更替，转摄人间，分辨贤愚，纠察善恶，以定报应。若遇劫至，三界混一，无有存焉。劫劫相承，天地合而复开，开而复合。总然离不得这一个大西瓜。

又云：你问我，如何天地便会交合？如何天地会开泰？我亦说与你知道。古来有形必有害，万国并九州，难逃此劫债。天上与人间，只有耐不耐。百虫一年身，禽兽几岁赖。人不满百年，神仙三千载。邪妖鬼精怪，数至身亦败。人言天地久，十二会覆盖。惟有西方佛，万劫常自在。若怕遭此难，一心念菩萨。凡天机不宜漏尽，各皆珍重。

说明：上叙和"判说"，均录自麟瑞堂藏本《开辟衍绎通俗志传》。这是一个覆明本，原本藏南京图书馆。此本内封题"钟伯敬原评　开辟演义　绣像　古吴麟瑞堂藏板"，首《开辟衍绎叙》，尾署"崇祯岁在旃蒙大渊献（按：即乙亥，崇祯八年，1635）春王正月人日，靖竹居士王黉子承父书于柳浪轩"。《叙》后有《附录乩仙天地判说》，后为"新刻按鉴编纂开辟衍绎通俗志传目录",凡六卷八十回,七言单目。目后有图像四十六幅,图旁署题,多为回目。正文卷端题"新刻按鉴编纂开辟衍绎通俗志传卷之×　　五岳山人周游仰止集　靖竹居士王黉子承释",半叶九行,行十八字,间有夹注,如"阳帝出于长沙之茶陵"下注"今湖广长沙府茶陵州是",回末间有"总释""释疑"之属。版心镌"开辟衍绎",单鱼尾下镌卷次。正文目下署回次,如"盘古氏开天辟地第一回"之属。另上海古籍出版社影印本,据称据明崇祯间麟瑞堂刊本,然未见内封,亦未见他处有麟瑞堂字样。且序内"周文三分天下有其二"之"二"字被挖去,版片模糊,有断板现象,远不如南图藏本清晰。

　　周游,字仰止,号五岳山人,里居及生卒年均不详,约崇祯初前后在世。

　　王黉,字子承,号靖竹居士。馀待考。

盘古至唐虞传

盘古至唐虞传序

钟惺

太史公有云:"百家言黄帝,其文不雅驯,荐绅先生难言之。"而况三皇盘古之时乎?又其轶往往见于他说,庐陵《路史》等书可得而稽也。然庐陵得之《洞神经》,上稽浑沌,下迄禅通以至尧舜。尧舜中天,事体昭昭矣。今依鉴史,自盘古以迄唐虞,事迹可稽者,为之演义,总编为一传,以通时目。虽治甚荒忽,井鱼听通,事无足征,理有固然。王充曰:"古之水火,今之水火也。今之声色,后之声色也。鸟兽竹木,人民好恶,以今而见古,繇此而知来。千古之前,万世之后,无以异也。"则予是编,不几与庐陵而并志不朽乎?是为序。景陵钟惺题。

(盘古至唐虞传)跋

余季岳

迩来传志之书,自正史外,稗官小说虽辄极俚谬，不堪目睹，是集出自钟、冯二先生著辑，自盘古以迄我朝，悉遵鉴史通纪，为之演义。一代编为一传，以通俗谕人，总名之曰：《帝王御世志传》，不比世之纪传小说无补世道人心者也。四方君子以是传而置之座右，诚古今来一大帐簿也哉。书林余季岳谨识。

　　说明：上序及跋录自明书林余季岳刊本《盘古至唐虞传》。原本藏日本内阁文库。此本内封上图下文，上图两旁分题"自盘古分天地起""至唐虞交会时止"；下文分三栏，分题"钟伯敬先生演义""盘古志传""金陵原梓"。首《盘古至唐虞传序》，尾署"景陵钟惺题"，有"钟惺之印""伯敬父"阴文钤各一方。次"历代统系图"，自"盘古"始，至"大明一统万万岁"止。复次"历代帝王歌"，所歌为"汉""唐""宋""大明"四朝之帝王，如汉谓"高惠文景武昭宣，元成哀平新更始。光武明章及和殇，安顺冲质桓灵献"之属。大明则仅曰："皇帝万万岁"。目录叶题"按鉴演义帝王御世盘古至唐虞传"，下附"历数歌"，又"混沌纪""三皇纪""五帝纪"，目凡上下两卷。正文上图下文，卷端题"按鉴演义帝王御世盘古至唐虞传卷之×　景陵钟惺伯敬父编辑　古吴冯梦龙犹龙父鉴定",半叶十行,行十八字。图两旁列题,如"天地未开""混沌未辟"之属。版心镌"盘古唐虞传"。书末有跋语,署"书林余季岳谨识"。书中有钟伯敬、冯犹龙、余季岳的诗。书当为余季岳所作而托之钟伯敬、冯犹龙。

余季岳,待考。

有夏志传

有夏传叙

钟惺

孟子言：天下之生，一治一乱。遂以尧、舜至纣为一节语之，中间羿、桀等，但以"代作"两字橐之，所谓括言也，指其大而已。今细求之，则夏代四百五十八年中，治乱各三：禹、启，治也，太康即乱矣；仲康力维乎治也，后相尸焉，有穷则改物矣，是为宇庙中篡弑之始，不可谓之非大乱也；少康之兴，遂又为中兴之始，治也；蘇杼、槐而下，渐至于微，一桀决裂，为之大乱，成不可复矣。譬则病者，元气未尽，虽既危矣，缓调之犹可复兴，兴之后缓散之，则气日尽于内，急吐之竭之，立亡耳。故夏之世，从前观之，急绝则缓起，亦如新林之木，斧之而复生也；从后观之，缓失则急亡，又如老朽之柯，挺之而自折也。然使仲康如相，则王已久亡；如桀，则商已久灭矣。乃能强自振惕，犹终其身，则夫使桀而如仲康，又安在不可永其年，寿其国乎？况其臣无寒浞之凶,有汤武之圣哉。故谓天命尽,人为之可也。此篇盖补孟子所括言"代作"两字之解,为千古治乱法戒之先。粗而语之,村市之谈;精而求之,圣贤之学也。孟夫子如复起乎,其非我哉?景陵钟惺题。

说明:上叙录自明刊本《有夏志传》。此本原藏北京图书馆、日本内阁文库,有上海古籍出版社影本行世。未见内封。首《有夏传叙》,尾署"景陵钟惺题",有"钟惺之印"阳文、"伯敬父"阴文钤各一方。次"有夏传目录","夏纪"凡四卷。正文上图下文,图两旁有题,如"帝舜命禹""王往治水"之属。半叶十行,行十八字。版心上镌"有夏传"。首卷卷端题"按鉴演义帝王御世有夏志传卷之× 景陵钟惺伯敬父编辑 古吴冯梦龙犹龙父鉴定",其馀卷端但题"按鉴演义帝王御世有夏志传卷之×",不署编辑、鉴定者。文中有署钟伯敬、冯犹龙、余季岳等的赞语、诗词。

景陵钟惺伯敬父、古吴冯梦龙犹龙,均为假托。

有商志传

（有商志传序）

　　夫《夏商》盖志鉴史记之详，至于观其各种不足以为论，如夏禹、商汤，真乃神帝也，千古奇传。有禹帝治天下、收水怪，传十七世四百五十八载；至桀耽酒色，无道虐民亡国。有汤帝治天下，祷雨救民，传廿八世六百四十四年矣；至纣王无道昏君出，妲己败国之女，千载天下，一旦亡乎哉。亡商者妲己也，兴周者子牙也。忠奸邪正，自始至终皆归心德矣。乙亥岁，主人识。

　　说明：《有商志传》应有明刊本，未见。上序录自现存的最早刻本清嘉庆甲戌（十九年，1814）稽古堂梓本《夏商合传》。此本原书藏复旦大学图书馆等处。有上海古籍出版社影印本行世。内封题"嘉庆甲戌新镌　夏商合传　稽古堂梓"。首序，尾署"乙亥岁，主人识"，有"□（稽?）古"阴文、"图画"阳文钤各一方。次图像三叶六幅，依次为伊尹、汤王、纣王、妲己、姜尚、武王。又次"有商传目录",凡四卷。正文卷端题"按鉴演义帝王御世有商志传卷之×　景陵钟惺伯敬父编辑　古吴冯梦龙犹龙父鉴定",半叶九行,行二十一字,版心上镌"有商传",单鱼尾下镌卷次、叶次。书中亦有署钟伯敬、余季岳等的赞语、诗词,联系《盘古至唐虞传》跋署"余季岳",则《盘古至唐虞传》《有夏志传》《有商志传》三书当皆为余季岳所作而托之冯梦龙、钟惺。

新列国志

《新列国志识语》

叶敬池

正史之外,阙有演义,以供俗览。然亦非庸笔能办。罗贯中,小说高手,故《三国志》与《水浒》并称二绝,《列国》《两汉》谨当具臣。墨憨斋向纂《新平妖传》及《明言》《通言》《恒言》诸刻,脍炙人口,今复补订二书。本坊恳请先镌《列国》,次当及《两汉》。与凡刻迥别,识者辨之。金阊叶敬池梓行。

《新列国志》叙

可观道人小雅氏

小说多琐事,故其节短。自罗贯中氏《三国志》一书,以国史演为通俗,汪洋百馀回,为世所尚。嗣是效颦日众,因而有《夏书》《商书》《列国》《两汉》《唐书》《残唐》《南北宋》诸刻,其浩瀚几与正史分签并架。然悉出村学究杜撰,仫儸硌碌,识者欲呕。姑举《列国志》言之:如秦哀公临潼斗宝一事,久已为闾阎恒谈，而其纰缪乃更甚。按秦当景公之世，南附于楚，比于齐之附晋，故交见之役，屈建曰：释齐秦，他国请相见也。哀之初年，楚灵方横，及平继之，而晋益不竞，不得已通吴制楚，于是有入郢之师，而包胥卒藉秦力以复楚，是始终附楚者，秦也。延至"三晋"、田齐之际，犹然遇秦以夷，不通中华会盟。孝公于是发愤修政，任商鞅变法，而秦始大。然则哀公之世，秦方式微，岂能号召十七国之君，并驾而赴临潼邪？夫以桓文之盛，名为尊攘，而威力所及，载书犹寥寥可数。况斗宝何名，哀公何时，乃能令南之楚、北之晋、东之吴，数千里君侯，刻日麇至，有是理乎？至伍员为明辅，尤属鄙俚。此等呓语，但可坐三家村田塍上指手画脚，醒锄犁瞌睡，未可为稍通文理者道也。顾此犹摘其一席话成片段者言之，其他铺叙之疏漏、人物之颠倒、制度之失考、词句之恶劣，有不可胜言者矣。

  墨憨氏重加辑演，为一百八回，始乎东迁，迄于秦帝。东迁者，列国所以始；秦帝者，列国所以终。本诸《左》《史》，旁及诸书，考核甚详，搜罗极富，虽敷演不无增添，形容不无润色，而大要不敢尽违其实。凡国家之废兴存亡,行事之是非成毁,人品之好丑贞淫,一一胪列,如指诸掌。是故,鉴于褒姒、骊姬,而知嬖不可以篡嫡;鉴于子颓、阳生,而知庶不可以奸长;鉴于无极、宰嚭,而知佞不可以参贤;鉴于囊瓦、郭开,而知贪夫之不可与共国;鉴于楚平、屠岸贾、魏颗、豫让,而知德怨之必反;鉴于秦野人、楚唐狡、晋里凫须,而知襟量之不可以隘;鉴于二姜、崔、庆,而知淫风之足以亡身而覆国;鉴于王僚、熊比,而知非据之不可幸处;鉴于商鞅、武安君,而知惨刻好杀之还以自中;鉴于晋厉、楚灵、栾黡、智伯,而知骄盈之无不覆;鉴于秦武王、南宫万、养叔、庆忌,而知勇艺之无全恃;鉴于烛武、甘罗,而知老幼之未可量;鉴于越句践、燕昭、孟明、苏季子,而知困衡之玉汝于成;鉴于宋闵公、萧同叔子,而知凡戏之无益;鉴于里克、茅焦,而知死生之不关于趋避。至于西门豹、尹铎之吏治,郑庄、先轸、二孙、二起、田单、信陵君、尉缭子之将略,孔父、仇牧、荀息、王蠋、肥义、屈原之忠义,专诸、要离、聂政、夷门侯生之勇侠,介子推、鲁仲连之高尚,管夷吾、公孙侨之博洽,共姜、叔姬、杞梁妻、昭王夫人之志节,往迹种种,开卷瞭然。披而览之,能令村夫俗子与缙绅学问相参。若引为法诫,其利益亦与六经、诸史相埒,宁惟区区稗官野史,资人口吻而已哉?

墨憨氏补辑《新平妖传》,奇奇怪怪,邈若河汉,海内惊为异书,兹编更有功于学者。浸假两汉以下,以次成编,与《三国志》汇成一家言,称历代之全书,为雅俗之巨览,即与《二十一史》并列邺架,亦复何愧?余且日夜从臾其成,拭目俟之矣。吴门可观道人小雅氏撰。

《新列国志》凡例

一、旧志事多疏漏,全不贯串,兼以率意杜撰,不顾是非,如临潼斗宝等事,尤可喷饭。兹编以《左》《国》《史记》为主,参以《孔子家语》《公羊》《穀梁》《晋乘》《楚梼杌》《管子》《晏子》《韩非子》《孙武子》《燕丹子》《越绝书》《吴越春秋》《吕氏春秋》《韩诗外传》、刘向《说苑》、贾太傅《新书》等书,凡列国大故,一一备载,令始终成败,头绪井如,联络成章,观者无憾。

一、旧志姓名,率多自造,即偶入古人,而不考其世,如尉缭子为始皇谋臣,去孙膑百有馀年,而谓缭为鬼谷弟子,载膑入齐,何不稽之甚也。兹编凡有名史册者,俱考订详慎,不敢以张冒李。

一、旧志叙事,或前后颠倒(不可胜举),或详略失宜(如赵良《谏商君》、李斯《谏逐客》古文,俱全录不遗,至秦灭六国,反草草数语而尽。他若五霸之事有关时事者,亦多遗略),兹编一案史传,次第敷演,事取其详,文撮其略。其描写摹神处,能令人击节起舞,即平铺直叙中,总属血脉筋节,不致有嚼蜡之诮。

一、古用车战,至晋荀吴败狄于大卤,始废车崇卒;赵武灵王胡服骑射,始用骑战。旧志但蹈袭《三国志》活套,一概用骑,失其实矣。又都督、经略及公主等号,皆后世所设,列国时未有也,岂得任意撰入?兹编悉按古制,一洗旧套。

一、宣王至周亡,计年五百馀岁。始而东迁,继而五霸,又继而十二国。七国中间,兴衰事迹,累牍不尽。一百八回,所纂有限,但取血脉联贯,难保搜录无遗。即如高渐离结末,事在始皇中年,应入《前汉志》内，观者勿以有漏见谪。

一、小说诗词，虽不求工，亦嫌过俚。兹编尽出新裁，旧志胡说，一笔抹尽。

一、古今地名不同，今悉依《一统志》查明分注，以便观览。

说明：上识语、叙及凡例，均录自金阊叶敬池梓行本《新列国志》。此本内封分三栏，左栏署"墨憨斋新编"，中栏题"新列国志"，右栏为识语。次《叙》，尾署"吴门可观道人小雅氏撰"，有"小雅氏"阳文、"可观道人"阴文钤各一方。又次，"新列国志目录"，凡一百八回。复次《凡例》。又次《新列国志引首》。有图像五十四叶，一百零八幅。正文卷端无题署，半叶十行，行二十二字，版心上镌列国志，单鱼尾下镌回次。原书藏日本内阁文库，上海古籍出版社据以影印，收入《古本小说集成》中。

墨憨斋，即冯梦龙的堂号，冯梦龙见《古今小说》条。

可观道人小雅氏，或谓即冯梦龙，尚缺实证。

孙庞斗志演义

《孙庞斗志演义》叙

望古主人

天岂真有书哉？人之心为之也。心之灵苗为智，智之锐气为兵。自黄帝以来，七十二战而不蚓，天书之祖也。嗣此而为《阴符》，嗣此而为《遁甲》，其书或传或不传，其书可读不可解，有能以不解解者，亦卒传之于无所传。而身为帝师，岂非天哉？

暑月无事，闲展潇湘，简理案头，有《孙庞》一帙。其事节之，大者每每与列传无抵牾云。因叹："此仅两人事耳，而友鉴备焉。路杳林低，忽然相值；贵贱不形，辄然投分，孙何坦也！口盟心悖，阳友阴仇，懻己之长，悻人之短，庞何诈也！孙盖有管鲍之风，而庞直张耳、陈馀之在汉，交道可不慎乎？卒之庞以败死，而孙以刖生，读史君子，盖为庞快，而又未尝不为孙冤也。虽然，不必冤也。此孙子之所以善护天书也。盖我刖而人乃致疑于天书之不足以卫足，则贪天书者意可少淡矣。我刖而狂且悖者,以为我能颠倒天书之人,而无如我何也,则求于我者,事益可已矣。而后乃玄关秘笈,不浪泄于人间,而身亦不为孺子之树下,故曰善用天书者。得其君,可以为师;即不得其时,而下亦可以脱于死。人其求天于心乎?书过半矣。当多事之秋,岂必无小补云?望古主人漫书。

《孙庞斗志演义》叙

戴民主人

尝谓千秋逸响,足以阐发人机;往古遗踪,恍可折衷世变。盖权衡术要,诡异谲奇,遡古证今,指难胜屈。观孙、庞二人之始遇于朱仙也,肝膈相孚,神情自洽,绝不以形骸论久暂,金兰之契畅然,死生之盟皦如。然此时二子之趋操显晦,已昭然他日之左券矣。讵意庞氏子少沾寸进,辄忘把臂之依依;纵挟私情,顿弃萍逢之永誓。故当时孙子闻涓知遇,意谓公叔立朝,若大夫僎者,尚可与之同升,岂有声气交感之人,而不及其万一乎?孰知人之心性,正与邪大相岐界,故局量一分,则德怨之间遂难言矣。斯孙氏之子,保身之术一废,刖足之祸已随。繇是论之，狡人之心，固不可测。乃绨袍侧目，若庞涓者，深足痛心，宜乎马陵就戮，雪忿众情。此际噬脐，其何他尤？是编之出也，诚贾害酿灾、藏谋蓄蠹者之良药矣。因濡毫以叙之。崇祯丙子新秋七月七日，戴民主人书于挹珠山房。

（孙庞斗志演义）跋

锦城居士

今人观七国书，莫不慨孙膑之刖足，而恨庞涓不早死。不知膑之刖足，在庞死后。何则？当二子邂逅于萍水也，握手缔盟，矢心生死，是以鬼谷见之，辄虑孙子终为庞之所嫉。不意果于授受之际，已露奸良。既而庞氏子稍得知遇，遂萌跋扈之谋。朱仙客邸，盟誓未寒，矫旨构阱，忍心同气。余谓涓之死正在此时。然则涓之不死于此时者，实天以不死之事业，假已死之形骸而磨砺之耳。其后马陵鲸鲵，闻者快心，吾谓此正天以死人之尸，假手六国，以惕生人之狡倖也可。吾故曰："膑之刖足，在涓死后。"总之，人性本善，所习不同，故萌一念之微疵，即基百行之祸福。是集一出，使奸人顶上猛着一针。丙子秋七月,锦城居士偶题。

说明:上二叙一跋均录自明刊本《孙庞斗志演义》。此本首《叙》,尾署"望古主人漫书",有"望古氏"阴文、"野史之章"阳文钤各一方。次《叙》,尾署"崇祯丙子新秋七月七日戴民主人(按:非《中国通俗小说书目》所谓戴氏主人)书于挹珠山房",有"沈万基印"阳文、"挹珠山房"阴文钤各一方。复次"新镌孙庞斗志演义标目",凡二十卷。有图二十叶。正文第一叶卷端镌"新镌全像孙庞斗志演义吴门啸客述"。半叶九行,行二十字。版心上镌"孙庞演义",单鱼尾下镌卷次。书末有《跋》,尾署"丙子秋七月,锦城居士偶题"。刻印甚精,原本藏日本内阁文库,当为崇祯间刻本。有台湾天一出版社、上海古籍出版社影印本行世。

本书《警寤钟》条序录有一"望古主人序",与《孙庞斗志演义》望古主人叙全同。不知何故。

吴门啸客,其真实身份、生平待考。另有《镇海春秋》等。

望古主人、锦城居士,均待考。

前七国演义叙

梅鼎

云梦山前,神猿窃果;水帘洞里,白鹿驱风。金门石穴,忽腾出百部神通,弄得七国尘飞,重关沙走。天书天书,怕也不怕?而三更一着子物,我未捐形神,况瘁妒成怨,怨成兵。马陵深夜,不见鹰愁;桥面姻缘,微独庞子狝啼,抑且孙郎狈顾。苍天苍天,此岂王先生所望于二生者乎?我不为涓也怨,而转为膑也恨矣!假饶伏虎当阳,神龙守户,先师有坐,合下承当,快也不快?曰:此殆有天焉,微独孙郎技痒,抑且王师手滑矣!玉叶椒房,仍是翠围花拥,假饶梦热五更,山林冷淡,王先生失着,竟被兵家破绽,走了学人,误了家法,如何如何?曰:王先生早已看定了也。拂袖珊珊,云封薜厚,吾知将军下马,不在功成身退,而早在挑灯夜读时也。康熙己未岁余月,梅鼎公燮氏题于汇花轩。

说明:上叙选自致和堂本《前七国孙庞演义》,原本藏北京首都图书馆。此本内封上镌"新奇绣像",下题"前七国孙庞演义 致和堂梓行",首《前七国演义叙》,尾署"康熙己未岁(十八年)余月梅鼎公燮氏题于汇花轩",有"梅鼎之印"阳文、"公燮氏"阴文铃各一方,次"新镌孙庞演义标目",凡二十回,不分卷。再次图像八幅。正文半叶九行,行二十二字。不题撰者。

梅鼎,字公燮。馀待考。

七十二朝人物演义

《七十二朝人物演义》叙

磊道人

今夫理之与趣,分途相隔,如间鸿沟;道里相远,似分胡粤。若古心质行,端言悫貌,恂恂振振(?),望而知为学儒也,非理也,从理者也;滑稽诙谐,俚语俗调,悠悠眇眇,听而知为侠邪也,非趣也,从趣者也。理之规步胶序,刑范六经,其尝也,亦有进之乎趣者,则于理也超超矣。譬之离明为火,出于木而变尝;巽下为风,生于火而同革也。至于趣之皮毛无关神情者,理之不可全诘也。面无正容,目无定睛,口喃喃而欲语,足跳跃而不休,寄心于盆盎草木之间,摩挲于禽鱼书画之事,以为清也,以为韵也,总之为趣也。进而与之考古,则南生而蛮语;与之论人,则夏虫而说冰,茫乎其无所置对也。今世于四子之书,有讲习者,则纯乎理而寡趣,学士之韦编几绝,书生之聒诵欲卧。叩其事理之源流、圣贤之本末,影猜响觅,有如射覆,所谓理已不备也,安得有趣哉？人知安详之为理也，而不知奇幻之亦理也；人知清质之为理也，而不知新艳之亦理也；人知块静根深之为理也，而不知石之能言，木之能飞之亦为理也。岂非言理者之非理，而非理者之深有当于理哉。故坎白、坤黑、兑赤、艮白，既殊离卦之文；二黑、三绿、四碧、九紫，又见乾凿之度。即谓木丹叶而绿英，练本青而染白，旨定以立名，言习以成性，是指骊马之皆黄，慈乌之皆白，九薮之草无青枝，千鹭之身无白羽也。其于理也是矣，于趣也是矣。此《人物演义》所以从理则理，从趣则趣，无泥之理而趣乖，泥之趣而理阻也。上哲之流读之为理，故理行而趣不死。中智之人目之为趣，故趣减而理不灵。趣艰于此留，理轻于彼备，不谅趣之足以久存，而谓理必于不朽者，此靡哲所以不愚，而风流因之疑丧也。听其一句为端，千言为委；一人为宗，百事为缀。拟之渶水于空，如珠如雾；泻泉在地，或折或旋。旋折非泻地之刑，珠雾岂渶空之象？庶几谭理之家，若得一技也，虽与村老璜经，体具神妙；即共童蒙稽考，物象咸存。言既取于通俗，说自寄于从先。沙虫画沙，水虫画水。楚不必嗤越之侏离，越不必嗤楚之骈拇。庶几趣而兼理之家亦得一宗也。自此书出，理非仅事，趣不单行。玄黄大沓，韦编同木叶之书；罔象俱迷，龙马均蠹鱼之迹矣。岂特神通而蓍出，鬼哭而粟飞也哉。庚辰秋仲，磊道人撰于西子湖之萍席。

说明：上序录自明刊本《七十二朝人物演义》。原本藏日本内阁文库。此本内封上横镌"七十二朝"，下由右向左分镌"李卓吾先生秘本""人物演义""诸名家汇评写像"。首《叙》，尾署"庚辰秋仲，磊道人撰于西子湖之萍席"，有"磊道人印""萍席"阳文钤各一方。据考"庚辰"为崇祯十三年。次"七十二朝人物演义目次"，凡四十卷，卷演一人之故事。图凡四十叶。有署"项南洲""项仲华""洪闻远"刊者。正文卷端无题署，半叶九行，行二十字。版心由上而下分镌"人物演义"及该回目的一或两字（如"楚国""子路""公也"）等。有台湾天一出版社影印本、上海古籍出版社《古本小说集成》本行世。

磊道人、项南洲，明崇祯间人。馀待考。

石点头

《石点头》叙

龙子犹

《石点头》者,生公在虎丘说法故事也。小说家推因及果,劝人作善,开清静方便法门,能使顽夫佷子积迷顿悟,此与高僧悟石何异?而或谓:石者无知之物,言于晋,立于汉,移于宋,是皆有物焉冯之。生公游戏神通,特假此一段灵异,以耸动世人信法之心,岂石真能点头哉。噫!是不然。人有知,则用其知,故闻法而疑;石无知,因生公而有知,故闻法而悟。头不点于人,而点于石,固其宜矣。且夫天生万物,赋质虽判,受气无别。凝则为石,融则为泉,清则为人,浊则为物:人与石,兄弟耳。盲人不知视,聋人不知听,粗人不知文,是人亦无知也。月林有光明石,能炤人疾,则石而知医。阳州北峡中有文石,人物、溪桥、山林、楼阁毕具,则石而知画。晋平海边有越王石,郡守清廉则见,否则隐,则石而知吏事。是石亦有知也。望夫江郎,登山而化,人未始不为石。金陵三古石，为三举子，向吴太守仲度乞免煨烬，石亦未始不为人。丈人丈人之云，安在石之不如人乎？浪仙氏撰小说十四种，以此名编，若曰生公不可作，吾代为说法，所不点头会意，翻然皈依清静方便门者，是石之不如者也。古吴龙子犹撰。

说明：上叙录自金阊叶敬池本《石点头》。原本为郑振铎所藏，今归国家图书馆。内封上镌"绣像传奇"，下分三栏，由右至左，分题"墨憨斋评""石点头""金阊叶敬池梓"。首《叙》，尾署"古吴龙子犹撰"，次"石点头目次　天然痴叟著　墨憨主人评"，凡十四卷（总目仅八卷），复次图像十四叶，皆像赞各半（第二叶前半叶像佚），正文卷端题不署书名及撰者，半叶九行，行二十字。版心单鱼尾上镌"石点头"，下镌卷次、叶次。

浪仙氏，胡士莹谓"即席浪仙"（详参《话本小说概论》第十三章）。张瘦郎有散曲集《步雪初声》，前有龙子犹序，附录席浪仙散曲数种。冯梦龙与席浪仙关系甚密，美籍汉学家韩南甚至认为席浪仙是冯梦龙在编纂"三言"时的亲密的合作者（萧按:还缺乏证据)。据此书的题署,则天然痴叟即席浪仙;墨憨主人即龙子犹,亦即冯梦龙。书之作在明末,刻印亦在"三言"刊刻之时或稍后。

三教偶拈

（三教偶拈序）

东吴畸人七乐生

……仙人，于是鼎湖瑶池神其说，蓬莱方壶侈其胜。安期羡门异其人，咒禁符水岐其术。要之，方外别是一种，与道无与。故刘歆《七略》以道家为诸子，神仙为方技，良有以尔。迨李少君、寇谦之之辈，务为迂怪，附会以干人主之泽，而神仙与道合为一家，遂与儒教绝不相似。此道与儒分合之大略也。若夫佛乃胡神，西荒所奉。相传秦时，沙门利室房入朝，始皇囚之，有金人穿牖而去。至汉明帝时，金人入梦，遣使请经四十二章于西域，而佛之名始闻。浸假而琳宫创于孙吴，法藏广于苻秦，忏科备于萧梁，释教乃大行，而俨然与儒道鼎立为三，甚且掩而上之。此三教始终之大略也。是三教者，互相讥而莫能相废。吾谓得其意，皆可以治世；而袭其迹，皆不免于误世。舜之被袗鼓琴，清净无为之旨也；禹之胼手胝足，慈悲徇物之仁也。谓舜禹为儒可,即谓舜禹为仙为佛,亦胡不可?而儒者乃谓汉武惑于仙而衰,梁武惑于佛而亡,不知二武之惑,正在不通仙佛之教耳。汉武而真能学仙,则必清净无为,而安有有算商车征匈奴之事?梁武而真能学佛,则必慈悲狗物,而安有筑长堰贪河南之事?宋之崇儒讲学,远过汉唐,而头巾习气,刺于骨髓,国家元气日以耗削,试问航海而犹讲《大学》,与戎服而讲《老子》《仁王经》者,其蔽何异?则又安得以此而嗤彼哉?余于三教,概未有得,然终不敢有所去取,其间于释教,吾取其慈悲;于道教,吾取其清净;于儒教,吾取其平实。所谓得其意皆可以治世者,此也。

偶阅王文成公年谱,窃叹谓:文事武备,儒家第一流人物。暇日演为小传,使天下之学儒者,知学问必如文成,方为有用。因思向有济颠、旌阳小说,合之而三教备焉。夫释如济颠,道如旌阳,儒者未或过之,又安得以此而废彼也?东吴畸人七乐生撰。

说明:上序录自日本长泽规矩也双红堂文库藏本《三教偶拈》,现藏日本东京大学东洋文化研究所。首序，残。尾署"东吴畸人七乐生撰"，有"子犹"阳文、"七乐斋"阴文钤各一方。子犹为冯梦龙号，冯又有诗集《七乐斋稿》，则"七乐生"殆亦冯氏之号。全书由三部分组成，第一部分第一叶卷端题"皇明大儒王阳明先生出身靖乱录"，署"墨憨斋新编"，半叶十行，行二十字。版心上镌"三教偶拈"，下镌"儒"、叶次。第二部分卷端题"济颠罗汉净慈寺显圣记　主静书屋"，内容辑录自《济颠禅师语录》；第三部分卷端题"许真君旌阳宫斩蛟传　主静书屋"，内容辑自《铁树记》。二、三部分版式与第一部分同。"主静书屋"或为二书收藏处。《三教偶拈》有满文译本，名《三教同理小说》。

若此书所署不是假托，则书殆成于冯梦龙寿宁县知县任上，即崇祯七年至十一年间，最多只是冯氏所辑（所撰殆只《皇明大儒王阳明先生出身靖乱录》）。